Budweis 1291: Die junge Schneiderin Franziska wird durch eine bahnbrechende Erfindung berühmt: Sie entdeckt den Knopf als Verschluss für Kleidungsstücke und revolutioniert damit die mittelalterliche Modewelt. Ihre prachtvollen und raffinierten Entwürfe erregen Aufsehen, und ihr Ruhm dringt bis in höchste Kreise – sogar Königshäuser verlangen nach ihren Diensten.

Eines Tages gerät sie in einen Hinterhalt des Adligen Bero von Restwangen. Ihre Jugendliebe Ludwig kann sie in letzter Sekunde retten. Doch Restwangen, ein Mörder und Hochverräter, sinnt auf Rache: Der junge Ritter muss fliehen und gerät in ein Netz von Intrigen, bis ein schändlicher Königsmord ihn zum Geächteten macht. Auch Franziska ist den üblen Machenschaften Bero von Restwangens ausgesetzt und muss überstürzt die Stadt verlassen. Eine Reise ins Ungewisse beginnt und führt sie über Wien nach Nürnberg ... Kann es für die Liebenden doch noch eine glückliche Zukunft geben?

Ein mitreißender und dramatischer Mittelalterroman über eine junge Frau, die entschlossen ist, an ihrer Bestimmung und an ihrer Liebe festzuhalten.

Rainer Siegel wurde 1963 in Linz geboren und lebt heute mit seiner Frau und seinen beiden Töchtern in Berlin. *Die Knopfkönigin* ist sein erster historischer Roman.
www.rainersiegel.com

insel taschenbuch 4209

Rainer Siegel

Die Knopfkönigin

RAINER SIEGEL

DIE KNOPF KÖNIGIN

Historischer Roman

INSEL VERLAG

Umschlagfoto: Helena M. Damsel / trigger images / mauritius images

Erste Auflage 2013
insel taschenbuch 4209
Originalausgabe

Vertrieb durch den Suhrkamp Taschenbuch Verlag
Umschlaggestaltung: Cornelia Niere, München
Satz: Hümmer GmbH, Waldbüttelbrunn
Druck: CPI – Ebner & Spiegel, Ulm
Printed in Germany
ISBN 978-3-458-35909-8

DIE KNOPFKÖNIGIN

Prolog

BUDWEIS Sommer 1291

»Das ist nicht lustig!«, rief Franziska, als sie die Hand auf ihrer Schulter spürte. Sie dachte, eines der Kinder aus der Nachbarschaft wolle sie erschrecken. Sie wirbelte herum, doch sie erstarrte mitten in der Bewegung. Sie blickte geradewegs in das Gesicht des hässlichsten Mannes, den sie je gesehen hatte. Der magere, knochige Alte war dreckig und verlaust, und ein Augenlid hing seltsam nach unten. Das andere Auge stierte sie gierig an. Als er grinste, zeigten sich eklige schwarze Stummel, die schief in seinem Mund standen. Sein Atem, den er Franziska ins Gesicht blies, stank. Vergammelte Lumpen baumelten an seinem Leib, und seine zerfetzten Schuhe waren mit Schnüren umwickelt. Vergeblich versuchte Franziska, die Hand abzuschütteln, und sah sich nach Hilfe um; sie hatte allein auf der Weide des Rosshändlers gespielt und die Pferde mit Blättern und Gräsern gefüttert, den frischen, saftigen, die nur hier am Rand des Waldes wuchsen. Die Finger des abscheulichen Kerls rieben an dem guten, sauberen Stoff ihres Kleidchens und fassten in ihr Haar.

»Was haben wir denn da Schönes, hm?«, geiferte der Mann. Gebückt stand er vor ihr und zog sie näher zu sich. Franziska sprang einen Schritt zurück, die Hand des Mannes rutschte von ihr ab. Er geriet aus dem Gleichgewicht und wäre fast gestürzt. Franziska machte kehrt und wollte davonlaufen, doch eine zweite Lumpengestalt versperrte ihr den Weg. Als sie versuchte, seitwärts zu entkommen, griff plötzlich die Hand eines Dritten nach ihr und fasste den Kragen ihres Kleidchens. Franziska hörte den Stoff reißen und rannte weiter. Sie wusste, sie musste quer über die ganze Weide laufen, anschließend unter den Latten hindurchschlüpfen, die die Pferdekoppeln einsäumten, um auf den Hof Hermanns zu gelangen. Dorthin würden sich die Lumpen am helllichten Tag gewiss nicht wagen. Doch nur wenige Schritte gelangen ihr, bis ein kräftiger Stoß sie vornüberfallen ließ. Jemand drückte ihre Handgelenke hinter ihrem Rücken zusammen und presste ihr den Mund zu. Noch eine Gestalt war dazu gekommen, die irgendetwas von »In den Wald!« rief. Franziska wollte schreien, doch die Hand verschloss erbarmungslos ihren Mund. Dann wurde sie von starken Armen emporgerissen und davongetragen. Schreckliche Angst stieg in ihr auf.

Mit einem Mal ließen die Kerle sie auf den Boden fallen. Sie sah einen der Männer von einem Armbrustbolzen durchbohrt auf dem Rücken liegen. Ein zweiter griff nach seinem Hals und berührte noch den Pfeil, der bis zum Gefieder darinsteckte, bevor auch er fiel. Das Schlagen galoppierender Hufe drang an ihr Ohr. Zwei Reiter näherten sich und hatten sie schon beinahe erreicht. Der vordere ließ die Armbrust sinken und zog sein Schwert. Das Blut des Mannes, der ihr eben noch den Mund zugehalten hatte, spritzte auf ihren Kittel, als er von einem mächtigen Hieb getroffen zu Boden sank. Der zweite Reiter setzte dem letzten überraschten Räuber nach, der sich gerade ins Unterholz schlagen wollte. Franziska hörte einen unmenschlichen, langgezogenen Schrei, der plötzlich erstarb. Der Reiter trieb sein Pferd vorsichtig rückwärts aus den Bäumen und wendete das Tier. Der Schaft seiner Lanze war blutig.

»Dass sie so nahe an die Stadt herankommen, hätte ich nicht gedacht. Und Ihr, Herr Bero?«

Der Angesprochene war abgestiegen und wischte seine Lanze im Gras sauber. »Dummköpfe allesamt. Reite zum Vogt und bestell ihm, dass wir wieder vier von ihnen erwischt haben. Er soll sie abholen lassen und ausstellen, vielleicht taugen sie ja zur Warnung.« Er zögerte einen Moment, als er auf das ängstlich zitternde Mädchen sah: »Bring das Kind nach Hause, bevor du losreitest.« Mit diesen Worten bestieg er sein Ross und ritt in Richtung der nahe gelegenen Straße von dannen. Der Knappe trat auf Franziska zu. Vorsichtig wollte er sie aufheben, doch sie war schon von selbst wieder auf die Beine gelangt. Er fragte sie nach ihrem Zuhause, und Franziska wies auf die Gebäude, deren Dächer man hinter der Weide und einem Obstgarten gerade noch ausmachen konnte. Langsam gingen sie los.

Bero und sein Knappe hatten schon ein rundes Dutzend Räuber und Unruhestifter aufgespürt und zur Strecke gebracht. Wie viele von ihnen tatsächlich Verbrecher oder vielleicht nur arme Vagabunden waren, ließ sich nicht feststellen, da erst einer von ihnen vor Gericht gestanden hatte, und der war erwiesenermaßen ein Brandstifter und Mörder gewesen. Unter seinen Sachen hatte man einen Dolch gefunden, der dem beraubten und gemeuchelten Schneidermeister Gerhard, einem Bürger Budweis', gehört und dessen leere Scheide noch am Gürtel des Ermordeten gehangen hatte. Bero hatte den Schneider gekannt. Sein Großvater, der Lehnsherr Siegfried von Restwangen, hatte bei ihm Kleider für sämtliche Mitglieder des Haushalts in Auftrag gegeben. Kein halbes Jahr war es her, dass der Schneider überfallen worden war. Nach seinem Tod hatte die junge Witwe die Kleider alleine fertiggestellt.

Eine ganze Reihe von Raubmorden und Brandschatzungen hatte das Land im letzten Jahr in Unruhe versetzt; die Opfer waren zumeist deutschstämmige Bürger und wohlhabende Zunftmeister gewesen. Bei den Tätern soll es sich um böhmische Nationalisten gehandelt haben, die die Reichsnähe des jetzigen Königs ablehnten und sich nach ihrem alten König Ottokar zurücksehnten. König Wenzel hatte die Vögte angewiesen, Belohnungen für die Ergreifung oder Tötung dieser Aufwiegler auszuschreiben, und einige junge Ritter und deren Knappen besserten nun die Erträge ihres Lehens oder die Zuweisungen von ihren Vätern durch Kopfjagden auf.

Nele entfuhr ein Schrei, als sie ihr verschmutztes und verweintes Kind sah und den Bewaffneten, der es nach Hause brachte. Sie schloss Franziska in die Arme. Sie konnte dem Mann nicht genug danken für das, was er getan hatte.

»Dankt meinem Herrn, Bero von Restwangen, der seit Wochen im Auftrag König Wenzels Aufrührer zur Strecke bringt. Er hat für Eure Tochter gesorgt und das Ungeziefer vertilgt, das Hand an Euer Kind legen wollte«, sagte der junge Mann und verabschiedete sich, um zu seinem Herrn zurückzureiten. Bestimmt war diesem die Dankbarkeit der Schneiderwitwe Nele ebenso viel wert wie das Silber des Königs.

Es war ein festes Ritual zwischen den beiden Männern, dass sie, nachdem sie Lumpenpack das Lebenslicht ausgeblasen hatten, in eine Schänke gingen und Bier und Wein durch ihre Kehlen strömen ließen. Der Knappe zügelte seinen Durst, da er nicht in Gegenwart seines Herrn und schon gar nicht eher als dieser betrunken sein durfte. Bero würde ihn einen Schwächling heißen und ihn womöglich nicht mehr mit auf seine Streifzüge nehmen. Bero selbst hingegen kannte wenig Zurückhaltung. Wenn er getötet hatte, hatte er stets einen unbändigen Drang, sich zu betrinken – und danach das Verlangen nach einer Frau. In seiner Zeit bei der Armee hatte es Huren gegeben, die sich immer dort einfanden, wo Soldaten ihren Sold ausgeben konnten. Hierzulande waren die Dirnen seltener. Budweis war eine biedere Stadt. Dafür gab es auf den Gehöften Mägde und Bauerntöchter, die manchmal sofort willig waren, manchmal eine Münze sehen wollten und bisweilen ein paar kräftige Klapse benötigten oder auch schon mal von einem Helfer gepackt werden mussten, bevor sie sich auf den Rücken legten und die Beine spreizten. Manche von ihnen waren drall und kräftig und konnten einen guten Stoß vertragen, viele allerdings schrecklich mager und dünn. Nun, heute sollten sie ihre Ruhe vor ihm haben, dachte Bero, denn auf ihn wartete Besseres.

Franziska schlief längst fest, und Nele wollte gerade das Licht in der Stube löschen und sich in ihre Schlafkammer begeben, als sie den Hufschlag eines Pferdes und kurz darauf ein Pochen an ihrer Pforte hörte. Vorsichtig öffnete sie die Tür einen Spalt, bis sie den jungen Herrn von Restwangen erkannte, der vor wenigen Stunden ihre Tochter gerettet hatte. Sie roch den Alkohol in seinem Atem, als er an ihr vorbei ins Haus trat. Sie fragte ihn, was sie ihm anbieten dürfe, es wäre auch ein Krug Wein im Haus. Bero hob die Augenbrauen und nickte. Sie betrachtete den jungen Herrn aus der Nähe und musste sich eingestehen, dass er ihr als Mann durchaus gefiel. Der junge Ritter mochte höchstens fünfundzwanzig Jahre zählen, war also nur wenig älter als sie selbst. Er war zwar nur mittelgroß, doch mit breiten Schultern und einem markanten, gut geschnittenen Gesicht, das von braunen Locken und einem Bart umrahmt war.

Er stand noch mitten in der Stube, als sie den Weinkrug brachte. Als sie einen Becher füllen wollte, packte er ihren Arm und zog sie an sich. Rasch dachte sie an die Dankbarkeit, die sie ihm schuldete, als er auch schon seine Hand in ihr Mieder schob.

ERSTER TEIL

BUDWEIS Frühjahr 1298

Verärgert warf Franziska den unförmigen Schuh ihrer Mutter beiseite, sodass er neben einem Korb mit Stoffresten liegen blieb. »Ich kann diese Treter nicht mehr sehen!«, brummte sie und überprüfte ein letztes Mal die Länge des Umhangs, den sie für Nele nähte. Die Näherinnen beugten sich tiefer über ihre Arbeit und warfen einander ein verstohlenes Lächeln zu. In den letzten Jahren war aus der kleinen Tochter der Meisterin eine temperamentvolle junge Frau geworden, die sich mit der gleichen Hingabe wie ihre Mutter dem Schneiderhandwerk widmete.

»Was stört dich denn daran? Die Schuhe sind doch fast neu«, fragte Nele ihre Tochter und drehte sich ein wenig in dem halb fertigen Kleidungsstück.

»Neu sind sie, das stimmt, aber sie taugen doch nur dazu, im Winter nicht im Schnee einzusinken. Willst du solche Ungetüme wirklich zu den feinen Sachen tragen?«

Nele hob den Schuh auf und besah ihn genauer. Franziska hatte schon Recht, besonders reizvoll wirkten die in dieser Gegend üblichen Schuhe wahrhaft nicht. Männer wie Frauen liefen, sofern sie überhaupt richtiges Schuhwerk besaßen, in linksherum genähten Füßlingen aus Leder herum, die eher wie übergroße Socken wirkten. Manche der wohlhabenden Männer trugen bisweilen auch mit langen Riemen umwickelte Schaftstiefel, die aber von gleicher Machart waren. Im Sommer liefen die Armen barfuß oder in einfachen Holzschuhen, und die weniger Armen trugen die gleiche

Schuhmode wie im Winter. Bestenfalls waren die Sommerschuhe aus leichterem Leder gefertigt. Da die Kleider zumeist bodenlang waren, waren die Frauenschuhe ohnedies kaum zu sehen.

»Was stellst du dir denn vor?«, fragte Nele schließlich.

»Erinnere dich an den Besuch des Königs und der Königin in Budweis. Hast du die Schuhe der Königin gesehen?«

»Ehrlich gesagt, nein. Ich habe nur das schöne Kleid bestaunt.«

Nun blickten auch die Näherinnen von ihrer Arbeit auf. Die Gespräche zwischen der Meisterin und ihrer Tochter waren so spannend und boten schönen Gesprächsstoff, wenn die beiden Herrinnen einmal nicht anwesend waren, besonders da Franziska sich in letzter Zeit gegenüber ihrer Mutter mehr und mehr durchzusetzen begann.

»Also, das waren mehr so ... so eine Art Sandalen. Ähnlich wie die der Mönche, nur ungleich feiner und schöner. Sie hatten eine schmale Sohle und gekreuzte Lederbänder. Um den Knöchel waren sie mit Riemen zu binden. Solche Schuhe bräuchten wir!«

»Dann gehen wir am besten zur Königin und bitten sie um ein Paar.« Eine der Näherinnen lachte und fing sich einen strengen Blick der Meisterin ein.

»Aber so Unrecht hast du nicht«, lenkte Nele nun ein. »Lass uns die Augen offen halten und sehen, ob man nicht anderenorts schöneres Schuhwerk trägt als hier. Bis zur Hochzeit wird es uns aber kaum gelingen, welches anzuschaffen. Und wenn wir weiter so trödeln und unsere Zeit mit Tratschen vergeuden, werden wir auch ohne neue Kleider feiern müssen. Machen wir also besser mit unserer Arbeit weiter. Ich muss ohnehin gleich fort, um mit Hermann die

Bestellungen für das Fest zu bereden. Zacharias' Gehilfe will gleich kommen, um mit uns die Kosten durchzurechnen. Falls er zuvor hier auftauchen sollte, schicke ihn zu Hermann und halte ihn nicht zu lange auf. Hermann macht sich mal wieder Sorgen wegen des Geldes«, fügte sie mit einem kleinen Lächeln hinzu.

*

»Na, mein Herzblatt, arbeitest du wieder an deiner Aussteuer? Also ich schlafe am liebsten in Damaszener Leinen, wenn du das bitte berücksichtigen würdest. Und vergiss unsere Kinder nicht: Ordentliche weiße Hemdchen in verschiedenen Größen, und nicht zu wenige davon. Du weißt ja, wenn du mich erst unter der Haube hast, dann kenne ich kein Halten mehr!« Karl grinste sie frech an und Franziska lachte zurück. Der junge Gehilfe des Geldverleihers war zwar ein vorlauter Bursche, aber ein fescher Kerl war in letzter Zeit aus ihm geworden, stellte sie einmal mehr fest, als sie ihn nun von der Seite betrachtete. Karl war gertenschlank, sehnig und beweglich, und seine dunkle Haut, das scharf geschnittene Profil und die schwarzen Augen verliehen ihm etwas Fremdländisches und Mystisches. Wie meist war er schwarz gekleidet und hatte seine Mütze keck nach hinten geschoben. Sie wusste, dass die meisten Mädchen heimlich in ihn verliebt waren, oft genug hörte sie sie tuscheln, wenn er in der Nähe war. Sie selbst war ebenfalls verliebt und zwar bis über beide Ohren – allerdings nicht in ihn.

Vor etwa einem Jahr war es gewesen, als sie mit ihrer Mutter beim Lehnsherrn auf der Burg gewesen war, da hatte sie ihn zum ersten Mal gesehen: Er mochte siebzehn oder achtzehn Jahre gezählt haben, war größer als alle anderen Männer auf Restwangen und hatte Haare so blond wie die Strahlen der Sonne. Trotz der Entfernung von mehr als einem Dutzend Klaftern konnte sie seine leuchtend blauen Augen sehen. Mit einem anderen, jüngeren Pagen scherzend hatte er sich um ein Pferd gekümmert und mehrmals verstohlen zu ihr hinübergeblickt, sodass Franziska plötzlich spürte, wie sie errötete, und sich schrecklich albern vorkam. Natürlich hatte sie sofort kleine Nachforschungen über den Jüngling angestellt und erfahren, dass der junge Mann der Stiefbruder des frechen Karl war. So hatte sie die nächstbeste Gelegenheit genutzt, diesen geschickt auszufragen. Karl suchte seit Jahr und Tag am Freitagnachmittag das Haus des Rosshändlers Hermann auf, um dessen Aufzeichnungen zu überarbeiten und Geldfragen mit ihm zu besprechen. Es war zu einer festen Gewohnheit geworden. Gewöhnlich blieb er über Nacht und kehrte erst am Abend des Samstags wieder zurück zu seinem Herrn Zacharias. Bisweilen sah er an diesen Tagen auch bei Nele vorbei, sodass es nicht schwer gewesen war, ihn zu einem Gespräch zu verlocken, zumal Karl sich gern in der Nähe der Näherinnen aufhielt.

»Ich war zehn Jahre alt, als Ludwigs – eigentlich heißt er ja Louis – Vater mich adoptiert hat. Meine Mutter war Mameluckin und lebte mit mir in Akkon im Heiligen Land. Leider wurde sie bei einem Aufstand betrunkener Söldner getötet, und ich habe mir das hier eingehandelt.« Er hob seinen rechten Arm, und Franziska betrachtete die künstliche Hand aus gemasertem Holz, die an seinen Unterarm geschnallt war. Bisher hatte sie sich nie getraut, den jungen Mann zu fragen, wie er dazu gekommen war. »Im Orient hätte ein arabisch aussehender Junge mit fehlender Hand nur geringe Überlebenschancen gehabt. Das Abhacken der Rechten ist dort die Strafe für ertappte Diebe, selbst wenn es sich dabei um Kinder handelt.« Er lächelte tapfer, als Franziska ein kleiner Schrei entfuhr.

»Oh, es gibt dort noch schlimmere Strafen, zum Beispiel für das Begaffen unbekleideter Damen: Man schneidet dem Täter ...« Er grinste, als Franziska ihn unterbrach. »Ist ja gut, so genau will ich es gar nicht wissen. Doch erzähle, wie seid ihr denn nach Budweis gekommen?«

»Möchtest du die kurze oder die lange Fassung hören?«

»Erst mal die kurze, auf mich wartet noch Arbeit. Auf dich übrigens auch, nehme ich doch an.«

»Wie wahr, der Rosshändler braucht einiges an tatkräftiger Unterstützung. Also will ich mich kurz fassen. Henri de Montardier, Ludwigs Vater, Kreuzritter und Diplomat, diente in Akkon und war anerkannter Unterhändler zwischen den Ritterorden und dem Sultan von Ägypten. Ein großartiger Mann! Als Akkon kurz vor dem Fall stand, organisierte er die Ausreise der Frauen und Kinder. Wir drei Geschwister, also Louis, die kleine Marie und ich, Chalil, genannt Charles, wurden mit meiner Adoptivmutter Catherine de Montardier nach Zypern geschickt und sollten von dort weiter nach Europa reisen. Louis sollte bei Siegfried von Restwangen seine Pagen- und Knappenzeit verbringen, da Henri den alten Siegfried kannte und dessen Enkel Bero unter ihm dem Heiligen Kreuz diente.«

»Und wo sind eure Eltern jetzt? Hier in Budweis ja wohl nicht, das wüsste ich doch.«

»Das ist der traurige Teil der Geschichte. Catherine wurde

auf Zypern von einem Unbekannten ermordet. Und als die Kunde vom Fall Akkons nach Zypern drang, ernannte man Rochus von der Enns, einen Mann, der in Henris Diensten stand, zu unserem Vormund. Er hat uns hierhergebracht.«

Franziska sah, wie schwer es dem sonst so fröhlichen Jungen fiel, von dem gewaltsamen Verlust zweier Mütter zu sprechen, und ein kurzer Schmerz durchfuhr sie, als sie an den frühen Tod ihres eigenen Vaters dachte. Sie wollte nicht tiefer in Karl dringen, doch der junge Mann erzählte freimütig weiter.

»Henri ist wohl in Akkon gefallen, wie fast alle Männer, die bis zuletzt dort ausharren mussten. Ich wundere mich ja, wie Bero von Restwangen es aus dieser Hölle geschafft hat. Aber, wer weiß? Vielleicht hatte er einfach Glück oder einen eifrigen Schutzengel. Jedenfalls landete Louis als Page bei Siegfried und Marie in einem Dominikanerinnenkloster unweit von hier. Meine Talente hingegen lagen im Erlernen von Sprachen und besonders in der Mathematik«, fügte er ohne falsche Bescheidenheit hinzu. »Deshalb hat mich der alte Zacharias hier in Budweis als seinen Lehrling und späteren Gehilfen aufgenommen. Da ich getauft bin, stehen mir Türen offen, die ihm als Juden versperrt sind, und gemeinsam sind wir die Stütze der Budweiser Kaufmannschaft. Und der muss und werde ich jetzt wieder dienen. Sei also verabschiedet, holde Maid!« Bei den letzten Worten hob er die Holzhand zum Gruß und spazierte davon, um Hermann bei seinen Aufzeichnungen zu unterstützen.

*

Nach und nach hatte Franziska schließlich die gesamte Lebensgeschichte der drei Geschwister erfahren, und eines Tages hatte die Liebelei zwischen ihr und Ludwig ganz unschuldig begonnen.

Als Tochter einer Schneiderin hatte sie immer Wert auf ihr Äußeres gelegt, doch seit sie Ludwig erstmals gesehen hatte, verließ sie Neles Hof nur noch aufs Feinste herausgeputzt, stets in der Hoffnung, ihm zu begegnen. Sie war etwas größer als ihre Mutter, nicht ganz so dünn, und ihre mädchenhafte Anmut war ihr auch nach Erhalt ihrer fraulichen Rundungen erhalten geblieben. Ihre Mutter beobachtete sie nachdenklich, wenn sie vor dem Ausgang nochmals ihr Mieder schnürte und sich vor dem Spiegel drehte, doch hatte sie bisher noch kein Wort über den auffälligen Putz der Tochter verloren. Franziska war stolz auf ihr glänzendes braunes Haar, das sie sorgfältig pflegte und gern zu fröhlichen Frisuren flocht, die die Form ihres Gesichts mit den hohen Wangenknochen unter den bernsteinfarbenen Augen betonten. Schon in den letzten Jahren waren Nele hie und da die Blicke der Männer aufgefallen, die jetzt, da Franziska mit fünfzehn längst heiratsfähig war, umso unverhohlener ihr Interesse zeigten. Die eine oder andere Bürgersfrau hatte auch bereits Andeutungen gemacht, dass es wohl langsam an der Zeit sei, einen Gatten für sie zu erwählen.

Franziska selbst schien keine Notiz von ihren Bewunderern zu nehmen, es sei denn, Ludwig sah sie mit leuchtenden Augen an. Seit ihrer ersten Begegnung auf Restwangen hatten sie sich in der Kirche, die auch der Restwangen'sche Haushalt besuchte, oder wann immer sie sich zufällig über den Weg liefen, heimlich Blicke zugeworfen, was dem raffinierten Karl natürlich nicht lange verborgen blieb. Nachdem er sich eine Zeitlang darüber amüsiert hatte, konnte er den liebeskranken Bruder und die offensichtlich ebenso schmachtende Franziska nicht mehr länger leiden sehen und bot sich als diskreter und verschwiegener Amor an, der heimlich Briefchen schmuggelte oder die eine oder andere Botschaft überbrachte. Anfangs hatte er die Briefe noch gelesen, doch dann hatte er sie nicht mehr geöffnet, da zum einen ohnehin immer das Gleiche darin stand, er zum anderen aber auch erkannte, dass er kein Recht hatte, sich in die Geheimnisse der beiden einzuschleichen. Stattdessen hatte er die wenigen bisherigen Treffen der beiden arrangiert, kleine harmlose Spaziergänge nach der Sonntagsmesse, von denen jedoch niemand aus den Haushalten der Turteltauben erfahren sollte. Natürlich war Nele längst nicht so unwissend, wie sie vorgab, doch gewährte sie ihrer Tochter stillschweigend diese kleine Freiheit.

*

Seit dem Tod von Franziskas Vater hatte Nele die Schneiderei allein geführt. Ihr Nachbar, der Rosshändler Hermann, hatte sich bei der Zunft für sie verwandt und gebürgt, und schließlich hatte man der Führung eines Witwenbetriebs auf unbestimmte Zeit zugestimmt und auf die sonst übliche Auflage verzichtet, binnen dreier Jahre einen Schneidermeister zu heiraten oder das Geschäft an einen anderen Schneider zu übergeben. Viele wohlhabende Bürger ließen ihre Kleider ausschließlich bei Nele fertigen, die mit ihrer kleinen Schar von Näherinnen im Lauf der Jahre die erste Schneiderin am Platz geworden war. Seit Franziska ebenfalls in der Werkstatt arbeitete, war es mit dem Betrieb noch weiter aufwärts gegangen, da die Tochter mit vielen neuen Ideen die Arbeiten ihrer erfahrenen Mutter auffrischte und ein besonderes Talent fürs Entwerfen und Fertigen eleganter Gewänder hatte. Franziska war praktisch in der Schneiderei aufgewachsen und handwerklich längst ebenso geschickt wie ihre Mutter. Sie hatte als einziges Mädchen der Stadt die Bürgerschule besucht, bis sie elf war, und anschließend bei Nele das Schneiderhandwerk erlernt. Es wäre ihr nie ein anderer Beruf in den Sinn gekommen. Sie liebte ihre Kunst über alles, oder beinahe über alles, gestand sie sich ein, wenn Ludwig sich wieder einmal in ihre Gedanken schlich.

Hermann, der Rosshändler und Nachbar, war schon seit sehr vielen Jahren ebenfalls verwitwet und jetzt, als die Leute schon recht unverhohlen darüber sprachen, dass Witwer und Witwe sich ja anscheinend sehr gut zu verstehen schienen, hatten Nele und er den Entschluss gefasst, vor den Altar zu treten. Insofern hatte Karl mit dem Begriff Aussteuer gar nicht so Unrecht. Sie nähte tatsächlich an neuen Kleidern für ihre Mutter, jedoch an keinem Nachtgewand, das machte Nele schon selbst.

*

Noch immer stand Karl neben ihr. »Stell dir vor, ich werde morgen, wenn ich hier fertig bin, der Burg derer von Restwangen einen Besuch abstatten. Gibt es vielleicht jemanden, den ich von dir grüßen soll?«

Franziskas Augen glänzten. »Wirst du ihn treffen?«, fragte sie und spürte, wie ihr Herz einen kleinen Sprung machte.

»Nun ja, das kommt darauf an, ob mein nichtsnutziger

Bruder abkömmlich und nicht gerade mit Wichtigerem beschäftigt ist. Mit einem Holzschwert auf den armen Pagen einzudreschen, Gäule zu striegeln oder so.«

Franziska kicherte. Sie wusste, wie ernst Ludwig seine Ausbildung nahm und wie sehr er sich bemühte, in allen Bereichen der Beste zu sein.

»Apropos Gäule, habt ihr meine alte Mähre gelegentlich gefüttert und nach ihr gesehen, damit morgen nicht am Ende ich sie tragen muss?«

Wieder musste Franziska lachen. Die Mähre war eine edle und kostbare fünfjährige Stute, und sie hatte es nie verstanden, wie es Karl gelungen war, sie Hermann abzuschwatzen. Das Pferd war eines Fürsten würdig und eines der schönsten Tiere aus Hermanns Zucht. Sie hatte einmal gehört, wie der Rosshändler bei einem Gelage lachend gesagt hatte, der Bursche hätte den Gaul zwar mehrfach verdient, aber lieber hätte er ihm eine Tochter zur Frau gegeben, das wäre billiger gekommen.

»Fathma steht hinten auf der Koppel. Wohlgenährt, gestriegelt und verzogen wie immer. Ein schreckliches Mädchen! Ich werde nie begreifen, wie ihr Männer auf solche Frauen hereinfallen könnt.«

Karl lachte und drückte Franziska einen blitzschnellen Kuss auf die Wange. »Jetzt muss ich aber los, ich habe Hermann noch Sklavendienste zu leisten.« In der Tür drehte er sich um und griff mit der Linken in die Tasche über seiner Holzhand am rechten Arm. »Bevor ich es vergesse, da war so ein zerlumpter Kerl, so ein großer Blonder, ziemlich hässlich und mit laufender Nase, der mir dieses Papier für dich gegeben hat. Ich kann es gern für dich wegwerfen, es sei denn ...« Franziska war schon aufgesprungen und hatte ihm den Brief aus der Hand gerissen, bevor er lachend aus der Tür verschwand.

Sie versteckte das Schreiben zunächst in der Tasche ihres Rocks. Die Näherinnen konnten jeden Augenblick in die Werkstatt kommen, und sie wollte nicht von ihnen wegen eines Liebesbriefes gehänselt werden. Sie und Ludwig schrieben einander, sooft Karl als Bote zur Verfügung stand, und Ludwig hatte ihr versprochen, die gelesenen Briefe zu verbrennen, damit sie keinem anderen in die Hände fallen konnten. Ihre Liebe sollte ein Geheimnis bleiben. So lange, bis die Knappenzeit Ludwigs beendet war und er eigene Wege gehen konnte. Sie wusste zwar nicht, wann das sein sollte, aber sie würde darauf warten. Andere Mädchen in ihrem Alter waren schon seit einem oder zwei Jahren verheiratet und hatten Kinder zur Welt gebracht. Erst kürzlich hatte ihre Mutter sie vorsichtig gefragt, ob das nicht auch ihr Wunsch wäre, man würde bestimmt einen guten Mann für sie finden, aber sie hatte nur mit einem wütenden Blick geantwortet, und Nele hatte sich schweigend zurückgezogen.

Die Meisterschaft und Zunft hatte Franziska schon Monate vor ihrem vierzehnten Geburtstag den Gesellenbrief ausgestellt, und der Brautumhang, der jetzt auf ihrem Schoß lag und das Wams des Bräutigams, das bereits entworfen war, sollten ihre Meisterstücke werden. Sie wäre dann die jüngste Meisterin Böhmens, aber die Zunftmeister hatten großzügig eine Ausnahme von ihren sonst strengen Regeln beschlossen, da sie fürchteten, dass Nele als Ehefrau eines wohlbestallten Kaufmanns bald als Betriebsinhaberin ausfallen könnte und die beste Schneiderei der Stadt, die dieser und der Zunft erkleckliche Einnahmen sicherte, plötzlich ihre Arbeit einstellen könnte. In andere Betriebe hätte man gewiss einen männlichen Schneidermeister berufen, aber Neles Werkstatt war ein eingesessener Witwenbetrieb, eine Frauenschneiderei.

Die folgenden Stunden nähte Franziska ohne Unterlass. Der Umhang war beinahe fertig. Er umschloss den gesamten Nacken der Trägerin. Der moderne Kragen stand hoch und steil nach oben, sodass er bis zur Höhe ihres Scheitels reichen würde. Die fast unsichtbare Krümmung von Neles Rücken, von der sie wahrscheinlich nicht einmal selbst wusste, wurde von einem raffiniert fließenden Faltenwurf verborgen. Der dunkelgrüne Umhang mit den schwarzen Verbrämungen umhüllte die zierliche Gestalt der Braut zu drei Viertel, ließ die Vorderansicht aber frei und verlieh der Trägerin ein wenig mehr Größe und Eindruck. Franziska war zufrieden mit ihrer Arbeit und freute sich schon darauf, ihre Mutter in dem Umhang in die Kirche schreiten zu sehen. Zu gern hätte sie auch das dazu passende Brautkleid genäht, aber ihre Mutter hatte darauf bestanden, dies selbst zu tun. Bestimmt würde es viel zu hoch geschlossen und langweilig werden, dessen war Franziska sicher. Auf der anderen Seite, und das musste sie zugeben, durfte eine einunddreißigjährige Witwe sich bei ihrer zweiten Hochzeit nicht wie ein junges Ding kleiden. Schließlich war sie bereits im Großmutteralter, auch wenn sie auf Franziska viel jünger wirkte.

*

»Hau ab, ich muss arbeiten!«, sagte Karl zu dem gefleckten Kater mit dem dicken Kopf, der es sich zuerst auf dem Tisch und dann auf Karls Schoß bequem gemacht hatte. Das Tier dachte jedoch nicht daran, sich zu trollen, sondern spielte mit seinen Krallen versonnen in Karls Kleidern. »Gibt es hier keine Mäuse mehr zu fangen oder hast du diese Arbeit an eines deiner unzähligen Kinder übertragen?«, fragte Karl ihn. Der Kater machte noch immer keine Anstalten, sich von der Stelle zu rühren. Karl stupste ihn mit seiner Rechten an, und das Tier versuchte, seine scharfen Zähne in einen der hölzernen Finger zu schlagen, und schien enttäuscht zu sein, dass ihm das nicht gelang. Er versuchte es weiter.

Das kostbare Katzenpärchen und der junge Kater waren eine der ersten Investitionen gewesen, zu denen Karl den Rosshändler überredet hatte. Eine ordentliche Anzahl von Katzen konnte die Mäuseplage und das Ausbreiten von Ratten spürbar im Zaum halten, und Hermanns Futterlager, Speisekammer und Keller würden es ihm danken. Die Tiere vermehrten sich munter, und bald wurden die kleinen Kätzchen zu einem der Markenzeichen des Rosshändlers.

»So, und jetzt sorge entweder für neuen Nachwuchs oder tu sonst was Nützliches. Ich kann dich hier nicht gebrauchen.« Sachte setzte Karl den schweren Körper auf den Boden und gab ihm einen leichten Schubs. Der Kater sah kurz beleidigt zu ihm hoch, bevor er sich betont langsam und mit stolz erhobenem Haupt und emporgerecktem Schwanz aus der Tür begab.

Zahl um Zahl trug Karl in Hermanns Kassenbuch ein. Im Lauf der Jahre hatte er einen gewissen Spürsinn dafür entwickelt, wie die Geschäfte des Händlers üblicherweise abliefen, und er musste den Meister schon lange nicht mehr wegen jeder Einzelheit seiner Abschlüsse um Auskunft fragen. Eines Tages hatte die damals dreizehnjährige Franziska plötzlich neben Karls Schreibpult gestanden und ihm über die Schulter gespäht. Schnell hatte sie sein System begriffen. Karl teilte jede Seite in vier Spalten. In die erste trug er die Verkäufe und ihre Geldeingänge ein, in eine weitere die Einkäufe neuer Tiere, in die dritte die Kosten, die der laufende Betrieb verursachte, und in die letzte die Ausgaben für Hermanns Haushaltsführung. Unten auf jeder Seite fand sich der jeweilige Kassenstand, den er gemeinsam mit Hermann wöchentlich überprüfte.

Ab diesem Tag leistete Franziska Karl öfter Gesellschaft, wenn er für den Rosshändler arbeitete, und es dauerte nicht lange, bis sie die Buchführung ebenso beherrschte und genauso sorgfältig wie er. Auch Nele hatte sich des jungen Mannes immer wieder bedient, wenn größere Aufträge oder die Zunftabgaben zu berechnen waren, und stets hatte er ihr gute Dienste geleistet. Umso mehr staunte sie, als sie eines Tages Franziska über die Bücher gebeugt vorfand, Tintenfass und Abakus neben sich und an den Summen für eine Brautausstattung nebst Aussteuer tüftelnd. Fortan erledigte Franziska diesen Teil der Arbeit, den ihre Mutter mit ihren geringen Schriftkenntnissen nur mangelhaft beherrschte.

»Wie schlimm ist es denn heute, Beherrscher meines Geldes?«, hörte Karl nun den Hausherrn poltern. »Nage ich schon am Bettelstab oder kann ich dir noch eine warme Mahlzeit spendieren?«

»Für einen Teller Suppe könnte es noch reichen, aber nur, wenn ich vor den anderen drankomme«, antwortete Karl grinsend. »Ich bin bald fertig hier, nur noch die Konten auf dieser Seite. Morgen gehe ich nochmals die Bestellungen und die Kosten für die Hochzeit durch. Was ich so gesehen habe, scheinst du ja mit dem König wetteifern zu wollen!«

»Ach was! Es wird nur eine einfache Bürgerhochzeit und außerdem – wie oft hat unsereiner denn schon Gelegenheit zum Feiern? Aber es soll keiner mit leerem Magen nach Hause gehen!« Karl lachte wieder und vertiefte sich erneut in die Papiere. Es dämmerte bereits, als er die letzte Zahlenreihe abschloss und etwas Sand auf die noch feuchte Tinte streute. Sorgfältig verstaute er den dicken Folianten und das Schreibzeug in einer dafür vorgesehenen Schublade. Er ging in die Küche, um sich einen Krug Bier geben zu lassen, den er sich auf einer Bank vor dem Haus schmecken lassen wollte.

Gerade hatte er den ersten langen Schluck genommen, als Franziska auf ihn zukam. »Das nennt dieser Kerl also arbeiten. Sitzt gemütlich auf der Bank mit dem größten Humpen in der Hand, der im ganzen Haus zu finden ist. Unfassbar!«

Mit strengem Kopfschütteln ließ sie sich auf den Platz neben Karl sinken. »Könntest du am Sonntag«, flüsterte sie, als sie ihm den klein gefalteten Zettel zuschob, den er unauffällig in seiner Tasche verschwinden ließ. Karl überlegte kurz, ob er sie noch ein wenig necken sollte, beließ es aber nur bei einem freundschaftlichen Nicken. »Danke«, sagte Franziska leise. »Ich weiß nicht, wie ...«

»Schon in Ordnung«, sagte der Junge nur. »Erzähl mir lieber von den Hochzeitsvorbereitungen und von den geladenen Gästen. Schließlich muss ich die Kosten noch zurechtstutzen, sonst heiratet die brave Nele einen Habenichts.«

»Also, fangen wir mit den Speisen an ...«, begann Franziska und zählte auf, was sie in den letzten Tagen mitbekommen hatte. Kapaune und Enten sollte es geben, fette Karpfen aus den Fischteichen der Umgebung, Hasen und anderes

Niederwild und natürlich Braten. Der Bäcker sollte einen ganzen Handkarren Brotlaibe liefern und noch einiges an Süßgebäck. Roter und sogar goldener Wein warteten bereits im Keller, das Bier würde am Vortag des Festes geliefert werden. Um die hundert Menschen sollten verköstigt werden und jeder nach Herzenslust tafeln und zechen. Die Überreste, auch die der teuren und ausgefallenen Speisen und Getränke, sollten an die Bettler und sonstigen Hungerleider der Stadt verteilt werden. Karl überschlug kurz im Kopf die Kosten und pfiff durch die Zähne. »Meine Güte, ich muss schon sagen! Also, wenn ich das dem alten Zacharias erzähle ...« Mit bedauernder Bankiersmiene schüttelte er den Kopf.

»Wird es zu teuer?«, fragte Franziska besorgt. »Vielleicht könnte man ...«

»Lass gut sein«, sagte Karl. »Hermann kann sich das schon leisten. Er darf nur nicht zu oft heiraten.«

Mittlerweile war es ziemlich dunkel geworden. Franziska verabschiedete sich und lief den kurzen Weg zu Neles Grundstück. Karl trank sein Bier aus und ging in die große Stube des Hauses, wo bereits das Abendmahl aufgetragen wurde.

*

Karl hatte sich für den heutigen Sonntag einiges vorgenommen. Bereits im ersten Morgengrauen stand er auf, kleidete sich an und lief zu Hermanns Hof. Da er später die Messe besuchen wollte, verzichtete er auf ein Frühstück und trug stattdessen seinen Sattel zur Koppel. Fathma kam auf seinen Pfiff sofort angetrabt und streckte den Kopf nach dem Apfel, den er ihr mitgebracht hatte. Willig ließ sie sich striegeln, satteln und zäumen. Sie hatte gelernt, während dieser Prozedur ganz still zu stehen, was für den Einhändigen eine große Erleichterung war. Dann saß Karl auf und ließ die Stute im Schritt aus dem Hof laufen. Nachdem er sicher war, dass die Muskeln des Tieres sich ausreichend erwärmt hatten, ließ er es zügig durch ein Waldstück traben, bevor er ihm auf einem freien Wegesstück die Sporen gab und in gestrecktem Galopp vorwärts stürmte. Er liebte es, den Wind im Gesicht zu spüren und sich Fathmas Bewegungen anzupassen. Die Stute streckte sich, schien dabei länger und niedriger zu werden, während ihre Hufe einen Trommelwirbel auf den Boden schlugen. Sie schien niemals zu ermüden, und erst als ihr silbernes Fell sich langsam dunkel färbte, ließ Karl sie wieder in einen gemütlichen Trab fallen.

Er legte die Strecke rasch zurück, denn er wollte das Kloster wie bei all seinen Besuchen rechtzeitig bis zum Hochamt erreichen. Fathmas Hufe klapperten auf dem gepflasterten Weg, der durch das Tor in das Innere des Klosters und zur Kirche führte. Ein kleiner Junge bot an, sich um das Pferd zu kümmern und es zu tränken, und Karl warf ihm eine Kupfermünze zu, die der Kleine grinsend in seinen Hosentaschen verschwinden ließ.

Die Messe zog sich in die Länge, und wie so oft in Gottesdiensten wunderte Karl sich über die Hingabe der Besucher, die doch die lateinischen Worte des Priesters und die Gesänge der Nonnen und der Novizinnen ohnehin nicht verstehen konnten. Genaues Hinhören zeigte ihm, dass es mit dem Latein des Pfaffen auch nicht weit her war, und er war froh, in einem dunklen Winkel zu stehen, sodass niemand sah, wie er gegen das Schmunzeln ankämpfen musste.

Die älteren und ranghohen Ordensfrauen hatten die Bänke

des Gestühls eingenommen, das sich in Längsrichtung gleich vor dem Altar befand. Die jüngeren Schwestern und die Novizinnen, bewacht von ihrer Meisterin, standen in zwei Reihen dahinter, und Karl konnte hin und wieder einen Blick auf Maria werfen, die ebenfalls, so unauffällig wie sie nur konnte, immer wieder nach ihm Ausschau hielt. Sie musste sein Pferd gesehen haben, als sie mit ihren Kameradinnen die Kirche betreten hatte. Schließlich erblickte sie ihn, und ihr Gesicht strahlte. Ein kurzes kleines Lächeln umspielte ihre Lippen, um den Stiefbruder zu begrüßen, doch gleich gab sie sich wieder Mühe, ein ernstes und gläubiges Gesicht zu machen. Karls Augen hafteten auf ihrem Gesicht. Wie hübsch seine Schwester doch war! Maria sah für ihn aus wie ein unschuldiger Engel. Sie war etwas größer als die meisten anderen Mädchen und hatte die blonden Haare zu einem Kranz geflochten, eine kleine Eitelkeit, die man den jungen Klosterbewohnerinnen aber durchgehen ließ. Ihr Gesicht war ebenmäßig, und ihre großen blauen Augen erinnerten Karl an ihre Mutter, der die Vierzehnjährige wie aus dem Gesicht geschnitten war. Karl bemerkte, wie einige Männer nach den Novizinnen schielten und wie so mancher Blick auf den jungen und festen Körpern ruhte. Die Mädchen trugen die unförmigen, langen, dunklen Kittel, die in Klöstern üblich waren und fast den ganzen Körper bedeckten, doch sie waren sauber, gut genährt und wirkten ausgeruht und gesund. Die Ordensmädchen wuchsen unter gänzlich anderen Bedingungen als die Dorfkinder auf, schließlich waren Klosterschulen und Frauenklöster den Töchtern guter und wohlhabender Familien vorbehalten, die sich das behütete Heranwachsen der Kinder und ihre spätere Versorgung eine hübsche Stange Geld kosten ließen. Karl hatte auf

Weisung Rochus' die jährliche Summe aus dem von Zacharias verwalteten Treuhandvermögen bezahlt und über die Höhe des Betrags immer wieder den Kopf geschüttelt. Er überschlug kurz die Summe, die die Äbtissin alleine durch die Zahlungen für die Noviziate einnehmen musste und für die prächtige Gestaltung des Stifts und das Wohlergehen der vornehmen Bewohnerinnen aufwenden konnte. Im Vergleich zur Außenwelt war das Kloster eine Insel des Wohlstandes und der Sorgenfreiheit. Den einfachen Leuten musste es wie das Paradies erscheinen.

Die bisherige Äbtissin war eine unbeugsame Geschäftsfrau gewesen, die den klösterlichen Besitz, die dazugehörenden Ländereien und die angeschlossenen Betriebe mit eiserner Hand verwaltete. Sie hatte ein großes Hospital errichten lassen, in dem bereits vielen Menschen geholfen wurde. Gern hatte sie Ratschläge von Karl entgegengenommen, wenn es um kaufmännische Dinge ging; von ihren Forderungen betreffend der Schutzbefohlenen war sie jedoch nie auch nur um ein Jota abgewichen. Die Frau war höchstens dreißig Jahre alt gewesen, von hoher Geburt und, wie Karl richtig vermutete, nicht ganz freiwillig hinter Klostermauern gelandet.

Wie Karl von einem fahrenden Händler erfahren hatte, war die Äbtissin zu Beginn dieses Monats jedoch abberufen worden und hatte, was unüblich war, das Kloster verlassen. Ihrer Nachfolgerin, die umringt von den anderen Schwestern in der Mitte der rechten Bank saß, ging kein allzu guter Ruf voraus. Karl beobachtete sie genau und was er sah, gefiel ihm ganz und gar nicht. Die Äbtissin war ein streng und verschlossen wirkender alter Drachen mit dem wenig passenden Namen Innozentia, die Unschuldige. Sie kniff die Lippen fest zusammen, öffnete sie nur dann und wann zum Singen und ließ dabei ein schlechtes Gebiss sehen. Streng musterte Innozentia die Frauen und Mädchen ihr gegenüber und schien sich jede kleine Unaufmerksamkeit genau einzuprägen.

Karl hatte ihr bestellen lassen, dass er sie sprechen müsse, und sie hatte eingewilligt, ihn nach dem Gottesdienst zu empfangen.

Als die Messe zu Ende war, wurden die Mädchen wieder zurück zu ihren Diensten geführt, die zumeist in der Krankenpflege bestanden. Karl wartete vor dem Empfangsraum, den er von seinen früheren Besuchen her kannte, bis ihm eine schüchterne Bedienstete mitteilte, dass er nun der Schwester Oberin seine Aufwartung machen könne.

Im Gegensatz zu seinen früheren Besuchen befand sich in dem kleinen Empfangsraum nur noch ein einziger Stuhl, auf dem die gewichtige Frau bereits saß, die Ellenbogen auf die Platte des Tisches gestützt, der als Barriere zwischen ihr und dem Besucher diente.

»Es trifft sich gut, dass Ihr um das Treffen gebeten habt. Ich bin gerade dabei, die Angelegenheiten der Mädchen zu regeln, die demnächst ihre Profess ablegen werden.«

Karl setzte eine demutsvolle Miene auf und schwieg. Oberin Innozentia sprach weiter. »Nicht alle von ihnen halte ich für geeignet, eine klösterliche Laufbahn einzuschlagen. Ich werde einige von ihnen nach Ende ihrer Ausbildung zu ihren Familien zurückschicken. Für Maria von Montardier habe ich indes entschieden, dass ihr zukünftiger Platz hier sein soll. Sie ist nicht dumm und durchaus gelehrig. Die für unser Stift so wichtige Heilkunde scheint ihr zu liegen, besonders was die Behandlung von Frauenleiden betrifft. Sie geht seit längerem der Hebamme zur Hand, natürlich nur, soweit dies für ein junges Mädchen schicklich ist. So viel ich weiß, seid Ihr von ihrem Vormund bevollmächtigt, die Bedingungen ihres Eintritts anzunehmen. Ist dies so?«

»Gewiss. Ein entsprechendes Dokument hat Eure Vorgängerin erhalten. Meine eigene Mündigkeit wurde von unserem Vormund bereits vor zwei Jahren erklärt.«

Die Frau nickte. »Bei Marias Einkehr vor beinahe acht Jahren wurde schon die damals vorhandene Mitgift besprochen. Rochus von der Enns hat ihr Vermögen mit dreihundert Goldflorin beziffert. Das entspricht etwa vierhundert Gulden. Hat sich an diesem Vermögen etwas geändert?« Karl schüttelte den Kopf. Innerlich staunte er, dass Rochus Marias Vermögen mit weniger als der Hälfte des tatsächlichen Werts angegeben hatte. So viel Weitblick hatte er dem harmlosen Kerl gar nicht zugetraut.

»Nun denn. Das Kloster benötigt dringend Grundbesitz. Gehören noch Liegenschaften irgendwelcher Art zu dem Vermögen?«

»Nein«, antwortete Karl. »Unsere Eltern lebten im Heiligen Land und unser Vater war ein Drittgeborener. Auch die Mutter brachte keinen Grundbesitz mit in die Ehe.«

»Nun, die Mitgift ist gering. Geringer als üblich. Streng genommen ist sie sogar lächerlich. Dies hier ist eines der führenden Frauenklöster Böhmens, wenn nicht des ganzen Reiches. Es ist eine große Ehre für jede Familie, eine Tochter hier unterzubringen. Ich kann bei weitem nicht jedem Antrag stattgeben. Wenn die Ausbildung Eurer Schwester vorangetrieben werden soll, wird diese Summe keinesfalls genügen.«

»An welchen Betrag denkt Ihr?«, fragte Karl gerade heraus.

»Nun, die Summe müsste schon verdoppelt werden. Auch dann ist die Mitgift noch nicht als angemessen zu bezeichnen, aber ich würde eine Ausnahme machen.«

Du Gaunerin, dachte Karl, schacherst schlimmer als jeder Rosshändler. Ich wette, die Eltern der meisten anderen Mädchen kriegst du damit herum. Gut, dass ich rechtzeitig gekommen bin. Keinen Kreuzer werfe ich in deinen gierigen Rachen, wenn Maria es nicht ausdrücklich wünscht.

Karl gab sich betont nachdenklich. »Ihre Familie erwägt, sie nicht in den Schwesternstand eintreten zu lassen, sondern sie zu verheiraten. Wir haben noch nicht endgültig entschieden.«

»Sie zu verheiraten?« Die Ordensfrau ließ ein kurzes, falsches Lachen hören. »Wie könnte das in Frage kommen? Ihre Eltern waren Edelleute, gewiss, doch waren sie Ausländer und niemand hierzulande kennt die Familie. Ein Erstgeborener scheidet somit als Gemahl aus. Obendrein ist die Mitgift winzig. Ein Nachgeborener könnte damit kein standesgemäßes Leben aufbauen. Und letztendlich – mit einem Mauren in der Familie, der in den Diensten eines Juden steht ...«

Karl machte sich nicht die Mühe, sie darüber aufzuklären, dass die Mauren eigentlich in Spanien und Nordafrika lebten. Wahrscheinlich wusste sie gar nicht, wo diese Orte waren. Stattdessen senkte er demutsvoll das Haupt.

»Mit Verlaub. Ich verstehe Eure Ansicht und bewundere Euren Weitblick – sie zeugen von großer Weisheit und Erfahrung. Ich werde mich nochmals mit ihrem Vormund und mit ihrem ältesten Bruder besprechen. Vielleicht bestehen bereits

Pläne für eine passende Verbindung. Ich sehe Rochus von der Enns zwar nur sehr selten, werde aber Kontakt mit ihm aufnehmen.«

»Ihr werdet keinen Erfolg haben. Maria ist nirgendwo so gut aufgehoben wie hier. Doch gewiss kann ich Euch nicht daran hindern, nach Eurem Gutdünken zu verfahren. Wenn ihr sie unbedingt verheiraten und ihr die klösterliche Laufbahn verwehren wollt, steht Euch das frei. Die Abfindung für ihre Ausbildung beträgt zweihundert Silberpfund.«

»Die Abfindung?«, fragte Karl ungläubig und hätte angesichts dieser Dreistigkeit beinahe die Fassung verloren. »Es wurde jedes Jahr pünktlich der geschuldete Betrag beglichen. Von Abfindungen bei ihrem Austritt war nie die Rede.«

»Ihr scheint nicht rechtskundig zu sein, doch ich will Euch aufklären: Gewiss wurde für die Unterbringung und die Verköstigung des Mädchens bezahlt, auch für die Grundausbildung an der Klosterschule. Doch hat Maria eine weiterführende Ausbildung in der Heilkunde genossen, in die das Kloster beträchtliche Mittel hat fließen lassen, in Erwartung eines allseitigen Nutzens, wie zu betonen ist. Wir können und dürfen nicht die Gaben anderer und das Vermögen der Kirche nutzlos vergeuden. Eine Abfindung ist rechtens und aus unserer Sicht unabdingbar.« Mit diesen Worten lehnte sie sich auf ihrem Stuhl zurück und blickte Karl mit siegesgewissem Blick ins Angesicht. Er sah keinerlei Wanken oder Nachgiebigkeit in den kleinen Schweinsaugen der Frau. Er musste sich etwas einfallen lassen, auf jeden Fall musste er zunächst ausgiebig mit Maria sprechen. Schließlich nickte er.

»Ich danke Euch für Eure Angebote und Eure Großzügigkeit.« Ein huldvolles Lächeln huschte über das triumphierende Gesicht der Nonne. »Ich werde mich bemühen, Euch die Entscheidung von Marias Familie ehestens zukommen zu lassen. Noch heute besuche ich die Burg Restwangen, um mich mit meinem Bruder zu besprechen. Ich habe allerdings noch eine Bitte an Euch.« Die Frau sah ihn verwundert an, doch schließlich ließ sie ihn weitersprechen.

»Gewährt Maria einige Tage Urlaub.«

»Urlaub? Wie kommt Ihr auf den Gedanken, dass das möglich sei?«

»Mein zweiter Dienstherr verheiratet sich. Maria ist zusammen mit Ludwig und mir zu der Hochzeit geladen. Es werden hohe Gäste erwartet, und mein Herr trug stets Sorge um unsere Familie. Vielleicht kennt Ihr ihn. Er ist der größte Pferdehändler von Budweis.«

Innozentia dachte kurz nach. Einerseits war es gänzlich unüblich, dass eine Novizin das Kloster verließ, es sei denn, es wären klösterliche Aufgaben außerhalb wahrzunehmen, bei denen sie einer älteren Schwester zur Hand gehen musste. Andererseits war Hermann ein angesehener und wohlhabender Geschäftsmann, dessen Großzügigkeit bekannt war. Wenn dieser Mann dem Kloster einen Gefallen schuldete, könnte sich das vorteilhaft für künftige Geschäfte mit ihm erweisen.

»Wann findet diese Hochzeit statt?«

»In zwei Wochen. Ich könnte Maria am kommenden Sonntag abholen und sie nach den Feierlichkeiten wieder hierher geleiten. Sie kann sich bei den Vorbereitungen nützlich machen.«

»Ich werde Euch die Entscheidung am kommenden Sonntag mitteilen. Bis dahin wird der Orden geklärt haben, ob eine Dispens erteilt werden kann. Findet Euch nach der Messe wieder hier ein.« Ihr Blick zeigte, dass das Gespräch für sie beendet war.

»Kann ich meine Schwester noch sprechen?«, fragte Karl unterwürfig.

»Das ist nicht nötig. Sie ist wohlauf und hat Kranke zu versorgen. Wir wollen ihr jetzt keine Flausen in den Kopf setzen.«

Karl verbeugte sich und verließ den Raum. Er überlegte kurz, ob er nicht doch einfach ins Hospital gehen sollte, um Maria zu begrüßen. Natürlich tat er es nicht. Das Risiko, es sich mit Innozentia zu verscherzen, indem er ihre Order missachtete, schien ihm zu groß.

Er tätschelte Fathmas Hals und vergewisserte sich, dass sie zu trinken bekommen hatte. Ihr kleiner Aufpasser hatte sie sogar abgerieben und sie mit ein wenig Heu gefüttert. Er strahlte Karl an, als dieser ihm eine weitere Münze zuwarf.

Zügig wie er gekommen war, ritt er wieder nach Hause und versorgte sein Pferd. Hermann war von seinem Kirchgang noch nicht wieder zurückgekehrt und saß wahrscheinlich in einer der Schänken, in denen er sich sonntags gern mit den anderen Meistern traf. Karl bummelte durch die Stadt und fand ihn bald vor einem großen Bierkrug sitzend. Die Männer luden ihn an ihren Tisch in der Hoffnung, dass er sie wie schon öfters mit kaufmännischen Ratschlägen versorgte, was er stets gern tat. Nachdem er selbst einen Krug Bier getrunken hatte, fragte er seinen Herrn, ob es in Ordnung sei, wenn er seine Schwester zur Hochzeit mitbrachte.

»Was für eine Frage! Natürlich bringst du sie mit. Darf sie denn aus dem Kloster?«

Karl erzählte von dem Gespräch mit der Oberin, und die Männer schüttelten nur den Kopf über die unverschämten Forderungen Innozentias. »Wo wirst du sie unterbringen?«, fragte der Rosshändler.

»Ich dachte bei Zacharias und mir, wir haben eine freie Kammer für sie.« »Eine unschuldige Novizin unter einem Dach mit euch beiden Halsabschneidern? Und ohne eine Frau im Haus? Na, du hast ja Vorstellungen.« Zacharias' Frau war schon vor längerer Zeit verstorben, und der Alte war seitdem unverheiratet geblieben. Aber Hermann hatte Recht. Es würde nur dummes Gerede geben.

»Frag meine Zukünftige, ob sie bei ihr unterkommen kann. Aber tu so, als wäre es ihre Idee ...!« Er zwinkerte dem Jungen schelmisch zu.

*

»Also, ein bisschen Reitunterricht hätte man dir schon erteilen können«, hänselte Karl die strahlende Maria, die aus allen Wolken gefallen war, als er sie völlig überraschend für eine ganze Woche aus dem Kloster holte. Dass er ein zweites Pferd mitgebracht hatte, hatte er den Nonnen lieber verschwiegen und seinen kleinen Helfer angewiesen, außer Sichtweite des Klosters auf die beiden Tiere aufzupassen.

»Sehr witzig. Denkst du, wir galoppieren durch das Hospital? Aber so dumm wie du tust, stelle ich mich auch wieder nicht an.« Karl grinste sie an und gab zu, dass sie schön aufrecht im Sattel saß und den gutmütigen Gaul geschickt lenkte. Beim ersten leichten Trab hielt sie sich an der Mähne fest, und als Karl die Tiere zum Galopp antrieb, schrie sie vor Schreck auf. Mit roten Wangen, aber überglücklich ließ sie sich auf Hermanns Hof führen, wo sie die Tiere versorgten und auf die Koppel führten. Den kurzen Weg zu Neles Haus gingen sie zu Fuß.

Die beiden Frauen empfingen Maria freundlich und neugierig. Das junge Edelfräulein gefiel ihnen gut, und auch Maria schien sich auf Anhieb mit ihren Gastgeberinnen zu verstehen. Doch als diese mehrmals verstohlen das Gewand des Klosters musterten, errötete Maria. Acht Jahre hatte sie auf Putz und Zierrat verzichten müssen, auf die ihre Mutter immer großen Wert gelegt hatte und die ihr als kleines Mädchen immer große Freude gemacht hatten. Im Kloster war ihr das egal gewesen, da alle Mädchen dort das Gleiche trugen, lange Kittel aus grobem Wollstoff, oft geflickt und ziemlich alt. Rübensäcke hatten sie ihre Kleider genannt. Im Vergleich zu den einfachen Dorfbewohnern waren sie dennoch gut gewandet; die meisten Menschen Böhmens wären froh gewesen, wenn sie über ausreichend warme und einigermaßen saubere Kleidung verfügt hätten. Aber jetzt, zwischen den beiden sonntäglich elegant gekleideten Schneiderinnen, kam sie sich plötzlich armselig und schäbig vor.

Ihre schöne Kette mit dem fein gearbeiteten Medaillon, das Abschiedsgeschenk ihres Vaters, hatte sie bei ihrer Aufnahme ins Kloster ablegen müssen, doch hatte die frühere Äbtissin sie Karl auf dessen Wunsch bei einem seiner Besuche ausgehändigt. Das Schmuckstück war eine kostbare Erinnerung, denn auf ihm befand sich, kunstvoll in Gold gehämmert, das einzige Bild von Marias Eltern. Innozentia hätte Kette und Anhänger vermutlich einschmelzen lassen. Heute auf dem Nachhauseweg hatte Karl die Kette Maria umgehängt, und sie hatte ein paar Tränen vergossen, als sie das kühle Metall auf ihrer Haut spürte.

Nele und Franziska warfen sich einen raschen Blick zu. Schließlich hob Nele das Kinn des Mädchens hoch und musterte es von oben bis unten. »So gehst du aber nicht zu meiner Hochzeit«, sagte sie mit gespielter Strenge. Maria schluckte und versuchte, dem Blick der Meisterin standzuhalten.

»Lass dich doch mal genau ansehen ... Du bist größer als Franziska und ich, aber ich denke, wir finden etwas Passendes. Franziska soll sich ein bisschen nützlich machen. Geht doch gleich in die Werkstatt.«

Franziska nickte Maria aufmunternd zu. Maria hatte außer der Klosterschneiderei, die ausschließlich nach praktischen Gesichtspunkten organisiert war und in der nur dunkle oder weiße Gewänder gefertigt wurden, noch nie eine Schneiderwerkstatt betreten. Mit großen Augen staunte sie über die vielen Farben und unterschiedlichen Kleidungsstücke, die sie jetzt zu sehen bekam.

»Was ist deine Lieblingsfarbe?«, fragte Franziska sie.

Maria musste nicht lange überlegen. »Blau wie der Himmel.«

»So etwa?« Franziska hielt einen Streifen gefärbten Leinens hoch. »Oder lieber etwas heller? Ungefähr so?« Sie zeigte ihr ein anderes Stück. »Sieh doch selber!« Franziska schob Maria einen Korb zu, in dem Stoffreste in allen Farben fröhlich durcheinanderlagen. »Na los, greif zu!« Sie begann selbst zu wühlen und Maria verschiedene Reste um den Hals zu legen und in die Hand zu drücken. »Das ist eine von Mutters Lieblingsfarben. Sehr gediegen und zurückhaltend, aber ein wunderschöner Stoff. Fühl nur!« Sie drückte Maria fein gesponnenen Wollstoff in die Hand. »Der kommt von weit her, aus Flandern, und ist ziemlich teuer. Gefällt er dir nicht? Dann ... wie wäre es damit?« Das nächste Stück nahm im Gegenlicht einen leichten Grünschimmer an. »Angeblich ist es sehr schwer, diese Farbe herzustellen. Sie wird auch nicht so oft gebraucht. Magst du sie?« War Maria zu Beginn von Franziskas überschäumender Begeisterung noch überrascht und beinahe verstockt gewesen, so fing das ganze nun an, ihr Spaß zu machen. Beide knieten neben dem Korb und nahmen ein Stück Stoff nach dem anderen in Augenschein. Franziska schleppte einen weiteren Korb an und schließlich noch einen Sack, dessen Inhalt Nele den Näherinnen schenken wollte, die für jeden noch so kleinen Stoffrest dankbar waren.

Maria sah ihrem Bruder sehr ähnlich. Ihr Gesicht war ebenmäßig und von heller Farbe. Ihr Haar glänzte golden, und ihre Augen waren von noch tieferem Blau als die Ludwigs. Ihre Arme und Beine waren lang, und auch durch den unförmigen Klosterrock konnte Franziska erkennen, dass die Taille der neuen Freundin schmal war, Hüften und Büste aber volle Rundungen zeigten. Maria sollte ein Kleid bekommen, das ihrem eigenen in nichts nachstand, beschloss sie. Sie würden wie Schwestern auftreten und Neles Werkstatt alle Ehre erweisen. Ein wenig boshaft freute sie sich bei dem Gedanken, wie sie alle anderen Frauen auf der Hochzeitsfeier ausstechen würden.

»Jetzt hab ich es«, sagte Franziska. »Wir suchen einen Stoff, der genau die Farben deiner Augen hat.« Sie kramte weiter in den Resten und hielt schließlich ein Stück Leinen und ein Stück Seide an Marias Gesicht. »Das ist es! Wir nähen dein Kleid aus diesen beiden Stoffen. Fühl nur mal die Seide auf deiner Haut. Ist das nicht wie ein Märchen? Wenn ich könnte, würde ich nichts anderes tragen! Und dazu machen wir ...« Sie plapperte fröhlich vor sich hin und erklärte genau, wie sie Kleid, Mieder, Hemd und vielleicht noch einen leichten Umhang nähen würde.

»Das Mieder ist ja immer das Wichtigste, finde ich, weil da alle hinglotzen, Männer wie Weiber. Deshalb muss es besonders schön sein«, sagte Franziska. Maria sah sie fragend an.

»Ach so, ich will es dir erklären. Meine Mutter kann die herkömmlichen Cotten, die schnurgerade bis zum Boden fallen und mit einem Gürtel irgendwie in Form gehalten werden, nicht ausstehen und ich ebenso wenig. Um die zu schneidern, braucht es weder Kunstfertigkeit noch Phantasie. Wir arbeiten deshalb so wenig wie möglich nach der alten deutschen, sondern lieber nach der burgundischen Mode und das bedeutet, ein fest anliegendes Mieder wird über einem Hemd mit schönem Kragen getragen und geht in einen fließenden Rock über. Weitgereiste Leute haben uns bestätigt, dass die Damen in Frankreich und Italien diese Mode ebenfalls bevorzugen, deshalb sind Mutters und auch alle meine Kleider nach ihr gefertigt. Mein Festtagskleid hat sogar einen Faltenrock, und dein Kleid machen wir genauso, du wirst staunen, wie schön du aussehen wirst!«

»Aber die Hochzeit ist doch schon bald. Wie soll das Kleid denn bis dahin fertig werden?«, fragte Maria.

»Das lass nur die Sorge unserer Näherinnen sein. Du wirst sehen, die können zaubern, wenn es sein muss. Jetzt lass uns aber ins Lager laufen und die Stoffe suchen.«

Sie zog die neue Freundin mit sich und zeigte ihr Neles Stofflager. Marias Augen leuchteten angesichts der prachtvollen Farben und der hohen Regale voller Stoffballen. Neben den dunklen Geweben, die die meisten Menschen trugen, sah sie große und kleine Ballen von hellbraunen, honigfarbenen, roten, gelben und blauen Stoffen. Blasses vornehmes Rosa und tiefer Purpur fanden sich in den Fächern, feine und grobe Wolle stapelten sich, auch gewalktes Material, das jedem Regen standhielt, ebenso Leinen in all seinen Webarten und, besonders sorgsam verwahrt, Brokat, Samt und kostbare Seide. Nele liebte es, ihre Kunden mit neuen Ideen zu überraschen. Franziska war sich nicht ganz sicher, ob die unter den Resten gefundenen Farbproben auch tatsächlich zu den Ballen im Lager passten, also half nur ausgiebiges Probieren.

»Versuchen wir diesen. Los, wir tragen ihn nach draußen!« Sie schleppten einen schweren Leinenballen ins Sonnenlicht, und Franziska wickelte ein Ende um Marias Oberkörper. »Die Farbe könnte passen. Vielleicht etwas zu dunkel? Nein? Warte, ich hole die Seide.« Der Seidenballen war deutlich kleiner und leichter. Franziska trug ihn ebenso unbekümmert wie das viel preiswertere Leinen. »Leg die beiden Stoffe doch einmal übereinander. Mit ein wenig Weiß dazu wird das sehr schön! Oder willst du noch etwas anderes versuchen?« Sie brachte einen weiteren Leinenballen, der von einem noch etwas kräftigeren Blau war. »Besser? Ich weiß nicht so recht. Was sagst du?« Maria hatte schon seit einer ganzen Weile nichts mehr gesagt und Franziska auch kaum noch zugehört. Stoffe und Farben wirbelten in ihrem Kopf durcheinander. Schließlich deutete sie auf den ersten Leinenballen und die Seide. »Ich glaube, die beiden. Die Seide sieht wirklich aus wie der Himmel.« Sie trugen die Ballen wieder in das Lager, und Franziska kennzeichnete die beiden ausgewählten mit Kreide.

»So, das wäre erledigt. Jetzt wirst du vermessen. Komm!« Wieder liefen sie in die Werkstatt und Franziska musterte Maria. »Jetzt zieh bitte endlich dieses Monstrum aus.« Maria errötete. Im Kloster wäre es undenkbar gewesen, wenn eine Novizin oder eine Nonne sich den anderen beinahe nackt gezeigt hätte, obwohl manche Mädchen heimlich ihre Körper verglichen hatten. Maria wusste auch von Vorkommnissen zwischen einigen Kameradinnen und manchmal auch der einen oder anderen Nonne, die man der Äbtissin oder dem Beichtvater besser nicht erzählte. Sie selbst hatte sich daran nie beteiligt und war auch von den anderen unbehelligt geblieben.

»Am besten kann ich messen, wenn du nur das Unterkleid anhast«, sagte Franziska.

»Dann machen wir es eben so«, schluckte Maria tapfer.

Franziska griff sich ihre Zollschnur, nahm schnell und geübt Marias Maße und notierte sie auf einer Holztafel.

»So, das hätten wir. Und jetzt zieh dieses Hemd über und warte einen Augenblick. Ich komme gleich wieder.«

Maria setzte sich in ihrem neuen Hemd auf einen Schemel und gab sich Mühe, die vielen neuen Eindrücke zu verarbeiten. Franziska war so fröhlich und unbeschwert und hatte sie vom ersten Moment an wie eine Schwester behandelt. Selbst die Mädchen, mit denen sie im Kloster etwas besser befreundet war, waren nie so herzlich gewesen.

Franziska kehrte mit ein paar Kleidungsstücken zurück. »Bis deine eigenen Kleider fertig sind, kannst du gern meine Sachen tragen. Der Rock wird vielleicht ein bisschen zu kurz sein, aber viele Frauen tragen immer diese Länge. Das Mieder passt bestimmt, und die Schuhe hier sind von meiner Mutter. Probier doch gleich alles an.« Zögernd schlüpfte Maria in den langen dunklen Rock, der aus ebenso gutem Stoff wie Franziskas Sommerkleid war, und ließ sich in das helle Mieder helfen. Sie hatte noch nie eines getragen, konnte sich aber noch gut an die Garderobe ihrer Mutter erinnern, die ebenfalls aus langen Röcken, engen Oberteilen, gebauschten Hemden und Umhängen bestanden hatte. Franziska trat ein paar Schritte zurück und musterte sie. »Drücken die Schuhe? Nein? Sehr schön. Rock und Oberteil sitzen genau. Nicht wiederzuerkennen! Jetzt noch die Haare. Wir flechten ein bisschen und dann setzt du dieses Häubchen auf, es wird dir gefallen.« Franziska kämmte und flocht, und nach einigen Minuten trug Maria eine ähnliche Haartracht wie sie selbst. Die winzige, aus dünnen Fäden geklöppelte und fast durchsichtige Mädchenhaube diente wirklich nur dazu, den Schein zu wahren, ebenso wie Franziska es hielt. »Und jetzt komm vor den Spiegel.«

Der kostbare mannshohe Spiegel war das Prunkstück der Werkstatt. Er war sehr teuer gewesen, und Nele hatte lange gerechnet, bevor sie ihn erworben hatte. Doch die Kundinnen waren begeistert und konnten sich nicht lange genug in ihren neuen Kleidern bewundern.

»Bitte schön: die neue Maria – ich darf vorstellen!« Sie zog den Vorhang beiseite, der den Spiegel verhüllte, und Maria entfuhr ein kleiner Schrei. Sie hatte seit ihrer Kindheit vor keinem Spiegel mehr gestanden und ihr eigenes Gesicht höchstens schemenhaft in einer Wasserschale oder auf poliertem Metall betrachten können. Jetzt sah sie eine junge Frau vor sich. Für einen Moment glaubte sie, ihre Mutter stünde ihr gegenüber.

»Gefällt es dir nicht?«, fragte Franziska, als sie Tränen in Marias Augenwinkeln sah. »O doch. Es ist wunderschön.

Nur ... meine Mutter sah so aus. Ich dachte, gleich spricht sie zu mir. Ich muss mich erst an mich selber gewöhnen, glaube ich.«

Franziska schwieg und sah Maria noch eine Weile zu, die an ihrer neuen Garderobe herumzupfte. Doch plötzlich geschah etwas, das Franziska nicht für möglich gehalten hatte. Sie wurde Zeugin einer Verwandlung. Marias Haltung, ihr Ausdruck und ihre Ausstrahlung veränderten sich innerhalb von Sekunden. Eben noch kindlich, zurückhaltend und bescheiden, stand sie nun aufrecht, mit geraden Schultern und erhobenem Kopf vor dem Spiegel. Ihr Gesicht wirkte erwachsen und selbst das Blau ihrer Augen schien tiefer geworden zu sein. Aus dem unscheinbaren Mädchen war eine begehrenswerte junge Frau geworden.

»Trotzdem«, sagte sie plötzlich, »irgendetwas war bei meiner Mutter anders.« Sie besah sich ihr Spiegelbild genauer und betrachtete sich von Kopf bis Fuß. »Die Schuhe!«, rief sie plötzlich. »Die Schuhe meiner Mutter waren anders«, stellte sie fest. Franziska sah sie neugierig an. »Wie denn?«

»Also zunächst mal die Sohlen. Die waren aus ziemlich hartem Leder und ganz schmal. Sie hatten genau die Form und die Größe der Fußsohle. Und hinten war ... so etwas wie ein Keil, warte, ich zeichne es dir auf.« Sie sah sich nach einem Schreibgerät um, und Franziska reichte ihr ihre Schiefertafel und ein Stück Kreide.

»Am besten zeichne ich sie von der Seite. Also hinten, unter der Ferse war der Schuh höher als vorne, das fanden vor allem die französischen und italienischen Ritterfrauen in Akkon elegant. Außerdem wollten sie gern so groß wie die deutschen Frauen sein. Ich habe mir diese Schuhe als kleines Mädchen genau angesehen und manchmal aus Spaß ein Paar meiner Mutter angezogen, auch wenn sie noch viel zu groß waren.« Sie zeichnete die Seitenansicht einer eleganten Frauensandale auf das Brett, mit keilförmigem Absatz und Riemen statt Oberleder. »Für kühles Wetter gab es auch geschlossene Schuhe und für ganz kaltes und Regen solche, wie du sie hast.« Franziska sah sich die Zeichnung genau an und dachte nach.

»Das wäre doch gelacht, wenn wir das nicht hinbekämen«, sagte sie mehr zu sich selbst als zu der Freundin. »Gleich morgen gehen wir zu Hoimar, dem Schuhmacher. Er wird zwar verzweifeln, aber er muss solche Schuhe fertigen. Wir überraschen meine Mutter bei der Hochzeit damit!«

Mittlerweile war es Abend geworden, und sie hörten Nele zum Nachtmahl rufen. Verschwörerisch legte Franziska einen Finger an die Lippen. »Kein Wort wegen der Schuhe!«

Nele klatschte vor Freude in die Hände, als ihr die verwandelte Maria ihr vorgeführt wurde. »Du bist ein Ebenbild deines Bruders. Unglaublich! Sogar die Haarfarbe ist fast gleich. Das sieht man selten.« Bei der Erwähnung Ludwigs errötete Franziska leicht, was Nele nicht entging, sie sich aber nicht anmerken ließ.

Für die Nacht wies Nele Maria eine eigene Kammer neben der Franziskas zu. Maria hatte noch nie alleine in einem Zimmer geschlafen und war anfangs ziemlich aufgeregt, als sie in dem bequemen Bett mit der frischen Wäsche lag. Wie eine Prinzessin, dachte sie noch, als sie schließlich doch die Müdigkeit überfiel und sie in tiefen Schlaf sank.

*

Siegfried von Restwangen hatte zeitlebens großen Wert auf Leibesertüchtigung gelegt und seinen Körper durch Reiten, lange Fußmärsche und den Schwertkampf gestählt. Bis weit über sein vierzigstes Lebensjahr hinaus hatte er an Turnieren teilgenommen, und nur wenige Männer hatten den alten Kämpen in den sportlichen Wettkämpfen besiegt. Seine besondere Liebe und Leidenschaft galt jedoch dem Schwimmen, das er schon als ganz junger Knabe erlernt hatte und in dem sich seine Pagen und Knappen ebenfalls üben mussten. Die Burschen von heute drohten ohnehin zu verweichlichen, ganz anders als zu seiner Zeit. Er konnte sich jedenfalls nicht erinnern, in seiner Jugend jemals untätig gewesen zu sein und auch nur eine Minute durch Müßiggang und Schlendrian vergeudet zu haben.

Das Restwangen'sche Lehen war seit über fünfzig Jahren im Besitz seiner Familie. Siegfrieds Vater, der ursprünglich mit einem weniger reichen Besitz in Nordböhmen belehnt war, hatte es durch die Heirat mit einem bruderlosen Edelfräulein erworben und sein altes Lehen der Krone wieder zur Verfügung gestellt. Der Besitz umfasste den westlichen Teil Südböhmens, der auch als Böhmischer Kessel bezeichnet wird, da er von Gebirgen eingesäumt ist. Die wichtigsten davon, der Böhmerwald, die Gratzener Berge und das Hühnergebirge lagen im Süden, an der Grenze zu Österreich. Ein beträchtlicher Teil der Restwangen'schen Einkünfte stammte aus der Forstwirtschaft an den dicht bewaldeten Höhenzügen. Gleich zwei wichtige Flüsse durchzogen die fruchtbare Landschaft, die Moldau und die Maltsch, die vor den Toren von Budweis ineinandermündeten.

Die nahe Moldau floss in Mäandern durch Siegfrieds Land. Ihr Tal verbreiterte sich von Westen nach Osten, und der zunächst wilde Fluss wurde in seinem Verlauf deutlich zahmer, und Seitenarme und Auen luden zum Angeln und Jagen ein. Sie hatten in all den Jahren so manchen köstlichen Fisch und jede Menge Wild aus Siegfrieds Revier verspeist. Das Flusswasser war jetzt im Mai noch ziemlich kühl, doch gerade deshalb bestens geeignet, den jungen Kerlen etwas Bewegung zu verschaffen.

Ludwig von Montardier machte Siegfried große Freude, auch wenn er sich Mühe gab, das dem jungen Mann nicht zu deutlich zu zeigen. Er erinnerte ihn an seinen Vater Henri, den er vor vielen Jahren in der Levante kennengelernt hatte. Achtzehn Jahre zählte Ludwig nun, und Siegfried würde ihn noch lange vor seinem einundzwanzigsten Geburtstag die Schwertweihe empfangen lassen, da der junge Mann die Waffen- und Reitkunst längst ausreichend beherrschte und dank der Strenge von Siegfrieds Weib Hildegard auch im höfischen Benehmen keinen Anlass zum Tadel bot. Siegfried war ohnedies der Ansicht, dass junge Männer sich nicht zu lange an die Kittelfalte des Dienstherrn klammern, sondern draußen in der Welt ihren Mann stehen lernen sollten.

Über den jüngeren der beiden Pagen, den etwas schüchternen Horwarth, hatte Siegfried sich noch keine abschließende Meinung gebildet. Gewiss würde es noch fünf oder sechs Jahre brauchen, um aus ihm einen Mann zu machen. Das heutige Bad im Fluss war eine gute Übung für den Jungen, etwas mehr Selbständigkeit zu entwickeln. Siegfried hätte seinen Schwimmunterricht gern selbst übernommen, wie er das bei Ludwig noch getan hatte, doch seit einiger Zeit plagten ihn die Gelenke, wenn er in kaltem Wasser badete, und den langen Fußweg zu den besten Schwimmplätzen scheute er mittlerweile ebenfalls. Er sandte die beiden daher alleine aus mit dem Auftrag an Ludwig, den Jüngeren keinesfalls zu schonen und auf kräftige Schwimmstöße zu achten.

Die beiden Jungen freuten sich über den Auftrag und sahen zu, dass sie davonkamen, bevor Hildegard oder gar Bero ihnen einen Strich durch die Rechnung machten. Sie liefen weit den Fluss hinunter bis zu einer Stelle, an der sich auch manchmal andere junge Leute erfrischten. Karl behauptete sogar steif und fest, dass er hier schon Frauen im Fluss beobachtet hatte.

Ludwigs Bruder badete in den wärmeren Monaten fast täglich und legte auch im Winter größten Wert auf Reinlichkeit. Stets wusch er sich auch vor seinem Gebet, das er alleine ausführte. Es war gut möglich, dass sie ihn heute trafen. Vielleicht hatten sie ja Glück.

Tatsächlich entdeckten sie seine Kleider und die hölzerne Hand auf einem Baumstumpf und hörten ihn auch schon rufen, als sie sich dem Ufer näherten. Der Fluss bildete an dieser Stelle eine weite Schlinge und hatte nur geringe Strömung. Überdies war das Wasser hier nicht tief, sodass auch für den vierzehnjährigen Horwarth keine Gefahr bestand. Die beiden Pagen legten ihre Kleider ab und rannten in das kalte Wasser. Nach der üblichen Balgerei erteilte Ludwig seinem Schützling die vereinbarte Lektion, und Karl zeigte ihm, wie man sich auf dem Rücken treiben ließ und dabei mit den Beinen strampelte. Horwarth war das dunkle Wasser zwar nicht recht geheuer, aber er riss sich zusammen und zeigte rasch kleine Fortschritte, für die die beiden Brüder ihn lobten.

»Wo führst du mich denn jetzt hin?«, fragte Maria Franziska, die sich in geheimnisvolles Schweigen hüllte. Ihre Mutter hatte ihr freigegeben mit dem Auftrag, Maria die Umgebung von Budweis zu zeigen. Das Mädchen war viel zu lange hinter Klostermauern eingesperrt gewesen. Sie hatten sogleich den Schuhmachermeister aufgesucht, und Franziska hatte so lange auf ihn eingeredet, bis er versprochen hatte, drei Paar Schuhe nach Franziskas und Marias Vorstellungen anzufertigen. Wirklich schwierig waren sie nicht herzustellen, eigentlich wesentlich einfacher als gute herkömmliche Schuhe, doch wollte sich ihm der Sinn nicht erschließen, gutes Geld für derart unpraktische Gehwerkzeuge zu verschwenden, nur um der Schönheit Genüge zu tun.

Es war schönes Wetter, so dass sich ein Spaziergang zum Fluss anbot. Franziska wollte selbst ein wenig im Wasser planschen. Maria war jedenfalls noch nie schwimmen gewesen, das hatte sie schon herausgefunden. Ihr selbst hatte es Hermann beigebracht, der schon in seiner Jugend als Fuhrmann gelernt hatte, seinen Wagen und seine Tiere durch tiefste Furten zu bringen, notfalls, indem man neben den Ochsen durch das Wasser schwamm. Sie mussten etwas mehr als eine Meile zu der richtigen Stelle laufen und konnten in der Ferne gut die Burg Restwangen erkennen, die sich noch ein ganzes Stück flussaufwärts befand. Als sie sich der Badestelle näherten, vernahmen sie die Stimmen der Jungen. Franziska hielt im Schritt inne und sagte: »Gleich wirst du jemanden erblicken, den du schon lange nicht mehr gesehen hast. Komm!« Sie verließen den Weg und versteckten sich zwischen den Bäumen. Von dort konnten sie die drei Burschen im Wasser beobachten.

»Großer Gott – ist er das wirklich?«, fragte Maria.

»Ja, das ist er, dein Bruder. Hast du ihn gleich erkannt?«

»Nicht auf den ersten Blick. Er ist so groß geworden und seine Stimme klingt so tief.«

»Duck dich, sie kommen raus.«

Die beiden Mädchen hatten nicht damit gerechnet, dass die jungen Männer gar nichts am Leibe trugen, und hielten den Atem an, als sie die schlanken nassen Körper sahen. Franziska versuchte, einen Blick auf Ludwigs Rückansicht zu erhaschen, doch ihr Schwarm lief vor Karl, der die Sicht verdeckte. Schnell senkte Maria den Blick. »Lass uns schnell weggehen.«

»Dann bemerken sie uns erst recht. Sei lieber still, sie werden den Platz ohnehin in die andere Richtung verlassen, dann können wir unbemerkt verschwinden.«

Die drei Jungen setzten sich auf die warmen Steine am Ufer und ließen sich von der Sonne trocknen. Karl erhob sich als Erster, um seine Kleider und seine Prothese anzulegen. Hosen und Hemd waren durch Bänder und Schnüre zu schließen, und er musste sich ziemlich verrenken, um alles ordentlich zuzuziehen und zu Schleifen zu binden. Vor allem die Verschnürung der Beinkleider fiel ihm sichtlich schwer. Die Hose hatte ein umlaufendes Band, das in den Bund eingenäht war. Karl musste beide Enden zuziehen, versuchen, sie festzuhalten und gleichzeitig eine Schleife binden. Der Hosenlatz war durch eine gekreuzt geführte Kordel zu schließen, was ihm aber gut gelang.

Die beiden anderen Burschen schlüpften ebenfalls in ihre Kleider. Ludwigs Beinlinge waren ihm etwas zu klein und umspannten seine Beine und sein Hinterteil. Franziska genoss den Anblick seiner straffen Muskeln, die sich durch den Stoff abzeichneten. Karl und den jungen Horwarth würdigte sie keines Blickes. Sie seufzte kaum hörbar, als die jungen Männer die Badestelle verließen. Maria entging das nicht, doch wusste sie sich keinen Reim darauf zu machen.

»Möchtest du auch ins Wasser?«, fragte Franziska nun. Maria sah sie erschreckt an. Meinte die Freundin etwa nackt wie ihre Brüder? Sie schüttelte rasch den Kopf. »Dann lass uns die Wäsche ausschwemmen.« Maria half geschickt, die Wäschestücke durch das klare Wasser zu ziehen, sie auszuwringen und anschließend mit den Armen auszuschleudern. Bevor sie die Wäschestücke wieder zusammenlegten, ließen sie sie in der Sonne antrocknen. Maria ging der Anblick ihres Bruders Karl nicht aus dem Sinn. Der sonst so selbstsichere junge Mann hatte so hilfsbedürftig gewirkt. »Hast du gesehen, wie schwierig all die Schnüre für Karl waren? Kann man Kleider denn nicht anders schließen als mit diesen ellenlangen Bändern? Es muss doch etwas geben!«

Franziska musste sich eingestehen, dass sie nicht bemerkt hatte, wie sehr Karl sich plagen musste.

»Natürlich kann man Spangen verwenden, aber bei Hosen und Hemden geht das schlecht. Auch lange Nadeln nicht, das wäre zu gefährlich. Deswegen verschnürt man seine Kleider doch.«

Maria nickte artig, doch zufrieden war sie mit dieser Antwort nicht. Franziska war es ebenfalls nicht, wollte es aber vor der Freundin nicht zugeben.

Auf dem Heimweg erzählte Franziska ihrem Gast alles über die Gegend und die Leute, die sie trafen. Unterwegs suchten sie noch Hermann auf, um ihm Maria vorzustellen. Maria gefiel es auf dem Hof des Rosshändlers, vor allem die kleinen Katzen hatten es ihr sofort angetan.

Gegen Abend betraten sie Neles Werkstatt und fragten die erfahrene Schneiderin, ob sie nicht eine Idee für Karls Hemden und Hosen hätte. »Darüber habe ich mir noch nie Gedanken gemacht«, gestand die Meisterin.

»Nehmt euch doch ein Paar Beinlinge und probiert ein wenig. Meist kommen einem dabei die besten Ideen.«

Die Mädchen setzten sich an den Tisch und fingerten an dem Stoff einer fast fertigen Hose herum.

»Als kleines Mädchen habe ich mal den Kittel meiner Puppe geflickt und aus Resten einen Verschluss gebastelt, ungefähr so.« Franziska knüpfte rasch aus einem kurzen Bändchen eine kleine Schlinge und nähte diese an den Hosenbund und befestigte an der anderen Seite ein Häkchen, was zwar ein gewisser Fortschritt gegenüber den Bändern war, aber weder eine neue noch eine besonders originelle Lösung darstellte. Besonders gefällig wirkte der Verschluss obendrein auch nicht.

»Kann man so einen Haken nicht direkt in den Stoff hängen? Man müsste ein Loch machen und es sauber ausnähen, das wäre doch eine Lösung.«

»Ein Loch? Lieber einen Schlitz, würde ich sagen. Probieren wir es einfach.« Franziska schnitt einen schmalen Schlitz in eine Seite des Hosenbundes und vernähte die Ränder sauber mit flinken Stichen. Maria nickte. Der Schlitz war unauffällig und praktisch. Leider hielt der Haken jedoch nicht.

»Denkst du nicht auch, dass der Haken am Bauch oder an der Hüfte scheuert?«, fragte Maria.

»Leider. Und den Haken von innen nach außen einzuhängen finde ich ganz unmöglich. Aber die Idee mit diesem Loch oder Schlitz ist gut«, sagte Franziska. »Wenn man nun einfach ... vielleicht so ...« Sie hielt die Stoffstücke übereinander. »Oder doch so? Ich brauche mal Nadel, Faden und die Schere.« Sie schnitt einen weiteren kleinen Schlitz in den anderen Teil des Hosenbundes und säumte ihn rasch. Maria staunte, wie schnell und leicht Franziskas Finger die Nadel führten. Beide Schlitze waren nach nur wenigen Augenblicken fertig. »Und jetzt müsste man ...«, dachte sie laut und drehte und hielt die beiden Stoffstücke aneinander. »Ich glaube, ich habe es! Sieh nur! Man macht erst den einen Schlitz und an das Gegenstück kommt einfach ein zweiter, und wenn man die Teile genau mit den Löchern übereinanderlegt, könnte man sie verbinden, so ähnlich wie eine Wagendeichsel mit der Zugstange.«

»Dafür nimmt man aber einen Pflock.«

»Ich meine ja nur, versteh doch ... vielleicht finden wir ja noch etwas Besseres. Irgendeinen Verschluss oder so etwas auf die Art.«

Sie wühlten in einer Kiste mit allerlei Krimskrams, doch wollte sich nichts Vernünftiges finden, mit dem man die beiden Stoffstücke fixieren konnte. »Und wenn man zwei von diesen Dingern nimmt und sie aneinandernäht?« Maria zeigte auf ein fast fertiges Obergewand, auf das aus pfenniggroßen Hornscheiben ein Muster genäht war.

»Die Zierknöpfe? Warum nicht? Lass es uns versuchen!«

Rasch nähte Franziska zwei Knöpfe aneinander, sodass ihre Unterseiten mit einer kurzen Schnur miteinander verbunden waren. Den unteren Knopf schoben sie durch beide Löcher und es hielt!

Begeistert liefen sie zu Nele, um ihr ihre Entdeckung zu zeigen. Nele sah die Hosen genau an. »Wieso näht ihr den Knopf nicht gleich an den Stoff? Dann müsst ihr nur ein

Loch machen, und obendrein braucht man nur einen Knopf«, sagte sie schließlich.

»Das ist es!«, rief Franziska begeistert und umarmte ihre Mutter. »Das ist die Lösung! Und wir können mehrere Löcher nähen oder mehrere Knöpfe anbringen, dann lässt sich die Hose sogar verstellen! Und den Schlitz schließen wir auch mit Knöpfen. Darf ich es bei Hermanns neuen Beinlingen für die Hochzeit versuchen? Ja? Danke! Los, Maria, komm! Wir machen Hermanns Hosen rasch fertig, und dann nähen wir Karl gleich noch ein ordentliches Paar!« Sie zog Maria aus dem Zimmer. Lächelnd sah Nele den Mädchen nach. Dieses Ungestüm und diese Begeisterung, sie beneidete die Jugend darum. Doch Franziska hatte Recht. Ihre Entdeckung, so einfach sie auf den ersten Blick wirken mochte, war genial und würde unbegrenzte Möglichkeiten in der Schneiderei eröffnen. Schon dachte Nele darüber nach, bei welchen Kleiderstücken sie selbst die neue Technik anwenden würde, bis ihr wieder klar wurde, dass ihre Tage im Schneiderberuf gezählt waren – sie würde ja bald die Hausherrin eines Rosshändlers werden.

In der Werkstatt kramte Franziska in Windeseile alles hervor, was sie für die neuen Kleidungsstücke benötigten: Hermanns Hosen mussten begutachtet werden, um zu entscheiden, wo man die Knöpfe anbringen wollte. Sie zeigte Maria auch ein halb fertiges Paar Beinlinge aus feinstem, schwarzen Wollstoff, die wohl für einen etwas kleineren und sehr schlanken Mann gedacht waren. »Die waren ohnehin für deinen Bruder. Ich schulde ihm einen Gefallen und habe ihm ein paar Kleidungsstücke versprochen. Ich war zwar bisher nicht besonders fleißig daran, aber das ändern wir jetzt.«

Franziska zeigte Maria, wie man die kleinen Schlitze ordentlich ausschnitt und sauber vernähte. »Der Stoff darf auf keinen Fall ausfransen, sonst war die ganze Arbeit umsonst. Am besten, du legst die Ränder ein ganz klein wenig um und nähst dann mit feinen Kreisen um diesen kleinen Steg. Ich zeige es dir.« Maria sah Franziska genau zu und versuchte ebenfalls ihr Glück. Schon nach weinigen Minuten beherrschte sie den Kniff und nähte zwar noch nicht so schnell, doch fast ebenso sauber und behände wie Franziska. Die Mädchen arbeiteten so eifrig, dass sie völlig die Zeit vergaßen. Erst als das Licht zu schwach wurde und sie kaum noch etwas sehen konnten, legten sie Nadel und Faden nieder.

Als die Näherinnen am kommenden Morgen vollzählig in der Werkstatt versammelt waren, setzte Franziska zu einer kleinen Rede an.

»Passt jetzt gut auf! Maria und ich haben uns gestern etwas ausgedacht, was es nur bei den Kleidern aus unserer Werkstatt geben wird: Ab sofort schließen wir Kleider, Wämser und Hosen nicht mehr mit Bändern und Haken, sondern mit Knöpfen!« Die Näherinnen sahen sie fragend an. Franziska hob Hermanns Hosen hoch, an die sie schöne Hornknöpfe genäht hatte. »Seht her: Man näht den Knopf, einen ganz normalen Zierknopf zum Beispiel, an den Stoff. In das Gegenstück kommt ein Schlitz, den man ordentlich säumt – und schon hat man einen schnellen, schönen und haltbaren Verschluss. Der Bund dieser Beinlinge wird durch große Knöpfe, der Hosenstall durch kleine geschlossen. Nun, was sagt ihr dazu?« Die Näherinnen scharten sich um ihre junge Herrin und begutachteten die neuartige Technik. Nach anfänglichem Staunen lobte eine jede von ihnen die großartige Idee.

»Nur zu«, sagte Franziska. »es wartet genug Arbeit! Hermanns Wams muss umgearbeitet werden, ebenso die Hosen. Und die Kleider meiner Mutter möchte ich auch noch ändern. Kommt her! Ich zeige euch genau, was zu tun ist!« Sie zeichnete mit Kreide die Stellen an, wo Knopflöcher sein sollten, und zeigte den Mädchen, wie sie genäht werden mussten. Bald zeigte sich, dass zwei Näherinnen besonderes Geschick im Säumen der Löcher hatten, und Franziska entschied, ihnen diese Arbeiten in Zukunft zu übertragen.

Es war schon Mittag, als Maria sie ansprach: »Ich denke, wir sollten rasch Handwerker suchen und beauftragen. Wir müssen einkaufen.«

»Ach so? Was denn?«, antwortete Franziska und sah von ihrer Arbeit auf.

»Knöpfe!«, rief Maria und strahlte. »Wir brauchen jede Menge Knöpfe!«

*

Bero war ungehalten und fahrig, und Ludwig gab sich Mühe, dem schlecht gelaunten Edelmann aus dem Weg zu gehen. Beros Missmut hatte einen guten Grund: Er hatte sein Pferd verloren, das ein Geschenk Siegfrieds gewesen war. Das Tier war auf der Sauhatz von einem waidwunden Eber angefallen worden, der ihm mit seinen Hauern den ganzen Bauch aufgeschlitzt hatte. Es war ein teures und gutes Reittier gewesen, zwar weder richtiges Jagdpferd noch Schlachtross, aber ein kräftiges Tier und erst acht Jahre alt. Nachdem er einige Tage Trübsal geblasen hatte und abwechselnd auf verschiedenen Tieren seines Großvaters geritten war, empfahl ihm dieser, Hermann aufzusuchen, um mit ihm über ein neues Reitpferd zu verhandeln.

Bero sandte die beiden Pagen aus, um seinen Besuch anzukündigen. Am folgenden Tag ließ er sich mit zwei Freunden einige Tiere vorführen, die Hermann auf seiner Koppel stehen hatte. Es waren allesamt sehr gute Reitpferde, doch so recht wollte ihnen keines zusagen. An jedem Tier hatten sie etwas zu bemängeln, bis sie die silbergraue Stute sahen, die auf Hermanns hinterer Weide graste. »Zeigt uns dieses Tier«, forderte Bero. »Ist es als Jagdpferd zugeritten?«

»Ich bedaure«, sagte Hermann, »die Stute ist nicht zu verkaufen.«

»Ach was. Ihr seid Rosshändler. Führt sie uns vor.«

»Es tut mir aufrichtig leid«, sagte Hermann, so unbehaglich er sich auch dabei fühlte, dem Adeligen zu widersprechen. »Die Stute steht nicht zum Verkauf. Obendrein gehört sie mir nicht. Ihr Eigentümer hat sie nur hier untergebracht.«

»Wenn nicht Euch, wem gehört sie dann?«

Hermann sagte es ihnen nach kurzem Zögern. Bero lachte auf. »Dem Gehilfen des Juden? Macht Euch nicht lächerlich. Ihr wollt nur den Preis hochtreiben. Gesteht!«

»Die Stute ist sein Eigentum. Er hat sie mehrere Jahre lang abgearbeitet und gemeinsam mit meinen Knechten zugeritten. Sie ist für einen einarmigen Reiter ausgebildet. Wenn Ihr sie tatsächlich haben wollt, dann müsst ihr mit ihm verhandeln, aber ich glaube nicht, dass er sie verkaufen wird. Er hängt sehr an dem Tier.«

Bero und seine Kumpane berieten sich kurz. Bero dachte nicht daran, mit dem Gehilfen eines Geldverleihers um den

Preis eines Gauls zu feilschen. Schließlich bot Hermann an, einen seiner früheren Kunden wegen eines anderen Pferdes aus seiner Zucht anzusprechen, das er diesem vor zwei Jahren verkauft hatte. Der Mann war seit einiger Zeit nicht mehr bei guter Gesundheit, und möglicherweise könnte man handelseins werden. Das Tier war um nichts schlechter als die Stute, ein schönes und wertvolles Pferd, viel zu schade um nur auf der Koppel zu stehen. Bero kannte es sogar, er hatte es begutachtet, bevor er seinen Hengst erworben hatte. Beinahe hätte er sich damals schon für das Tier entschieden. Er willigte ein und wies Hermann an, ihn baldigst zu benachrichtigen.

»Trotzdem verstehe ich nicht, wie ein Geschäftsgehilfe zu solch einem Pferd kommt«, sagte Haymo von Walding, einer von Beros Freunden, schließlich, als sie Hermanns Hof verließen.

»Unterschätze den Jungen nicht. Er ist der Bruder unseres älteren Pagen. Der Vater der beiden war mein Vorgesetzter in Akkon, ein über jeden Zweifel erhabener Edelmann. Dieser zweitgeborene Sohn ist alles andere als auf den Kopf gefallen. Man erzählt sich, dass sogar die wohlhabenden Kaufleute auf seinen Rat hören und Zacharias, sein Dienstherr, soll Schuldscheine besitzen, mit denen er die ganze Stadt in die Knie zwingen könnte. Der Bursche ist seit einigen Jahren seine rechte Hand und lebt in seinem Haus wie ein Sohn.«

»Wieso bei allen Heiligen hat sein Vater ihn denn ausgerechnet zu einem Juden geschickt? Als Edelmann ...«

»Der Vater ist längst tot, in Akkon gefallen. Und für den Jungen kam eine Ausbildung zum Knappen nicht in Frage.

Er hat nur eine Hand. Er kann sich glücklich schätzen, überhaupt einen Beruf gefunden zu haben. Obendrein ist er an Sohnes statt angenommen. Hat angeblich Ludwig das Leben gerettet, als sie noch Kinder waren.« Bei den letzten Worten zuckte er mit den Schultern, als ob er selbst nicht allzu viel über die Familie wüsste.

Gemächlich ritten sie die Straße entlang und passierten schließlich Neles Haus. »Sieh mal«, sagte Haymo plötzlich. Ein lüsternes Grinsen huschte über sein junges Gesicht. »Und du hast mir gesagt, in deiner Gegend gäbe es nur derbe Bauerntrampel.« Er folgte Franziska und Maria mit den Augen. Die beiden Mädchen liefen gerade schwatzend über den Hof und trugen zwei Stoffballen aus dem Lager in die Werkstatt. Bero erwiderte nichts, sondern verzog nur kurz abwägend die Mundwinkel. Franziska kannte er; insgeheim hatte er schon seit einiger Zeit ein Auge auf sie geworfen. Aber wer wohl das zweite Mädchen war? Irgendwie kam sie ihm vertraut vor, als hätte er sie schon einmal gesehen, irgendwo vor langer Zeit. Plötzlich traf es ihn wie ein Blitz. Er wusste, woher er sie kannte. Er sah sich selbst in einer dunklen Gasse auf Zypern, wie er die Frau in eine finstere Nische stieß, um sich ihr Schweigen zu sichern. Sie hatte ihn angefleht, an ihre Kinder zu denken und ihr Leben zu verschonen. Er sah seine eigene Faust, wie sie den Dolch in den Leib der Frau rammte. Ihn ekelte, und er schmeckte Galle, als die lange Zeit verdrängte Schandtat an den Pforten seines Gedächtnisses pochte. Sofort verscheuchte er die Erinnerung wieder. Das war doch Unsinn. Montardiers Frau war tot und begraben, sie war Vergangenheit. Trotzdem, er würde Erkundigungen über die junge Frau im Haus der Schneiderin einziehen.

»Es soll eine Hochzeit geben, in wenigen Tagen schon. Der Rosshändler heiratet die Schneidermeisterin. Das Mädchen mit den braunen Locken ist ihre Tochter und wird die Werkstatt bald übernehmen, heißt es. Vielleicht sollten wir dem Hochzeitspaar unsere Aufwartung machen.« Haymo rollte bei Beros Worten genießerisch die Augen und folgte den Freunden, die ihren Pferden die Sporen gaben und davonsprengten.

Hermann war begeistert, als er die Hosen mit den Knöpfen anprobierte, ebenso von dem Obergewand, an dessen Vorderseite sich ebenfalls Knöpfe fanden. Auch Neles Umhang wurde durch zwei silberne Knöpfe über der Brust gehalten, und ihr Kleid konnte durch geschickt angebrachte Knopfleisten einfach und rasch angezogen und abgelegt werden. Immer neue Ideen waren den Mädchen gekommen, als sie an den Kleidern arbeiteten, und bald mussten sie sich gegenseitig bremsen, um nicht auch noch das letzte Bändchen und jeden Haken durch die neuartigen Knöpfe zu ersetzen.

Karl überraschten die Mädchen einen Tag vor der Hochzeitsfeier mit seinen neuen Hosen. Belustigt betrachtete er das Kleidungsstück, ließ sich jedoch überreden, es sofort anzuprobieren. Er verzog sich in einen Nebenraum und flugs hatte er seine neuen Beinlinge angezogen und geschlossen. Franziska und Maria hörten ihn begeistert aufjuchzen. Obendrein passte die Hose wie angegossen.

»Seht mich an!«, rief er den beiden Mädchen zu. »Alleine die Zeit, die ich jetzt beim An- und Ausziehen spare ... Zacharias wird meinen Lohn erhöhen müssen, weil ich nun doppelt so viel schuften kann. Und wenn erst das Weibsvolk ...«

Franziska verpasste ihm einen Stoß mit dem Ellenbogen. »Prahlhans!«, rief sie, doch ihre leuchtenden Augen verrieten, wie stolz sie auf ihr Werk war. Maria zeigte ihrem Bruder ihr neues Kleid für die Hochzeit. Auch daran und an ihrem Hemd befanden sich Knöpfe über Knöpfe, ebenso an der Festrobe, die sie für Franziska umgearbeitet hatten. Franziska hatte ihr Versprechen gehalten und dafür gesorgt, dass Marias Gewand ebenso schön war wie ihr eigenes. Karl musterte es anerkennend, bevor er plötzlich sorgenvoll die Stirn in Falten legte.

»Was wohl die gute Innozentia dazu sagen wird, wenn ich dich übermorgen darin im Stift abliefere?« Ein kurzer Schreckensschrei entfuhr Maria. Übermorgen sollte sie schon wieder zurück? Sie hatte in den letzten Tagen jeglichen Gedanken an das Kloster verdrängt, zu schön war es hier bei Franziska und Nele gewesen. Ihr eben noch so fröhliches Gesicht umwölkte sich. Karl hatte ja Recht. Wohin sonst sollte sie gehen? Es war nichts über ihren weiteren Verbleib besprochen worden, also würde ihr wohl nichts anderes übrig bleiben, als ihr Noviziat fortzusetzen und schließlich Nonne zu werden. Sie hatte keine Eltern, die sie aufnehmen konnten, es war kein Ehemann in Sicht, und sie verfügte ihres Wissens über kein Vermögen, das es ihr gestattet hätte, unter der Aufsicht eines Vormundes ihren Lebensunterhalt daraus zu bestreiten. Eingeschüchtert senkte sie die Augen und schämte sich ein wenig ihrer Einfalt und ihrer Eitelkeit, die dazu geführt hatten, dass sie jetzt in vornehmen Kleidern in einem wohlhabenden Bürgerhaus stand und den Kopf voller Grillen hatte, wo sie doch bald schon wieder in einen derben Kittel gehüllt hinter Klostermauern verschwinden sollte.

Franziska sah die Bestürzung der Freundin und warf Karl einen wütenden Blick zu. »Du wirst doch nicht ...«

»Lass gut sein«, beruhigte der junge Mann sie, und ein listiges Lächeln huschte über sein Gesicht. »Ich habe darüber nachgedacht und auch das eine oder andere Gespräch geführt. Ich denke, ich habe eine gute Lösung gefunden, muss mich aber noch mit Ludwig besprechen, schließlich ist er das Familienoberhaupt, doch morgen kann ich bestimmt eine gute Nachricht überbringen.«

»Aber morgen ist doch schon die Hochzeit!«

»Eine gute Gelegenheit, über Marias Zukunft zu sprechen. Mehr kann ich aber heute nicht verraten, das würde Unglück bringen! Danke nochmals für die Beinlinge. Ihr werdet mich morgen darin bewundern können. Doch nun gehabt euch wohl, ihr hohen Damen.« Er deutete eine Verbeugung an, machte kehrt und marschierte pfeifend aus der Werkstatt.

Karl hatte noch an Hermanns Büchern zu arbeiten, und er freute sich aufrichtig für den Rosshändler, als er die letzte Rate aus dessen Tilgungsplan eintragen und entgegennehmen konnte. Zacharias hatte Hermann vor Jahren eine größere Summe zu besonders günstigen Bedingungen geliehen, mittels der und Karls kaufmännischer Unterstützung er sein Geschäft vergrößert und auf sehr solide Beine gestellt hatte. Der Rosshändler wusste, wie viel er dem Jungen zu verdanken hatte, und als seine Verlobte ihn wegen Maria ansprach, zögerte er nicht. Bereitwillig bot er an, das Mädchen bei sich und Nele aufzunehmen, es wie eine Tochter zu behandeln, ja es vielleicht sogar zu adoptieren, falls Ludwig zustimmte. Nele hatte Marias Geschick in der Werkstatt beobachtet und fand, dass sie ausgezeichnet mit Franziska würde arbeiten können. Sie selbst wollte die Schneiderei ohnedies aufgeben, sobald die Zunft zustimmte, dass Franziska als Meisterin das Geschäft übernahm. Bis sie eines Tages heiratete, wäre Maria ihnen sehr willkommen.

Hermann, der nicht wusste, ob das Mädchen eigenes Vermögen hatte, schnitt das Thema einer zukünftigen Mitgift umständlich an, obwohl Nele ihn davon abzuhalten versuchte. Karl grinste. »Macht Euch darüber keine Sorgen. Ihre Eltern haben ihr eine kleine Barschaft hinterlassen, und dank Zacharias' Weisheit ist diese Summe stetig gewachsen. Die Äbtissin wollte ihre gierigen Finger schon danach ausstrecken, was einer der Gründe war, warum ich meiner Schwester Urlaub verschafft habe und überprüfen wollte, ob sie aus freien Stücken im Kloster bleiben oder doch lieber in die Welt hinausgehen wollte. Ihre Mitgift reicht aus, um einen Edelmann zu heiraten, zumindest einen kleineren, seid Euch dessen gewiss.«

*

Ludwig und Horwarth verrichteten schon den ganzen Tag Waffendienst. Eine Arbeit, die Pagen und jungen Knappen gemeinhin viel Freude bereitete. Sie warteten und pflegten die Jagdwaffen der Schlossbewohner und der Gäste Beros sowie die derzeit unbenutzten Kampfwaffen der Ritter. Alles, was sie dazu benötigten, hatten sie in den Hof geschleppt, um die Arbeit bei Tageslicht verrichten zu können. Eine eiserne Lanzenspitze war stark verbogen und drohte zu brechen, sie trugen sie zum Hofschmied, der sie richtete und härtete. Einige Bolzen für die Armbrüste mussten erneuert werden, also versahen sie sauber gedrechselte Schäfte mit

Gefieder, das sie mit Baumharz befestigten und mit Spitzen, die der Schmied auf Vorrat angefertigt hatte. Eine Bogensehne war gerissen, Horwarth knüpfte mit geschickten Fingern eine neue. Schließlich schärften sie die Schwerter und Dolche der jungen Edelmänner. Zur Jagd trug Bero stets einen massiven Hirschfänger an der Hüfte, eine lange Klinge mit kräftigem Knauf, ein Werkzeug für grobe Arbeiten wie das Aufbrechen des erlegten Wildes oder um einem nach der Lanzenjagd noch lebenden Eber den Todesstoß zu versetzen. Im Stiefel versteckt pflegte er einen Dolch mit sich zu führen, eine schmale scharfe Klinge mit kurzem Griff, geeignet für den Nahkampf oder auch zum Werfen, falls man die Kunst des Messerwerfens beherrschte. Bero übte sich beinahe täglich darin. Er und seine Spießgesellen veranstalteten immer wieder kleine Wettbewerbe, bei denen Siegfrieds Wein in Strömen floss. Beim letzten Mal dürfte die Waffe beschädigt worden sein, da der kleine Knopf am Ende des Griffes, der die fest um den Knauf gewickelte Lederschnur hielt, fehlte und die Lederwickelung nur provisorisch befestigt werden konnte. Ludwig hatte gefragt, ob er die Waffe zum Schmied bringen sollte, doch Siegfried hatte ihn beauftragt, die Reparatur selbst durchzuführen. Er solle erst die anderen Waffen in Ordnung bringen und sich anschließend Zeit für den wertvollen Dolch nehmen. Ein Ritter müsse in der Lage sein, sich in jeder Situation selbst zu helfen, bläute er seinen Pagen zum wiederholten Male ein. Bero war etwas ungehalten, dass er das Stilett nicht mit sich führen konnte, aber schließlich fügte er sich dem Willen seines Großvaters.

Nachdem die beiden Jungen die ihnen anvertrauten Waffen wieder hergerichtet hatten, schliffen sie noch Karls Dolch, den dieser Ludwig schon vor längerer Zeit übergeben hatte und den beide beinahe vergessen hatten. Karl trug die Waffe zwar so gut wie nie, dennoch wollte Ludwig sie ihm bei nächster Gelegenheit wiedergeben.

Siegfried inspizierte die geleistete Arbeit persönlich. Anerkennend betrachtete er die frisch geschärften und geölten Klingen und die untadeligen Wurf- und Schusswaffen. Der Ritter war überzeugt, dass das Geschick der Burschen nur auf seine harte Ausbildung zurückzuführen war, und konnte sich die Bemerkung nicht verkneifen, dass sie jetzt wohl einsahen, warum er in all den Jahren keine Nachlässigkeit geduldet hatte und ein strenger Herr gewesen war. Artig nickten die Burschen. Ludwig wollte sich noch um Beros Dolch kümmern, doch Siegfried hatte plötzlich den Einfall, dass Beros und sein Kettenhemd mit Asche gereinigt, poliert und geölt werden müssten. Ritter mussten kampfbereit sein, auch in Friedenszeiten. Diese Arbeit wäre am selben Tag noch zu schaffen, der Dolch könne bis zum Montag warten.

*

Die große Kirche war voll wie sonst nur zu hohen Festen. Der Pfarrer hielt das Hochamt, um anschließend den Brautleuten das Eheversprechen abzunehmen. Die Zunftmitglieder waren vollständig mit ihren Familien und in ihren besten Gewändern erschienen, zahlreiche Gäste, viele davon Kunden von Hermann oder Nele, waren eigens angereist. Hermann strahlte voller Stolz und genoss seine Beliebtheit. Einige der auswärtigen Gäste, vor allem Frauen, wirkten etwas irritiert, als sie Nele das erste Mal sahen. Es kam nicht oft vor, dass eine Frau in Neles Alter noch geheiratet wurde, schließlich wollten die meisten Männer Erben und ehelichten lieber ein junges Mädchen, unabhängig davon, wie alt sie selbst waren. So hatte auch die Verbindung von Hermann und Nele anfangs für einiges Gerede in Budweis gesorgt, doch da beide große Anerkennung genossen, verstummten bald alle bösen Stimmen. Der Priester hatte es sich im Brautgespräch auch nicht verkneifen können auszuführen, dass schon manche Frau von mehr als dreißig Jahren noch empfangen und Mutterglück erfahren hatte und somit dem heiligen Zweck der Eheschließung Genüge leisten durfte.

Neles Auftritt sorgte für Getuschel, und die eine oder andere nicht mehr ganz taufrische Matrone schüttelte missbilligend den Kopf, während sie den Blick doch nicht von der Meisterin nehmen konnte. Franziska hatte das Kleid, das sich schon durch sein passgenaues Mieder und den Faltenrock deutlich vom klassischen Surcot der meisten Frauen abhob, heimlich vorne etwas gekürzt, sodass das darunter liegende Unterkleid ein kleines bisschen hervorblitzte und die Füße der Trägerin bei jedem Schritt zu sehen waren. Durch den keilförmigen Absatz wirkte Nele eine gute Handbreit größer, und die aufrechte Körperhaltung verlieh ihr eine beinahe königliche Würde, die durch den eleganten Umhang noch unterstrichen wurde. Die Mädchen hatten sie erst kurz vor der Trauung mit der Änderung des Kleids und den Schuhen überrascht. So war Nele nichts anderes übrig geblieben, als die zierlich wirkenden Sandalen zu tragen.

»Die stehen uns allen dreien doch gut«, hatte Franziska gesagt. »Wenn Hoimar morgen Bestellungen über Bestellungen erhält, dann gibt es die dazu passenden Kleider nur bei uns. Noch dazu mit Knöpfen!«

Selbst Karl hatte anerkennend genickt, als sie ihm vor dem Gottesdienst stolz die Geschichte ihrer Schuhe erzählten und ihm zeigten, wie sie sich elegant in die Kirchenbank und auf die Stühle am Festtagstisch setzen wollten, um die fast skandalös entblößen Füße zu zeigen, die nur von dünnen Riemchen umschlossen waren.

Karl und Ludwig standen im hinteren Teil des Gotteshauses. Dank seiner Größe konnte Ludwig über die meisten Menschen hinwegsehen und hatte freie Sicht auf Franziska und Maria, die einträchtig nebeneinandersaßen. Franziskas Kleid war von kräftigem Ocker, das ihrem Haar und ihrem Teint schmeichelte; darüber trug sie einen Umhang, der Nacken und Arme sittsam bedeckte. Wie stets saß auf ihrem Haupt nur die Andeutung eines Häubchens, sodass ihre braunen Locken in den Sonnenstrahlen, die durch das Fenster drangen, golden glänzten. Ludwig konnte seinen Blick nicht von ihr losreißen, und Karl fragte sich, ob ihm überhaupt bewusst war, dass die junge, blonde und himmelblau gewandete Frau an ihrer Seite seine kleine Schwester war.

Nach dem Gottesdienst zogen die Brautleute feierlich in das nahe der Kirche gelegene Zunfthaus, um dort den vorbereiteten Ehevertrag zu unterfertigen. Hermann zeichnete das Dokument mit gewichtiger Miene, während Nele mit gesenktem Haupt hinter ihm stand. Sie ließ sich von Karl vertreten, was dem Zunftschreiber zunächst missfallen hatte, er aber mangels männlicher Verwandter und wegen der Fürsprache der Meisterschaft dann doch akzeptierte. Im Wesentlichen wurde in dem Vertrag geregelt, wie mit dem Vermögen eines der Ehegatten im Falle seines Todes zur Versorgung des anderen oder etwaiger Kinder zu verfahren sei, ebenso wurde ein Wittum festgelegt, eine Morgengabe an die Braut, das ihrer persönlichen Versorgung im Falle des vorzeitigen Ablebens des Gatten dienen sollte. Schließlich wurde Neles Vermögen, das bereits in ein Inventar aufgenommen war, als Mitgift in den Haushalt Hermanns eingebracht. Nele hätte Franziska gern vorab einen Teil des Erbes ihres leiblichen Vaters zugeschrieben, doch hatte es im Vorfeld der Vertragsgestaltung vehemente Einwände von Seiten des Stadtschreibers gegeben, der die Erbfähigkeit eines zum Erbzeitpunkt noch kleinen Mädchens rundweg ablehnte. Sie lösten das Problem, indem sowohl das Geld, das von Gerhards Ersparnissen noch übrig war, als auch eine zusätzliche Summe bei Zacharias angelegt wurden und irgendwann Franziskas Mitgift bilden sollten.

Als sie schließlich auf Hermanns Hof ankamen, warteten dort schon zahlreiche Gäste, und die Bediensteten füllten die Krüge mit kühlem Bier. Musikanten begannen aufzuspielen. Im Innenhof war eine riesige hufeisenförmige Tafel aufgebaut, an der alle Gäste Platz fanden.

Kurz nach dem Brautpaar trafen Bero und Haymo in Begleitung eines weiteren Edelmannes ein. Hermann war zwar nicht erfreut über diesen Besuch, doch wie es Recht und Anstand verlangten, wies er ihnen Ehrenplätze am oberen Ende der Tafel zu. Nele wirkte geehrt, dass Siegfried seinen Enkel als Vertretung geschickt hatte, und behandelte die Männer mit der gebührenden Achtung, auch wenn sie den Augenkontakt zu Bero mied.

Im Gegensatz zu den förmlichen Adelsheiraten, die oft sogar von Vertretern vorgenommen wurden, ging es bei Bürgerhochzeiten zünftig zu. Es wurde geschmaust und getrunken, getanzt und gesungen. Irgendwann im Lauf des Abends wurde die Braut von den anderen Frauen ins Haus geführt. Symbolisch wurden ihr die Schlüssel überreicht, die Bediensteten vorgestellt und der Haushalt gezeigt. Anschließend wurde sie in die Schlafkammer geführt und für die Nacht fertig gemacht. Eine Hebamme oder eine ältere Verwandte wurde herbeigeholt, um die meist unerfahrene und unwissende Braut über die Hochzeitsnacht und die Geschlechtlichkeit der Ehe aufzuklären. Angesichts Neles früherer Ehe und ihrer Mutterschaft sollte an diesem Abend auf diesen Brauch verzichtet werden.

Einstweilen feierte und zechte der Bräutigam mit den verbliebenen Herren fröhlich weiter, bis schließlich auch er unter dem Gejohle und Gepfeife der Gäste die Runde verließ und das Brautgemach aufsuchte.

Bero und seine Begleiter hatten ihren Plan schon vor ihrer Ankunft genau besprochen. Wenn Maria und Franziska das Brauthaus verließen und nach Hause gingen, würden sie ihnen folgen, unbemerkt von den anderen Männern an der Tafel. Die beiden Älteren hätten das Vorrecht, als Erste von dem jungen Fleisch zu kosten, hatten sie vereinbart. Der jüngste konnte anschließend wählen, welcher von ihnen er seine Männlichkeit beweisen wollte. Ungeduldig verharrten sie auf der Feier, tranken, speisten und gaben sich Mühe, ihre Erregung zu verbergen und nicht zu oft zu den beiden schönen Jungfrauen zu starren, die an der anderen Oberseite der Tafel saßen und fröhlich mit Ludwig und Karl plauderten.

Ludwig hatte seine Schwester Maria tatsächlich nicht wiedererkannt und war verblüfft, ja erschrocken darüber, wie erwachsen die Kleine geworden war. Trotzdem gelang es ihm nicht, seine Gedanken und seinen Blick von Franziska zu wenden. Franziska hatte erstmals in ihrem Leben einen ganzen Becher Wein getrunken und fühlte sich wie auf Wolken. Die wie zufälligen kleinen Berührungen und die langen Blicke, die sie und Ludwig austauschten, waren tiefster Genuss für sie. Gedankenverloren spielte sie mit einer Haarlocke, während der verliebte Jüngling in ihren Augen zu versinken schien. Ludwig erschien ihr heute noch schöner und strahlender, als er dies sonst in ihren Gedanken war, und sie wünschte nichts sehnlicher, als den ganzen Abend mit ihm zu verbringen.

Obwohl sie wusste, dass es gewiss nicht schicklich war und ihre Mutter es bestimmt missbilligen würde, machte sie, vom Wein und dem Rauschen ihres Blutes beflügelt, schließlich den Vorschlag, die Jungen sollten zu Neles Haus kommen und dort auf Maria und sie warten, wenn die Frauen schließlich die Tafel verließen, es sei denn, sie legten Wert darauf, sich lieber in der Männerrunde zu besaufen, statt sich mit ihnen beiden einen lustigen Abend zu machen. Um kein Gerede unter den Gästen hervorzurufen, sollten die beiden Brüder vorausgehen, während Franziska und Maria mit den anderen Frauen zunächst das Brauthaus aufsuchten, um an den althergebrachten Bräuchen teilzunehmen.

Karl und Ludwig machten sich alsbald auf den Weg, und Karl musste den Älteren ein paarmal scharf darauf ansprechen, seine glühende Liebe zur liebreizenden Franziska für eine Weile hintanzustellen, um die Fragen um Marias Zukunft zu klären. Der Bruder schlug vor, zunächst Maria persönlich zu fragen, ob sie nicht doch die kirchliche Laufbahn einschlagen wollte, eventuell in einem anderen Stift. Mit ihrer Bildung und Intelligenz konnte sie es weit bringen, vielleicht sogar Äbtissin werden. Falls sie hingegen den Wunsch hätte, bald zu heiraten, würden sie sich auf die Suche nach einem Bräutigam machen. Falls beides nicht in ihrem Sinn wäre, könnte sie auf unbestimmte Zeit bei Hermann und Nele bleiben.

Sie standen hinter dem Stofflager auf Neles Grundstück, nicht zu sehen, falls jemand sich von der Straße her näherte, und berieten sich. Nach kurzem Nachdenken stimmte Ludwig diesem Vorgehen zu.

»Ehe ich es wieder vergesse, hier habe ich noch etwas für dich. Tu dir aber nicht weh damit, er ist scharf«, sagte Ludwig, als er dem Bruder die schmale Waffe in der dünnen Lederscheide überreichte. Ihm war aufgefallen, wie sehr sie dem Stiefelmesser Beros ähnelte, und er riet Karl, sie ebenfalls im Stiefel oder im Ärmel zu tragen, zumindest wenn er auf Reisen war. Karl trug heute einfache Schuhe und steckte die Waffe daher in den Gürtel. Sie hatten einen Krug Wein von der Feier mitgehen lassen und gönnten sich einen Schluck daraus.

Franziska und Maria hatten artig den Rundgang durch das Haus des Bräutigams mitgemacht, mit den anderen Frauen höfliches Staunen über den gut ausgestatteten Haushalt gezeigt und es nicht versäumt, die Braut wieder und wieder zu beglückwünschen. Bei den meisten Frauen waren Hochzeiten nicht zuletzt deshalb so beliebt, weil sie eine der wenigen Möglichkeiten darstellten, einen fremden Hausstand in aller Ausführlichkeit in Augenschein zu nehmen und den eigenen Gatten danach entweder entsprechend an die Kandare zu nehmen oder mit Befriedigung an den eigenen Wohlstand oder die guten Partien der eigenen Töchter zu denken. Außerdem gaben die häuslichen Güter des Brautpaares beliebten Gesprächsstoff für die nächsten Tage ab, wenn die Frauen einander auf dem Markt oder nach dem Kirchgang trafen. Nele gab sich bewusst bescheiden und ließ sich ihre Belustigung über die geübt abschätzenden Blicke der Bürgersfrauen nicht anmerken. Als die Bürgersfrauen schließlich unter Ausdruck ihrer Anerkennung das Haus verlassen hatten, entließ Nele auch Tochter und Schutzbefohlene mit einem Lächeln und machte sich daran, sich für die Nacht fertig zu machen und auf den Gatten zu warten.

Beschwingt liefen die beiden Mädchen den kurzen Weg zu Neles Haus. Es dämmerte bereits ein wenig, aber die Sicht war noch gut, und sie machten sich keine Gedanken darüber, die paar Schritte ohne männlichen Schutz zu gehen.

Kaum hatten sie Neles Haus erreicht und den Hof betreten, ging alles blitzschnell. Die schwere hölzerne Tür des Stofflagers, das die Mädchen passieren mussten, schwang auf, und drei Männer sprangen auf sie zu. Der größte von ihnen riss Maria an beiden Armen durch den Eingang und schleuderte sie brutal gegen eine Wand. Der Hinterkopf des Mädchens schlug hart gegen einen eichenen Balken des Fachwerkbaus. Franziska entfuhr noch ein kurzer Schrei, als die beiden anderen Männer sie schon packten und in den Raum zerrten. Sie stolperte und ein Stoß des Jüngeren ließ sie hart auf ihr Gesicht fallen. Mit raschem Griff drehte der Kerl sie auf den Rücken und zerrte ihre Röcke hoch. Nochmals versuchte Franziska zu schreien, als sie plötzlich ein schweres Gewicht auf ihrem Gesicht spürte und sie kaum noch

Luft bekam. Nur ein gedämpftes Keuchen war zu hören. Übelkeit stieg in ihr auf, als sie verschwitzte Finger auf ihren Schenkeln fühlte. Sie würgte und hustete. Sie war unfähig, sich zu bewegen. Irgendjemand hielt ihre Arme fest, während ihre Beine gnadenlos auseinandergespreizt wurden.

Ludwig verschluckte sich, als er Franziskas Schrei vernahm, und der Wein rann ihm über Kinn und Brust. Die Jungen hörten, wie das schwere Tor des Stofflagers mit einem lauten Krachen zuschlug. Erschreckt sahen sie einander an und verharrten für einen Wimpernschlag wie erstarrt. Dann ließ Ludwig den Weinkrug fallen und rannte los. Karl folgte ihm auf den Tritt. Das Lager konnte von innen durch einen schweren Balken oder von außen durch ein eisernes Schloss verriegelt werden. Ludwig warf sich gegen das schwere Holz – Gottlob war die Tür nicht verschlossen. Sie schwang auf und offenbarte die schreckliche Szene. Einer der Männer – Ludwig kannte ihn als Einhard und wusste um die Körperkräfte des Mannes – drängte die wehrlose Maria gegen eine Wand des Raumes. Einhard war ein widerlicher Bursche, mit einer niedrigen Stirn, wulstigen Lippen und Augenbrauen und kleinen, abstehenden Ohren. Seine Muskeln jedoch waren wie die eines Ochsen. Mit dem Unterarm drückte der elende Kerl Maria die Kehle zu, während er mit der freien Hand am Stoff ihres Mieders und ihres Hemdes zerrte. Der feine Stoff konnte den Kräften des Mannes nicht lange standhalten und riss bis zur Taille. Gierig fasste der Mann nach den runden Brüsten der Jungfrau. Die Augen des Mädchens waren weit aufgerissen und starr vor Angst. Mit den Armen versuchte sie, den Lüstling abzuwehren, doch konnte sie gegen das Drängen des schweren Mannes nichts ausrichten.

Franziska lag auf dem Rücken. Der lange Rock mitsamt dem Unterkleid war ihr über den Kopf gezogen. Haymo hockte dort, wo ihr Gesicht sein musste auf dem Stoff und hielt ihre Arme in eiserner Umklammerung. Bero kniete zwischen Franziskas angewinkelten Beinen, die nackt bis über die Hüfte vor ihm lagen. Weiße behaarte Haut blitzte plötzlich auf, und Ludwig stockte der Atem. Beros Beinlinge waren bis zu den Knien herabgezogen, und er rieb hastig an seinem Glied, das sich bereits aufrichtete.

»Bist du von Sinnen?«, gelang es Haymo noch zu brüllen, bevor ein mächtiger Tritt Ludwigs ihn seitlich am Hals traf und zur Seite warf. Bero blickte auf und starrte erstaunt auf den Burschen. »Das bezahlst du, sei dir gewiss!«, schrie er ihm entgegen und funkelte den Jungen böse an. Was fiel dem Bengel ein, seinen Herrn zu stören, wenn der ein bisschen Spaß haben wollte? Beros Hand griff in die vor ihm liegende Scham, und ein geiles Lachen entfuhr ihm, als er Franziskas erstickten, langgezogenen Schrei hörte.

Blindlings stürzte Ludwig sich auf ihn und riss ihn weg von dem hilflosen Mädchen. Beide wälzten sich über den harten Lehmboden, jeder danach trachtend, die Oberhand über den anderen zu gewinnen. Bero versuchte, dem größeren aber nicht schwereren Ludwig ein Knie in den Unterleib zu rammen, war aber durch seine herabgelassenen Hosen behindert. Er bekam eine Hand frei, legte sie an Ludwigs Hals und drückte mit der Kraft aller fünf Finger zu, während Ludwig Beros Rippen mit wütenden Schlägen eindeckte.

Geistesgegenwärtig war Karl, kaum dass er der schrecklichen Szene gewahr wurde, Einhard in den Rücken gefallen und hatte ihm mit aller Wucht die hölzerne Hand über die Nackenwurzel gezogen, während er ihm gleichzeitig in die Kniekehlen trat. Einhard schwankte und schien zumindest etwas von Maria abzulassen. Ein weiteres Mal trat Karl ihn. Langsam ging Einhard in die Knie, fiel aber nicht.

Wieder schlug Karl zu und legte all seine Kraft und die in ihm kochende Wut in seine Hiebe. Mehrmals traf er den Hinterkopf und das Genick des Mannes, prügelte mit der gesunden Linken und der hölzernen Rechten auf ihn ein, die immer wieder mit lautem Krachen auf den Schädel des Unholds traf. Mehrfach schlug die Stirn des Mannes gegen die Wand, und Blutspritzer besudelten die weißgetünchte Mauer. Maria war zu Boden gesunken, als der Mann sie nach Karls ersten Hieben losgelassen hatte, und lag nun halb entblößt zu seinen Füßen. Einhard taumelte und beugte sich unter Karls wirbelnden Schlägen tief über das Mädchen. Karl wagte nicht, seine Hiebe einzustellen, bevor der Mann nicht kampfunfähig war, und schlug weiter auf den bulligstarken Nacken des Ritters ein. Schon glaubte er, den schweren Mann endgültig zu Boden zu zwingen, doch von einem Augenblick auf den anderen schien sein Gegner die Überraschung abgestreift zu haben und der Schläge Herr zu werden. Seine Bein- und Rückenmuskeln strafften sich, und er drohte zur Gegenwehr gegen den sechzig Pfund leichteren Jüngling anzusetzen. In diesem Augenblick packte Karl ihn mit der Linken am Schopf, zog seinen Kopf nach hinten und presste ein Knie in das Rückgrat des Kerls, um zu verhindern, dass Einhard sich zu ihm umwandte, während dessen große Hände ihn bereits zu packen versuchten. Er spürte, wie Einhard seine Lungen mit Luft füllte, doch zerrte er unerbittlich an seinen Haaren, holte weiter mit der Rechten aus und hieb wieder und wieder auf Einhards Schädel ein. Der Hüne versuchte, den Jüngling abzuschütteln, doch Karl hielt seinen Schopf weiter gepackt und warf sich mit seinem ganzen Gewicht auf den Hinterkopf des Mannes. Ein lautes Knacken war zu hören, das hässliche Geräusch fuhr Karl durch Mark und Bein. Einhard, der kräftige Edelmann, schien für einen Augenblick wie gelähmt innezuhalten, bevor seine Gliedmaßen mit einem Mal erschlafften und der schwere Körper über der am Boden liegenden Maria zusammensank.

Karl hatte keine Zeit, sich um die unter dem tödlich verletzten Wüstling begrabene Schwester zu kümmern. Haymo hatte sich aufgerappelt und ein Holzscheit ergriffen, mit dem er ebenfalls auf Ludwig einschlug, der noch immer mit Bero rang. Franziska hatte sich zur Seite gedreht und mühte sich, sich aus der Fessel ihres Rockes zu befreien. Bevor Haymo ein weiteres Mal auf Ludwig zielen konnte, sprang Karl auf ihn zu und versuchte, ihn von seinem Bruder wegzuzerren. Doch Haymo war kräftig, wendig und ein geschulter Kämpfer, von einem Einarmigen ließ er sich so leicht nicht von seinem Opfer abbringen. Karl schlug mit der hölzernen Hand nach ihm, doch streifte der Schlag den anderen nur an der Schulter. Verärgert, so als wollte er ein lästiges Insekt verscheuchen, wirbelte Haymo herum, um Karl mit dem Holzscheit in die Schranken zu weisen. Doch plötzlich sah er den leblosen Einhard am Boden liegen. Ein kurzer Moment des Schreckens ließ ihn innehalten. Der Krüppel war wohl doch nicht so harmlos. Das Holz in Haymos Hand fiel zu Boden. Seine Rechte fuhr unter den Rock und kam im nächsten Augenblick mit einem schmalen Dolch wieder zum Vorschein. Blitzschnell stach er zu. Karl gelang es, zurückzuspringen und dem ersten Stich auszuweichen. Haymo hielt das Messer wie eine leichte Fechtwaffe in der ausgestreckten Rechten und näherte sich dem Jungen, der hastig von ihm wich. Schritt für Schritt musste Karl sich rückwärts bewegen und ließ dabei den Dolch des anderen keinen Augenblick aus den Augen. Er sah ein hämisches Grinsen im Gesicht des Edelmannes, als er über ein Bein des liegenden Einhard stolperte und zu Boden fiel. Panisch riss er die eigene Waffe aus dem Gürtel. Als der Edelmann sich über ihn beugte, stieß Karl zu.

Ludwig schien die Oberhand in der wilden Rauferei mit seinem Herrn gewonnen zu haben, Beros Hand hatte seine Kehle losgelassen und tastete kraftlos über den Boden auf der Suche nach einer Waffe. Er hörte Haymo schmerzerfüllt aufschreien und sah für einen Moment aus dem Augenwinkel Karl, der sich unter ihm hervorwand. »Lass ab!«, brüllte dieser Ludwig nun zu. »Lass ab! Schlag ihn nicht tot!«

Zunächst schien Ludwig nicht zu hören, doch als er bemerkte, dass Bero keine Gegenwehr mehr leistete, verlangsamte er seine Schläge und stellte sie schließlich ganz ein. Vorsichtig, den Blick fest auf den Gegner gerichtet, rappelte er sich auf. Sein Festtagskleid war zerrissen und verdreckt; seine Nase blutete. Ein rotes Würgemal zog sich um seine Kehle. Es würde noch lange sichtbar bleiben. Auch Bero versuchte keuchend, auf die Beine zu kommen. Wie Ludwig war er geschwächt und sein Gesicht von vielen Treffern gezeichnet. Schwer atmend stützte er sich auf ein Knie. Er wurde sich seiner Blöße bewusst und zog die Hosen hoch. Mit zittrigen Fingern, die ihm nicht so recht gehorchen wollten, versuchte er, die Bänder der Beinkleider zu schließen. Ludwig stand mit noch immer geballten Fäusten vor ihm. Karl war aufgestanden und hielt mit seinem Messer den verletzten Haymo in Schach, der die gesunde Hand auf die stark blutende Wunde an seiner Schulter drückte. Bero erblickte die Waffe. Sein Blick haftete plötzlich wie von einem Magneten angezogen auf der Klinge. »Woher hast du meinen Dolch, du Dieb?«, keuchte er und merkte im selben Augenblick, welchen Fehler er begangen hatte. Karl blickte auf die Waffe und in das Gesicht des Adeligen, das plötzlich kreidebleich geworden war. Der sonst so hoffärtige Mann wagte plötzlich nicht mehr, einem der Brüder in die Augen zu sehen. Karl verstand sofort. Er war sich zuvor nie ganz sicher gewesen, ob sein Kurator Rochus ihm damals auf Zypern die Waffe, mit der Catherine de Montardier gemeuchelt wurde, oder einen anderen Dolch gegeben hatte. Als man ihm empfohlen hatte, den Jungen zu seinem Schutz auf der Reise zu bewaffnen, hatte er jedenfalls sehr schnell diese teure Klinge zur Hand gehabt und sie ihm schweigend zugesteckt. Irgendetwas hatte Karl immer davon abgehalten, sich an den Dolch zu gewöhnen und ihn mit sich zu führen, er hatte das selbst nie so recht verstanden. Wenn er auf seinen Reisen das Kurzschwert Zacharias' anlegte, hatte er nie irgendwelche Hemmungen verspürt.

Doch jetzt kannte er den Grund seiner Ablehnung. Sein Blick verlor die Wut und den Zorn, die er eben noch verspürt hatte und wurde stattdessen traurig, unsagbar traurig. Er ließ die Hand mit der Waffe sinken und sah den Edelmann wie durch einen Schleier an. Catherine schien auf einmal neben dem Verbrecher zu stehen. Stumm, anklagend und so schön, wie sie im Leben gewesen war. Ludwig schien hingegen nicht zu begreifen, dachte, Bero hielt die Waffe für die zu reparierende aus der Burg, von der er Karl erzählt hatte.

Bero war irritiert und geschwächt, doch aufgegeben hatte er den Kampf noch nicht. Fieberhaft überlegte er, wie er unbeschadet aus dem Stofflager herauskommen könne. Was würde Karl als Nächstes tun? Er war sich gewiss, dass der Junge kein Mörder war und nicht einen Wehrlosen erstechen würde. Wenn er wenigstens einen der beiden Brüder unschädlich machen könnte, könnte er sich und seine Freunde rehabilitieren. Der verbleibende Bruder hätte keinen Zeugen für irgendwelche Behauptungen, und der Vogt würde eher zwei adeligen Edelknappen aus bester heimischer Familie als einem elternlosen dahergelaufenen Bengel oder einem Geldverleiher fragwürdiger Abstammung glauben. Die beiden Mädchen würden vor Gericht kaum befragt werden, das war nicht üblich. Langsam hob er das Antlitz und sah an Ludwig vorbei auf den reglosen Karl, der ihn wie einen Geist anstarrte. Vorsichtig erhob er sich. Als er fest auf beiden Beinen stand und sein Blick über Ludwigs Schulter schweifte, sah er plötzlich seine Chance. Die eiserne Schere war lang und spitz. Sie hing direkt hinter Ludwig griffbereit an der Wand. Wie beiläufig hob Bero die Hand an die Stirn, als würde er eine Wunde betasten. Niemand schöpfte Verdacht. Mit einer blitzschnellen Bewegung schoss seine Rechte plötzlich vor, an Ludwigs Wange vorbei und griff die Schere. Noch im Zurückziehen der Hand wollte er ihre Spitze Ludwig in den Nacken rammen und sich anschließend den unbeweglich verharrenden Mamelucken vornehmen. Doch schon als Beros Hand an ihm vorbeifuhr, hatte Ludwig sich geistesgegenwärtig gedreht, sah die Klinge nun aus dem Augenwinkel auf sich zufliegen und reagierte. Er riss den Kopf zur Seite und das Eisen streifte kaum seine Haut. Bero konnte seine eigene Hand, die nun auf ihn selbst zuschoss, so schnell nicht mehr bremsen und versuchte, ihr auszuweichen. In diesem Augenblick fuhr Ludwigs Linke nach oben. Er wollte das Kinn des Gegenübers treffen, doch Beros Kopf war gebeugt und sein Arm dem Schlag im Wege. Ludwigs Faust stieß gegen Beros Unterarm, den Arm, der die Waffe hielt und riss ihn empor. Die Klingen der Schere fuhren schräg über Beros Gesicht. Blut schoss aus Wange, Auge und Stirn. Ein lauter Schrei entfuhr dem Verletzten, mehr aus Schreck als aus Schmerz, als ihm auch schon die Beine versagten und er abermals zu Boden ging.

Franziska kauerte auf dem harten Lehm und starrte auf den blutenden Mann. Karl blickte erschreckt auf Ludwig, der keuchend vor seinem Opfer stand. Er wurde kreidebleich, als ihm bewusst wurde, welche Tat sein Bruder gerade begangen hatte. Er hatte seinen eigenen Herrn verwundet, ein schreckliches Vergehen, unabhängig davon, wie gerechtfertigt sein Handeln gewesen sein mochte.

Der wehrlose Haymo starrte entsetzt auf den blutenden Freund. Todesangst stand in seinen Augen. Er war überzeugt, die Brüder würden sie beide meucheln und ihre Leichen fortschaffen, sodass ihre Familien nie erfuhren, was geschehen war. Bero und er hätten so gehandelt, wären sie an ihrer Stelle gewesen. Doch nichts dergleichen schien zu geschehen. Der Einarmige stieß ihn nur beiseite und zog seine Schwester unter dem Leichnam Einhards hervor. Das Mädchen zitterte vor Angst, schien aber unverletzt zu sein. So gut es ging schloss der Mameluck ihr das zerfetzte Kleid vor der Brust. Als er sah, dass Marie ihre Nacktheit nicht vollständig verbergen konnte, schlüpfte er aus seinem eigenen Wams und hängte es dem Mädchen um.

Kurz dachte Haymo an seine beiden eigenen Schwestern, die noch jung und unschuldig waren, und für einen kurzen Moment war er sogar der Ansicht, er und Bero hätten die schlimmste Strafe durch die Brüder verdient. Wie hatte er sich so weit gehen lassen können, zum Mitläufer bei einem derartigen Verbrechen zu werden? Er ekelte sich plötzlich vor dem Gedanken, sie hätten die beiden Jungfrauen, und gewiss waren sie das noch, brutal geschändet. Als Jüngster wäre er ohnehin erst nach Bero oder Einhard an der Reihe gewesen, hätte seine Lust im frischen Blut des Mädchens und im Samen des Vorgängers stillen müssen. Ihm wurde übel, und der Blutverlust schwächte ihn zusätzlich. Er würde sich nicht gegen die beiden Männer erwehren können. Mit dieser Gewissheit wartete er auf seine Hinrichtung.

Doch man ließ ihn am Leben, weder an ihn noch an Bero wurde Hand angelegt. Karl half Maria auf die Beine und stützte sie mit der gesunden Hand. Das Messer hatte er zu Boden fallen lassen. Ludwig behielt die beiden Verletzten im Auge, während er versuchte, sich um Franziska zu kümmern. Trotz des Schreckens schien Franziska die Erste zu sein, die die Tragweite der Situation erfasste.

»Holt Hermann her, schnell!«, sagte sie entschlossen zu den Brüdern. »Und den Wundarzt, der sitzt bestimmt noch bei der Feier. Bloß niemand anderen, beeilt euch.«

Karl sah von ihr zu den beiden Verletzten und nickte. Schnell lief er über den Hof zur Straße und zu Hermanns Haus. Die Gäste feierten ausgelassen und lautstark, Bier und Wein zeigten ihre Wirkung. »Tut so, als müsstet ihr auf den

Abtritt und kommt mit. Es ist dringend! Bitte fragt nicht!«, raunte er dem Rosshändler zu, der ihn verwundert ansah. Hermann hatte den Jungen noch nie so besorgt gesehen und erhob sich. Ein paar Gäste sahen verwundert auf, doch er hielt sich die Hand vor den Hosenstall und deutete ihre Haltung beim Pinkeln an.

»Nun noch den Wundarzt, dort sitzt er!«, zischte Karl ihm ins Ohr und zog den schweren Mann auf einen betagten Herrn zu, der ein wenig abseits der lärmenden Gäste saß und an seinen Ohren herumfummelte. Der Alte war beinahe taub und konnte sich nur noch schwer an Unterhaltungen beteiligen. Anstandslos begleitete er die beiden, als Hermann ihn darum bat.

Ein Zucken ging durch den gebeugten Körper des Medikus, als er die zerzausten Frauen, den Toten und die beiden Verletzten sah. Erschreckt legte er die Hand vor den Mund, als er den liegenden und stark im Gesicht blutenden Mann erkannte. Er rief nach Wasser und Tüchern, und Franziska, obwohl noch immer geschwächt, setzte sich in Bewegung, beides aus dem Wohnhaus zu holen.

»Ludwig muss fliehen. Noch heute Nacht«, sagte Karl und staunte selbst, wie nüchtern seine Stimme dabei klang. »Ich gebe ihm Fathma und komme später nach.« Ludwig wollte protestieren, doch Hermann unterbrach ihn. Hier in Budweis war das Leben des Knappen keinen Pfifferling mehr wert. Seinen Herrn zu verletzen wurde mit dem Tode bestraft. Vor Gericht würden die Aussagen der beiden Jungen gegen die von zwei Adeligen stehen und die Familie des Toten würde ihr Übriges dazu tun. Wenn er hingegen aus der Schusslinie wäre, würden sich die Gemüter früher oder später vielleicht beruhigen. Irgendwann würde der Junge zurückkehren können.

»Du reitest noch heute Nacht, aber auf einem meiner Pferde. Nimm die Falbstute. Karla ist ebenso ausdauernd wie Fathma und auch aus meiner Zucht, erst vorgestern habe ich sie von ihrem Besitzer zurückgekauft. Vor morgen wird euer Kampf nicht bekannt werden, dafür sorgt schon der Arzt hier. Und du«, er wies mit dem Kinn auf Karl, »siehst ebenfalls zu, dass du wegkommst. Auch du bist hier nicht mehr sicher.« Karl sah betrübt zu Maria, doch ihm leuchtete ein, dass er sie nicht mitnehmen konnte, zumindest jetzt noch nicht, solange er und Ludwig nicht wussten, wohin sie gehen würden. Fort aus Böhmen, das war unumgänglich. Maria schien zu begreifen. Tränen rannen über ihre Wangen. Sie wusste noch nichts davon, dass sie bei Hermann und Nele bleiben sollte.

»Passt gut auf Maria auf«, bat Karl den Rosshändler.

Die beiden Brüder liefen zu Hermanns Hof und holten die Pferde. Fathma stand wie meistens hinter den Gebäuden auf der Weide und die Falbstute Karla war auf einer der Koppeln. Schnell und unbemerkt von den Hochzeitsgästen sattelten sie die Tiere. Als Erstes ritten sie zu Zacharias, der sich ihre Geschichte entsetzt anhörte. Er verlor nicht viele Worte. Aus einer Truhe gab er Karl zwei gut gefüllte Beutel und einen Packen Pergamente. Rasch griff er sich einen frischen Bogen, setzte sich mit Tinte und Feder an seinen Tisch und fertigte ein weiteres Dokument aus, das er siegelte und mit den anderen in ein hölzernes Kästchen packte. Sorgfältig wickelte er es in Wachstuch und verschnürte es mit einem Riemen.

»Nürnberg«, raunte er Karl zu. »Du kennst meinen Vetter Isaak. Er wird helfen. Reitet rasch.«

»Unsere Schwester«, sagte Karl, »das Kloster will doch noch …« Der Alte machte eine abwehrende Handbewegung. Er besaß Schuldtitel der Abtei, die einzulösen wahrscheinlich schwierig wäre, doch um Maria freizukaufen, waren sie wie geschaffen. »Keine Sorgen deswegen. Und jetzt reitet los!«

Zum ersten Mal in all den Jahren seit er ihn als Lehrling aufgenommen hatte, umarmte er den Jungen wie einen Sohn, bevor er ihn mit einem stummen Nicken entließ. Die beiden Brüder bestiegen ihre Pferde und ritten in die noch junge Nacht. Zacharias blieb vor seinem Haus stehen und sah sie im Dunkel verschwinden. Gott alleine wusste, ob er sie jemals wiedersehen sollte.

BUDWEIS Juni 1298

Franziska saß in der Werkstatt und arbeitete an einem Kleid, das eine wohlbestallte Meisterfrau in Auftrag gegeben hatte. Die Kundin hatte Obergewand und Umhang einer anderen Bürgersfrau gesehen, und die neuartigen Knopfverschlüsse hatten sie begeistert. Es waren erst wenige Wochen seit ihrer Erfindung vergangen, doch hatten die Mädchen schon eine ganze Reihe neuer Aufträge. Budweis war eine reiche Stadt, und die Hochzeitskleider Hermanns und Neles waren eine unschätzbare Werbung gewesen.

Maria war Franziska eine große Hilfe geworden. Das Nähen ging ihr gut von der Hand, und sie machte sich bereitwillig überall in der Werkstatt nützlich, doch ihre eigentliche Stärke lag in der Organisation der Schneiderei. Franziska selbst war einfallsreich, schnell in der Umsetzung, und ständig hatte sie neue Ideen. Maria hingegen verteilte die Aufgaben geschickt unter den Näherinnen und kümmerte sich um die Verwaltung der Materialien. Doch nicht nur die gemeinsame Arbeit und die neue Mode hatten das Leben der Mädchen verändert. Seit dem Ereignis vor sechs Wochen war Hermann kaum wiederzuerkennen. Er wirkte argwöhnisch und wachsam wie ein alter Wolf, der sich um sein Rudel sorgte. Es war an dem fraglichen Abend noch mehr geschehen, als die beiden Mädchen wahrgenommen hatten und das Nele und Hermann ihnen auf keinen Fall erzählen wollten.

Bero und Haymo hatten die Nacht in der Werkstatt verbracht und der alte Wundarzt hatte sein Möglichstes getan, die Folgen ihrer Verletzungen zu mindern. Haymos Dolchstich war weder gefährlich noch schwer, er hatte großes Glück gehabt. Die Wunde wurde gereinigt und verbunden, und nach ein paar Wochen war er wieder der Alte. Bei Bero hingegen sah die Sache schlimmer aus: Die Scherenspitze hatte eine tiefe Wunde in sein Gesicht gerissen, und es würde immer eine lange Narbe zu sehen bleiben. Noch schlimmer war jedoch die Verletzung des Auges. Der Budweiser Wundarzt verstand nur wenig von Augenheilkunde und seine Künste genügten nicht zum Erhalt des vollständigen Augenlichts. Er konnte die Wunde reinigen, den Blutfluss stillen und das zerfetzte Lid versorgen, doch das verletzte Innere des Auges überforderte ihn. Der Augapfel schien vorerst erhalten zu bleiben, doch das Auge war seltsam starr und blickte unverwandt in die Ferne, während das andere normal auf Licht und Bewegung reagierte. Der Edelmann würde in Zukunft wohl einäugig leben und eine Augenklappe tragen müssen. Die sonstigen Verletzungen, eine gebrochene Rippe und zahlreiche Prellungen waren nicht der Rede wert und der Arzt würdigte sie keiner Behandlung.

Nele war leichenblass geworden, als Hermann endlich in ihre Schlafkammer kam und von dem schrecklichen Ereignis berichtete. »Bitte, sorg dafür, dass die Kerle die Kinder nie wieder anrühren. Sie müssen es schwören, hörst du?«, stammelte sie fassungslos, während sie sich ankleidete, um sofort nach den Mädchen zu sehen. Ohne weiter über ihre Worte nachzudenken, lief sie in ihr Haus.

Düster und schweigsam lagen die beiden Männer auf improvisierten Liegen. Nachdem der Arzt gegangen war und sie sich nach Schlaf und Erholung von den Schmerzen sehnten, erschien Hermann in dem Raum. Seine Faust schloss sich um das Ende einer schweren hölzernen Keule, wie sie Fuhrleute gern mit sich führten. Drohend baute er sich vor den beiden Edelmännern auf.

»Nennt mir einen Grund, warum ich Euch nicht hier und jetzt die Schädel einschlagen soll«, sagte er in gefährlich ruhigem Ton. Haymo schwieg. Hermann trat an Bero heran und hob den Knüppel, der vom schwachen Kerzenschein beschienen auf der Schulter des Rosshändlers ruhte. »Ihr würdet hängen. Mein Großvater würde sich das nicht bieten lassen«, stieß Bero hervor, »und das wisst Ihr auch, sonst hättet Ihr uns schon längst getötet.«

Hermann nickte bedächtig. »Mag sein, dass Ihr Recht

habt. Ich bedaure, dass die beiden Jungen Euch nicht den Garaus gemacht haben, sie hätten weiß Gott das Recht dazu gehabt. Ich werde Euch nicht bestrafen, das steht mir nicht zu. Stattdessen biete ich Euch einen Handel an und will Euer Wort darauf: Meine Familie und ich werden bestätigen, dass Ihr nach dem Verlassen des Hochzeitsfestes von Wegelagerern überfallen wurdet, die Euch, die Ihr unbewaffnet wart, ausgeraubt und übel zugerichtet haben. Es gibt hier immer wieder Raubsgesindel, erst letzte Woche hat der Vogt eine Handvoll Strauchdiebe verurteilt und aufknüpfen lassen, die Geschichte wird also glaubwürdig sein. Euer Knappe Ludwig wurde von den Banditen verschleppt. Wahrscheinlich haben sie ihn getötet, als sie sahen, dass man für ihn kaum Lösegeld bekäme, und die Leiche irgendwo in den Wäldern verschwinden lassen. Ihr selbst wurdet gefunden und hierhergebracht, da es hier ruhig und sicher ist und der Wundarzt auf meinem Fest weilte. Das bin ich gewillt um des Friedens willen für Euch zu bestätigen. Dafür werdet Ihr mir den Eid leisten, Euch nie wieder meiner Stieftochter oder Maria von Montardier zu nähern und auch sonst nichts zu unternehmen, was ihnen, meiner Familie oder mir Schaden zufügen könnte.«

Bero sagte nichts.

»Schwört!«

Beros Auge blickte scheinbar teilnahmslos in das Gesicht des Rosshändlers. »Ein letztes Mal: Schwört!« Hermann hob seine Waffe und trat noch näher an den Verletzten. Die Keule war ein armlanger, dicker Eichenknüppel, hart wie Stein, unter dem der Schädel eines Mannes wie eine Eierschale splittern würde. Bero schwieg weiter. Er war sich gewiss, dass der Mann ihn nicht töten würde, so wie auch die beiden Taugenichtse nicht den Schneid gehabt hatten, die Sache zu Ende zu bringen. Um Beros Lippen spielte ein hässliches Lächeln. Er würde Hermann nicht die Genugtuung verschaffen, jetzt vor ihm um Gnade zu betteln. Der eingebildete Kerl würde unverrichteter Dinge kehrtmachen müssen und ihn nie wieder bedrängen.

Hermann ahnte, was im Kopf des Übeltäters vorging, und die Hochnäsigkeit des Mannes widerte ihn ebenso an wie das Verbrechen, das er im Gange gewesen war zu verüben. Er dachte an das Versprechen, das er seiner Frau gegeben hatte, und unbändiger Zorn wallte in ihm auf. Die Adern an seinem Hals schwollen an. Es fehlte nicht viel und er würde die Waffe auf den Kopf des Widerlings niederfahren lassen, um sich und die Welt von diesem Abschaum zu befreien. Doch er tat es nicht, irgendetwas in seinem Inneren hielt ihn zurück. Seine Klugheit vielleicht, sein Anstand oder der Gedanke an seine Familie, die fortan neben einem Mörder würde leben müssen. Er würde Bero nicht erschlagen, das war ihm unmöglich, aber einen kräftigen Denkzettel verdiente der Schnösel, egal wie schwer verletzt er bereits war. Plötzlich blitzten Hermanns Augen auf. Beros rechtes Bein lag ausgestreckt auf der hölzernen Bank, die ihm als Lager diente. Der Fuß, an dem er noch immer einen teuren Spangenschuh trug, baumelte über die Kante. Trotz der Dunkelheit und des schwachen flackernden Kerzenlichts genügte Hermann ein kurzer Blick aus dem Augenwinkel. Er hob die Keule etwas an, drehte sich in der Hüfte und ließ sie niederkrachen. Gellend schrie Bero auf, als die schwere Waffe seinen Knöchel brach. Aschfahl und ungläubig blickte er zu Hermann hoch.

»Und jetzt Euer zweites Bein, danach die Hüfte. Es ist

Eure Entscheidung«, sagte der Rosshändler mit fester Stimme, als er abermals mit der Keule ausholte.

»Ich schwöre, ich schwöre!«, stieß Bero schließlich hervor. Hermann trat einen Schritt zurück und sah auf den völlig verschreckten Haymo herab. »Auch ich schwöre!«, rief dieser angstvoll. »Lasst ab von uns. Ich schwöre, bei meiner Familie und allem, was mir heilig ist!«

Hermann nickte. Er machte auf dem Absatz kehrt, nahm die Kerze mit sich und verließ die Werkstatt.

Bero, Haymo und der Leichnam Einhards wurden am kommenden Tag vom Verwalter Restwangens mit einem Fuhrwerk abgeholt. Der Blick des Mannes war voll von Sorge, als er sich von Hermann und seiner Familie verabschiedete.

*

Maria hatte den schlimmen Tag gut überstanden. Sie war unverletzt geblieben und überwand langsam den Schrecken. Sie musste sich noch so an die neue Umgebung und das Leben als Bürgerin gewöhnen, es gab so viel Neues zu entdecken und zu lernen. So verblasste das schreckliche Erlebnis immer mehr und kam ihr schließlich nur mehr wie ein unwirklicher böser Traum vor. Nur ihr Bruder Karl fehlte ihr. Stets dachte sie, er würde gleich durch die Tür kommen, in seinen schwarzen Kleidern und der kecken Mütze auf dem Kopf, mit irgendeinem lustigen frechen Spruch auf den Lippen. Doch Karl war weg und sie hatte keine Ahnung, wohin er und Ludwig geflohen waren. Zacharias hatte dem Kloster einen Boten gesandt, der Innozentia mitteilte, dass er auf die Einlösung mehrerer Schuldscheine verzichte, falls man keine Forderungen wegen Maria stellte. Eine Antwort war ausgeblieben.

Zwei volle Tage war Franziska nicht aus ihrer Kammer gekommen. Sie hatte auf ihrem Bett gelegen und Tränen über Tränen wegen Ludwig vergossen, von dem sie nicht wusste, ob sie ihn wiedersehen würde. Sie weinte wegen des ekelhaften Beros von Restwangen, durch den sie beinahe ihre Unschuld verloren hätte, und wegen der großen Unsicherheit, die plötzlich über ihr geordnetes Leben gekommen war.

Hermann hatte ihr durch die verschlossene Tür von Beros Versprechen erzählt, doch würde dieses Scheusal sich an seinen Schwur halten und wirklich von ihr und Maria ablassen? Hermann würde gewiss aufpassen, dass keiner dieser Unholde in ihre Nähe kam, doch was, wenn er sie einmal nicht beschützen konnte?

Am Morgen des dritten Tages kam sie blass und mit dunkel umrandeten Augen aus ihrer Kammer und nahm ihren Platz in der Werkstatt ein. Teilnahmslos fingerte sie an dem nächstbesten Kleidungsstück herum. Kurz darauf erschien die Frau des Zimmermannmeisters in der Schneiderei, um für sich und ihren Mann Festtagskleider nach der neuesten Mode zu bestellen. Franziska nahm schweigend Maß an der stattlichen Bürgerin und notierte sich alle Details. Doch die Frau fragte Franziska munter über Mode, Kleider und die verschiedenen Stoffe aus. War Franziska zunächst noch fahrig und abweisend, antwortete sie bald immer ausführlicher, und als wäre die Trübsal mit einem Mal von ihr abgefallen, schilderte sie alle erdenklichen Varianten, die ihr zur Ausführung der Kleider in den Sinn kamen, mit der von ihr gewohnten Liebe und Leidenschaft. Die Farbe kehrte in ihr Gesicht zurück, und ihre Augen leuchteten, als sie von sichtbaren und versteckten Knopfleisten schwärmte, von eleganten Faltenwürfen und raffinierten Unterfütterungen. Die Zimmermannsfrau war keine einfache Kundin, hatte tausend Fragen und verhandelte zäh. Eindringlich beschäftigte Franziska sich mit ihren Einwänden, schilderte die Vorzüge fremdländischer Stoffe, präsentierte verschiedene Schnittmuster und schilderte ihr die Vorteile jedes einzelnen. Nach einer Weile gingen sie daran, die Stoffe auszuwählen. Die Kundin schien außerordentlich gut bei Kasse zu sein, denn sie sah sich nur unter den besten Materialien um, bis sie das Richtige für sich und ihren Gemahl gefunden hatte.

Nachdem sie die Termine für Anprobe und Lieferung besprochen hatten, verließ die Frau die Werkstatt und Franziska kehrte an den großen Schneidertisch zurück, um sofort das Kleid der neuen Kundin in Angriff zu nehmen. Nele sah ihr eine Weile zu und lächelte.

Das Kleid der Zimmermannsfrau wurde ein Prachtstück, das schönste und aufwändigste Gewand, das Franziska bisher gefertigt hatte. Grünes Leinen am Mieder und seidene Verbrämungen ließen den Wollstoff, aus dem der Rock gemacht war, leichter und sommerlicher erscheinen. Die meisten Festtagskleider waren dick und schwer und für die wärmere Jahreszeit ungeeignet. Dieses Kleid konnte durch zwei unterschiedliche, anknöpfbare Oberteile sommers wie winters getragen werden. Weitere Knöpfe fanden sich an der Rückseite des Rocks, der auf seiner ganzen Länge geöffnet und geschlossen werden konnte, was das Ankleiden erleichterte. Überall, wo nicht Haken oder Schnüre doch vernünftiger waren, prangten die neuen Verschlüsse, teilweise verdeckt, teilweise gut sichtbar um die Außergewöhnlichkeit des Kleidungsstückes zu betonen.

Der Rock des Zimmermeisters stand dem Kleid der Gattin in nichts nach. Silbern durchwirkter Brokat säumte die Nähte des feinen, seidenen Kleidungsstückes, das geschickt mit langlebigem Wollstoff unterfüttert war und der stämmigen Figur des Zimmermannes schmeichelte. Auch dieses Kleidungsstück war vorne und sogar an den Manschetten mit Knöpfen zu schließen. Ebenso waren die Beinlinge des Mannes nicht nur am Hosenlatz, sondern auch an den Außenseiten der Unterschenkel zuzuknöpfen, was ihnen eine schneidige und sportliche Note verlieh.

Das Ehepaar war hoch zufrieden und trug die Kleider schon bald darauf bei der Hochzeit eines bekannten Bürgers. Sie erregten großes Aufsehen. Umgehend folgten die nächsten Aufträge anderer wohlhabender Stadtbewohner.

Der Juni war längst angebrochen; es waren nur noch wenige Tage bis zur Sonnenwende. Franziska hatte Maria schon viel davon erzählt, von den Feuern, die gut sichtbar rings um die Stadt entzündet wurden, und wie überall gefeiert wurde. Auch die Zünfte feierten das Fest. Wie es sich gehörte, würde es einen Gottesdienst geben, bevor man sich vor den Zunfthäusern zu Speis und Trank und allerlei Zerstreuung traf. Hermann hatten die Feiern immer viel Spaß bereitet, und jetzt, mit der neuen Ehefrau und zwei ansehnlichen Töchtern an der Seite, würden sich die Mitglieder der verschiedenen Gilden nur so um ihn scharen, zumindest die, die heiratsfähige Söhne hatten. Hermann würde die Gespräche für seine Geschäfte nutzen, für den Pferdehandel wie für die Schneiderei, so ungleich die beiden Gewerbe auch waren. Franziska hatte eigens für diesen Anlass einen seiner schönsten Röcke umgearbeitet – auch dieses Kleidungsstück wurde jetzt von Knöpfen gehalten, ebenso wie das Kleid, das Nele zu tragen beabsichtigte.

Franziska und Maria arbeiteten von morgens bis abends. Bisher gab es die neue Knopftechnik nur bei ihnen, doch Franziska wusste, dass sie schnell kopiert werden würde, und legte daher größtes Augenmerk auf vollendete und aufwändige Ausführung ihrer Schöpfungen. Drei ihrer Näherinnen waren nun ausschließlich mit dem Nähen von Knopflöchern beschäftigt und wurden darin von Tag zu Tag geschickter, auch wenn die vielen Knöpfungen, die Franziska sich ausdachte, die Arbeitsdauer pro Kleidungsstück beträchtlich verlängerte und den Fertigungsaufwand in die Höhe trieb. Manche ihrer Kunden mussten sich daher schon bald auf längere Wartezeiten einstellen, aber das war nun einmal nicht zu ändern, wenn man sich exklusiv ausstaffieren und von anderen abheben wollte. Die Mädchen hatten sich vorgenommen, so viele Aufträge wie möglich zu erfüllen und sich einen Namen zu machen, bevor andere Schneider ihren Stil und die neue Technik nachahmten.

*

Es war noch zeitig in der Früh, kaum dass die Sonne richtig aufgegangen war, als die Büttel an das Haustor pochten und nach Hermann verlangten. Der Rosshändler hatte seine frühmorgendliche Runde durch die Stallungen und über die Weiden hinter sich gebracht und sich gerade an sein Frühstück gesetzt, das wie immer aus Brot, Fleischresten, Käse und verdünntem Bier bestand. Sie kamen zu viert, hatten Stricke und eine Kette bei sich. »Nanu?«, sagte Hermann erstaunt, als sie seine Stube betraten, »was wünscht Ihr so früh am Tage? Hier ist niemand, der ...«

»Seid still, Rosshändler. Ihr seid es, den wir suchen. Und Ihr wisst auch, weshalb.«

Verwundert sah Hermann auf den Hauptmann, der die Hand drohend an den Knauf seines Schwerts gelegt hatte. »Leistet keinen Widerstand«, fügte er gewichtig hinzu.

Hermann sah ihn weiterhin überrascht an. »Was soll gegen mich vorliegen?«, fragte er schließlich.

»Heimtückischer Überfall auf drei Edelmänner in trunkenem Zustand, Mord und schwere Verletzung. Außerdem habt Ihr Euren Spießgesellen zur Flucht verholfen. Es sieht nicht gut für Euch aus, Rosshändler.«

Hermann sackte in sich zusammen. Er schalt sich einen Narren und Esel. Viel zu weich und anständig war er gegenüber Bero von Restwangen gewesen, genauso wie die braven Jungen. Keinen Zoll weit hätte er dem Ritter und seinem Wort trauen dürfen. Hätten er oder die beiden Burschen ihn nur mundtot gemacht, solange sie noch die Gelegenheit dazu hatten!

Er blickte auf. »Wer klagt mich an?«, fragte er, obwohl er die Antwort bereits kannte.

»Das fragt Ihr? Ihr hattet Streit mit dem jungen Herrn von Restwangen und dessen hochwohlgeborenen Begleitern. Es ging um ein Pferd, das Ihr zum Verkauf angeboten habt, obwohl es Euch gar nicht gehörte. Als Ihr nicht liefern konntet, wollte Herr Bero sein Geld wieder, doch Ihr hattet es wohl längst verprasst. Habt Ihr nicht jüngst ein großes Fest gegeben? Um Euch vor der Zahlung zu drücken, habt Ihr Euch von der Hochzeitstafel wegbegeben und die Männer heimtückisch überfallen. Es gibt genügend Zeugen dafür.«

Zeugen?, dachte Hermann. Etwa Gäste von seinem Fest? Seine Freunde? Erschreckt hielt er die Hand vor den Mund. Zahlreiche angeheiterte Männer hatten gelacht, als er vor allen stehend so getan hatte, als müsse er gleich Wasser abschlagen. Er war eine ganze Zeit lang weggeblieben und nach seiner Rückkehr kein so lustiger Zecher mehr wie zuvor gewesen. Es genügte, wenn einige Gäste als Zeugen nur erzählten, was sie tatsächlich gesehen hatten, und warum sollten sie das nicht tun? Bero war gerissen gewesen und hatte sich die Geschichte gut zusammengereimt. Er hatte sich Zeit gelassen und wahrscheinlich in aller Stille Männer gefunden, die Falschaussagen machten. Wahrscheinlich hatte er den einen oder anderen auch bestochen oder bedroht.

Langsam erhob Hermann sich. Seine Hände wurden auf den Rücken gedreht und zwei eiserne Reifen, die an der Kette befestigt waren, um seine Handgelenke geschlossen. Die Kette wurde eng um seinen Leib und seine Arme gewickelt. Ein dicker Strick wurde um seine Taille und ein weiterer um seinen Hals gelegt. Unbewegt ließ er alles über sich ergehen, bis die Männer ihn schließlich aus dem Tor auf den Hof führten. Die Magd, die das Frühstück bereitet hatte, holte eilends ihre Herrin herbei. Nele stürzte auf ihren Gatten zu, warf sich an ihn und schlang die Arme um seinen Hals. Tränen rannen über ihre Wangen. Es war ihr egal, was die Bediensteten und ein soeben erschienener Kunde von ihr dachten.

Zwei der Wachmänner trennten sie von Hermann und hielten sie zurück, während die beiden anderen den kräftigen Mann zum Sitz des Stadtvogts führten, in dessen Keller sich der Kerker befand. Obwohl es früh am Morgen war, war schon fast die ganze Stadt auf den Beinen, zumindest schien es Hermann so. Überall entsetzte Gesichter und Finger, die auf ihn zeigten. Die Frau des Zimmermanns, die sich noch am letzten Sonntag so angeregt mit Nele unterhalten hatte, kam ihm entgegen und starrte ihn entgeistert an. Ein alter Freund, mit dem er oft in der Schänke gezecht und gelacht hatte, senkte den Kopf, als er seiner gewahr wurde, und verschwand blitzschnell in der nächsten Seitenstraße. Kaum einen verständnisvollen Blick oder eine freundliche Geste sah Hermann, während er mit zusammengebissenen Zähnen vor sich hintrottete. Fast kam es ihm wie eine Erlösung vor, als man ihn schließlich in eine winzige dunkle Zelle führte, in der sich nur ein feuchter Strohsack und ein Eimer für die Notdurft befanden. Immerhin wurden ihm die Stricke und die Kette abgenommen. Die Mauern waren dick, und das kleine Fenster in der schweren Tür aus alter Eiche war mit Eisenstäben vergittert. Ohne ein Wort zu verlieren, schlossen die Büttel die zentnerschwere Tür, und Hermann hörte, wie der Schlüssel im Schloss gedreht und ein schwerer Riegel vorgeschoben wurde. Plötzlich war es totenstill um ihn herum und beinahe völlig finster. Nur ein schwacher Schimmer drang von außen durch das kleine Fenster. Schemenhaft konnte Hermann die Umrisse seines Gefängnisses erkennen. Zumindest schien es keine Ratten zu geben, stellte er erleichtert fest, als er sich auf das Stroh sinken ließ.

Nele war außer sich vor Kummer und Schmerz. Sie konnte nicht begreifen, weshalb man Hermann wie einen Verbrecher abgeführt hatte. Erst später am Tag kam ein Gehilfe des Vogts auf den Hof und erklärte ihr den Sachverhalt. Hermann war schlimmster Vergehen beschuldigt, und es war damit zu rechnen, dass er dafür mit Leib und Eigentum werde bezahlen müssen. Der Mann teilte ihr mit, dass es bei hoher Strafe verboten sei, irgendwelche Sachen außer Dingen des täglichen Bedarfs vom Hof zu entfernen, und dass sie verpflichtet sei, den Besitz Hermanns vollständig zu bewahren. Ein Schreiber würde noch heute kommen, um das Inventar festzustellen. Nele verstand nicht, warum man Derartiges von ihr verlangte, und es interessierte sie auch nicht weiters. Ihre Gedanken galten alleine ihrem Gatten.

Franziska erfuhr von der Verhaftung über einen Knecht, der zu ihr gerannt war, um die schlimme Botschaft zu überbringen. Sofort eilte sie in Hermanns Haus und versuchte ihre Mutter zu trösten. Hermann sei auf jeden Fall unschuldig und das Gericht werde das bestimmt feststellen. Sie selbst wusste ja um seine Unschuld und würde notfalls dem Vogt die ganze Wahrheit über den Vorfall schildern.

Gegen Mittag brachte Franziska einen Korb mit Essen und eine ordentliche Decke in den Kerker. Erst wollten die Wachen sie nicht einlassen, doch der herbeigerufene Hauptmann ließ sie schließlich passieren. Von zwei Bewaffneten begleitet, stieg sie in den Keller hinab.

Hermann lächelte die Stieftochter traurig an, als sie mit einem Talglicht in der Hand das Verlies betrat. Für ein paar Münzen hatten die Männer versprochen, sie einige Minuten alleine mit dem Stiefvater sprechen zu lassen.

»Wir besorgen einen Advokaten, ich schicke noch heute nach einem. Wir haben genug Geld, wir können uns den besten leisten. Maria und ich werden ihm die ganze Wahrheit erzählen und Gott ist unser Zeuge. Außerdem gibt es noch den Arzt. Er war den ganzen Abend mit dir auf dem Fest und hat es mit dir verlassen, um den Verwundeten zu helfen. Sein Ruf ist untadelig. Der Vogt muss dich freisprechen, du wirst sehen!«

Hermann lächelte sie liebevoll an, als er ihr seufzend eine Hand auf die Schulter legte. »Du wirst nicht vor dem Vogt aussagen, hörst du? Man würde dich als Frau sowieso nicht als Zeugin zulassen. Nur Bürger oder Edelleute dürfen Zeugen sein. Außerdem würde man dir nicht glauben und schlimmer noch, vielleicht nachsagen, du hättest die Männer verführt. Deine Ehre wäre besudelt und die Zunft würde dich niemals mehr als Meisterin anerkennen. Deine Ernennung ist ja ohnedies eine strittige Angelegenheit. Ich muss darauf hoffen, dass man unserem Arzt Glauben schenkt oder dass Festgäste bezeugen, dass der Alte mit mir die Feier verlassen hat. Aber er saß abseits und vielleicht hat gar niemand bemerkt, dass Karl und ich ihn mitgenommen haben.«

»Du wirst sehen, er wird deine Angaben bestätigen und mitteilen, dass er die Verletzten bei uns im Lager gefunden hat und du ihm nur geholfen hast. Ich gehe noch heute zu ihm und spreche mit ihm.«

Hermann lächelte sie an. Der alte Wundheiler war mehr als nur eine Hoffnung. Man konnte sich auf ihn verlassen, schließlich kannte ganz Budweis ihn seit Jahrzehnten als Ehrenmann. Sein Zeugnis würde niemand in Frage stellen. Franziska umarmte den Stiefvater, als die Wachen von draußen riefen, dass es nun Zeit sei, den Gefangenen wieder zu verlassen.

Sie schlug direkt den Weg zum nur wenige Straßen weit

entfernten Haus des Heilers ein. Er wohnte unweit des Rathauses und des Vogtsitzes. Franziska erreichte sein Tor und klopfte. Sie rief, doch niemand öffnete ihr. Das war bei der Schwerhörigkeit des Mannes kein Wunder, und falls die Wirtschafterin nicht im Haus war, würde auch niemand bemerken, dass Besuch wartete. Franziska versuchte, die Tür aufzudrücken, doch sie war verschlossen, ebenso wie die Läden der Fenster, die zur Straße gingen. Nach einer Weile sah Franziska ein, dass sie unverrichteter Dinge nach Hause gehen musste. Sie würde es zu späterer Stunde nochmals versuchen und hoffte, dann mehr Glück zu haben.

Als sie zu Hause ankam, stockte ihr der Atem. Der Stadtschreiber und zwei seiner Gehilfen schritten durch Haus und Warenlager und fertigten eine lange Liste aller Dinge von Wert an. Sogar in Franziskas und Marias Kammer schnüffelten sie herum und wühlten in ihren Kleidertruhen. Selbst Marias schöne Kette wurde von den Kerlen befingert. Jedes Möbel, jedes Kleidungsstück, der gesamte Hausrat wurden dokumentiert und der Inhalt von Stofflager und Werkstatt genauestens in Listen eingetragen. Nicht nur Nele, sondern auch Maria, die Bediensteten Hermanns und sogar die Näherinnen wurden zu diesem und jenem Gegenstand ausgefragt.

»Was treibt ihr hier?«, fragte Franziska erbost, und als der Schreiber nur kurz von seinem Pergament aufsah, trat sie vor ihn hin und fuhr ihn an: »Was habt Ihr für ein Recht, in unserem Eigentum herumzuschnüffeln und das Unterste zuoberst zu kehren. Hier wird gearbeitet und …«

»Haltet ein«, sagte der Mann mit eigentümlich tonloser Stimme. »Ich kenne Eure Einwände, doch das Recht will es anders. Dieses Haus gehört dem Rosshändler. Es ist durch die Eheschließung mit der Witwe in sein Eigentum übergegangen. Wenn Euer Vater wegen Mordes und Verletzung eines Edelmannes verurteilt wird, dann fällt sein Besitz an die Stadt oder an den Lehnsherren, falls dieser darauf besteht. Es wird darüber wohl noch zu Gericht gesessen werden. Aus diesem Grund muss heute alles aufgenommen werden, damit keine Dinge von Wert klammheimlich verschwinden.«

»Soll das etwa heißen, wenn Hermann verurteilt wird, gehört der Besitz meines Vaters am Ende noch den Herren von Restwangen?«

»So ist es. Ich bedaure Euch zutiefst und würde Euch empfehlen, Euer Erbe und die Morgengabe Eurer Mutter aus der eingezogenen Masse herauszubegehren. Darüber können der Lehnsherr oder der König befinden ...«

»Und bis es so weit ist, sind wir verhungert, nicht wahr?« Sie wusste, dass der arme Mann nichts dafür konnte, doch er war es, der hier und jetzt vor ihr stand und deshalb ihren Zorn zu spüren bekam. »Ihr nehmt uns alles, egal ob das nun rechtens ist oder nicht. Und die wahren Täter werden am Schluss auch noch belohnt. Was seid ihr für eine elende Bande!« Ihr Vater hatte so hart geschuftet und so früh mit dem Leben für seinen Erfolg bezahlt. Und Hermann, dieser grundgütige und ehrliche Mann, wie konnte man ihm nur so etwas antun?

Sie mussten schnellstmöglich mit dem Arzt sprechen. Den Nachmittag leistete Franziska ihrer Mutter so gut es ging Beistand und versuchte, den Haushalt in Gang zu halten. Vorhandene Nahrungsmittel, auch Bier und Wein, durften sie verbrauchen, doch war es ihnen nicht einmal gestattet, ein Huhn schlachten zu lassen.

Gegen Abend wollte Franziska zusammen mit Maria den Arzt wieder aufsuchen. Die Mädchen hatten Tücher um das Haupt gebunden, um nicht schon von weitem erkannt zu werden, und näherten sich mit raschen Schritten dem Haus des Alten. Erstaunt sahen sie, dass sich dort eine kleine Menschenmenge versammelt hatte. Die Leute drängelten, rempelten und reckten die Hälse, da ein jeder einen Blick in das Haus werfen wollte. Franziska spürte Unbehagen. Ein Unglück musste geschehen sein. Auch Marias Miene verriet, dass sie Schlimmes ahnte.

Ein zerlumpter Straßenjunge tollte mit einem ebenso verdreckten und mageren Hund um sie herum. »Weißt du, was geschehen ist?«, fragte Franziska und der Kleine streckte ihr seine schmutzige Hand entgegen. Maria fand ein Kupferstück in ihrer Tasche und warf es ihm zu. Der Junge legte den Kopf zur Seite, verdrehte die Augen und streckte die Zunge heraus, während seine Hand ein imaginäres Seil über seinem Kopf hielt. Dann verschwand er lachend und sein Hund sprang ihm hinterdrein.

Wortfetzen drangen plötzlich an die Ohren der Mädchen. »Wahrscheinlich schon gestern Nacht ... die Wirtschafterin kam erst nach Mittag ... die arme Frau ... völlig verstört ...« Franziska war einer Ohnmacht nahe. In ihren Ohren rauschte es, als das Durcheinander der Stimmen ihr entgegenschlug. Tränen stiegen ihr in die Augen. Das konnte doch nicht mit rechten Dingen zugehen! Der einzige Entlastungszeuge sollte plötzlich verstorben sein? Wie sollte sie Hermann nun vor dem Todesurteil bewahren? Maria an ihrer Seite schluckte tapfer und hielt Franziska fest. »Sei tapfer, noch ist nicht alles verloren«, murmelte sie ihr ins Ohr, während sie sie rasch von der Menschenmenge fortführte.

Hermann erfuhr noch am selben Abend von der Wache, die ihm Essen und Wasser brachte, vom seltsamen Tod seines Zeugen. An einem Balken in der Stube seines Hauses hatte man ihn erhängt gefunden. Da neben ihm ein umgestoßener Stuhl stand, hatte man zunächst an Selbstmord gedacht, doch hatte der Hauptmann der Wache, der auch Hermann abgeführt hatte, erhebliche Zweifel an dieser Sünde geäußert. Der Strick, an dem der kleine Mann baumelte, war zu kurz, als dass er ihn auf dem Stuhl stehend um den Balken winden und dann den Kopf durch die Schlinge hätte stecken können. Die Stube des Arzthauses hatte eine lichte Decke, die bis zum Dachboden reichte. Die oberen Zimmer waren in einer Art Galerie angebaut, daher die außergewöhnliche Höhe des Raumes. Der Hauptmann war ein erfahrener Mann und ein scharfer Beobachter. Außerdem waren im Zimmer wertvolle Gegenstände des Arztes verstreut, die nach Aussage der Wirtschafterin noch gestern auf Regalen oder in einer großen Truhe gelegen hatten. Der Alte war ein ordentlicher Mann gewesen, nie hätte er sein kostbares Gut so achtlos auf den Boden geworfen. Es musste ein Kampf stattgefunden haben, wahrscheinlich nur ein kurzer und ohne größere Gegenwehr des Opfers. Ein dickes Buch mit medizinischen Aufzeichnungen lag auf einem Stehpult, das konnte der Hauptmann erkennen, auch wenn seine Lesekenntnisse mäßig waren und er kein Latein beherrschte. Wahrscheinlich war der Arzt beim nächtlichen Studium überrascht, beraubt und auf gemeine Weise gemeuchelt worden. Seine Börse und ein hübscher silberner Dolch, den er stets an seinem Gürtel trug, waren verschwunden, ebenso ein wertvoller Mantel mit Pelzfutter, der auch im Sommer stets an einem Haken im Zimmer hing. Für den Hauptmann bestand überhaupt kein Zweifel: Hier handelte es sich um einen Raubmord. Wahrscheinlich war wieder eine Bande von Gesindel heimlich in die Stadt gelangt, hatte sich nach dem Schließen der Stadttore irgendwo versteckt und war dann zur Tat geschritten. Am Morgen hatten sie die Stadt unerkannt wieder verlassen, und als der Leichnam gefunden wurde, waren sie längst über alle Berge.

Franziska traf Hermann überraschend gefasst an. Er wusste, dass man ihn verurteilen würde. Wenn er Glück hatte, würde man ihn hängen oder ertränken, wahrscheinlich hängen, das war die hierzulande übliche und auch barmherzigste Hinrichtungsart. Bisweilen wurden aber auch andere Arten von Todesstrafen verhängt, die ungleich qualvoller waren und das Opfer nur langsam und unter unsagbarer Pein sterben ließen. Kaltes Grauen stieg in ihm auf, als er an die eine oder andere Hinrichtung dachte, deren Zeuge er im Lauf der Jahre geworden war. Er war sein Leben lang ein mutiger Mann gewesen, nie vor einer Gefahr davongelaufen, doch jetzt hatte er zum ersten Mal in seinem Leben Angst. Mehr als einmal hatte er gesehen, was man mit Zeugen anstellte, die angeblich vor Gericht gelogen hatten. Einer jungen Frau, die kaum sechzehn Jahre zählte und zu Gunsten ihres wahrscheinlich unschuldigen Vaters, eines einfachen Böttchers, ausgesagt hatte, war die Zunge herausgerissen worden, und einem alten, fast blinden Mann hatte man die Lippen zugenäht, ihn in den Kerker geworfen und verhungern lassen. Er war Zeuge von Brandmarkungen und Auspeitschungen geworden und hatte die Folgen von hochnotpeinlichen Befragungen gesehen. Mit diesen Barbareien zogen die Mächtigen das Recht auf ihre Seite, demütigten die Schwächeren und machten sie zu willfährigen Duckmäusern. Würde die junge Franziska in ein Verfahren um Mord und schwere Körperverletzung an Adeligen hineingezogen werden, könnten ihr ebenfalls böse Dinge widerfahren. Auf jeden Fall würde sich die Zunft von ihr abwenden, es wäre das Ende ihrer Schneiderei und sie würde gesellschaftlich geächtet. Er musste Franziska schützen, als gottesfürchtiger Mann hielt er dies ihr, Nele und dem Herrn gegenüber für seine heilige Pflicht. Und die ihm anbefohlene unschuldige Maria, die bis vor kurzer Zeit ein behütetes Leben hinter Klostermauern geführt hatte und nach der Flucht ihrer Brüder alleine auf der Welt war, in einen so schmählichen Prozess hineinzuziehen, war ohnedies völlig undenkbar.

Hermann hatte ausgiebig über seine wenigen verbleibenden Möglichkeiten nachgedacht. Er würde vor Zeugen ein Geständnis ablegen und Siegfried als Lehnsherrn um Milde gegenüber seiner Familie bitten. Nele sollte ihre Mitgift, den Hof Gerhards und die Werkstatt behalten dürfen und auch die Morgengabe, ein gutes Stück Weideland an einem Bach, das eine kleine Pacht einbrachte. Hermanns eigenes Vermögen konnte Siegfried einziehen, er würde es nicht mehr brauchen. Es blieb ihm nichts übrig, als auf die Ehrbarkeit und Anständigkeit des alten Ritters zu hoffen, doch in all den langen Jahren hatte Siegfried sich nie als ungerechter Fürst gezeigt.

Er erzählte Franziska nichts von seinem Plan, untersagte ihr aber strikt, bei der Gerichtsverhandlung zu erscheinen.

Lieber solle sie sich um Nele kümmern. Besorgt fragte er, wie seine Gemahlin mit der schrecklichen Situation zurechtkam, und Franziska rannen Tränen über die Wangen, als sie von Neles Mut und Tapferkeit sprach. Hermann hörte schweigend ihre Worte. »Falls irgendetwas Schlimmes geschieht, geht zu Zacharias«, sagte er noch, als Franziska ihn schließlich mit schwerem Herzen verlassen musste.

Wenige Minuten später schickte er nach dem Hauptmann, der sein Vorhaben in Ruhe anhörte. Der Mann sandte umgehend nach dem Schreiber und dem Priester, der Hermann und Nele getraut hatte, die beide das von Hermann unter Gotteseid abgelegte Geständnis aufzeichneten und bezeugten.

*

Horwarth war völlig außer Atem, als er an das Tor von Hermanns Hof pochte, das bereits für den Abend geschlossen war. Der kleine und spindeldürre Junge musste den ganzen Weg von der Burg hierher gerannt sein. Sein Haar klebte nass an seinem Kopf und der schweißgebadete Körper zitterte. Ein Knecht führte den Vierzehnjährigen zu den Frauen in die Stube. Horwarth hatte ein kleines Bündel umgebunden, das er Maria in die Hände drückte. »Ludwigs Sachen. Ich konnte nicht alles mitnehmen, nur das Wertvollste. Den Dolch von seinem Vater, auf den er so stolz war, und ein Kreuz, das er oft um den Hals trug, dann noch ein paar Kleinigkeiten, hier!« Maria sah auf die genannten Sachen, einen hübschen, silbern verzierten Gürtel, der zu dem schönen Dolch passte, und ein bisschen Krimskrams, den der Junge offenbar hastig aus der Truhe des Freundes zusammengeklaubt hatte.

»Und deshalb bist du den weiten Weg hierher gelaufen?«, fragte Franziska, die noch einen anderen Grund im Erscheinen des Burschen witterte.

»Nein, natürlich nicht. Ich habe heute zugehört, was die Herrschaften besprochen haben. Ich habe nicht gelauscht, glaubt mir, ich saß nur zur Vesper in der Halle, ganz normal an der Tafel wie alle anderen auch, als sie über ein Schreiben sprachen, das ein Bote des Stadtschreibers überbracht hatte. Hermann hat die Verbrechen gestanden und um Milde gebeten. Man möge seiner Witwe ihr früheres Eigentum überlassen und alles Vermögen, das bei der Eheschließung zur späteren Mitgift Franziskas in den Vertrag eingetragen wurde.«

Nele schien der Ohnmacht nahe zu sein. Ein Geständnis? Er hatte doch nichts verbrochen. Maria war die Erste, die wieder Worte fand: »Was hat Siegfried gesagt?«

»Also, der Alte hatte etwas gemurmelt, dass das wohl recht und billig sei und er darüber nachdenken wolle. Schließlich handele es sich um das Vermögen von Gerhard, den er als aufrechten Kaufmann in Erinnerung hatte. Ich hatte das Gefühl, dass er der Geschichte von Bero und Haymo nicht so den rechten Glauben geschenkt hatte, wie ich selbst übrigens auch nicht, seid Euch dessen gewiss.« Mit flinken Augen sah er von einer zur anderen. Franziska nickte und forderte ihn mit einem Blick auf, weiterzusprechen.

»Hildegard, dieser alte Drachen war es, die Zeter und Mordio geschrien hat. Ihr einziger Enkel und Erbe Restwangens wurde feige überfallen, schwerst verletzt, beinahe getötet und seines halben Augenlichts beraubt und Siegfried wolle dem Verbrecher und seiner Brut gegenüber Milde walten lassen? Das könne doch wohl nicht zu glauben sein! So tobte und schrie sie. Sie verlangte sogar, dass Euch Frauen als Mitwissern und Mitverschwörern der Prozess gemacht werden müsse. Dann sagte sie noch irgendetwas über die leeren Truhen Restwangens und dass man es sich gar nicht leisten könne, auf Eure Habe zu verzichten. Bero saß die ganze Zeit an ihrer Seite und nickte nur stumm. Ich weiß beim besten Willen nicht, ob es tatsächlich so weit kommt, aber rettet, was zu retten ist, ich flehe Euch an, um meines Freundes Ludwigs willen.«

Der Junge war restlos erschöpft, nachdem er die letzten Worte ausgesprochen hatte.

Franziska schwieg. Sie wusste, dass Horwarth Recht hatte und sie ihm dankbar sein musste, dass er gekommen war, um sie zu warnen. »Hast du die Burg unerlaubt verlassen?«, fragte Maria.

»Ja. Ich habe den beiden Männern von der Torwache einen großen Krug Wein gebracht. Sie werden mich auch bestimmt wieder einlassen.«

»Und wenn man dein Verschwinden bemerkt?«

»Dann werde ich verprügelt, wahrscheinlich von Bero selbst, aber das ist nicht so schlimm«, sagte er tapfer, obwohl seine Augen etwas anderes verrieten.

»Du kannst nach oben reiten. Unser Knecht begleitet dich. Am besten macht ihr euch sofort auf den Weg.« Franziska rief nach dem Bediensteten Hermanns und erteilte ihm eine kurze Anweisung. Sofort ging der Mann los, ein Pferd für sich und den Jungen zu holen.

»Das Versteck! Wir müssen zu unserem Versteck! Du weißt schon, das alte von Vater.« Franziska sprach auf ihre Mutter ein, doch Nele schien nichts wahrzunehmen. »Mutter, bitte! Es geht um unser Leben!« Langsam hob Nele nun den Kopf und sah ihre Tochter an. »Für dich, mein Kind, für dich«, sagte sie mit tonloser Stimme. Schließlich erhob sie sich und ging mit steifem Rücken auf die Zimmertür zu. Sie bedeutete Franziska und Maria, ihr zu folgen. Durch die Küche stiegen sie hinab in Hermanns Keller, in dem der Schreiber und seine Gehilfen sich ebenfalls umgesehen hatten. Das geschickt in eine Wand eingelassene Versteck hatten sie allerdings nicht bemerkt. Nicht einmal Franziska kannte es. Nele zog einen Stein aus der Mauer und holte einen großen Beutel aus der dahinter liegenden Öffnung. »Hermanns Notgroschen«, sagte sie und reichte Franziska die schwere Last. »Ich hatte von Gerhards geheimem Versteck erzählt. Hermann gefiel die Idee. Nun geht in unser Haus. Ins Stofflager, du kennst die Stelle. Näht alle Münzen in eure Kleider.«

Die Mädchen schluckten und nickten. »Und Ihr?«, fragte Maria, »kommt Ihr nicht mit?«

»Ich bin zu schwach. Geht und tut, was ich euch gesagt habe.«

Die Mädchen stiegen die Treppe nach oben und machten sich auf den Weg zu Neles Haus. Im Licht einer Laterne fand Franziska die Stelle, in der geschützt vor Dieben, Feuer und jetzt auch vor den Augen der Obrigkeit einige kleine Beutel mit Goldmünzen versteckt waren. Sie würden sie brauchen. Sie wagten es zwar noch nicht auszusprechen, aber sie würden Budweis wohl schon bald verlassen müssen.

Bereits am nächsten Nachmittag kamen der Vogt und der Stadtschreiber und konfiszierten den Besitz Hermanns einschließlich der von Nele eingebrachten Güter. Eine Truhe mit Kleidern und persönlichen Gegenständen wurde ihnen großzügig überlassen, dann verwies man die Frauen des Hofes.

Franziska suchte, wie von Hermann beauftragt, Zacharias auf. Der alte Geldverleiher vermittelte den Frauen eine Unterkunft im Haus einer benachbarten Witwe und entlohnte diese auch im Voraus. Er sandte einen Boten nach Restwangen, um auf eigene Rechnung und selbstverständlich gegen Barzahlung einen Wagen und zwei kräftige Gäule aus Hermanns Besitz zu erwerben. Er bot einen guten Preis und der Burgherr stimmte sofort zu.

Neles anfängliche Ohnmacht war Entschlossenheit gewichen. Sie hatte schon jung gelernt, den bösen Seiten des Lebens die Stirn zu bieten, jede Chance zu nutzen und auf diese Weise zu überleben. Trotz ihrer bescheidenen Herkunft als Tochter eines Schneidergesellen hatte sie sich eine gute Ausbildung erkämpft, einen anständigen und fleißigen Mann geheiratet und als junge Witwe alleine eine kluge und schöne Tochter großgezogen, deren Schöpfungskraft und handwerkliche Kunst ihr eine große Zukunft verhießen.

Sie würde es nicht zulassen, dass man ihren Gemahl wie einen Schwerverbrecher zu Tode quälte und ihn in seinem Todeskampf auch noch zum Gespött der ganzen Stadt machte. Sie hatte zunächst überlegt, den Henker zu bestechen, Hermann einen raschen und schmerzlosen Tod sterben zu lassen, doch je länger sie über all ihre Möglichkeiten nachdachte, desto klarer wurde ihr, welchen Mann sie sich gewogen machen musste – und auch konnte. Sie vergewisserte sich, dass die Mädchen schliefen, als sie leise das Haus verließ.

Budweis war eine kleine Stadt, in der jeder jeden kannte. So war auch allgemein bekannt, dass wann immer der Vogt einen schweren Richtspruch zu fällen hatte, er am Abend zuvor eine der besseren Schänken der Stadt besuchte, einen oder zwei Krüge leerte und sich mit dem einen oder anderen Bürger oder Junker beriet. Nele hatte herausgefunden, dass er am heutigen Abend bereits dem Wein in seinem gewohnten Maß zugesprochen hatte. Die Frau des Vogts war seit längerem siech und bettlägerig und dämmerte ihrem Ableben entgegen, wie schon seit geraumer Zeit unter der Bevölkerung gemunkelt wurde. Auch zu Neles Hochzeit war der Vogt, ein unscheinbarer Mann in mittleren Jahren, alleine erschienen, und die Frauen hatten hinter vorgehaltener Hand gewitzelt, welche Blicke er Hermanns jungen und gut genährten Mägden zugeworfen hatte.

Nele suchte eine ihrer Näherinnen auf, die in einem einfachen Häuschen am unteren Ende der Stadt zusammen mit ihrer großen Familie wohnte.

»Meisterin? Was führt Euch zu mir?«, fragte das Mädchen erstaunt, nachdem einer ihrer Brüder es aus dem Schlummer gerissen und zu Nele vor die Türe geschickt hatte. Nele hob einen Finger und gebot ihr zu schweigen, während sie sie sanft weg von der Hütte und außerhalb der Hörweite ihrer Familie führte.

»Ich habe mitbekommen, dass du gut mit Männern umzugehen weißt, stimmt das?«

Die junge Frau schlug die Augen nieder. »Ihr meint doch nicht etwa Euren Gatten? Ich schwöre Euch ...«

»Aber nein. Hör zu, ich benötige deine Hilfe.«

Die Näherin war ein keckes und auffallend gut gewachsenes junges Ding, das schon so manchem Mann ungeniert schöne Augen gemacht hatte. Nele hatte zufällig einmal ein Gespräch zweier Knechte Hermanns mit angehört, die sich protzend über die Qualitäten des Mädchens im Heu unterhalten hatten. Doch als die junge Frau nun hörte, worum die Meisterin sie bat, wollte sie ihren Ohren nicht trauen.

»Streck deine Hand aus.« Das Mädchen tat wie geheißen und fühlte die Münze auf ihrer Handfläche. Es war eine große und schwere Münze, wahrscheinlich der erste volle Gulden, den es in seinem Leben überhaupt zu sehen bekommen hatte, und unter Erröten gelobte es, Neles Befehl zu befolgen und mit dem Mann Dinge zu treiben, die man nicht einmal in der Beichte oder auf dem Sterbebett gestehen durfte.

Nele führte die junge Frau an die Pforte des Vogts und hieß sie im Dunkeln warten. Als der Mann, vom Wein leicht umnebelt, schließlich heimkam und sein Haus aufschloss, schlüpfte die junge Frau mit ihm durch die Tür. Erst im Morgengrauen verließ das Mädchen wieder das Haus, nickte Nele augenzwinkernd zu und konnte sich ein kleines Lachen über die verdiente Summe und die Lust des Vogts nicht verkneifen. Kaum war die junge Näherin außer Sicht, suchte Nele den erschöpften Mann selbst auf und sprach klare Worte mit ihm.

Noch immer ohne Franziskas Wissen besuchte Nele ihren Gatten früh an diesem Morgen, dem Morgen vor der Verhandlung. Der Hauptmann, der seit dem Mord an dem alten Medikus deutliche Zweifel an Hermanns Schuld hegte, gestattete ihr einen langen Besuch.

»Lass nicht alle Hoffnung fahren«, sagte sie zum Abschied

zu ihm. »Gott wacht über dich und der Vogt ist dir als Freund gewogen.«

Die Verhandlung gegen Hermann war aus juristischer Sicht nur noch eine formelle Angelegenheit, bei der das Opfer und die geschädigten Familien nicht einmal persönlich anwesend waren. Der Vogt und der Schreiber nahmen an der Längsseite eines Tisches Platz, und Hermann wurde von mehreren Wachen gefesselt vorgeführt.

»Seid Ihr der Rosshändler Hermann von Kreuznach, früherer Fuhrmann aus dem Dorf Kreuznach und später Rosshändler zu Budweis?«

Hermann nickte.

»Antwortet mit ja oder nein!«

»Ja, das bin ich.«

»Habt Ihr den Edelmann Junker Einhard von Bodewang hinterrücks erschlagen, seine edlen Gefährten, den Ritter Bero von Restwangen, Sohn Ethelberts von Restwangen und Enkel des Lehnsherrn Siegfried von Restwangen, schändlich am Leibe verletzt und das halbe Augenlicht genommen?«

»Ja.«

»Habt Ihr den Junker Haymo von Walding am Leibe verletzt?«

Hermann bestätigte auch diesen Teil seines Geständnisses und nahm wenig später seinen Schuldspruch entgegen. Da er einen Edelmann getötet und einen anderen verletzt und auf Dauer verstümmelt hatte, musste er einen zweifachen Tod sterben, erklärte der Vogt. Überdies fiel sein in der Stadt liegendes Vermögen dieser zu, sein Besitz außerhalb der Stadttore, und das war mit der Pferdezucht und den beiden Häusern der Hauptanteil, dem Lehnsherrn. Das Urteil lautete auf Hängen und Wässern und war umgehend zu vollstrecken.

Schon am kommenden Tag sollte Hermann gehängt werden, nicht am Galgen der Stadt, sondern an einer Flussbrücke. Er sollte ganz langsam hinabgelassen werden, bis sein Körper in die Fluten tauchte. Hing er dann im Wasser wie ein Fisch an der Angel, sollte er darin so lange gegen die Strömung ankämpfen, bis der Tod eintrete. Seine Beine sollten frei sein und seine Hände ebenfalls. Nur die Oberarme sollten an den Körper gebunden werden, damit er sich nicht aus der Schlinge befreien konnte. Falls er nicht schwimmen konnte, wäre es ein Segen für ihn, die Erlösung durch den Tod würde umso rascher eintreten. Die meisten gewässerten Delinquenten strampelten jedoch ein geraumes Weilchen mit allen vieren gegen die Strömung und den Tod an, sodass die stets zahlreichen Zuschauer ein ordentliches Spektakel zu sehen bekamen. Der Vogt ging nicht darauf ein, warum er das Urteil nicht erst am nächsten Sonntag oder Blauen Montag vollstrecken ließ, um der Stadt ein kleines Fest zu gönnen. Doch auch am morgigen Werktag würden die meisten Meister ihren Arbeitern einige freie Stunden gewähren, um ihnen zur Warnung und Unterhaltung die Teilnahme an der Hinrichtung zu ermöglichen.

Ohne sichtbare äußere Regung nahm Hermann sein Urteil entgegen. Der Vogt war förmlich wie stets, wenn er Urteile auszusprechen hatte, nur ein kaum sichtbares Blitzen erhellte seinen Blick, als er die Wasserstrafe verkündete und Hermann dabei kurz in die Augen sah.

Franziska besuchte ihren Stiefvater ein letztes Mal. Diesmal gelang es ihr nicht, die Tränen zurückzuhalten. Hermann fragte, ob sie und Nele seine Ersparnisse gerettet hätten. Sie bejahte und erzählte, wie ihre Mutter sie und Maria angewiesen hatte, das Geld aus den beiden Verstecken in ihre Kleider zu nähen. Sie hatten gehorcht und trugen die Münzen nun bei sich.

»Gib mir zwei von den Goldmünzen«, bat Hermann. Franziska sah ihn verwundert an. »Ich muss den Henker bestechen. Ich will nicht ertrinken.« Franziska gehorchte und versuchte, sich ihr Grauen vor dem bevorstehenden Geschehen nicht anmerken zu lassen, als sie zwei Goldstücke aus ihren Kleidern fischte. Stumm nahm Hermann sie entgegen und verstaute sie in seiner Hosentasche.

Die letzten Tage waren strahlend schön gewesen und wirkten wie Hohn auf die Unglücklichen, deren Schicksal sich in so kurzer Zeit so zum Schlimmen verändert hatte. Heute jedoch hing der Himmel voller pechschwarzer Wolken. Seit den frühen Morgenstunden regnete es in einem fort, und kalte Windböen fegten durch die Straßen. Große Pfützen behinderten die Fußgänger, und der Unrat aus den Haushalten trieb in den unzähligen Rinnsalen durch die Gassen der Stadt.

Die Hinrichtung war für Mittag angesetzt, und trotz des unfreundlichen Wetters säumten Schaulustige dicht gedrängt den Weg, den das Opfer bis zu seiner Richtstätte zu gehen hatte.

Umringt von den Gefängniswachen wurde Hermann aus dem Kerker geführt. Der Tross setzte sich in Bewegung. Scheinbar in sein Schicksal ergeben schritt der Rosshändler zwischen den Soldaten den Weg zum Stadttor und zur untersten Flussbrücke. Man hatte die Brücke gewählt, die für eine solche Hinrichtung am geeignetsten erschien, einen massiven Bau unterhalb des Stadttores, einige hundert Fuß oberhalb der Stelle, an der die Moldau in einer scharfen Biegung Richtung Norden strömte. Ein Priester stakste hinter dem Verurteilten einher und murmelte eine endlose Litanei aus Gebeten. Hermann ging barfuß. Nur seine Beinkleider und das Unterhemd hatte man ihm gelassen, da das Gewicht von Oberkleid und Schuhen ihn zu schnell in die Tiefe des Wassers ziehen würde. Franziska und Maria folgten dem Zug und hielten sich so nah sie konnten an den ausschreitenden Männern. Sie trugen große Tücher um Kopf und Schultern gelegt, zum Schutz vor dem Regen, aber auch vor den Blicken der Schaulustigen. Nele war entkräftet vor wenigen Stunden zusammengesunken, und die Vermieterin hatte darauf bestanden, dass sie das Bett hütete. Zitternd wie Espenlaub hatte sie unter den Decken gelegen, als die Mädchen das Haus verließen.

Viel zu schnell gelangten sie an die Brücke. Sie war solide errichtet, aus schweren Balken und dicken Brettern, breit und stark genug für beladene Fuhrwerke. Als eine der ersten Brücken Böhmens war sie so hoch gebaut worden, dass sie auch bei außergewöhnlichem Hochwasser begehbar war und nicht wie andere Stege überflutet wurde. Beim derzeitigen Wasserstand schwebten ihre Planken zehn Fuß über dem Wasserspiegel. Das hölzerne Geländer erhöhte das Bauwerk um nochmals drei Fuß. Die Moldau war oberhalb von Budweis ein klares Gewässer, reich an Fischen und Krebsen und zur Viehtränke wie auch zur Trinkwasserentnahme geeignet. Kurz hinter der Stadt, die ihren Unrat sowie die Exkremente von Mensch und Tier in das Flussbett leitete, war sie eine trübe, braune und an vielen Tagen stinkende Brühe. Etwas oberhalb der Brücke befanden sich obendrein die Werkstätten der Gerber und Färber, die ihr Übriges zu Verschmutzung und Geruch taten.

Es war üblich, dass man dem Verurteilten letzte Worte zugestand, und je nachdem, ob er sich mannhaft oder weinerlich zeigte, gar vor Gott und der Welt seine Unschuld beschwor oder seine Missetat bereute, erntete er anerkennendes Murmeln oder verhöhnende Pfiffe. Nicht selten wurde ein Verbrecher mit Abfall und Kot beworfen, während er seine letzte Rede hielt. Hermann schüttelte nur kaum merklich den Kopf, als man ihm das Rederecht gewähren wollte.

Über der Flussmitte, wo das Wasser am tiefsten und gefährlichsten war, hatte man vorsorglich ein Stück des Brückengeländers entfernt. Jetzt führten zwei Wachen Hermann an diese Stelle. Die Henkersschlinge trug er schon seit dem Aufbruch aus dem Gefängnis um den Hals, und das zusammengerollte Seil lag um die Schulter eines weiteren Bewaffneten. Der Brauch sah vor, dass der Henker fragte, ob der Mann zu Recht verurteilt war, und wenn der Vogt dies bejahte, würde er die Strafe umgehend vollstrecken. Der Mann mit dem Seil schickte sich an, die nötige Seillänge abzuschätzen, um das freie Ende anschließend am Geländer festzubinden. Alle Augen blickten auf den Henker und den Vogt, die gleich die Stimme erheben und laut und tragend die letzten Worte sprechen würden, die der Delinquent auf Erden hören sollte. Die Menge schwieg, auch die Wachen und der Mann am Seil sahen zunächst den Henker an. Schließlich räusperte dieser sich gewichtig und geräuschvoll und begann zu sprechen.

»Ist dieser ...« Ein Aufschrei ging durch die Menge. Hermann war in die Tiefe gesprungen und hatte eine der überraschten Wachen mit sich gerissen. Das Seil, das eben noch im Arm seines Trägers gelegen hatte, wickelte sich blitzschnell ab und segelte dem Verurteilten hinterher.

In den braunen Wellen strampelte der Wächter in Todesangst. Sein Brustpanzer und das umgegürtete Schwert zogen an ihm wie ein Wassergeist, der ihn zu sich holen wollte.

Über Hermann schlossen sich die Wellen. Er versuchte, mit seinen Beinen so viele kräftige Stöße wie möglich zu machen, bevor er den Kopf an die Oberfläche strecken und Luft holen musste. Nur zwei oder drei tiefe Atemzüge gönnte er sich, bevor er wieder untertauchte. Er spürte den Bolzen einer Armbrust, der dicht neben ihm in die Wellen fuhr. Seine Lungen brannten, sein Kopf hämmerte, doch mit der Entschlossenheit der Verzweiflung blieb er unten und spürte, wie ihn die Strömung mit sich zog. Das Wasser war dunkel und undurchsichtig, und sein Geschmack ließ Hermann übel werden. Noch einmal tauchte er für wenige hastige Atemzüge auf. Er wusste, er hatte eine Chance, mit dem Leben davonzukommen, und der Schmutz und das schlechte Wetter konnten ihm dabei helfen. Bald schon würde der Fluss schmaler und reißender werden und Hermann würde mit ihm an eine Biegung gelangen, mit scharfkantigen Felsbrocken, Strudeln und Untiefen zwar, doch konnte er ab dieser Stelle riskieren, an der Oberfläche zu schwimmen und seinen Verfolgern so zu entkommen.

Weitere Bolzen landeten in seiner Nähe, doch nicht dicht genug, um ihn ernsthaft zu gefährden. Hermann blieb weiter unter Wasser, solange er es vermochte. Mit einem Mal wurde die Strömung reißender. Strudel zogen an seinen Kleidern, und seine Knie und Schultern schlugen schmerzhaft gegen Steine und dazwischen verkeilte Baumstämme. Er konnte nicht mehr feststellen, in welche Richtung er nun trieb, nicht einmal, wo oben und unten war. Die Fluten rissen ihn mit sich. Um ihn herum war nichts als Wasser, wildes, dunkles Wasser. Plötzlich spürte er Gestein unter seinen Füßen. Er stieß sich ab und versuchte aufzutauchen, doch ein heftiger Ruck stoppte ihn. Das Seil hatte sich irgendwo verhängt und die Schlinge zog sich nun gnadenlos zu. Mit aller Kraft zerrte er an dem straff gespannten Strick, doch er gab nicht nach. Schon glaubte Hermann, nun doch ersaufen zu müssen. Mit letzten Kräften versuchte er, die Schlinge zu lockern. Mit einer Hand hielt er den straffen Strick und mit der anderen versuchte er, den Henkersknoten nach oben zu schieben, während er wild den Kopf schüttelte, um durch die Bewegungen des Nackens die Schlinge zu weiten. Das Hanfseil war durchnässt und aufgequollen und ließ sich kaum bewegen. Rote Sterne und Blitze erschienen vor seinen Augen, und seine Lungen brannten. Doch endlich lockerte sich der Knoten, und ehe sich die Schlinge wieder zuziehen konnte, zwängte er den dicken Schädel heraus. Hastig strampelte er sich an die Wasseroberfläche und ließ gierig Luft in seine brennenden Lungen strömen. Er sah sich um: Er hatte die stadtnahe Flussbiegung durchschwommen, die gefährlichen Untiefen und Strudel passiert, und vor ihm ragten die schützenden Felswände an beiden Seiten des Flusses steil empor. Die Straße befand sich an dieser Stelle ein ganzes Stück vom Ufer entfernt, und um ans Flussufer zu gelangen, musste man sich durch Dickicht kämpfen und über Felsen klettern. Selbst wenn die Wachen ihm unverzüglich nachgerannt wären, wäre er nun nicht mehr einzuholen. Die Moldau war an dieser Stelle nicht befahrbar, und es hatte sich bestimmt niemand freiwillig in die gefährlichen Fluten gestürzt, um ihn zu verfolgen. Hermann zwang sich, ruhig und kräftig durchzuatmen, während er sich von der Strömung weitertreiben ließ.

Zwei Tage lang suchte man den Fluss vergeblich nach seiner Leiche ab. Der Vogt und die Gilde waren überzeugt, dass der unglückliche Rosshändler sein Leben im Fluss gelassen hatte.

*

Zacharias hatte dem Stadtrat unter Eid versichern müssen, dass er das gesamte Geldvermögen Hermanns und Neles herausgegeben hatte und dass keine sonstigen Vermögenswerte des Verurteilten bei ihm hinterlegt waren. Da keine Nachricht aus Restwangen eintraf, dass Siegfried auf das Vermögen Neles verzichtete, war das gesamte beurkundete Eigentum der Frauen verloren, und sie konnten nicht riskieren, auch nur ein einziges ihrer sorgfältig gehüteten Goldstücke hier in Budweis auszugeben, zu groß war die Gefahr, dass man ihnen die Büttel auf den Hals hetzen und sie wegen Betrugs an Stadt und Lehnsherr verurteilen würde.

»Verlasst Böhmen und zieht nach Österreich oder besser noch nach Bayern«, riet Zacharias ihnen. »Außerhalb des Königreichs kann das Urteil eines einfachen Stadtvogts nicht durchgesetzt werden. Dort könnt Ihr ein neues Leben beginnen und mit Euren verbleibenden Mitteln eine neue Schneiderei gründen.«

Ein Vetter und guter Freund Hermanns, der Fuhrmann Ditgurd, war mit seinem Fuhrwerk am Tag der Hinrichtung in Budweis eingetroffen. Als er sich überraschend schnell, schon einen Tag nach seiner Ankunft, im ersten Morgengrauen wieder auf den Weg machte, folgte ihm ein zweispänniges Fuhrwerk mit drei Frauen.

ZWEITER TEIL

ÖSTERREICH Juni 1298

Die Brüder ritten die ganze Nacht durch. Das Wetter war gut und das Licht von Mond und Sternen zeigte ihnen den Weg. Dank seiner Reisen, die er in den letzten Jahren für Zacharias unternommen hatte, kannte Karl das Land und führte sie durch Südböhmen und den Böhmerwald in Richtung des Donautals. Viele Meilen waren sie durch den dichten und finsteren Wald geritten, dann brauchten die Pferde dringend eine Verschnaufpause, und die beiden Reiter steuerten eine Schänke an, vor der mehrere Tiere anderer Reisender standen.

»Und wenn man uns nun schon verfolgt, was dann?«, fragte Ludwig besorgt.

»Wer soll uns denn verfolgen?«

»Na, denk mal nach. Budweis hat eine Stadtwache und Restwangen mehrere Männer unter Waffen. In allzu viele Richtungen konnten wir nicht fliehen, und das wissen sie bestimmt.«

»Sie werden sich nicht aus Böhmen herauswagen, es sei denn, sie wollen Ärger mit den Königstruppen.«

»Wo sind wir jetzt eigentlich?«

»Schon längst in Österreich. Die Grenze verläuft teilweise direkt durch den Wald, teilweise weiter südlich. Wenn uns hier ein Bewaffneter begegnet, dann gehört er zu einem Vasallen des Herzogs von Österreich.«

Ludwig nickte. Österreich. Einer der wichtigsten Teile des südlichen Reichs, regiert von Albrecht von Habsburg.

Er hatte in den letzten Wochen einiges an politischen Gesprächen zwischen den Burgherren und ihren Gästen mitbekommen. Die deutsche Krone wackelte sichtbar auf dem Kopf des schwachen Königs Adolf von Nassau, und es ging bereits das Gerücht, dass die Kurfürsten sich in Kürze versammeln wollten, um Adolf abzuwählen und Albrecht von Habsburg die Krone anzutragen. Einer solchen Schmach wollte Adolf jedoch entgehen. Er rüstete ein Heer und trachtete, so bald wie möglich gegen Albrecht zu Felde zu ziehen.

Ludwig und Karl stärkten sich mit einem Frühstück aus kaltem Braten, frischem Brot und verdünntem Bier, nachdem sie die Versorgung der beiden Reittiere überwacht hatten, die den nächtlichen Ritt gut überstanden hatten.

»Wohin soll es nun weitergehen?«, fragte Ludwig.

»Zacharias hat Nürnberg empfohlen. Dort soll ich seinen Vetter Isaak aufsuchen und mit ihm das Weitere besprechen. Vielleicht kann er ja einen Gehilfen brauchen.«

Ludwig nickte. Karl würde sich schnell zurechtfinden, davon war er überzeugt. Überall, wo Handel getrieben wurde, würde man sich um einen Mann mit seinen Fähigkeiten reißen. Seine eigene Zukunft sah er hingegen weniger klar. Er war ein Edelmann und Sohn eines ehrenvollen Kreuzritters, jedoch war sein Vater Franzose gewesen und obendrein nur ein Drittgeborener, der es trotz seiner Verdienste nie zu einem eigenen Lehen gebracht hatte. Er selbst war mittlerweile Knappe, hatte eine gute Ausbildung genossen, aber noch nicht einmal seine Schwertweihe empfangen, die es ihm ermöglicht hätte, sich zu rüsten und für einen Fürsten in den Kampf zu ziehen. Im Grunde genommen, war er gar nichts.

Karl sah ihn fragend an. »Ich muss mir wohl einen neuen Herrn suchen«, sagte Ludwig schließlich. »Mich bei ihm bewähren und so rasch wie möglich Edelknappe werden. Danach werde ich auf Seiten Albrechts dienen, vielleicht irgendwann den Ritterschlag empfangen, und wenn der Himmel es gut mit mir meint, vielleicht eines Tages ein eigenes Lehen ...«

Karl sah ihn lange an, legte die Stirn in Falten und schüttelte schließlich den Kopf. »Muss das denn wirklich sein? Hast du nicht schon in Akkon gesehen, wohin Rittertum und Kampfeslust führen? Männer, die im Blutrausch Frauen und Kinder morden und verstümmeln oder wie jetzt in Böhmen, in tiefsten Friedenszeiten, in denen ihnen langweilig ist, unschuldige Mädchen schänden? Denkst du tatsächlich, dass das, was wir erlebt haben, die Ausnahmen sind? Du könntest ganz andere Dinge vollbringen, ungleich größere!«

»Mein Vater war Edelmann und Ritter und ganz bestimmt hat er nicht ...«

»Henri war ein großartiger und ehrenwerter Mann, das steht doch außer Zweifel. Aber er war reif an Jahren und welterfahren. Und er war tatsächlich eine Ausnahme. Schließ dich mir an, gemeinsam können wir wahre Macht erwerben. Ich spreche von der Macht des Geldes, vor der alle erzittern, Fürsten, Bischöfe, sogar Könige und Päpste. Zacharias hat mir alles, was er wusste, beigebracht. Wir gründen ein Handelshaus, vielleicht auch eine eigene Bank, so wie die Florentiner Kaufleute und die Venezianer. In ein paar Jahren schwimmen wir im Geld, du heiratest deine wunderschöne Franziska, und schon bald wuseln kleine Bälger um deine Beine.«

Ludwig seufzte. Karl wusste, welchen Weg er gehen musste. Für ihn selbst sah die Sache beileibe nicht so einfach aus, und wie sich seine Zukunft mit Franziska gestalten würde, konnte er sich beim besten Willen nicht ausmalen. Als Kaufmann wäre es ein Leichtes, sie würden heiraten und das Leben würde seinen Lauf nehmen. Aber als Ritter? Einen kleinen Augenblick schwankte er, wollte sich bereits dem Bruder anschließen. Doch schon im nächsten Moment dachte er daran, wie wichtig seinen Eltern seine höfische Ausbildung und seine ritterliche Zukunft gewesen waren.

»Geh du deinen Weg«, sagte er schließlich mit belegter Stimme, »ich gehe den meinen.«

Beide schwiegen, scheuten sich auszusprechen, wie nah die Trennung war. Sicher würden sie bald auf Truppen treffen, denen Ludwig willkommen war. Aus den Gesprächen an den Nebentischen entnahmen sie, dass die Adeligen Kontingente aushoben, um sich den rivalisierenden Königen anzuschließen.

»Lass uns nach dem Essen unsere Mitgift betrachten«, sagte Karl schließlich und klopfte auf das Paket, das er noch immer an einem Riemen umgehängt trug. »Der Alte hat uns bestimmt ein feines Päckchen geschnürt.«

In einer kleinen Kammer neben dem Gastraum öffneten sie ihre Beutel und die Schatzkiste. Der eine Beutel enthielt Silber, im anderen fanden sich Goldmünzen, ein kleines Vermögen. Die wahren Kostbarkeiten jedoch waren die Dokumente, die Zacharias ihnen mitgegeben hatte. Zwei Wechsel, gezogen auf einen wohlbestallten Nürnberger Kaufmann, eine Aufstellung des Vermögens der drei Geschwister und eine Zahlungsanweisung, deren Höhe etwa diesem Vermögenswert entsprach, ausgestellt auf Zacharias' Vetter Isaak. Dies war das Dokument, das Zacharias noch in aller Eile ausgefertigt hatte. Bei der Durchsicht der weiteren Papiere huschte ein listiges Lächeln über Karls Gesicht. Der Weitblick des Alten war zu bewundern. Der Tag würde kommen, an dem er diese Papiere verwenden würde.

Am frühen Nachmittag setzten sie ihre Reise fort. Die Pferde waren ausgeruht und sie erreichten die Donau, setzten mit einer der zahlreichen Fähren über und folgten der Handelsstraße nach Westen stromaufwärts.

In Passau, der Bischofsstadt, trafen sie auf ein Kontingent von Truppen eines österreichischen Grafen. Ludwig beschloss, ihn aufzusuchen und ihm seine Dienste anzubieten. Der Graf war ein noch junger Mann, hatte aber große Ziele. Er war Albrecht treu ergeben, doch fehlte es ihm an Material und ausgebildeten Männern. Seine Kämpfer waren Bauern und einfache Bürger, die er kurzerhand zu den Waffen gerufen hatte, was zwar zügige Rüstung versprach, seine Probleme der Heeresaufstellung aber nicht befriedigend gelöst hatte. Den einen oder anderen waffenkundigen Soldaten benötigte er noch

Entsprechend erfreut war Konrad Graf von Kieremberg, als sein Leibdiener ihm einen reisenden Knappen meldete, der einen neuen Herrn suchte. Nach wenigen Minuten waren sie handelseins. Schon am nächsten Morgen sollte Ludwig als Konrads Knappe mit zu Albrechts Truppen aufbrechen.

Ludwig war selig. Er stürzte in die Herberge, wo sie ein Zimmer genommen hatten, und schwärmte Karl von seinem neuen Herrn vor. Karl blieb erstaunlich gelassen. »Nimm nur ein bisschen Silber mit, damit dich niemand bestehlen kann«, sagte er. »Ich verwahre dein Geld und das unserer

Schwester und hinterlege es in Nürnberg. Schicke danach, wann immer du es brauchst. Und jetzt lass uns noch etwas essen und einen anständigen Krug Bier trinken, bevor du zum tapferen Kämpen wirst.«

GÖLLHEIM Juli 1298

Die letzten Tage waren zermürbend gewesen. Konrad hatte sich mit seinem Kontingent einem bärenhaften alten Haudegen namens Georg, Oberhaupt des Geschlechts der Raugrafen, angeschlossen, der einen wilden Haufen kampferprobter Männer führte. In eiligen Märschen hatten sie in kurzer Zeit ganz Süddeutschland durchquert, waren bis nah an den Rhein vorgestoßen und hatten sich in das Hauptheer Albrechts eingereiht, das stetig wuchs. Die Kämpfer des Raugrafen hatten sich nützlich gemacht, indem sie Konrads Männer im Umgang mit Spieß und Lanze schulten. Ludwig erntete von allen Seiten Anerkennung, als er mit Übungsschwert und Schild mit den Männern trainierte, und schon bald übten Konrad und Georg den Fechtkampf nur noch mit ihm. Ludwigs Brust war vor Stolz geschwellt, wann immer er verschwitzt und mit ein paar neuen blauen Flecken vom Kampfplatz ging. Er pflegte die Rüstung seines Ritters, rieb jeglichen Rost von den Gliedern des Kettenhemdes und ölte das Eisen vorsichtig ein. Mit Hingabe schliff er Schwerter, Dolche und Lanzenspitzen.

Albrecht hatte sein Heer unermüdlich von einem Ort zum anderen ziehen lassen. Keine Stelle schien ihm geeignet, um den Gegner zu erwarten. Mehrfach hatte er sogar offen das gegnerische Heer umlaufen und war dem Kampf ausgewichen, war tief ins Rheinland gezogen, wo sich schließlich seine gesamten Truppen versammelten. Adolf lagerte nicht weit entfernt, doch noch immer machte Albrecht keine Anstalten, seinen Gegner zu stellen. Hatte er Angst vor der Auseinandersetzung oder schätzte er seine Chancen zu gering ein? Ludwig machte sich keine Gedanken darüber und beteiligte sich auch nicht an den Gesprächen der anderen Männer, die über die angebliche Truppenstärke des Feindes tuschelten.

Am dreiundzwanzigsten Juni schließlich erreichte die Truppen die Nachricht, dass die Kurfürsten ohne Zustimmung des Papstes getagt und Adolf als König abgewählt hatten. Der neu ernannte König hieß erwartungsgemäß Albrecht von Habsburg.

Da Adolf als vom Papst gesalbter Herrscher sein Königtum weiterhin für rechtmäßig hielt, wollte er seinen Thron mit dem Schwert verteidigen und drängte auf eine Entscheidung auf dem Schlachtfeld. Sein Widersacher Albrecht hingegen wusste, dass er seine kirchenrechtlich unbestätigte Wahl schnellstmöglich auf die juristisch unanfechtbare Grundlage eines freien Thrones stützen musste.

Nachdem Albrechts Kundschafter tagelang die günstigste Stelle gesucht hatten, um das noch einige Tagesmärsche entfernte Heer Adolfs anzugreifen, entschied sich Albrecht für einen weitgehend unbekannten und bedeutungslosen Landstrich, an dem er den Nassauer überraschen konnte. Nach nächtelangen Unterredungen mit seinen Offizieren stellte Albrecht einen Teil seiner Truppen auf dem Hasenbühel, einem taktisch günstigen Hügel nahe dem Städtchen

Göllheim auf. Ein weiterer Teil bezog auf einem niedrigeren Hügel an der gegenüberliegenden Seite des breiten Tals Stellung.

Ludwig hatte seinen Grafen gerüstet und gegürtet und ihm auf sein Schlachtross geholfen. Konrads Rüstung glänzte schwarz und silbern, und ein mächtiges Schwert hing an seinem Sattel. Er hielt eine Lanze mit eiserner Spitze und seinen Schild mit dem Wappen seiner Familie. Der Raugraf hatte ebenfalls seinen Sitz im Sattel eingenommen und stieß ein paar lautstarke Unflätigkeiten aus, die seine Männer mit grölendem Lachen aufnahmen. Er war schwerer und weniger ansehnlich als Konrad, wirkte aber in seiner verbeulten Rüstung und mit seinem Morgenstern am Gürtel ungleich bedrohlicher. Die üblichen Ritterwaffen, Schwert und Lanze, trug er mit unbekümmerter Selbstverständlichkeit. Als er sich den Helm reichen ließ, raunte er Ludwig noch zu: »Wenn du dir deine Sporen verdienen willst, bleib in meiner Nähe!« Ludwig wusste, dass er als Knappe nicht in den eigentlichen Kampf ziehen musste, aber die Worte Georgs stimmten ihn kriegerisch. Er griff sich einen Langschild und einen Speer und fand sogar einen einfachen Kesselhelm unter den Waffen seines Herrn, den er sich zurechtlegte.

Es war warm und schwül an diesem Tag Anfang Juli. Die Männer schwitzten unter ihren Panzern und Helmen, und das Fell der Gäule färbte sich unter den Schabracken dunkel. Schwärme von Fliegen und Mücken summten um die Tiere herum und machten auch vor den Gesichtern der Männer nicht halt. Die zuvorderst stehenden Truppenteile konnten das Heer Adolfs bereits ausmachen. In vorderster Linie ritten gerüstete Bannerträger, von denen der erste den Wimpel des Königs und die hinter ihm folgenden die bunte Vielfalt der unter seinem Befehl reitenden Ritter zeigten. Das Heer Albrechts verharrte in fast lautloser Stille.

Endlich schien von irgendwoher ein Befehl zu kommen. Die einzelnen Abteilungen setzten sich in Bewegung. Albrecht wusste die Vorteile des Geländes für seine Pläne zu nutzen. Zusammen mit seinen erfahrensten Offizieren würde er über die zwei sanften Hügel das im Tal langsam heranrückende Heer Adolfs einkreisen und von der Flanke her angreifen. Die Reiterei hatte gute Chancen, dem nassauschen Heer zur selben Zeit in den Rücken zu fallen. Die Windungen des zusehends schmäler werdenden Tals würden der berittenen Truppenspitze Adolfs eine Flucht nach vorne genauso erschweren wie eine Umkehr, um in den mit dem Hauptheer plötzlich entbrannten Kampf einzugreifen. Zahlenmäßig war Adolfs Heer zwar überlegen, doch Albrechts bessere Stellung im Gelände konnte diesen Vorteil wettmachen. Zudem waren seine Männer durch den Gedanken gestärkt, für eine Krone und ewigen Ruhm zu kämpfen.

Die Signale ertönten zum Angriff. Nach einem mäßig wirkungsvollen Pfeilregen durch die Bogenschützen preschten mehrere Reitereien auf die Flanke Adolfs zu und schnitten seine berittene Vorhut vom Hauptverband ab. Fußtruppen folgten. Adolfs vorderste Fußsoldaten fielen, doch die hinter ihnen nachrückenden formierten sich sofort neu. Albrechts Ritter stürzten auf sie zu. Lanzen fanden ihr Ziel. Männer wurden aus den Sätteln gehoben und lagen hilflos auf dem Boden, bevor ihnen Fußkämpfer den Garaus machten. Verwundete Pferde schrien im Todeskampf fast wie Menschen, und Ströme von Blut flossen auf beiden Seiten. Konrad kämpfte in einer der vorderen Linien. Seine Lanze war längst gebrochen, und die Spitze steckte im Schild eines nassauschen Edelmannes. Sein eigener Schild hing in Stücke gehauen nutzlos an seinem linken Arm. Er streifte ihn ab, riss das lange Schwert aus der Scheide und führte es mit beiden Händen. Mehrere Männer fällte die tödliche Klinge, bis der Bolzen einer Armbrust in den Hals des Grafen fuhr und ihn zu Fall brachte. Leblos stürzte er zu Boden. Das Pferd sprengte panisch durch die kämpfenden Männer, bis es endlich den nun leeren Abhang des Hasenbühels erreichte.

Ludwig sah das Tier ohne seinen Reiter auf sich zukommen. Er wusste, was dies zu bedeuten hatte. Rasch eilte er zurück in das Zelt seines Herrn, setzte den schlecht sitzenden Helm auf, fand noch einen ledernen Übungspanzer und rannte mit Schild und Speer in Händen zum Kampfplatz. Er sah den dunkelroten Helmbusch des Raugrafen und drängte sich in seine Nähe. Der Graf und fünf seiner Kämpfer waren von einem nassauschen Fußsoldaten umzingelt. Sie leisteten heftigen Widerstand. Einen nach dem anderen hauten sie die Angreifer nieder, bis plötzlich Hufschläge ertönten und eine Gruppe von fünf oder sechs Reitern auf sie zusprengte. Die gegnerischen Fußsoldaten wichen zurück. Ludwig sah stolze Wappen auf den Schilden der Reiter, konnte jedoch nicht sagen, zu welchen Geschlechtern diese gehörten. Der Graf hielt den Morgenstern in der Rechten und den Schild in der Linken. Seine Kämpfer ließen sich hinter ihm in einer Reihe auf ein Knie niederfallen. Wer einen Spieß oder eine Lanze hatte, richtete diese schräg nach oben, um die heranstürmenden Pferde aufzuhalten. Ludwig fand sich plötzlich in der Mitte eines Halbkreises wieder und kniete ebenfalls. Er rammte das Ende seines Speers in den Boden und hielt den Schaft an sich gedrückt, die Spitze in Richtung der Angreifer.

Der Reiter in der Mitte nahm sich den Raugrafen vor. Mit dem zersplitterten Rest einer langen Lanze legte er auf den Bauch des Gegners an, traf und schaffte es beinahe, den schweren Mann aus dem Sattel zu heben. Noch im Vorbeireiten warf er die nun gänzlich unbrauchbare Lanze von sich und zog das Schwert. Im Zurückreiten würde er es gegen Georg schwingen, der sich nur mühsam im Sattel seines im Kreis wirbelnden Pferdes hielt. Der Gegner hatte sein Ross herumgeworfen und setzte zum neuerlichen Angriff an. Den im Weg stehenden Burschen mit seinem Speer würdigte er kaum eines Blickes, versuchte lediglich, ihn mit seiner Schwertspitze zu erhaschen, um ihn aus dem Weg zu scheuchen. Ludwig wich mit einem Satz zur Seite aus. Er bemühte sich, die Gesamtlage einzuschätzen, wie Siegfried das immer gepredigt hatte, um dann im rechten Augenblick das Richtige zu tun. Mehrere Berittene standen einem Ritter und einer Handvoll Fußvolk gegenüber. Alles ging so rasend schnell. Der Raugraf hatte sein Pferd wieder unter Kontrolle und konnte dem nächsten Angriff des Gegners ausweichen. Mit Schrecken stellte Ludwig fest, dass Georg plötzlich ohne Waffe war. Der Morgenstern war ihm entglitten, das lange Schwert hing an seinem Sattel und hatte sich verhakt. In diesem Moment stürmte sein Gegner mit erhobener Klinge auf ihn zu. Jetzt galt es zu handeln. Ludwig rannte von schräg vorne auf den Angreifer zu. Der Ritter trug einen Helm mit heruntergelassenem Visier, der zur Seite nur eingeschränkte Sicht bot. Ludwig hoffte, möglichst lange unentdeckt zu bleiben, und behielt die ungeschützte Stelle unter dem Arm des Ritters fest im Auge. Als der Mann an ihm vorbeisprengen wollte, hob er seine Waffe und stieß mit beiden Armen zu. Der Mann schrie auf. Sein Schwert fiel zu Boden, und er sank über den Hals des Reittiers. Das Pferd scheute, sprang zur Seite und ließ den schwer gerüsteten Körper mit einem lauten Krach zu Boden fallen. Sofort war einer der Soldaten Georgs zur Stelle und gab dem Mann den Todesstoß. Der Raugraf, der endlich wieder sein Schwert in der Faust hielt, sah sich den Gefallenen genauer an.

»Adolf ist tot«, rief er. Seine Männer stimmten ein Jubelgeschrei an, während die Männer des toten Königs panisch die Flucht ergriffen.

Noch am selben Abend wurde der Knappe Ludwig von Montardier in das Zelt des Königs beordert. Dort war eine kleine Gruppe von Männern versammelt. In ihrer Mitte ein großer, hagerer, doch breitschultriger Mann. Langes, lockiges Haar umrahmte ein schmales Gesicht mit ausgeprägtem Profil. Da Albrecht vor einigen Jahren ein Auge verloren hatte, musste er sich drehen, um den jungen Mann am Eingang seines Zelts in Augenschein nehmen zu können.

»Das ist also der Knappe, der Adolf aus dem Sattel geholt hat.« Ludwig senkte den Blick und ließ sich auf ein Knie sinken. »Wieso bist du einfach in den Kampf gezogen? Hatte dein Herr dir nicht andere Befehle erteilt?«

Ludwig sah auf. »Mein Herr war gefallen. Ich wollte, dass die Schlacht gewonnen wird, und habe so gut es ging dazu beigetragen.«

»Nun, das hast du wahrhaftig. Und du hast wohlgetan. Ist es dein Ziel, Edelknappe zu werden und für deinen König zu kämpfen?«

Ludwig nickte und sah den König mit strahlenden Augen an. Albrecht nickte. »So sei es. Da du ohne Herr bist, empfange die Schwertweihe von Uns. Ihr steht ab sofort in Unseren Diensten, Ludwig von Montardier, Sohn des Kreuzritters Heinrich von Montardier. Erhebt Euch und lasst Euch gürten.« Ludwig tat wie ihm geheißen, und einer der Umstehenden hielt ihm einen Schwertgurt mit einer Waffe um den Leib. Ein symbolischer Akt, der Ludwigs Jugend beendete und ihn zu einem Mann des Schwertes machte. Der König wandte sich ab. Der Raugraf Georg grinste Ludwig an und führte ihn rasch aus dem Zelt. Draußen klopfte er ihm auf die Schulter und gratulierte ihm. »Man wollte ja mir den Ruhm lassen, Adolf ins Jenseits befördert zu haben, aber ich konnte nicht umhin, dem König die Wahrheit zu schildern. Deine Tollkühnheit zu verschweigen, hätte ich nicht übers Herz gebracht, auch wenn ich dadurch womöglich eine reiche Belohnung verspielt habe. Aber immerhin waren es meine Männer, die den Alten endgültig erledigt haben, das genügt mir als Lohn.« Ludwig schwieg noch immer.

»Was hast du jetzt vor, Edelknappe?«

»Ich werde meinen Bruder benachrichtigen, er soll mir Geld senden, damit ich mir eine Rüstung und ein Schlachtross besorgen kann. Ich will Albrecht in aller Würde dienen.«

»Eine gute Idee. Bis dahin nimm du die Waffen deines Herrn und seinen Gaul, falls wir ihn noch finden. Lass dir vom Schmied längere Arm- und Beinschienen verpassen, dann sitzt sogar die Rüstung. Der König will sobald wie möglich wieder von hier verschwinden und sich der förmlichen Ernennung durch die Kurfürsten stellen, es kann also dauern, bis du zu deinem Bruder kommst. Jetzt lass uns den armen Konrad begraben, ein Gebet für ihn sprechen und anschließend ein Fass öffnen. Heute ist wahrhaft ein Tag zum Feiern!«

ÖSTERREICH UND BAYERN **Juli 1298**

Nicht ahnend, dass Ludwig und Karl denselben Weg genommen hatten, zogen die drei Frauen in Begleitung Ditgurds erst südlich und anschließend westwärts Richtung Reichsmitte. Nach wenigen Tagen erreichten sie Passau. Das reiche Fürstbistum mit seinem fast fertig gestellten Dom, dem Bischofspalast und den steingepflasterten Straßen beeindruckte sie, doch erschien ihnen die Stadt für ihren Plan zu klein, reichspolitisch zu unbedeutend.

Sie einigten sich, nach Regensburg und Nürnberg weiterzureisen. Ditgurd brummte sein Einverständnis, sie weiter zu begleiten, und erklärte ihnen, dass beide Städte zwar reich und bedeutend, ihre Zünfte jedoch sehr ihren alten Regeln verhaftet waren.

Regensburg war enttäuschend. Als alleinstehende Frauen wurden sie von der Zunft nicht einmal angehört. So setzten sie ihre Reise fort, nachdem Ditgurd seine Geschäfte in der Stadt abgeschlossen hatte.

Nürnberg gefiel ihnen vom ersten Augenblick an. Die Stadt war größer und traditioneller als das kleine und provinzielle Budweis. Seit vielen Generationen lebten hier Adel und gehobenes Bürgertum. Die wichtigen Straßen waren mit Holz und teilweise sogar mit Stein gepflastert und wurden von eleganten Fachwerkhäusern gesäumt. Die Häuser der inneren Stadt hatten allesamt zwei und mehr Stockwerke, und die Fenster vieler Häuser ließen ihr Licht nicht durch einfache Schweinsblasen, sondern durch teures Glas fluten. Eine große Kirche, die gerade im Begriff zu entstehen war, ließ ihre beeindruckenden Formen bereits gut erkennen, und die drei Frauen besahen ehrfürchtig den enormen Grundriss des ganz aus Stein gebauten Gebäudes.

Nachdem sie die Stadt besichtigt und sich in einer Herberge einquartiert hatten, suchten Nele und die beiden Mädchen das Haus der hiesigen Schneiderszunft auf. Nele schilderte dem immerhin gesprächsbereiten Zunftmeister ihre langjährige Meisterschaft und das gut gehende Geschäft, das sie viele Jahre als Witwe ihres Mannes geführt hatte. Mit Stolz erzählte sie, dass ihre Tochter gerade erst die jüngste Schneidermeisterin von Böhmen geworden war. Die bedeutendsten Persönlichkeiten der Stadt Budweis hatten bereits bei ihr fertigen lassen.

»Nun, wir Nürnberger kennen die Bräuche in Böhmen nicht so gut«, erwiderte der Mann mit höflicher Zurückhaltung, »aber Budweis ist meines Wissens eine sehr junge Stadt, vor kaum mehr als dreißig Jahren gegründet, wie man sagt. Deshalb ist es wohl auch nicht verwunderlich, dass dort andere und mit Verlaub eigenartige Sitten herrschen. Hierzulande ist es jedenfalls nicht üblich, dass Frauen Geschäfte eröffnen, die der Zunft und ihren Meistern vorbehalten sind. Natürlich gibt es die Möglichkeit, für einen begrenzten Zeitraum und nach Entscheid der Meisterschaft einen Witwenbetrieb zu führen, aber die Voraussetzung dafür liegt ja auch bei wohlwollender Betrachtung nicht vor. Und eine so junge Meisterin ...« Er sah Franziska in die Augen, hob bedauernd die Schultern und schüttelte schließlich den Kopf. »Beim besten Willen, ich kann Euer Vorhaben so nicht befürworten, so leid es mir auch tut. Aber ich will Euch einen väterlichen Rat geben, junge Frau: Sucht Euch einen Meister, der Euch heiratet oder seinen Sohn gibt, so könnt Ihr auf diesem Weg als Meisterin Eurem Beruf weiterhin nachgehen. Einer unserer angesehensten Schneider ist Witwer, und ich könnte mir vorstellen, dass ...« Er sprach nicht weiter, als er sah, wie Franziska die Zornesröte ins Gesicht stieg. »Ich meine es nur gut mit Euch, Jungfer. Denkt darüber nach!«

Tröstend legte Nele ihrer Tochter eine Hand auf den Arm, als sie das Haus des Meisters verließen. Ditgurd hatte sie ja schon bei der Abreise gewarnt, und die Haltung der Zünfte war voraussehbar gewesen. An keinem der vielen Orte, die der Fuhrmann schon bereist hatte, hatte er Geschäfte gesehen, die von Frauen betrieben wurden, abgesehen von Witwen.

»Ich gebe trotzdem nicht auf. Vielleicht kann man ja mit einem der Schneider vor Ort verhandeln«, schlug Franziska vor. »Er bleibt Meister, und wir fertigen unsere Kleider nach unseren Vorstellungen.«

Es gab fünf große und namhafte Schneiderwerkstätten mit zahlungskräftiger Kundschaft in der Stadt sowie einige kleinere, in denen einfache Kleider für das gemeine Volk hergestellt wurden. Die ersten beiden, die sie aufsuchten, konnten sich nicht dazu entschließen, drei Frauen gleichzeitig einzustellen, obwohl Bedarf an einem oder zwei Gesellen gewesen wäre. Der Dritte war der besagte Witwer, ein hutzeliges Männchen, das hundert Jahre alt zu sein schien und lüsterne Blicke auf die drei Frauen warf. Auch die vierte Werkstatt kam nicht in Frage kam, diesmal weil des Meisters eifersüchtiges Weib keine weiteren Frauen im Geschäft duldete. Entmutigt suchten sie gegen Ende des Tages schließlich noch die fünfte Schneiderei auf. Das Geschäft lag ein wenig abseits der besten Straßen und war in einem deutlich kleineren und bescheideneren Haus als die vorigen untergebracht. Dennoch schien der Inhaber gut betuchte Kundschaft zu bedienen. Gerade probierte eine sehr hübsche Frau, offensichtlich von Stand und in Begleitung einer Zofe, ein festliches dunkles Kleid, verziert mit Brokat und mit Silber durchwirkter Seide. Der matt schimmernde Wollstoff passte gut zum dunklen Haar und den Augen der Frau, sodass das Gewand auf den ersten Blick gelungen wirkte. Die Kundin drehte sich vor einem Spiegel in den Hüften, machte kleine Schritte vor und zurück und hob abwechselnd die Arme. Sie schien mit der Arbeit nicht unzufrieden zu sein, aber zeigte auch keine rechte Begeisterung. Der Schneider stand neben ihr und schwieg demütig.

»Dieses Kleid passt Euch nicht«, platzte Franziska heraus. Der Schneider, ein zaundürrer, nicht mehr junger Mann, fuhr erschreckt herum und starrte die drei Frauen an, die ungebeten sein Geschäft heimsuchten. »Wie könnt Ihr es wagen!«, herrschte er sie an, doch die Kundin lächelte neugierig und gebot ihm mit einem Wink zu schweigen. »Wie meint Ihr? Es passt nicht? Und wie sollte es Eurer kundigen Meinung nach gefertigt sein? Ich habe extra den Brokat und die Seide einarbeiten lassen. Nur wenige Damen können solche Kleider tragen«, meinte sie selbstsicher.

»Es liegt nicht an den Stoffen, mit Verlaub«, sagte Franziska. »Es ist mehr ... Wartet, ich zeige es Euch!« Sie schritt auf die Frau zu und hob das Kleid ein wenig an den Schultern an. »Seht ihr? Die Taille sitzt mindestens zwei Finger zu tief. Und das Mieder bauscht hier zu sehr. Wir müssen an der Seite noch ein wenig straffen, damit Eure Büste besser zur Geltung kommt.« Sie warf der Kundin einen gespielt sittsamen Blick zu. »Die Länge ist ebenfalls nicht richtig. Wenn es vorn kürzer als hinten ist, sieht man Eure Schuhe besser und es wirkt von hinten wie eine Schleppe. Es ist doch für feierliche Anlässe, oder? Und mit diesen altmodischen Haken und Ösen sitzt es sowieso nicht, da gibt es Besseres. Maria, komm mal her und halte hier und hier.« Maria hielt den Stoff so, wie Franziska es sagte, die ebenfalls an mehreren Stellen das Kleid straffte. »Seht nun!«, wies sie die Dame an, die überrascht in den Spiegel blickte. Kritisch besah sie sich von oben bis unten und studierte die Festtagsrobe ausgiebig. Schließlich huschte ein Lächeln über ihre Lippen. »Meister«, sagte sie, »genauso möchte ich es haben. Und wie vereinbart muss es übermorgen fertig sein. Kann ich mich darauf verlassen?« Die Hände des Mannes kneteten unruhig die Aufschläge seines Rockes. »Nun ... in so kurzer Zeit? Ich weiß nicht ...«

»Natürlich ist das Kleid übermorgen fertig, wenn wir uns gleich daransetzen«, unterbrach Franziska. »Lasst es am Nachmittag abholen oder bemüht Euch selbst hierher. Wir können es Euch auch gern bringen, wo wohnt Ihr?« Die Kundin wandte sich dem Mädchen zu und musterte es von oben bis unten. Auch Nele und Maria betrachtete sie kurz. »Habt Ihr Eure Kleider selbst genäht?«, fragte sie, als sie die guten Stücke sah, die die Frauen angelegt hatten, um bei der Zunft und den Meistern vorzusprechen. »Natürlich«, antwortete Franziska, »in unserer Werkstatt in Böhmen.«

Die Kundin sah den Schneider an. Ihr Blick duldete keinen Widerspruch. »Lasst sie das Kleid ändern. Bis übermorgen! Haben wir uns verstanden?«

Gesenkten Hauptes murmelte der Mann irgendetwas, das wie eine Zustimmung klang, während die Frau bereits mit ihrer Zofe im Hinterraum verschwand, um ihr eigenes Gewand wieder anzulegen. Wenig später verließ sie den Laden, nicht ohne Franziska noch einen aufmunternden Blick zuzuwerfen.

»Was habt Ihr mir da nur eingebrockt?«, sagte der Schneider. »Ihr wisst ja nicht, wie schwierig diese Frau werden kann. Wenn es um die Ausführung ihrer Bestellungen geht, kann sie sehr kleinlich und halsstarrig werden, aber sobald es an der Zeit für die Begleichung ihrer Rechnungen ist, lässt ihr Gedächtnis plötzlich nach. Doch nun zu Euch: Wer seid Ihr? Woher kommt Ihr?«

In kurzen Worten schilderte Franziskas Mutter die Situation. Der Mann hörte aufmerksam zu. Schließlich ergriff er das Wort: »Diese Kundin, sie heißt Elsbeth von Falckenstein, ist nicht das, wofür man sie halten könnte. Ihr Ruf ist ... zweifelhaft. Bei mir lässt sie fertigen, weil ich nicht so teuer bin wie die anderen Meister und außerdem verschwiegen. Von den guten Werkstätten ist meine die kleinste und bescheidenste, aber meine Kunden sind zufrieden, und ich möchte, dass das so bleibt.«

Verständnisvoll nickten die Frauen, denn ihre Achtung vor dem Lebenswerk eines braven Handwerkers war groß.

Schließlich sprach Nele: »Warum lasst Ihr es nicht auf den Versuch ankommen: Lasst uns dieses Kleid ändern. Wenn Euch unsere Arbeit gefällt, finden wir vielleicht gemeinsam neue Kunden. Falls nicht, habt Ihr nichts verloren.« Der Mann schien noch immer zu zögern.

»Natürlich braucht Ihr uns nicht dafür zu bezahlen, falls Ihr Euch darüber sorgt«, fügte Franziska nun hinzu. »Aber lasst uns gleich beginnen, solange noch genug Tageslicht ist. Wir brauchen ein Stück Kreide und eine Tafel, bevor wir die Stellen vergessen, die geändert werden müssen. Und lasst umgehend Nadeln zum Abstecken bringen!«

Zu dritt arbeiteten sie den ganzen folgenden Tag an dem Kleid, neugierig beäugt von den beiden Gesellen und den Näherinnen des Schneiders. Walram, wie der Meister hieß, ließ sich kaum noch in der Werkstatt blicken, nachdem er seinen Arbeitern die Anweisungen für den Tag gegeben hatte. Nur gegen Mittag sah er wie zufällig vorbei. Franziska war aufgefallen, dass die Gesellen an mehreren Beinlingen arbeiteten, und fragte, für wen diese seien. »Ein Paar ist für den Meister selbst. Er ist gern gut angezogen und lässt des Öfteren neue Sachen anfertigen, auch wenn die Alten noch gut sind. Die beiden anderen sind für die Söhne eines Schreinermeisters. Der älteste heiratet und die ganze Familie staffiert sich neu aus, um den Eltern der Braut zu zeigen, welch Glück die Tochter hat.« Bei den letzten Worten rieb er Daumen und Zeigefinger aneinander.

»Sie wollen ein bisschen protzen?«, fragte Franziska, »und Euer Herr hat es auch gern modern?« Sie warf Maria einen schelmischen Blick zu, und beide dachten an die Hosen Karls und Hermanns. Was für eine Gelegenheit!

»Jetzt passt einmal auf«, sagte sie nun zu den beiden Gesellen und begann, auf die Burschen einzureden.

Das Kleid war am übernächsten Vormittag fertig. Franziska bügelte es sorgfältig mit dem heißen Eisen. Nele und Maria waren erschöpft von den vielen Knopflöchern, die sie zu nähen hatten, doch das Ergebnis ihrer Mühen war ein Meisterwerk geworden. Das Oberteil ließ sich vom Ausschnitt bis zur Taille aufknöpfen. Die Knopfleiste war geschickt verdeckt, und die Trägerin konnte es geschlossener oder freizügiger tragen, ganz wie es ihr beliebte. Der Rock war ebenfalls mit Knöpfen zu schließen. Zwei kurze Schlitze mit mehreren Knöpfen machten ihn bequem zum Anziehen und zum Entkleiden. Obendrein war er in der Weite etwas verstellbar, je nachdem, ob die Trägerin gerade etwas schlanker oder etwas üppiger war. Elsbeth von Falckenstein hatte eine reizvoll schmale Taille und äußerst wohlgeformte Brüste, die in diesem Kleid besonders gut zur Geltung kommen würden.

Am vereinbarten Nachmittag erschien Elsbeth mit ihrer Zofe in der Werkstatt und ließ sich vom Meister gebührend begrüßen. Walram führte sie in das Hinterzimmer, in dem die drei Frauen sie erwarteten. Sie erklärten der erstaunten Herrin und der Zofe die neuartigen Verschlüsse und priesen ihre Vorzüge. »Falls es einmal nötig sein sollte, kann das Kleid auch ohne Hilfe einer Kammerzofe angelegt werden«, sagte Nele und senkte schüchtern die Augen.

»Ich will es probieren. Hilf mir aus diesem Kittel«, wies Elsbeth ihre Begleitung an, die sich sofort daranmachte, Verschnürungen und Haken zu lösen, um ihre Herrin aus dem Kleidungsstück zu befreien. Das neue Kleid anzulegen war ungewohnt, doch erkannten Herrin und Dienerin sofort, wie zweckdienlich und ausgeklügelt die Knöpfe und die damit verbundenen Verstellmöglichkeiten waren. Das Kleid passte bestens und verschaffte seiner Trägerin einen eleganteren Auftritt und eine schlankere Silhouette. Ihre Büste war fest in den Stoff gepackt und rundete sich reizvoll. Schnell erkannte Elsbeth die Wirkung, wenn sie den verdeckten obersten Knopf des Ausschnitts öffnete. Sie konnte die Augen nicht von ihrem Spiegelbild lassen, drehte und wendete sich, nahm ihre Haube ab und hielt ihr volles dunkles Haar mal so und mal anders um ihr Gesicht.

Die drei Scheiderinnen hielten sich im Hintergrund des Zimmers und warteten, bis Elsbeth sie ansprach.

»Ist das wirklich dasselbe Kleid? Ich habe das Gefühl, vorgestern in einem Sack gesteckt zu haben. Heute hingegen …« Wieder sah sie in den Spiegel und holte tief Luft und bestaunte selbstverliebt ihr Dekolleté. »Ich fühle mich wie eine Königin. All diese neuen Ideen! Sagt, wo habt Ihr Euch bisher versteckt? Wie kann ich Eure Dienste weiterhin in Anspruch nehmen?«

Der Schneider räusperte sich. »Die drei Frauen sind, äh, also, äh, sind meine … meine Gäste. Sie kommen aus Böhmen und entstammen einer bekannten Meisterfamilie. Ich habe sie … sie eingeladen, jawohl, eingeladen. Wir wollen, also wir haben vor, vielleicht in Zukunft den einen oder anderen Auftrag gemeinsam … also, solange die Damen abkömmlich sind und nicht wieder abreisen müssen. Mein Weib und ich hielten es für eine gute Idee, wo wir doch kinderlos sind und an der Stufe zum Alter stehen, also, wir dachten, es wäre fortschrittlich, sich mit den Angehörigen alter Meisterkollegen und lieben Freunden aus anderen Städten auszutauschen, wo doch das Reich immer weiter wächst, Ihr versteht ... und mein Geschäft ausgebaut werden soll ...« Belustigt verfolgte Elsbeth sein verlegenes Stottern.

»Ihr arbeitet jetzt dauerhaft in dieser Werkstatt?«, fragte sie nun Nele. »Ich wohl nicht. Ich werde bald wieder zu meinem Gatten reisen, an dessen Seite mein Platz ist. Die beiden Jungfern, meine Tochter und meine Schutzbefohlene, die Tochter eines Edelmannes und Klosterschülerin, sollen in Nürnberg dienen und schaffen. So wünschen es ihr Vormund und mein Gemahl und haben sie deshalb zu unserem ehrbaren Freund hierhergesandt.«

»Was könnt Ihr noch nähen? Umhänge? Mäntel? Unterkleider?«

»Wir nähen alles. Ihr könnt Euch und Euren Hausstand auf das Modernste von uns ausstatten lassen. Die Knopfmode ist, mit Verlaub, eine Erfindung meiner Tochter und ihrer Freundin. In Böhmen trägt man nichts anderes mehr!« Franziska und Maria nickten eifrig, um Neles Worte zu unterstreichen.

»Wir haben auch Kleider für Herren gefertigt. Seht sie Euch an! Wenn Euer Gemahl vielleicht ...«

»Ich bin Witwe, seit längerem schon. Aber ich habe einen Kurator, falls Ihr das meint.«

»Gewiss, wie dumm von mir. Doch seht her. Mädchen, bringt die Beinlinge!«

Franziska und Maria sprangen in den Schneiderraum und holten die Hosen, die am selben Tag fertig geworden waren. Die Handwerkersöhne sollten blaue und grüne Beinkleider tragen, passend zu Wämsern, die bereits in Auftrag gegeben worden waren. Interessiert beäugte die Edelfrau die ungewöhnlichen Kleidungsstücke und hielt sich die Beinlinge vor die Hüften. Sie kicherte, als sie einen Zeigefinger zwischen zwei Knöpfen des Hosenschlitzes durchsteckte und aufrichtete. »Ihr seid mir ja ein ganz Raffinierter, Meister Walram. Neue Moden für Damen und Herren. Nicht nur kleidsam, sondern auch praktisch!«

Elsbeth reichte Franziska die Hosen und schien zu überlegen. »Ich werde heute mit einigen wichtigen Persönlichkeiten speisen«, sagte sie nachdenklich. »Zu diesem Anlass musste auch mein Kleid unbedingt fertig werden. Versprecht mir, diese Hosen in den nächsten Tagen niemandem zu zeigen, ich schicke Euch einen hohen Herrn, der Kleider bestellen wird. Lasst ihn den Ersten sein, der diese Hosen und ein passendes Wams trägt, und es soll Euer Schaden nicht sein. Vermögt Ihr das?«

Der Meister stand mit unbewegtem Gesicht vor ihr. Die Zimmermannshochzeit war erst in mehr als zwei Wochen. Er hatte die Arbeit nur deshalb schon beginnen lassen, weil er zurzeit nicht eben mit Aufträgen überschüttet war. Er nickte. »Ich kann Euch das nur für ganz kurze Zeit versprechen. Lasst den Herrn kommen, Wams und Hosen können in wenigen Tagen fertig sein.«

»So soll es geschehen. Ihr werdet schon morgen von ihm hören!«

Franziska gab Maria einen leichten Stoß in die Rippen und lächelte ihr zu. Plötzlich schoss ihr ein Gedanke durch den Kopf: »Das Kleid wird Euch gewiss einen würdigen Auftritt verleihen, Frau Elsbeth. Doch eine Kleinigkeit fehlt noch dazu. Was für Schuhe gedenkt Ihr zu der Feierlichkeit zu tragen?« Elsbeth sah die junge Frau fragend an. »Nun, falls sie Euch passen, nehmt dieses Paar, das ich Euch gleich bringe. Es scheint wie für Euch und Euer Kleid gemacht. Einen kleinen Augenblick bitte.« Sie verwahrte ein Paar der Sandalen, die Hoimar ihnen angefertigt hatte, in ihrem Schneiderkorb, in dem sie Nähmaterial, Knöpfe und sonstige Kleinteile mit sich führte. Sie zog sie hervor und reichte sie der Kundin.

»Französische Schuhe!«, entfuhr es Elsbeth, und ihre Augen glänzten. »Wo habt Ihr die her? Erst ein einziges Mal habe ich solches Schuhwerk gesehen, weit weg von hier und an einer Herzogin, wohlgemerkt! Lasst sie mich probieren!«

Franziska reichte das Paar der Zofe, die sich sogleich daranmachte, der Herrin aus den alten in die neuen Schuhe zu helfen.

»Habt Ihr dünnes Strumpfwerk? Ansonsten finden wir bestimmt ...« Elsbeth winkte ab.

»Diese Schuhe! Ihr seid mir ein paar durchtriebene Frauenzimmer, Meisterin!« Sie gurrte beinahe, als sie wie betört auf die zierlichen Kunstwerke aus Leder blickte. Sie ließ sich aufhelfen. »Den Spiegel, rasch!«, rief Franziska, und Walram rückte das Möbel zurecht. Selbstverliebt betrachtete Elsbeth ihre wohlgeformten Füße mit den schlanken Fesseln und malte sich aus, welch großes Aufsehen sie erregen würde.

Schließlich riss sie sich von ihrem Spiegelbild los, streifte die Schuhe ab und ließ sich aus dem neuen Kleid helfen. Die Mädchen und die Zofe legten es sorgfältig zusammen und wickelten es in ein Leinentuch, das die Zofe vorsichtig auf den Armen trug. Über die Bezahlung des Stückes verlor die edle Dame kein Wort. »Morgen, Ihr werdet sehen!« Mit den Worten verließ sie die Werkstatt.

Walram seufzte. »Ich bin ein schlechter Lügner, aber sie hat es nicht bemerkt, hat zum Glück nur Augen für ihre Schönheit gehabt, die in dem Kleid erschreckend zur Geltung kam. Ich hätte es nicht gewagt, ein solches Kleid zu fertigen ... und auch nicht vermocht, das muss ich gestehen. Ich habe Euch heimlich beobachtet, meine Damen. Ihr versteht Euer Fach, nein, Ihr beherrscht es. Und die Idee mit dem ausgefallenen Schuhwerk war die Meisterleistung einer wahren Kleiderkünstlerin. Sprecht, wie steht Ihr zu dem Vorschlag, für eine Weile meine Gäste zu sein?« Die Mädchen strahlten, und Nele seufzte erleichtert. Ein Anfang war gemacht.

Walram lud sie zum Nachtmahl in seine Wohnung ein, zu dem sie in Begleitung von Ditgurd erschienen, der sie nicht alleine des Abends durch die fremde Stadt hatte gehen lassen wollen. Das Mahl war gut und reichlich, wenn auch bescheiden. Nachdem ein Krug Wein geleert war, an dem die Frauen nur nippten, begann Walram aus seinem Leben zu plaudern. Er wurde bald fünfzig Jahre alt, und sein Augenlicht war nicht mehr das Beste. Außerdem schmerzten seine Gelenke und er konnte nicht mehr den ganzen Tag in der Werkstatt sitzen und arbeiten. Seine Frau lag seit einigen Wochen im Hospital des nahen Nonnenklosters. Ihr Leib schien nur noch aus harten Knoten zu bestehen, und sie konnte schon seit Monaten nicht mehr arbeiten, geschweige denn den Haushalt führen. Er hatte sie am Nachmittag besucht und von den geschickten und begabten, aber heimat- und mannslosen Schneiderinnen erzählt, die aus einem

Kleid, das ihm und seinen Gehilfen nur mäßig gelungen war, ein unvorstellbares Prachtstück gemacht hatten. Die hochwohlgeborene und eitle Kundin würde bestimmt damit prahlen und weitere Edelleute senden, die sich einkleiden ließen. Mit Glück konnte er so den stetigen Rückgang des Geschäfts aufhalten, der ihm seit einigen Jahren Sorgen bereitete. Vielleicht wären die Frauen ja die langersehnte Rettung vor der drohenden Verarmung, gestand er schließlich hoffnungsvoll.

Die Gäste hörten ihm ruhig und respektvoll zu. Schließlich sprach Nele: »Guter Meister Walram, Euer Angebot ist überaus großzügig, und offen gestanden genau das, was meine Tochter jetzt benötigt. Ich denke, ich kann sie und Maria mit ruhigem Gewissen in Eure Obhut übergeben. Gewiss werden die beiden Mädchen Eurer Werkstatt zu neuem Aufschwung verhelfen und Euch reiche Früchte bescheren. Überlasst Franziska die Entwürfe der Kleider und Maria die Organisation des laufenden Betriebes. Die beiden werden Euch nur Freude bereiten. Ich selbst werde nicht bei Euch verweilen, so verlockend diese Aussicht auch ist. Ich werde mit Ditgurd schon bald abreisen. Mein Gemahl musste Budweis vor einiger Zeit ebenfalls überraschend verlassen, und wir sind auf der Suche nach ihm. Es wird eine weite Reise, doch unser Freund hier ist der Vetter meines Gatten und weiß, wo wir ihn zu suchen haben.« Sie blickte Ditgurd an, der zuversichtlich nickte.

Franziska wurde bange. Ihre Mutter und sie waren noch nie getrennt gewesen, waren durch die zurückliegenden Schicksalsschläge immer mehr zusammengewachsen und jetzt, da sie gemeinsam ein neues Leben aufbauen konnten, wollte Nele sie einfach allein lassen? In den nächsten Tagen schon? Sie gab sich alle Mühe, die Tränen zu unterdrücken. Ihre Mutter schien ihre Gedanken zu erraten.

»Irgendwann wäre es ohnehin an der Zeit gewesen«, sagte sie sanft. »Irgendwann heißt es immer Abschied nehmen.«

Maria sah von einer zur anderen und dachte an den Tag vor vielen Jahren, als sie noch ein kleines Mädchen gewesen war, in einem fremden Land, als ihre Mutter sie ein letztes Mal geküsst und sie ermahnt hatte, schön brav zu sein und Rochus und die Brüder nicht zu ärgern, bis sie am Abend wiederkäme. Sie hatten damals nicht ahnen können, dass diese kleine Szene voller Liebe und Zärtlichkeit ein Abschied für immer sein sollte. Tröstend legte sie ihre Hand auf Franziskas und sah Nele an. »Ihr seht Euch bestimmt bald wieder. Ein so großer Bär wie Hermann kann doch nicht so schwer zu finden sein«, sagte sie leise. Franziska schluckte. »Wann werdet Ihr fahren?«, fragte sie die Mutter.

»Ich übernehme eine Bestellung nach Regensburg. Morgen sollte ich eigentlich los«, sagte der Fuhrmann, und Nele nickte.

»Dann ... dann will ich Euren Abschied nicht stören«, sprach Walram. Er sah auf die beiden Mädchen. »Ich habe ein Hinterhaus, in dem Ihr zwei Kammern und eine Stube und natürlich eine Küche findet. Wenn es Euch nicht unschicklich erscheint ...« »Danke«, sagte Nele. »Das ist großzügig. Ich vertraue sie Euch an und freue mich auf ein Wiedersehen.«

*

Karl hatte es nicht besonders eilig gehabt, nach Nürnberg zu gelangen. Zunächst hatte er in Passau nach einem Zug von Kaufleuten Ausschau gehalten, dem er sich anschließen konnte, um bereits so vor seiner Ankunft das Wichtigste über die Stadt und ihre einflussreichsten Bewohner zu erfahren. Es hatte fast zwei Wochen gedauert, bis er Reisende gefunden hatte, die ihn bereitwillig mitziehen ließen und ihm die nötigen Auskünfte erteilten. Weitere zwei Wochen wandte er auf, um das Umland der Stadt kennenzulernen und zu erfahren, mit wem aus dem Landstrich man sich gut stellen und mit wem man sich besser nicht anlegen sollte. Als er befand, sich ausreichend vorbereitet zu haben, ritt er in die Stadt und suchte Zacharias' Vetter Isaak auf.

Der jüdische Kaufmann kannte den jungen Mann von einem Besuch in Budweis vor etwa zwei Jahren und hatte sich damals von seiner Tüchtigkeit und seiner Klugheit überzeugen können. Ruhig hörte er jetzt zu, wie Karl ihm in knappen Worten den Grund seiner Reise schilderte und ihm Zacharias' Wunsch mitteilte, ihn vorerst in der Gemeinde hier aufzunehmen und ihm möglicherweise eine Stellung zu vermitteln. »Euch unterzubringen ist ein Leichtes. Das Häuschen gegenüber steht leer. Ihr könnt umgehend einziehen. Es ist klein, aber in ordentlichem Zustand. Könntet Ihr Euch vorstellen, mir ebenso zu Diensten zu sein wie meinem werten Vetter?« Karl lächelte zustimmend, und so erklärte Isaak ihm die nächsten Schritte. »Meine Familie und ich machen diskrete Geschäfte bis in die höchsten Kreise, doch müssen wir uns als Juden natürlich im Hintergrund halten. Wir sind ein Volk ohne Land und hier wie andernorts selten willkommen, meist nur geduldet.«

Karl nickte. »Ich weiß. Ich habe für Euren Vetter eine Reihe von Geschäften getätigt, die er deshalb nicht ausüben konnte.«

»Und eben das sollt Ihr auch für mich tun. Es ist wichtig, dass Ihr rasch mit den bedeutendsten Persönlichkeiten der Stadt ins Gespräch kommt. Macht daher umgehend dem Bischof Eure Aufwartung. Am besten noch heute!«

Karl dachte kurz über den Vorschlag des Kaufmanns nach, das Bindeglied zwischen ihm und den christlichen Machthabern zu bilden. Er konnte an der Idee auf den ersten Blick nichts Schädliches erkennen und stimmte zu.

Bischof Arnold von Solms entstammte einem angesehenen Grafengeschlecht. Er galt als fortschrittliche Persönlichkeit und war bestrebt, als Vergrößerer seines Bistums in die Geschichte einzugehen. Obwohl sein Sitz eigentlich Bamberg war, hielt er sich lieber an seinem Nürnberger Hof auf, um die ständige Nähe zu Politik und Geld zu pflegen. Auch zu Isaak und seiner Familie bestand eine langjährige diskrete Beziehung, aus der ein Teil der laufenden Finanzierung des aufwändigen Kirchbaus der Stadt entsprang. Bischof Arnold war der jüdischen Gemeinde stets wohlgesinnt.

Karl wurde nach der Mittagsstunde im Bischofspalast vorstellig und zu seiner eigenen Überraschung nach einer kurzen Wartezeit zu Seiner Exzellenz vorgelassen.

»Euer Name ist Euch vorausgeeilt«, sagte der Kirchenfürst, noch bevor Karl seinen Gruß aussprechen konnte. »Der Hauptmann meiner Leibwache, Ihr seht ihn hinter Euch, ist ein Veteran aus Akkon.« Karl drehte sich um und stand einem vierschrötigen, von zahllosen Gesichtsnarben gezeichneten Mann gegenüber, der ein leichtes Nicken des Erkennens zeigte.

»Ihr seid also der Sohn Henri de Montardiers?«

»Er war mein Adoptivvater«, erwiderte Karl.

»So wurde mir bereits berichtet. Der Hauptmann diente

unmittelbar unter ihm und kannte Euch als Kind, als ihr schwer verwundet von dem Ritter und seiner Gemahlin aufgenommen und als Zweitgeborener adoptiert wurdet. Euer Vater genoss in allen Kreisen höchste Anerkennung.«

Der Bischof ließ Wein und Süßgebäck bringen und forderte den jungen Man auf, von seinen Erlebnissen zu erzählen.

Eine Woche später war Karl zu einer privaten Abendgesellschaft eingeladen. Neben dem Bischof waren ein Graf, der ein entfernter Vetter des Bischofs war, und zwei weitere feine Herren mit ihren Damen anwesend. Der Graf wurde von einer sinnlichen Schönheit mit grünen Augen begleitet, die ein atemberaubendes Kleid trug, wie es die Nürnberger Gesellschaft bislang noch nicht gesehen hatte. Dazu ließ sie geschickt ihr höchst raffiniertes Schuhwerk sehen. Die beiden anderen Frauen waren ebenfalls jung und reizvoll, doch alle Blicke richteten sich auf die geheimnisvolle Schöne. Karl fielen sofort die vielen Knöpfe an ihrem Kleid auf, und er gab sich Mühe, ein Lächeln zu unterdrücken.

Irgendwann im Laufe des Abends sprach der Bischof Elsbeth auf ihr außergewöhnliches Gewand und die eleganten Schuhe an. Es schien, als hätte sie auf das Stichwort gewartet.

»Stellt Euch vor, Exzellenz, ich habe vor einigen Monaten von diesen beiden jungen Meisterinnen aus Böhmen gehört, angeblich wahre Zauberinnen mit Nadel und Faden! Es hieß, ihre Kleider seien einmalig und allesamt mit diesen neuartigen Verschlüssen versehen, die Ihr auch hier an diesem Stück seht.« Sie hielt ihm einen ihrer Ärmel hin, der mit eng geknöpften Manschetten versehen war, gewährte dem Kirchenfürsten jedoch gleichzeitig einen Blick aus nächster Nähe auf ihre stramm verpackten Rundungen. »Diese Kleider sind teuer, gewiss, die Preise wage ich gar nicht laut auszusprechen, doch hieß es, sie seien jeden Gulden mehrfach wert. Das sind Handarbeit, Kunstfertigkeit und Erfindungsreichtum, wie sie in Bayern noch nicht gesehen wurden. Ich habe sofort diskrete Nachforschungen angestellt, wo diese sagenhaften Näherinnen denn zu finden wären. Oder war ich etwa einem Gerücht auf den Leim gegangen? Wollte jemand Scherze mit mir treiben? Meine Neugierde war entfacht. Schließlich ist es mir tatsächlich gelungen, die Frauen zu finden und sie mit der Verheißung auf Kundschaft, die ihrer Schöpfungen würdig ist, hierher nach Nürnberg zu locken! Und nun stellt Euch vor: Seit wenigen Tagen gehen sie hier in Eurer Stadt bei einem eingesessenen, doch zurückhaltenden Meister ihrer Kunst nach. Aus Wertschätzung und Dankbarkeit für meinen Einsatz und meine Hartnäckigkeit haben die Frauen mir das allererste Kleidungsstück ihrer hiesigen Karriere überlassen. Es ist dieses Kleid, das ich heute Euch zu Ehren und Gefallen angelegt habe.«

So sprach sie zuckersüß und sonnte sich in der Bewunderung, die die anderen Gäste und der Bischof ihr zollten. Irgendwann legte sie eine Hand auf die Schulter des Grafen und schwärmte von Beinkleidern, Wämsern und Röcken aus der Werkstatt Walrams, nach denen sich bald jedermann umdrehen würde, und forderte ihren Galan auf, er *müsse* dort einfach seine Kleider für seinen bevorstehenden Besuch beim König fertigen lassen, wolle er nicht wie ein altmodisches Landei wirken. Der Ärmste, der den ganzen Abend hindurch wie ein zahmes Hündchen seiner Begleitung gewirkt hatte, nickte nur ergeben. Die beiden anderen Damen bemühten sich, freundliche Gesichter zu machen und Elsbeth zu beglückwünschen, doch Karl entging nicht, wie sie ihre Gatten heimlich anzischten. Gegen Ende des Abends machte Karl sich das Vergnügen, von erlesenen Stoffen zu berichten, die in Venedig und Triest umgeschlagen wurden, und deren Pracht und Kostbarkeit nur noch von den Damen übertroffen werden konnten, die sie trugen. Zufällig kannte er auch einen Handelsmann vor Ort, der die besten Beziehungen zu den Anbietern pflegte

Gleich am nächsten Morgen suchte Karl Meister Walram auf und fragte ihn keck nach den beiden Mädchen. Schließlich sandte der Schneider ihn in die Herberge, nachdem Karl ihn überzeugt hatte, der Bruder Marias zu sein.

»Es war zum Totlachen, ihr könnt es euch nicht vorstellen«, sprudelte er prustend hervor, und die beiden Mädchen starrten ihn ungläubig an. Sie waren gerade beim Frühstück in der Schänke, als Karl völlig unbekümmert und wie selbstverständlich dort erschien. Er setzte sich schwungvoll an ihren Tisch, bestellte einen Krug Dünnbier und erzählte von seiner Reise und dem gestrigen denkwürdigen Abend.

Zufrieden grinste er die überraschten Mädchen an, die erst jetzt ihre Worte wiederfanden und ihn mit Fragen überschütteten. Wo Ludwig sei, wann er ihn zuletzt gesehen habe, ob es ihm wohl gut ginge, ob die Leute von dem Fest wirklich Interesse an den Kleidern hätten? Geduldig antwortete Karl auf alle Fragen, doch viel wichtiger erschienen ihm die geschäftlichen Möglichkeiten, die sich ihnen nun auftaten. Die Mädchen sollten keine Zeit verlieren und sich rasch bei Walram einfinden.

Es war Samstag, für die meisten Handwerker ein gewöhnlicher Arbeitstag. Am morgigen Sonntag würden alle Betriebe stillstehen, also war es wahrscheinlich, dass Elsbeth mit ihrem Verehrer heute noch die Schneiderei aufsuchte. Die Mädchen sollten auf jeden Fall gerüstet sein. In ihrem Gepäck hatten sie ein Kästchen mit Knöpfen mit sich geführt, von dem sie einen Teil bereits für das Kleid und die Hosen verbraucht hatten. Sollten Bestellungen eintreffen, würden sie Nachschub benötigen. Maria erbot sich, Handwerker ausfindig zu machen, die sie für sie fertigten.

Als sie bei Walram eintrafen, wartete der Schneidermeister bereits auf sie. Seine Gesellen saßen an den Nähtischen und arbeiteten an den Wämsern der Zimmerleute. Franziska prüfte die bisherige Arbeit, sie war solide, wenn auch nicht außergewöhnlich. Die verwendeten Stoffe waren gute, haltbare Ware. Walram war ein ehrlicher Kaufmann. Sie besprach mit den Burschen, welche Partien sie noch nicht bearbeiten sollten, da sie daran selbst gern die eine oder andere Änderung vornehmen wollte. Die beiden gehorchten ohne Widerrede.

Karl sah sich alles ganz genau an. Die Werkstatt, den Hinterhof mit dem zweiten Häuschen, einen ehemaligen Stall mit Scheune, die derzeit nicht benutzt wurden, aber geräumig und trocken waren, und den Speicher oberhalb Walrams Wohnung. Er schrieb in ein kleines Buch und schien Berechnungen durchzuführen, die er aber für sich behielt. Maria sah, wie er kaum sichtbar lächelte.

Es war noch nicht einmal Mittag, als Elsbeth mit ihrem Galan eintraf. Als Elsbeth Karl sah, der augenscheinlich vor ihr das Geschäft entdeckt hatte und ihr und ihrem Grafen mit der neuen Mode zuvorgekommen war, schreckte sie kurz zusammen. Höflich stellte Karl Maria als seine Schwester vor, was die Dame mit einem erleichterten Blick quittierte. Der Graf begrüßte Karl mit einem freundlichen Handschlag, doch schien er nicht an belanglosem Gespräch interessiert, sondern vielmehr neugierig, die Künste dieser Schneiderwerkstatt kennenzulernen.

»Ihr wünscht, Hochwohlgeboren?«, fragte Walram, der sich diskret in den Blickwinkel des Grafen geschoben hatte.

»Ihr stellt seltsame Fragen, Meister Walram. Graf Meynhard von Aarnkreutz hat sich bereit erklärt, die Künste Eurer Werkstatt zu erproben. Kleidet ihn ein!«

Franziska und Maria traten hinzu zu und nahmen Maß. Der Graf war von mittlerem Alter, etwas mehr als durchschnittlicher Größe, nicht dick, aber kräftig und stämmig. Franziska besah ihn lange, dann begann sie zu sprechen, ohne auf den Standesunterschied zu dem Grafen zu achten. »Benötigt Ihr zunächst Festtagskleider? Einen Rock mit Umhang oder Mantel vielleicht? Dazu Beinlinge natürlich, die sind unsere Spezialität. Ihr seid ein starker Mann, sie werden Euch ausgezeichnet kleiden. Zeigt dem Grafen die Muster!« Die beiden Gesellen brachten eilends die neuen Hosen Walrams. »Dieser Schnitt ist allerdings nicht ganz der richtige für Euch. Wir hatten an dem Meister Maß genommen, der viel zierlicher ist als Ihr, die Ihr wohl vom Reiten und der Jagd erstarkt seid. Wir nehmen den Bund der Hose lieber etwas höher. Dann machen wir die Oberschenkel ein wenig weiter, damit Ihr bequem sitzt. Gefällt Euch die Idee mit den zugeknöpften Waden? Sportlich, nicht wahr? Und nun das Beste.« Sie erklärte ihm den Verschluss und wie man den Hosenbund mit Hilfe der Knöpfe verstellen konnte. Der Graf nickte anerkennend.

»Die Farbe steht Euch allerdings weniger. Viel zu düster

für ein festliches Gewand. Etwas Kräftiges würde zu Euch passen. Dunkelgrün? Nein, zu alltäglich. Blau? Ich weiß nicht. Rot ... oder noch besser, Dunkelrot! Das ist es! Wir nehmen Dunkelrot für die Hosen, und dazu solltet Ihr einen etwas kürzeren Rock tragen. So etwa!« Sie hob den Rock des hohen Herrn hoch, bis er kaum noch über die Hüfte hing. »Oder so? Nein? Lieber doch so.« Sie spielte mit der Länge des Kleidungsstückes, und der Graf ließ alles ohne Widerrede über sich ergehen. »Wisst Ihr, wir haben die burgundische und die venezianische Mode übernommen und verfeinert, das bedeutet: ein kurzer Rock aus bestem und schönstem Material und darüber einen Umhang, der das Überkleid ersetzt, alles geknöpft, um es Euch bequem zu machen. Die Farben müssen natürlich zusammenpassen, lasst mich nachdenken ... auf jeden Fall muss auch Dunkelrot enthalten sein. Und jetzt das Wichtigste: Euer Wappen! Ich sticke es vorne an die Brust, genau über Euer Herz, wenn Euch das so recht ist. Gefiele Euch das? Lasst einmal sehen ...« Sie besah sich das Wappen, das der Herr auf seinem alten Umhang trug. »Ein vornehmes Wappen: Ein Adler und ein Kreuz, sehr schön. Ich denke, wir sticken es auch an den Umhang, den ich mir in Dunkelrot und Schwarz vorstelle. Was meint Ihr dazu?«

Meynhard sah zu Elsbeth, die gefällig nickte, dann sah er die junge Schneiderin an. »Wenn mir die Sachen gefallen, bestelle ich noch mehr. Frau von Falckenstein hat mir den Zustand meiner Garderobe vor Augen geführt. Ich bin ein Mann vom Lande, wisst Ihr, ich trage nur praktische Kleider, aber der Mann, der, so Gott will, unser neuer König sein wird, hat nach mir geschickt. Ich soll ihn in Fragen der Bodenkultur beraten, und angesichts einer so wichtigen Aufgabe sollte ich doch ein anständiges Bild abgeben.«

»Das werdet Ihr, Hoheit«, sagte Franziska, nicht ganz sicher, ob sie die korrekte Anrede verwendet hatte.

»Eine letzte Frage noch«, der Graf wandte sich dem Meister und Franziska zu. »Welchen Lohn stellt Ihr Euch vor? Ich habe den Eindruck, dass die vorgegebenen Preise der Nürnberger Zunft Eurer Kunst nicht ganz gerecht werden.«

Karl räusperte sich im Hintergrund. Mit einer kaum merklichen Geste gab er Franziska ein Zeichen, ihm die Preisverhandlungen zu überlassen. Sie zögerte, da der junge Mann von der Kleiderherstellung ja nicht allzu viel verstand, aber sie war doch neugierig, was ihr Freund ausheckte. »Für alle kaufmännischen Belange ist Herr von Montardier der rechte Mann«, sagte Franziska nun bescheiden und wies etwas tollpatschig und hilfesuchend in Karls Richtung. »Ich bin nur eine Schneiderin und verstehe nicht viel davon. Und das Rechnen, ich gestehe es, zählte noch nie zu meinen Stärken.« Schnell senkte sie den Blick. Der Graf lächelte nachsichtig, als er sich dem jungen Mann zuwandte.

»Also«, setzte Karl nun an. »Ihr seid der Erste seit der Ankunft der Meisterin, der die neue Mode tragen wird. Von Frau Elsbeth abgesehen natürlich, die Euch zur Seite steht. Der Zuschnitt ist neu, die Knopftechnik ebenfalls, und es werden nur die erlesensten Materialien verwendet. Für die Beinkleider feinste Wolle aus den Niederlanden, würde ich vorschlagen, böhmisches Leinen für das Untergewand und natürlich Seide für den Leibrock, es sei denn, er soll nur aus Wolle gefertigt sein, was aber wenig kleidsam ist. Das Gleiche gilt für den Überrock, den Umhang. Für die Kragen beider Stücke dann noch eine Verbrämung ... Marder vielleicht? Oder kennt Ihr Zobel? Ein Fell, das von weither am Schwarzen Meer kommt. Unvergleichbar schön und angenehm leicht. Mit Brokat gehen wir besser sparsam um. Viel zu auffällig und zu warm für den Sommer. Das ist etwas für düstere Winterabende, um die Räume zu erhellen. Also mit diesen Materialien ... ich rechne am liebsten in Florin, Ihr vielleicht lieber in Mark oder Gulden? Einerlei, Gold ist Gold, nicht wahr? Ich denke, für achtzehn Goldflorin sollte die Arbeit zu erstellen sein. Was denkt Ihr, Meisterin?«

Franziska gab sich große Mühe, nicht vor Schreck zu erröten. Schließlich nickte sie. Der Graf holte sichtbar Luft, doch Elsbeth lächelte ihm süß zu und spielte mit dem Bändchen an ihrem Ausschnitt. »Achtzehn Florin, gewiss. Doch dafür erwarte ich vollendete Arbeit. Ein Meisterwerk!«

»Das dürft Ihr, Herr Graf. Und die Hosen erhaltet Ihr für zwei Florin, als Dank für die Ehre, die Ihr dem Haus erweist.« Der Graf hustete. Zwei Florin für Hosen! Mit dieser Summe hatte er vor wenigen Wochen die gesamte Dienerschaft seines Stadthauses großzügig und vollständig eingekleidet, immerhin sieben Personen, die Küchenmagd und den Burschen nicht mitgezählt.

»Nun, es sei so. Ist die Lieferung in zwei Wochen abholbereit? Ich muss nach Frankfurt reisen, der König ...«

»In zehn Tagen, weil Ihr es seid. Doch sagt es nicht weiter, wir müssen andere Arbeiten deshalb zurückstellen. Die Ankunft der Meisterinnen ließ sich nicht ganz geheim halten, und die Nürnberger scheinen ein eitles Völkchen zu sein. Und behaltet auch den Preis für Euch, schließlich wollen wir gerade Euch weiter entgegenkommen!«, sagte Karl mit einer höflichen Verbeugung. Der Graf nickte und bot Elsbeth seinen Arm, die die jungen Leute und den verdutzten Meister huldvoll anlächelte und sich von ihrem Gönner aus dem Laden und zurück zur Kutsche geleiten ließ.

Walram musste sich erst einmal setzen. Ihm schwirrte der Kopf, als er an die schwindelerregenden Zahlen dachte, die Karl eben genannt hatte. Zwanzig Florin! Seit langem hatte er keinen mehr in Händen gehalten, zuletzt, als er von einem reichen Kaufmann einen großen Auftrag erhalten hatte und dieser ihm den Preis für das Material und einen Teil der Arbeit im Voraus bezahlt hatte.

Maria hatte seit ihrer Abreise aus dem Kloster schon so einiges über weltliche Dinge gelernt, doch jetzt konnte sie ihren fröhlich strahlenden Bruder nur staunend bewundern. Mit wie viel Charme er den Grafen um diese horrende Summe erleichtert hatte! Franziska stöhnte und setzte sich neben den alten Schneider auf die Bank. »Wie viel schuldete Euch Elsbeth denn?«, fragte sie ihn.

»Also, wenn ich alles zusammenrechne, normalerweise erhalte ich Silber, aber Ihr scheint Gold zu bevorzugen ... ich denke, eine Goldmark, höchstens zwei, wenn ich Euch für Eure Arbeit auch noch entlohnen würde.«

»Die Mark sollt Ihr erhalten, mein Guter«, sagte Karl. Lässig zog er seine Börse, die er versteckt im Ärmel über der Holzhand trug, fischte eine Goldmünze heraus und schnippte sie dem Mann zu, der sie vor Schreck fallen ließ.

»So, jetzt aber an die Arbeit. Was brauchen wir alles?« Erwartungsvoll sah Karl die Mädchen an. Franziska und Maria steckten die Köpfe zusammen und tuschelten.

»Falls es das alles hier zu kaufen gibt, fangen wir noch heute an«, sagte Franziska. »Aber woher nehmen wir bloß diesen Zobel?«, fragte Maria.

»Isaak hat günstig ein paar teure Pelze erstanden und weiß nicht so recht, was er nun damit anfangen soll. Deshalb habe ich den Pelz auch empfohlen«, sagte Karl. »Marder wäre zur Not auch noch da gewesen«, fügte er beruhigend hinzu.

Franziska stand auf und trat lächelnd an ihn heran. »Aber bevor wir beginnen, versprichst du mir eine Sache, mein Freund. Wie man Preise verhandelt – das bringst du mir bei!«

Das Einkaufen der Stoffe wollte Franziska umgehend selbst übernehmen, doch Walram überzeugte sie, dass sie als unbekannte junge Frau hier in Nürnberg nur schlechte Geschäfte machen würde, falls man überhaupt mit ihr Handel trieb. Er bot an, sie bei den guten Stoffhändlern einzuführen. Wenn sie als Schneiderin erst einmal bekannt wäre und die Händler wüssten, dass sie im Voraus und mit klingender Münze bezahlte, würden sie ihr schnell entgegenkommen. Karl wollte unbedingt mitkommen, um alles Wichtige über den Tuchhandel zu erlernen. Er hatte Feuer gefangen und plante in einem fort, wie er aus der beschaulichen Schneiderei ein gewinnträchtiges Großunternehmen machen konnte.

Gerade wollten sie aufbrechen, als sich die Ladentüre erneut öffnete. Walram stockte der Atem, als er den Herrn sah, dem ein Diener die Türe aufhielt. Er schluckte. Der Besucher war vornehm gekleidet, trug einen langen dunklen Rock und eine silberne Kette, die ihn trotz seiner höchstens dreißig Jahre als Würdenträger der Stadt auswies. Er war nicht groß und ziemlich hager. Er nickte den Anwesenden zu. Nachdem die Frauen ihren Knicks und Karl seine Verbeugung vorgeführt hatten, begann der Mann zu sprechen:

»Montardier, welch Überraschung! Schön, Euch so bald wiederzusehen.« Er wandte sich dem Schneidermeister zu. »Meine Gemahlin wünscht ein Kleid von der böhmischen Meisterin, prächtiger noch als das von dieser Witwe Elsbeth.

Ein Festtagsgewand für eine Frau von Stand. Was könnt Ihr anbieten?«

»Nun ... was Ihr wünscht«, sagte Walram zögernd und fragte nach einem Räuspern: »Wann dürfen wir Euch unsere Aufwartung machen?«

»Unverzüglich. Das heißt, nachdem ich meine Geschäfte erledigt habe. Ich werde im Stadtrat erwartet, darum komme ich auch persönlich zu Euch, ist schließlich ein Weg. Findet Euch am Nachmittag bei mir ein, alles Weitere wird dann besprochen.« Er nickte den Frauen kaum merklich zu und verließ das Geschäft so rasch, wie er gekommen war. Walram war blass geworden.

»Ihr seht ja aus, als wäre Euch der Leibhaftige begegnet«, sagte Franziska. »Hat der Mann Euch erschreckt? Wer war das überhaupt?«

Karl antwortete für ihn. »Er heißt Schürstab. Er und sein Vetter waren gestern auch beim Bischof zu Gast. Der Bischof scheint sich das Wohlwollen des großen Geldes zu sichern. Die Schürstab sind Kaufleute und Bankiers und haben ihre Finger in allerlei Geschäften, angeblich von Spanien bis Asien und von Nord bis Süd. Angeblich hat sich der alte König Rudolf schon Rat bei ihnen geholt. Im Geheimen natürlich. Zacharias und Isaak haben schon oft Geschäfte mit ihnen gemacht. Ich habe mich ihnen gegenüber aber nicht als Geldverleiher zu erkennen gegeben. Schlau, nicht wahr?«

»Kommt sein Vetter jetzt am Ende auch noch?«, fragte Franziska.

»Nein«, antwortete Karl, der gerade das Geräusch einer Kutsche und aus dem Fenster gesehen hatte. »Er ist schon da.«

Franziska vermochte es kaum zu fassen. Ohne den Preisen allzu viel Bedeutung beizumessen, hatte die Familie Schürstab Festtagskleider, Kleider für den Kirchgang und für die kommende kühlere Jahreszeit bestellt. Der Auftrag würde die Schneiderei für mehrere Wochen vollständig auslasten, falls nicht rasch neue und gute Arbeitskräfte gefunden wurden. Die beiden ersten Kleider sollten besonders zügig geliefert werden, da eine hohe Einladung bevorstand, der Rest der Garderobe bis Ende August.

In kürzester Zeit war die neue Mode in aller Munde. Ein bekannter Adeliger und die Schürstab ließen seit Neuestem bei der böhmischen Meisterin in Walrams Geschäft arbeiten, wurde auf den zahlreichen Gesellschaften getuschelt, und noch ehe die ersten Kleider geschneidert waren, gingen Bestellungen ein.

Bald musste die Werkstatt vergrößert werden. Genäht wurde nun im Hinterhaus und in der ehemaligen Scheune. Der alte Stall musste kurzfristig als Stofflager dienen, bis ein entsprechender Anbau fertig gestellt war. Karl hatte Walram überredet, Franziska, Maria und ihn als Teilhaber aufzunehmen, die das nötige Kapital zur Führung des neuen Betriebs beisteuern sollten. Dringend benötigte die Schneiderei nun noch weitere Arbeitskräfte, vor allem Näherinnen. Maria fragte die beiden Gesellen, ob sie nicht Frauen oder Mädchen kannten, die gute Arbeit suchten und mit Nadel und Faden umzugehen wussten. Der Ältere von ihnen, ein nicht viel mehr als dreißigjähriger Mann mit Namen Josef sprach gleich von seinem Weib, das derzeit niedere Dienste bei einem Fleischer verübte, und von seiner Tochter, die auf ihre Mitgift sparte. Schon am nächsten Tag saßen zwei frisch geschrubbte, ärmlich, aber ordentlich gekleidete und viel zu magere Frauen in der Werkstatt. Die Jüngere von ihnen war höchstens zwölf Jahre alt. Der andere Geselle, noch jung und unverheiratet, hatte einen kleinen Bruder, um den er sich sorgte. Die Eltern waren schon lange tot, und die beiden Söhne konnten von seinem bisher kargen Lohn zwar einigermaßen leben, doch Lehrgeld für den Jungen aufzubringen war der Geselle nicht imstande. Der kleine Trudbert war elf Jahre alt, spindeldürr und immer ein wenig schmutzig. Er hatte noch nie eine Schule und selten eine Kirche von innen gesehen und verbrachte die meiste Zeit auf der Straße. Gelegentlich half er bei einem Gerber oder dem Abdecker und verrichtete die Arbeiten, für die sich kaum jemand fand. Sein Bruder musste ihn ziemlich ins Gebet genommen haben, da der Bengel sich gegenüber Franziska und Maria von seiner besten Seite zeigte. Karl gefiel er sofort, und da er geschickte Finger hatte, bekam er einen Platz an einem der Nähtische.

Sie fanden noch einige junge Mädchen, denen der Beruf der Näherin gefiel und die froh waren, im Trockenen und winters sogar im Warmen arbeiten zu können. Walram übernahm die Ausbildung der neuen Näherinnen.

Täglich besuchte er seine todkranke Frau und erzählte ihr von den Wundern, die plötzlich in der Schneiderei geschahen. An dem Tag, als er ihr von den Neueinstellungen der Näherinnen und des kleinen Burschen erzählte, von den neu gekauften Stoffen und den vielen schönen Knöpfen, die von einem Silberschmied und einem Hornschnitzer geliefert wurden, lächelte sie trotz ihrer Schmerzen und freute sich von ganzem Herzen mit ihm. Am selben Abend schloss sie die Augen und öffnete sie nie wieder.

Graf Meynhard war nach zehn Tagen zur Anprobe erschienen, wieder in Begleitung der schönen Elsbeth. Die Hosen passten wie angegossen, der Rock war ein Meisterwerk. Die Kombination der Farben des Oberkleides war auffällig und außergewöhnlich. Der kräftige dunkelrote Wollstoff war von spitz zulaufenden Streifen von ockerfarbener Seide durchbrochen, die in einen glänzend schwarzen Kragen, verbrämt mit dem Fell zweier Zobel, mündeten, das sich bis in die Aufschläge des Rockes fortsetzte. Wenige Goldfäden betonten die Neuheiten des Kleidungsstückes, die verdeckte Knopfleiste und die Umrandung des gräflichen Wappens. Ein Kleidungsstück, das eines Königs oder Papstes würdig war. Der Graf war mehr als zufrieden. Umgehend gab er weitere Beinlinge und einen Jagdrock in Auftrag, unbedingt mit Knöpfen und so geschnitten, dass er zu Pferde und zu Fuß Eindruck machte. Nach einem diskreten Hinweis Elsbeths bestellte er noch ein dezentes dunkles Kleid für ernste kirchliche Feiern oder politische Anlässe für sie.

Meynhard war an diesem Tag in Geberlaune. Er hatte Nachricht vom Sieg des Habsburgers und vom Tod Adolfs erhalten, und seine Einladung zum königlichen Rat war erneuert worden. Er sollte sogar an der feierlichen Ernennung Albrechts zum gesamtdeutschen König sowie der Krönungszeremonie teilnehmen, was ihn mit tiefstem Stolz erfüllte. Um seine Freude zu teilen, lud er Karl, den jungen Edelmann zu einem abendlichen Mahl im Kreise enger Freunde ein.

Üblicherweise lebte Meynhard in einer befestigten Anlage, etwa ein Dutzend Meilen von Nürnberg entfernt. Für seine längeren Aufenthalte in der Stadt hatte er das leerstehende Haus eines ohne Familie verstorbenen Ratsherrn erstanden, eine Wohnstatt, in der schon die höchsten Herren genächtigt hatten, wenn der König in Nürnberg Hof hielt. Die Halle des Hauses war beeindruckend. Polierte Waffen und Wandteppiche zierten die Mauern, das Licht des frühen Abends schien durch die geöffneten Fenster, die Tafel war prachtvoll gedeckt. An jenem Abend standen auf der Gästeliste ein jüngerer Verwandter, drei Edelmänner auf der Weiterreise nach Frankfurt und ein gutaussehender junger Geistlicher, der eine elegante schwarze Robe und ein schön gearbeitetes Brustkreuz trug. Er war wohl nur wenige Jahre älter als Karl und schien sich eher auf eine politische als eine seelsorgerische Laufbahn vorzubereiten.

Zwei der Edelmänner waren in Begleitung ihrer Gemahlinnen, von denen eine dem Priester immer wieder begehrliche Blicke zuwarf. Beide Damen gaben sich Mühe, nicht neidisch zu wirken, wann immer ihr Auge auf das Kleid Elsbeths fiel, die zwar nicht unmittelbar neben dem Grafen, aber dennoch auf einem Ehrenplatz saß. Karl hatte das Vergnügen, neben ihr zu sitzen.

Meynhard betonte mehrmals, dass er dem gesunden Landleben gegenüber den Stadtaufenthalten den Vorzug gab und dass er, wann immer er bei Hof sei, sich auf den Tag freue, an dem er wieder über seine Felder reiten konnte. Er hielt wenig von allzu extravaganten Speisen und hatte deshalb nur Fisch aus den nahen Auen, Enten und Fasane sowie einen herzhaften Braten auftragen lassen. Dazu gab es einen kräftigen Wein.

»Montardier«, sagte einer der Edelmänner während des Mahles zu Karl, »seid Ihr ein Verwandter dieses wagemutigen Burschen, der sich zu Fuß und ohne Rüstung dem heranstürmenden Adolf entgegengestellt und ihn aus dem Sattel gehoben hat? In den letzten Tagen ist viel darüber gesprochen worden.«

»Verzeiht, ich habe von dieser Heldentat noch nichts vernommen, aber ich habe einen Bruder, Ludwig von Montardier, der unter einem österreichischen Grafen zu Albrechts Heer gezogen ist. Ich würde ihm eine solche Tat zutrauen. Wisst Ihr noch mehr darüber?«

Der Mann erzählte, was er über den Verlauf der Schlacht erfahren hatte, und am Ende des Gesprächs stimmten alle Anwesenden überein, dass es sich bei dem heldenhaften Königsbesieger nur um Ludwig gehandelt haben konnte. Man trank auf ihn und beglückwünschte Karl zu seinem tapferen Verwandten. Karl war aufgefallen, dass Elsbeth wie auch schon bei der vergangenen Einladung zwar voller Genuss in der Bewunderung ihrer Schönheit badete, aber dennoch aufmerksam die Gespräche der Männer verfolgte. Sie selbst sprach wenig mehr als das, was die Höflichkeit gebot. Sie erzählte Karl, dass sie bereits ein Jahr nach ihrer Eheschließung Witwe geworden war und seitdem hauptsächlich in Nürnberg lebte. Ursprünglich stammte sie aus der Gegend um Strassburg. Der derzeitige Fürstbischof dieser Stadt war sogar ihr Oheim.

»Ihr habt doch die blonde junge Dame in dem Schneidergeschäft kennengelernt, meine Stiefschwester Maria«, sagte Karl schließlich zu ihr. »Sie ist ebenfalls eine Montardier, im Gegensatz zu mir sogar eine gebürtige.«

»Tatsächlich? Wie ungewöhnlich. Eine Dame von Stand in einer Schneiderei? Wie konntet Ihr Derartiges gestatten?«, antwortete statt ihrer der Priester. Karl erzählte die ganze Geschichte seiner Schwester und wie froh er darüber war, sie in guten Händen zu wissen.

»Aber Montardier, habt Ihr nicht die Möglichkeit in Betracht gezogen, sie an einem Fürstenhof unterzubringen? Zumindest bis zu ihrer Heirat solltet Ihr das so einrichten. Ein passender Ehemann ließe sich auf diese Weise viel leichter finden, denkt Ihr nicht?«

Ein bisher nicht gekanntes Gefühl wallte in Karl auf, als er den Mann von einer Heirat Marias sprechen hörte. Ihm wurde heiß und kalt bei dem Gedanken, seine kleine Schwester einem Gatten zu übergeben.

»Gewiss werden die Kandidaten schnell Schlange stehen – das Mädchen ist eine Schönheit!«, gab der Graf von sich, um auch etwas zu der Sache beizutragen. Elsbeth straffte ihren Rücken kaum merklich und atmete tief ein, sodass der Priester und der Graf gar nicht anders konnten, als den Blick auf ihrem prachtvollen Dekolleté ruhen zu lassen.

»Ich ... ich werde darüber nachdenken, es ist gewiss eine gute Idee. Mein Bruder wird bestimmt viel davon halten. Als Oberhaupt der Familie muss natürlich er die Entscheidungen für Maria treffen und auch den passenden Mann aussuchen. Ich werde mit ihm sprechen, sobald ich ihn wiedersehe.«

Die Gesellschaft nickte beifällig; das Thema war beendet. Eine der Damen flüsterte ihrem Mann unhörbar für die restliche Runde etwas zu.

»Man spricht schon überall von den böhmischen Kleidern«, sagte dieser nun und wandte seinen Blick Elsbeth zu, »und heute sehe ich zum ersten Mal eines. Es wird Eurer Anmut gerecht, Frau Elsbeth, auch wenn diese keiner Unterstützung durch einen Schneider bedarf. Wie seid Ihr darangekommen?«

»Also«, sie sah wohlgefällig an sich herunter und anschließend ihrem Gesprächspartner in die Augen, »ich darf behaupten, die Schneiderin entdeckt zu haben, die diese Wunder vollbringt, und mir ist es zu verdanken, dass sie sich in Nürnberg niedergelassen hat. Diese Frau vollbringt kleine Wunder! Seht Euch nur Rock und Beinlinge unseres Grafen an, dann wisst Ihr, was ich meine.«

Lachend erhob sich der Gastgeber, drehte sich einmal in gespielter Grazie um die eigene Achse und ließ sich wieder auf seinem Stuhl nieder.

»Ihr kennt diese junge Meisterin aus Budweis doch etwas näher, nicht wahr?«, fragte der Edelmann Karl. »O ja. Ihre Eltern waren bedeutende Händler und Schneider. Der leibliche Vater starb bei einem Raubüberfall. Die Mutter hat sich später mit dem Pferdezüchter vermählt, von dem ich meine Fathma habe. Ein einmaliges Pferd und auf meine besonderen Bedürfnisse hin trainiert.«

Die Runde blickte interessiert auf ihn, und Karl spürte, welche Absichten zumindest die beiden Ehefrauen hegten, wenn nicht auch die Männer der Runde, die allesamt der Eitelkeit nicht abhold waren.

»Wie lange, denkt Ihr, wird diese Werkstatt brauchen, um mir ein Festtagskleid zu nähen?«, fragte die eine Frau plötzlich. »Der Preis ist von untergeordneter Bedeutung, wie ich festhalten darf.« Ihr Mann verschluckte sich bei ihren Worten beinahe an seinem Wein, doch hielt er tapfer den Mund. Karl vermutete, dass seine Gattin das Geld in die Ehe gebracht hatte, wie dies ja oft der Fall war.

»Ich kann mit der Meisterin sprechen und mich für Euch einsetzen. Das will ich gern tun. Ich lasse Euch benachrichtigen, sobald ich Auskunft für Euch habe.«

Der andere Edelmann meldete sich nun ebenfalls zu Wort.

»Nun, wenn diese neue Mode so begehrt ist, will ich sie meiner Gattin nicht vorenthalten. Bringt auch uns Kunde, wann die Frau für uns arbeiten kann.«

Elsbeth warf Karl einen triumphierenden Blick und ein kaum merkliches Lächeln zu. Ihr nächstes Kleid hatte sie sich redlich verdient.

Natürlich ließ Karl den Damen gleich am nächsten Vormittag die Nachricht bringen, dass sie jederzeit zum Maßnehmen in die Schneiderei kommen könnten. Ihre Aufträge würden dank Karls Fürsprache vorgezogen werden.

Als die beiden erschienen, konnte Franziska mit einer besonderen Überraschung aufwarten. Sie hatte vornehme Kleider für Maria nähen lassen, die diese den Edelfrauen nun vorführte. Natürlich waren es Meisterwerke, bei denen an keinem Detail gespart worden war. Mindestens ebenso viel Seide wie Wollstoff umhüllte die Trägerin, und die sichtbaren Knöpfe waren aus fein ziseliertem Silber. Für eines der Kleider hatten sie sogar Halbedelsteine in die Knöpfe einarbeiten lassen. Die wie angegossen sitzenden Gewänder verfehlten ihre Wirkung nicht. Die Mieder waren so raffiniert gearbeitet, dass sie trotz aller gebotenen Sittsamkeit jeden Mann zur Sünde aufzufordern schienen, und die Röcke mit ihren unterfütterten Falten schmiegten sich an die Hüften der Trägerin. »Ihr solltet wahrhaft an einem Fürstenhof leben«, meinte eine der Damen. »Mit Euren Kleidern und Eurer Anmut aber eher als Fürstin denn als Hofdame.« Höflich lächelte Maria und senkte artig den Blick.

Franziska übernahm die Beratung der Damen und verhandelte den Preis. Genau genommen nannte sie einen Preis von fünfzehn Goldflorin pro Stück, den die Frauen ohne Widerrede akzeptierten. Die Mädchen und der alte Meister hatten einen langen Abend hindurch besprochen, ob sie die Kleider weiterhin so teuer anbieten oder nicht doch lieber zu etwas günstigeren Preisen fertigen sollten. Franziska konnte Walram überzeugen, bei den hohen Preisen zu bleiben. Solange die Reichen und Mächtigen mit der neuen Mode prahlen wollten, musste der Preis so hoch sein, dass jeder Käufer, der ihn bezahlen konnte, sich einer äußerst erlesenen Gruppe zugehörig fühlte und aufgrund seines Vermögens Respekt und Achtung einheimste. Für Franziska war der hohe Preis ein besonderes Merkmal ihrer Kleider, so wie es die Knöpfe waren.

»Hast du keine Angst, dass die anderen Schneider uns nachmachen und wir das Geschäft bald wieder los sind?«, hatte Maria sie besorgt gefragt.

»Irgendwann vielleicht. Aber bis dahin wird jeder Meister seine Kunden glauben machen wollen, dass die neue Mode eine vorübergehende Laune sei und so schnell wieder überholt sein wird, dass es sich gar nicht lohnt, ihr nachzulaufen.«

»Und wenn irgendwann doch?«

»Dann sind wir das Original und die anderen nur die Nachahmer, außerdem haben wir bis dahin jede Menge wohlhabender Käufer als Stammkunden. Wir müssen nur ihre Erwartungen erfüllen und uns bei jeder Bestellung die eine oder andere Überraschung einfallen lassen, so wie es derzeit die Schuhe für die Damen sind. Dann bin ich sicher, dass uns die vornehmen Kunden treu bleiben.«

*

Der kleine Trudbert verstand es bald, sich überall in der Schneiderei nützlich zu machen. Er war ein schlaues Kerlchen und dank der guten Ernährung im Hause Walrams nicht mehr so blass und mager wie in den ersten Tagen. Mit seinem spitzen Gesicht, den grünbraunen Augen und den stets strubbeligen Haaren erinnerte er an einen kleinen Kobold und war der Liebling der Näherinnen.

Franziska hatte eine kleine Pagenlivree für ihn nähen lassen, in der er drollig aussah, und wann immer es nötig war, setzte sie ihn zu Botengängen ein, die der Kleine spannend fand und gern übernahm. Als er diesmal von den beiden feinen Damen zurückkehrte, denen er die Lieferzeit der Kleider mitgeteilt hatte, trug er einen Brief für Karl bei sich, den er ihm heimlich zusteckte.

Eine sittsam zu Boden blickende junge Zofe empfing Karl am Hintereingang einer außerhalb der Stadttore gelegenen Herberge und führte ihn schweigend eine Treppe hoch in eine Kammer. Kaum hatte er diese betreten, zog das Mädchen sich zurück und schloss die Tür. Auf einem Tisch standen ein Krug Wein und zwei Becher, von denen ihm einer gereicht wurde. Sie tranken einen Schluck und mit einem tiefen Lächeln und glänzenden Augen öffnete die Edelfrau die Schleife ihres Hemdes oberhalb des Mieders. Sie trat nahe an den jungen Mann heran, und er fühlte, wie ein Finger wie spielerisch die Innenseite seines Oberschenkels emporfuhr. Gleich darauf fühlte er ihre Brüste an seinem Oberkörper. Ihre Lippen näherten sich seiner Wange. Während seine Arme sie umschlossen, küsste sie seinen Hals und flüsterte: »Ich bin ganz Euer.«

*

Über all der Arbeit war der Herbst ins Land gegangen, und die Schneiderei wurde immer erfolgreicher. Einige der wichtigsten Familien der Nürnberger Gesellschaft trugen Franziskas Kleider, Männer wie Frauen schmückten sich mit den elegant gefertigten Stücken. Mit immer neuen Details und Raffinesse machte Franziska ihre Entwürfe noch phantasievoller und begehrenswerter. Ihre neueste Idee war es, zu dem von ihr erfundenen abknöpfbaren Oberteil ein zweites oder drittes zu nähen, sodass die Trägerin bis zu drei Kleider statt nur eins besaß. In Verbindung mit einem zweiten oder dritten Rock konnte eine Dame von Stand so mit wenigen Stücken eine außergewöhnlich umfangreiche und abwechslungsreiche Garderobe aufbauen. In dieser Jahreszeit wurden wärmere Kleider gewünscht, und der in dieser Gegend sehr kalte und feuchte Winter, in dem die zugigen und meist schlecht beheizten Gemäuer nur selten Behaglichkeit boten, würde noch dickere Stücke erfordern. Franziska und Maria hatten sich schon im August darüber Gedanken gemacht, wie sie hübsche und zugleich wärmende Kleider zaubern konnten. Isaak freute sich über den Verkauf seiner Pelze und hatte weitere Quellen aufgetan, diese zu günstigen Einkaufspreisen zu besorgen.

Der Kaufmann ließ sich nur selten persönlich sehen, zumeist bediente er sich Karls als Mittelsmann. Isaak hatte in seiner Jugend häufig erleben müssen, wie man mit Angehörigen seines Volkes umging, wenn man ihnen Erfolg und Vermögen neidete, und zog es daher vor, im Hintergrund zu wirken.

Mittlerweile arbeiteten vierzehn Näherinnen für Franziska. Dazu die beiden Gesellen, denen sich ein Dritter angeschlossen hatte und der kleine Trudbert. Walram genoss die

Achtung, die ihm nun entgegengebracht wurde, und dass er bei den entscheidenden unternehmerischen Fragen nur wenig mitzureden hatte, machte ihm nichts aus.

Karl, der neben den Geschäften, die er mit Isaak betrieb, immer ein Auge auf die Schneiderei und vor allen Dingen auf seine Schwester hatte, sah, wie glücklich Maria war. Aus dem Nesthäkchen der Familie und der behüteten Klosterschülerin war eine selbstbewusste junge Frau geworden, die Herausforderungen suchte und Belastungen nicht scheute. Ihre Aufgaben in der Schneiderei meisterte sie mit Eifer und Begeisterung. Karl war stolz auf sie, er gönnte ihr ihre Erfüllung. Aus diesen Gründen hatte er es bisher auch unterlassen, mit ihr über ein Leben an einem Adelshof und eine spätere Heirat zu sprechen. Ihr Vermögen wuchs dank des Erfolgs der Werkstatt stetig, und sie würde sich ohnedies nicht mehr mit einem Nachgeborenen oder einer sonstigen zweiten Wahl zufriedengeben müssen, also bestand seiner Ansicht nach auch kein Grund zu besonderer Eile, sie unter die Haube zu bringen. Wie Franziska würde sie eine der wenigen Frauen sein, die ihr zukünftiges Glück durch eigene Arbeit und eigenes Vermögen selbst aufbauen konnten. Karl wusste, dass dies ein großes Geschenk war und dass eigentlich alles um ihre Zukunft zum Besten stand, doch im Gegensatz zu der Leichtigkeit, mit der er sich sonst schweren Aufgaben stellte, fiel es ihm ungewohnt schwer, die Schwester beiseitezunehmen und Zukunftspläne mit ihr zu schmieden. Trotzdem, man konnte das Thema nicht ewig aufschieben, das wusste er und hoffte, bald mit Ludwig über diese Frage sprechen zu können.

Die Dame, die Karl in der Herberge so offenherzig empfangen hatte, war mit ihrem Gemahl bald nach dem Schäferstündchen weitergereist, jedoch nicht, ohne zuvor zur Anprobe bei Franziska zu erscheinen. Das Kleid passte mit nur geringen Änderungen sofort. Ihren Liebhaber, der zu dem Zeitpunkt ebenfalls in der Schneiderei weilte, würdigte sie bei ihrem Abschiedsbesuch keines Blickes und auch Karl spielte den Ahnungslosen und gab sich durch nichts zu erkennen.

Dennoch musste die Frau in einer schwachen Stunde ihr kleines Geheimnis mit jemandem geteilt haben, denn einige Tage nach der Abreise der Gespielin steckte Trudbert Karl überraschend wieder ein Briefchen zu.

»Jetzt seid Ihr aber überrascht, mein Bester!«, sagte Elsbeth lachend, als er in der Türe erschien und sie verdutzt ansah. »Frauen und ihre Geheimnisse!« Mit einer fragend in die Höhe gezogenen Braue trat Karl in den Raum. »Setzt Euch und schenkt uns ein. Wir haben Geschäftliches zu besprechen.« Karl nahm auf einem der beiden Stühle an dem einfachen Tisch Platz und goss verdünnten Wein in zwei Becher.

»Ihr werdet mich besser verstehen, wenn Ihr meine Geschichte kennt, also hört mir zunächst bitte zu. Ich war einer von vielen unnützen Essern im Haus meiner Eltern. Obendrein fühlte mein Vater sich verpflichtet, für eine standesgemäße Mitgift seiner Töchter aufzukommen, was ihn sehr belastete und oft an seinem Schicksal hadern ließ. Sein leiblicher Bruder Johann hingegen ist Priester, genau genommen mehr als das: er ist der Fürstbischof von Strassburg und Eichstätt. Seit kurzem ist er zum Kanzler von König Albrecht aufgestiegen und hat einen großen Teil der Reichsverwaltung übernommen – ein überaus einflussreicher Mann also. Als ich gerade vierzehn Jahre zählte, erkannte mein

Oheim, dass ich gut gewachsen und hübsch war, und setzte meinem Vater die Idee in den Kopf, mich möglichst rasch zu verheiraten und sich nicht in den Mühen und Kosten einer allfälligen späteren guten Partie zu verlaufen. Er kannte einen wohlhabenden Titulargrafen, der ihm einen Gefallen schuldete und sich deshalb mit einer kleinen symbolischen Mitgift zufriedengab. Ich sah meinen Verlobten, Gero Graf von Falckenstein, vor der Hochzeitszeremonie nur ein einziges Mal. Er tafelte und zechte mit meinem Vater und meinem Onkel in unserer Halle, und ich wurde ihm zur Begutachtung vorgeführt. Er war älter als mein Vater. Schon wenige Tage später wurde die Trauungszeremonie von meinem Onkel persönlich durchgeführt.

Meine Ehe währte nur wenige Monate. Mein Gatte starb auf einer seiner Reisen, und mein Oheim brachte mich als Hofdame beim Grafen von Württemberg unter, eine große Ehre wohlgemerkt! Da er wusste, dass es bei mir als Witwe keine Unschuld zu schützen galt, und da die Aussichten auf einen neuen Gemahl mangels Mitgift gering waren, ließ er mich wissen, dass ich dem einen oder anderen hohen Herrn zu Gefallen sein sollte, um diese ihm gewogen zu stimmen. Ich tat wie geheißen und verbrachte die kommenden Jahre am Grafenhof. Ich muss gestehen, dass es mir gefiel, die Männer um den Finger zu wickeln. Als ich neunzehn Jahre alt geworden war, entließ mich der Graf, um mich einem anderen Fürsten anzuvertrauen, dem Herzog Rudolf von Bayern. Dieser gab mich an einen älteren Edelmann weiter, der seiner Geschäfte wegen häufig in Nürnberg war. Dort ersetzte ein wohlhabender Kaufmann ihn und danach der eine oder andere weitere diskrete Herr, bis zum heutigen Tag.«

Karl sah sie ermunternd an. Er war überzeugt, dass sie mehr vorhatte, als ihre Lebensgeschichte zum Besten zu geben. »Graf Meynhard?«, fragte er. Der Graf weilte seit einiger Zeit wieder auf seinen Gütern und ließ sich auch hin und wieder in der Stadt sehen.

»Ein ganz lieber Mann, einer der Besten! Übrigens ist er nicht mein Geliebter, falls Ihr das meint.« Erstaunt sah Karl sie an.

»Ich denke, ich kann Euch vertrauen, also hört zu: Der Graf wirkt stark und männlich. Ein Mann in den besten Jahren und durchaus begehrenswert für wohl jedes Weib. Natürlich habe ich mich bemüht, seine Freundschaft zu erlangen und mir seine Gunst zu sichern. Als ich das erste Mal mit ihm alleine war und dachte, er würde ohnedies gleich nach mir gieren, machte ich mir den Spaß, den Spieß umzudrehen, und griff forsch nach ihm. Was ich fand, konnte ich kaum für möglich halten: Wo ich einen Speer vermutet hatte, hing nur eine Quaste, die auch hängen blieb, egal, was ich unternahm. Es war unbeschreiblich peinlich. Verlegen lächelte er mich an und teilte schließlich sein Geheimnis mit mir, von dem niemand, aber auch niemand je erfahren darf, das werdet Ihr mir doch versprechen, oder?« Karl war das gräfliche Geheimnis ziemlich einerlei, er nickte. Elsbeth sprach weiter, mit einem Blick auf die Türe jedoch etwas leiser. »Sein Fleisch gerät durchaus in Versuchung und sein Blut in Wallung, doch vermag meinesgleichen dies nicht bei ihm hervorzurufen. Dennoch, oder vielleicht auch gerade deshalb, ist er sehr auf seinen Ruf bedacht, und der Schein, ein Draufgänger und Schürzenjäger zu sein, ist ihm wichtig. Darum bezahlt er mich gut und würde mich wohl auch noch viele Jahre aushalten und danach mit einer Rente versorgen. Angeboten hat er dies schon. Ich musste ihn jedoch enttäuschen, denn ich habe ein anderes Ziel.«

Karl war neugierig geworden. Gespannt lehnte er sich nach vorne und sah der ungehemmt erzählenden Schönheit in die Augen. »In wenigen Tagen kommt der König mit dem gesamten Hof hierher, der Graf wurde davon unterrichtet. Übrigens ist Euer Bruder auch in seinem Gefolge.« Karls Herz tat einen Sprung. Wie sehr hatte Ludwig ihm in den letzten Monaten gefehlt, und wie brannte er darauf, ihm all die Neuigkeiten über Franziskas Geschäft und neue Heimat zu erzählen!

»Ich sehe, Ihr freut Euch, sehr schön. Nun hört meinen Wunsch: Ich will am Hof Albrechts königliche Hofdame werden. Ich dachte, vielleicht könnte man mit Eurem Bruder ...«

»Der wird sich kaum für eine andere Frau verwenden. Mein Bruder ist mit Haut und Haar Franziska verfallen und sie ihm. Sie stürzt sich in ihre Arbeit, um ihr Schmachten zu betäuben, aber sie gehört ihm und er ihr. Ich werde auf keinen Fall eine andere Frau ins Spiel bringen, nicht einmal Euch. Tut mir leid.«

»Beruhigt Euch wieder, mein lieber Freund. Es war nur so ein Gedanke ... Ich habe allerdings noch eine andere, wahrscheinlich bessere Idee: Der Graf wird mich zu einer Feierlichkeit an den Hof mitnehmen, offiziell als seinen Schützling, da mein Gatte ja verschieden ist. Überredet Franziska, dass sie mir ein Kleid näht, das so prächtig und auffallend ist, dass es den engsten Kreis des Königs auf mich aufmerksam macht und mich in diese Runde einführt. Alles andere liegt dann in meinen Händen. Den Rest wird mein Oheim für mich arrangieren. Er wird alles tun, um dem König zu Gefallen zu sein.«

»Ihr habt doch schon zwei sehr schöne Kleider, für die Euch nie eine Rechnung vorgelegt wurde. Nehmt doch eines davon!«

»Gewiss, die Kleider sind herrlich, aber ich habe auch die Kleider gesehen, die Franziska für reiche Edelfrauen gefertigt hat. Verschwenderisch und prunkvoll! Genau so eines möchte ich. Das schönste, das sie machen kann!«

»Und warum sollte Franziska dieses Kleid für Euch nähen? Überhaupt – warum verhandelt Ihr mit mir und nicht gleich mit ihr selbst?«

»Franziska soll ihren Lohn bekommen: Sie wird im Gegenzug für mein Kleid die Aussicht erhalten, für den Hof zu fertigen, wer weiß, vielleicht sogar für die königliche Familie. Dafür sorge ich schon, verlasst Euch darauf. Nicht schlecht für ein junges Mädchen, das noch vor drei Monaten mittellos eine Stellung bei einem wenig erfolgreichen Schneidermeister gesucht hat, nicht wahr?«

Karl machte sich nicht die Mühe, ihr zu erzählen, dass Franziska beileibe weder notleidend noch von einer schlechten Stellung abhängig gewesen war. Aber Elsbeth hatte Recht, sie waren ihr viel mehr schuldig, als die bisherigen zwei Kleider. Ihre geschickte Werbung und ihre kokette Prahlerei hatten das Geschäft aus der Taufe gehoben und den Erfolg der Knopfkleider eingeläutet. Dennoch wunderte Karl sich, wieso Elsbeth nicht gleich mit Franziska gesprochen hatte, und fragte nochmals direkt danach.

»Franziska ist eine, wie mir scheint, unschuldige und sehr tugendhafte junge Dame«, antwortete Elsbeth. »Wenn jemand wie ich, eine Frau mit Vergangenheit mit einer solchen

Bitte ... Ihr versteht schon. Ich könnte es verstehen, wenn sie mich abwiese. Ihr seid ein Mann aus dem Leben, wie ich glaube, und hattet selbst bestimmt kein einfaches Los.« Sie sah während dieser Worte auf seine rechte Hand. »Außerdem seid ihr diskret, wie Ihr bereits bewiesen habt.« Ihr Blick schweifte durch das Zimmer, das Karl bereits kannte. »Ich dachte, ich unternehme den Versuch, mit Euch als Vertrautem mein Glück zu wagen. Ich hätte Euch gern zum Freund, Karl von Montardier, und meine Freundschaft ist Gold wert.«

Karl war sich noch nicht sicher, ob die Frau es ehrlich meinte. Doch welches Risiko gingen Franziska oder er schon ein, wenn sie sie etwas herausputzten? Schlimmeres, als neue wohlhabende Kunden zu gewinnen, konnte ihnen nicht passieren.

»Ihr ehrt mich, Elsbeth, und Euer Plan ist gewagt, aber auch verlockend. Ich werde Franziska davon erzählen und Euch ihre Antwort mitteilen.« Er erhob sich und schickte sich an, sich zu verabschieden, doch Elsbeth stand ebenfalls auf und schnitt ihm den Weg zur Tür ab. Mit einem liebreizenden Lächeln fragte sie: »Und Ihr wollt gar nicht wissen, was Ihr von dem Handel haben sollt, mein schöner junger Freund?«

*

Der königliche Tross traf am folgenden Samstag ein. Graf Meynhard, der wieder in der Stadt weilte, erbot sich nach sanftem Drängeln Elsbeths, Ludwig ausfindig zu machen und ihn zu Franziska zu schicken. Als Walram und die beiden Mädchen am Montag nach einem anstrengenden Arbeitstag die Werkstatt abschlossen, stand der junge Edelknappe plötzlich vor ihnen.

Verlegen lächelten er und Franziska sich an. Maria fiel ihrem Bruder um den Hals und küsste ihn auf beide Wangen. Dann zog sie sich zurück und scheuchte auch die neugierig schielenden Näherinnen und die Gesellen aus dem Haus.

Schließlich trat Ludwig einen Schritt auf Franziska zu und griff zögernd nach ihren Händen. Zärtlich drückte er sie an sich, fühlte ihren weichen Körper, roch ihr Haar und spürte ihren warmen Atem. Sie hob ihm ihr Gesicht entgegen. Vorsichtig näherten seine Lippen sich den ihren. Der Kuss war lang und sanft. Franziska wünschte, dieser Augenblick würde nicht vergehen. Für immer wollte sie den Geliebten in ihren Armen halten. Die wenigen Monate hatten ihn verändert. Sein Gesicht sah markanter aus, das Kinn energischer. Muskulös war er früher auch schon gewesen, doch jetzt fühlte sich sein Körper noch fester und stärker an. Ein sorgfältig gestutzter dünner Bart ließ ihn erwachsener und würdiger erscheinen. Aus dem jungen Burschen, der sie vor dem grässlichen Bero gerettet hatte, war ein Mann geworden.

Stolz erzählte er von der Schlacht gegen Adolf, schwärmte ihr vom Stab des Königs vor, dem die klügsten und wichtigsten Köpfe des Reiches angehörten und deren Bekanntschaft er machen durfte. Er selbst gehörte dem Tross an und bekam immer wieder Aufgaben wie Heroldsdienste oder die Beaufsichtigung der Soldatenausbildung durch die königlichen Offiziere. Der König hatte sich mit ihm sogar einmal über sein Pferd unterhalten, das dem Fürsten anscheinend Achtung abgerungen hatte. Er war überzeugt, dass Albrecht niemals vergessen würde, was er für ihn getan hatte, und spürte, dass der König durchaus ein Auge auf ihn geworfen hatte. Bestimmt würde er eines Tages den Ritterschlag erhalten, und wenn er sich lange genug bewährte, wer weiß, würde er möglicherweise eines Tages ein eigenes Lehen zugesprochen bekommen. Er malte sich sein Leben zwischen Adeligen, Kirchenfürsten und Höflingen aus und merkte dabei nicht, dass Franziskas Blick, trotz aller Verliebtheit und Bewunderung, von Traurigkeit umwölkt war. Schmerzhaft wurde ihr bewusst, dass sie trotz ihrer Tüchtigkeit und ihres Erfolgs letztendlich nur eine einfache Schneiderin war und auch nie etwas anderes sein würde. Ihr Vater und ihr Stiefvater waren durch harte Arbeit und etwas Glück in den Bürgerstand aufgestiegen, und wenn sie sich anstrengte, dann würde ihr das Gleiche gelingen, sie könnte in einer bedeutenden Stadt wie Nürnberg vielleicht eines Tages Zunftmeisterin werden. Aber hatte sie Platz im Leben und an der Seite eines Adeligen, der in die obersten Kreise gelangen wollte? Ludwig, so klug er sonst war, schien so weit noch nicht gedacht zu haben.

Doch als sie wieder seinen verliebten Blick und das Leuchten seiner Augen sah, verscheuchte sie die bitteren Gedanken. Jetzt war Ludwig hier, hier bei ihr, und das war es, was im Augenblick zählte. Sie drückte ihn fester an sich und genoss den nächsten Kuss. Sie würde niemals einen anderen Mann lieben, dessen war sie sicher.

Ludwig musste am Abend wieder in der Burg sein, in der der König und seine wichtigsten Männer sich einquartiert hatten. Er hatte einige Dinge zu erledigen, unter anderem sollte er mit dem Majordomus der Burg Einzelheiten für das

Fest besprechen, das am kommenden Samstag für die Herren des Rats und ausgesuchte Bürger gegeben werden sollte. Der König legte Wert darauf, sich so vielen Menschen wie möglich zu zeigen und seine Untertanen ihm zugetan zu stimmen.

Am kommenden Tag erschien Ludwig wieder im Haus Walrams und verlangte aufgeregt, Franziska, Karl und Maria zu sprechen. Karl brütete bei Isaak über Geschäftsbüchern und musste erst herbeigeholt werden.

»Es ist ganz unglaublich! Ihr wisst gar nicht, was für mächtige Fürsprecher ihr habt. Dieser Graf Meynhard, ich hatte ihn schon mehrmals in der Nähe des Königs gesehen, hat sich für euch eingesetzt. Ihr seid alle zu dem Fest auf der Burg geladen! Ihr beide«, er sprach zu Maria und Karl, »seid als meine Geschwister Gäste an einer der Haupttafeln, ganz in der Nähe des Königs, und du«, strahlend sah er Franziska an, »sollst unter den Zunftmeistern sitzen, stell dir das vor! Ihr geht zum König, schon diese Woche!«

Franziska war sich nicht sicher, ob sie sich freuen sollte. Natürlich war es ein Zeichen von Anerkennung, dass auch das Handwerk und nicht nur die Ratsherren und die reichen Kaufleute zu dem Fest geladen waren, und dass sie sich zu seinen Vertretern setzen durfte, ehrte sie, aber sie wusste dennoch nicht so recht, was sie dort sollte. Sie fragte vorsichtig, ob Walram auch eingeladen war. »Als Zunftmeister wird sogar von ihm erwartet, dass er erscheint. Du bist seine Begleitung, so hat Meynhard das mit dem Truchsess abgesprochen. Freue dich, wir gehen auf ein Fest!«

Maria riss die Freundin aus ihren Gedanken. »Ich habe drei Kleider zur Auswahl, und ich glaube, ich werde das himmelblaue tragen, das gefällt mir am besten. Und du, Franziska, solltest über deine Garderobe nachdenken!«

»Wieso?«, entfuhr es Franziska, ehe sie sich erschreckt eine Hand vor den Mund hielt. Sie hatte für sich selbst bisher nur Alltagskleider gefertigt und im Leben nicht daran gedacht, dass sie je ein Festtagskleid für eine königliche Feier benötigen würde. Die Werkstatt erstickte in Aufträgen. Sie hatte tatsächlich keine Zeit, um für sich selbst ein Kleid zu schneidern, doch mit einem Mal lachte sie hell auf. »Wie der Schuster Hoimar in Budweis, der im Sommer stets barfuß lief. Ich habe ihn einmal gefragt, warum er das tat, und er hat geantwortet, dass seine Schuhe so beliebt seien, dass er nie dazu kommt, für sich selbst auch welche zu nähen. Jetzt ergeht es mir genauso!«

Wieder hatte Ludwig nur wenig Zeit und wurde nach einer Stunde schon wieder auf der Burg erwartet. Einerseits traurig, weil der Geliebte wieder fort war, andererseits froh, nicht von der Arbeit abgehalten zu werden, ging Franziska ans Werk. Sie entschied sich, Marias dunkelrotes Kleid für sich umzuarbeiten. Die Farbe schmeichelte ihr, und außer einer knappen Spanne an Rocklänge und ein paar Änderungen am Mieder war wirklich nicht viel daran zu tun.

Elsbeths neues Kleid hingegen bereitete deutlich mehr Mühe. Franziska hatte vorgeschlagen, es nicht ganz so kostbar wie die Roben der Ratsherrenfrauen oder der Frauen der Stadtadeligen zu machen, die schließlich ihre wichtigste Kundschaft waren, aber dafür am Schnitt neue Dinge zu wagen, die nur eine junge, schöne Frau tragen konnte. Elsbeth hingegen war anderer Ansicht gewesen: Experimente am Zuschnitt waren ihr recht, solange sie ihr zur Zierde gereichten, doch sollte das Kleid die Gewänder aller anderen Frauen übertreffen. Diesmal war es Maria, die den rettenden Einfall hatte, und Karl sollte für seine Durchführung sorgen: Er verbreitete wie beiläufig bei dem einen oder anderen Kaufmann das Gerücht, der Graf hätte eine für ein Gewand unvorstellbare Summe geboten, um seinen Schützling bei Hofe so strahlend wie möglich zu präsentieren. Ebenso lässig ließ er die eine oder andere Bemerkung darüber fallen, dass der Edelmann wohl seiner Hetäre überdrüssig sei und sie am Königshof verschachern wolle. »Wenn ein Mann wie Meynhard erst einmal seinen Spaß gehabt und sein Mütchen gekühlt hat, Ihr versteht ...«

*

Die Feierlichkeit sollte am Nachmittag des Samstags beginnen. Da nicht alle Gäste in der großen Halle untergebracht werden konnten, waren auch einige Räume der Burg dafür vorbereitet worden. Die Ratsherren und die niederen Adligen saßen an den unteren Enden der halbrunden Tafel, mit freiem Blick auf den König und seine Gemahlin. Dann folgten der höhere Adel und die Geistlichkeit und am oberen Ende der Bischof, die königlichen Ratgeber und der engste Kreis des Hochadels. Die übrigen Gäste, die in Nebenräumen bewirtet wurden, hatten die Ehre, an den Majestäten und ihrem engsten Kreis vorbeizudefilieren und ihren Knicks oder ihre Verbeugung zu machen. Eine strenge Reihenfolge wurde eingehalten; ein Junker las den Namen eines jeden Einzelnen aus einer Schriftrolle.

Elsbeth saß neben Meynhard sehr weit oben an der Tafel, obwohl man dem Grafen ursprünglich einen Sitzplatz etwa an der Mitte zugeteilt hatte. Als Elsbeth angesichts des Reichskanzlers ein zufälliges, doch weithin zu hörendes »Oheim? Ihr hier? Welch eine Freude!« entfuhr, wurden ihr und ihrem Begleiter rasch bessere Plätze zugewiesen. Der König schien sehr interessiert an der Nichte seines Kanzlers zu sein, wie ein langer huldvoller Blick vermuten ließ. Ihr Kleid hatte das Seinige dazu beigetragen. Es war ein Meisterwerk aus kostbarer Seide in verschiedenen Pastelltönen; die matt schimmernden Knöpfe aus feinsten Materialien.

Schließlich war die Reihe an Ludwig und seinen Geschwistern, vor den König zu treten. Ludwig sah den Monarchen ja regelmäßig, doch für Karl und Maria war es das erste Mal. Der König strahlte eine besondere Autorität aus, die durch seine aufrechte Haltung und Körpergröße noch unterstrichen wurde. Er trug eine Binde über dem zerstörten Auge, die aber teilweise von seinen dunkelbraunen Locken verdeckt wurde. Die Königin, Elisabeth von Kärnten, Görz und Tirol, die schon seit etwa zwanzig Jahren an Albrechts Seite war, stand einen halben Schritt hinter ihm.

»Ah, mein guter Montardier, schön, Euch heute Abend bei uns zu haben. Sagt, wer sind Eure jungen Begleiter?« Der König war bester Laune.

»Mein Bruder Karl und meine Schwester Maria, Majestät«, sagte Ludwig, während sie alle ehrerbietig ihre Knie beugten.

»Eure Geschwister, seht an. Wo lebt Ihr? Ich hörte, Ihr seid Waisen?«

Ludwig antwortete für sie. »Mein Bruder gibt sich der

Mathematik und dem Bankwesen hin und lebt neuerdings hier in Nürnberg. Meine Schwester Maria wurde in einem bedeutenden böhmischen Kloster erzogen, doch sieht es die Familie nicht für richtig an, sie den Schleier nehmen zu lassen. Derzeit lebt sie im Hause eines bekannten Zunftmeisters. Eines sehr ehrenwerten Mannes, versteht sich.«

»Eine junge Dame von Stand unter dem Dach eines Handwerkers? Ihr scherzt, Montardier! Gewiss wollt Ihr sie nur dem Hofe vorenthalten, bis Ihr sie gut verheiratet habt. Wir sprechen noch darüber, gleich in den nächsten Tagen. Doch jetzt mischt Euch unter die jungen Leute und genießt das Fest!«

Ludwig strahlte. Welch ein Erfolg! Ohne dass er selbst etwas dazu hatte tun müssen, hatte er bereits für das weitere Wohlergehen Marias gesorgt. Wie stolz sein Vater jetzt auf ihn wäre!

Maria hingegen schien gar nicht begriffen zu haben, was die Worte des Königs für sie bedeuteten. Sie sollte Hofdame werden! Eine größere Ehre konnte einer Jungfrau nicht widerfahren, und vor allem konnte sie keine bessere Chance für ihre Zukunft erhalten. Die Königin hatte schon als Herzogin von Österreich in dem Ruf gestanden, für jede ihrer Damen den passenden Ehemann gefunden zu haben, und jetzt als Frau des Herrschers war ihre Auswahl an geeigneten Kandidaten wohl noch ungleich größer.

Franziska war in der letzten Gruppe und schritt am Arm Walrams langsam voran. Ob ihrer Jugend und ihrer Anmut erhielt sie das eine oder andere Lächeln, als sie die mächtigen Herren passierte, doch nahm man weder von ihr noch von den anderen Zunftvertretern besondere Notiz. Die bloße Tatsache, an einer königlichen Feier teilnehmen zu dürfen, musste Ehre genug für diese einfachen Leute sein.

Wenig später saß sie artig neben ihrem fürsorglichen Meister, nahm ein wenig von den außergewöhnlichen Speisen und nippte an ihrem Weinbecher. Die anderen Zunftmitglieder waren weniger zart besaitet. Franziska nahm belustigt zur Kenntnis, dass die Männer allesamt, von der Ehre der Einladung euphorisch gestimmt, kräftig zechten. Die Frauen verhielten sich still, wie es sich geziemte. Gelegentlich tuschelten sie miteinander oder zischten ihren Gatten kaum hörbar ein paar Worte zu, wenn deren Benehmen oder Wortwahl ihnen missfiel. Allerdings fiel der jungen Schneiderin auch auf, wie die anderen Schneider und ihre Frauen sie musterten. Einige Blicke waren offen und freundlich, vor allem die der Männer, die der Frauen jedoch meist neidisch oder feindlich. Der frische Wind und die Aufbruchstimmung, die in Walrams Werkstatt herrschten, hatten sich rasch herumgesprochen. Franziska hätte zu gern nach Ludwig gesehen oder vielleicht später, wenn das Essen vorbei war und die Musikanten zum Tanz aufspielten, mit ihm ein Rondo gewagt, doch wahrscheinlich hatte er keine Möglichkeit, sich in die Nebenräume zu begeben. Sie raunte Walram zu, dass sie nach Hause gehen würden, sobald dies ohne aufzufallen möglich war. Der alte Meister nickte ihr dankbar lächelnd zu.

Albrecht war weiterhin in heiterer Stimmung, wie seine Gemahlin und sein direktes Gefolge erleichtert feststellten. Er nahm von den üppigen Speisen, ließ sich den Pokal mehrmals füllen und prostete den Gästen fröhlich zu.

Elsbeth saß in seiner Sichtweite, und im Laufe des Abends

sprach der Regent sie an. »Ihr tragt ein außergewöhnliches Kleid, Frau von Falckenstein. Es ziert Euch in höchstem Maß. Wie kamt Ihr zu der Mode?«

Elsbeth präsentierte sich ihm in voller Breite und schilderte erneut und ohne falsche Zurückhaltung, wie sie durch Zufall auf eine Schneidermeisterin gestoßen war, die nicht nur Damenkleider auf diese neue Art schloss, sondern diese Technik zum Verbessern eines jedweden Kleidungsstückes anwandte und über unerschöpfliche Phantasie verfügte. »Ihre Kleider und Wämser würden jeden König zieren«, führte sie unter leichtem Erröten aus. »Und jeden Bischof«, sagte sie mit Blick auf ihren Oheim, der dem Gespräch mit Interesse gefolgt war.

Nachdem die Königin ihrem Gemahl einen dezenten Hinweis gegeben hatte, meinte dieser: »Ihr habt wohl Recht. Der Truchsess möge sich ein Bild von der Kunst der Frau machen und uns berichten. Und der Königin ebenfalls.« Er lobte Elsbeth wegen ihres Geschicks, das sie bewiesen hatte, um der Reichsstadt auch in diesem Bereich Vorsprung vor anderen Städten zu verschaffen.

»Wo haltet Ihr Eure Frau Nichte üblicherweise denn versteckt, mein lieber Johann?«, fragte er seinen Kanzler, den Fürstbischof von Strassburg, der sich beinahe an einem Stück Geflügel verschluckte. »Sollte eine Dame wie sie nicht bei Hof und in der Nähe der Königin leben?« »Gewiss, Majestät«, beeilte der Kirchenmann sich zu sagen. »Frau Elsbeth war gewissermaßen mein Mündel, als ich sie einem verdienten Edelmann zur Frau gab. Leider starb er früh, und seitdem haben wir uns zu meinem Bedauern aus den Augen verloren. Graf von Aarnkreutz war so großzügig, Schutz für sie zu übernehmen, sehr zu meiner Erleichterung. Natürlich steht sie weiterhin unter meiner persönlichen Verantwortung, Ihr habt daher recht getan, mich darauf hinzuweisen. Wie so oft, stehe ich in Eurer Schuld! Ich würde mich glücklich schätzen, falls es mir gelänge, Frau Elsbeth für ein Leben bei Hofe zu gewinnen.«

»Wendet Euch dazu an meine Gemahlin. Und natürlich an Euch, Frau Elsbeth.«

Elsbeth senkte sittsam den Blick und gab sich Mühe, ihre Freude nicht allzu offen zu zeigen. Gleich in den nächsten Tagen musste ihr Onkel sie der Königin anvertrauen, es blieb ihm gar keine andere Wahl, nachdem Albrecht ihn dazu aufgefordert hatte. Ob es das atemberaubende Kleid war, das ihr dazu verholfen hatte oder ihre Frechheit, einfach den Onkel in Gegenwart des Königs anzusprechen? Egal, vorerst war sie am Ziel.

Die Musikanten spielten auf und der König und seine Gemahlin schritten als Erste im Takt der Musik durch den Saal. Der hohe Adel schloss sich an, dann folgte der niedere, nachdem ein Junker ein Zeichen gegeben hatte. Ludwig tanzte mit seiner Schwester. Nach dem Tanz übergab er Maria an Karl und machte sich auf die Suche nach Franziska. Auch in den Nebenräumen wurde mittlerweile aufgespielt und getanzt. Als er sich endlich zur richtigen Tafel durchgefragt hatte, hatte Meister Walram mit seiner Begleitung die Burg bereits verlassen.

Als die Königin sich erhob, folgten ihr die anderen Frauen des Hofes und der Übernachtungsgäste. Die übrigen ließen sich von ihren Ehemännern, Vätern oder Brüdern nach Hause begleiten.

Elsbeth wurde von Meynhard galant aus dem Saal geführt. Draußen trennten sie sich, und Elsbeth suchte die Kammer auf, deren Zugang ihr Oheim ihr in einem diskreten Augenblick beschrieben hatte. Ein schweigsamer Diener Seiner Majestät nahm sie dort in Empfang und hieß sie mit einer vielsagenden Handbewegung warten, während er sich sofort zurückzog.

*

Als Franziska und Maria tags darauf vom sonntäglichen Kirchgang zurückkamen, wartete Ludwig bereits vor Walrams Haus auf sie. Er konnte gar nicht an sich halten, allen die guten Neuigkeiten über Maria und ihre Zukunft zu berichten. Es würde bestimmt nur ein paar Tage dauern, bis die Königin nach ihr schickte.

Maria schluckte. Natürlich wusste sie, welche Ehre ihr geschah und welch großen Aufstieg dies für sie bedeutete, doch war sie jetzt in ihrer neuen Familie so glücklich wie seit ihrer Kindheit nicht mehr. Sie hatte ihre Aufgaben in der Werkstatt, die sie ausfüllten, und sie war überzeugt, dass sie gemeinsam mit Franziska noch Großes erreichen konnte. Jetzt sollte sie plötzlich dieses schöne und freie Leben gegen den goldenen Käfig des langweiligen Königshofs eintauschen, an dem sie zum Warten verurteilt war, bis irgendein Edelmann schließlich um sie anhielt? Am liebsten hätte sie ihren Bruder gebeten, der Königin doch einfach abzusagen und sie weiterhin mit Franziska Kleider fertigen zu lassen.

Aber Maria von Montardier war kein Mädchen, das sich nur von seinen Gefühlen leiten ließ. Trotz des Rufs ihres Herzens arbeitete ihr Geist so, wie er erzogen worden war. Sie dachte an ihre Mutter und ihren Vater. Auch sie waren

Edelleute gewesen und hatten sich den Pflichten ihres Standes gefügt. Wäre es nicht auch ihr Wunsch gewesen, sie gut an den Mann zu bringen? Und würde sie durch ein Leben bei Hof nicht auch immer in der Nähe ihres einzigen echten Verwandten sein? Hilfesuchend sah sie Franziska an, deren Gesicht wie versteinert wirkte, während Ludwig vor Stolz und Freude strahlte.

Sie blickte sich nach Karl um, der hinter ihr stand und ihr freundlich zulächelte. Er schien erkannt zu haben, was in ihr vorging. »Angst?«, fragte er. »Die Leute bei Hof sind auch nur Menschen, habe ich mir sagen lassen, und so wie heute der Adel nach Franziska und euren Kleidern gegiert hat, wird die Werkstatt in nächster Zeit einiges mit den Wichtigen und Mächtigen zu tun haben. Ich werde also auch immer wieder in deiner Nähe sein, und bestimmt erhältst du die Erlaubnis, uns alle oft zu sehen. Der Hof ist kein Kloster und kein Gefängnis, sagt man.«

Maria nickte. Bestimmt hatte er Recht, wie meistens.

DRITTER TEIL

WIEN Dezember 1300

Franziska konnte nur mit Mühe ihre Nervosität vor den Näherinnen verbergen. Der Auftrag, für den sie nach Wien gereist war, sollte der Höhepunkt ihres bisherigen Schaffens werden. Einige Tage nach dem königlichen Fest hatte der Truchsess des Hofes die Schneiderei aufgesucht. Seitdem fertigte ihre Werkstatt sogar für die königliche Familie. Königin Elisabeth hatte mehrere Kleider schneidern lassen, ihre Töchter ebenfalls, und sogar der König und der Kanzler trugen bisweilen Roben, die Franziska eigenhändig entworfen hatte.

Die größte Ehre wurde ihr jedoch zuteil, als man vor zwei Monaten nach ihr geschickt, sie eingehend zur Leistungsfähigkeit ihres Betriebes befragt und ihr schließlich diesen Auftrag erteilt hatte: Sie sollte Kleider für die größte königliche Hochzeit entwerfen, die seit Generationen in Deutschland gefeiert wurde. Albrechts ältester Sohn Rudolf heiratete die Tochter eines der höchsten Fürstenhäuser Europas, keine Geringere als die Halbschwester des derzeit mächtigsten Herrschers des Kontinents. Prinzessin Blanche von Frankreich, die junge Braut, sollte in den nächsten Tagen in Wien eintreffen, und Franziska und die Mitarbeiter ihrer Werkstatt warteten bereits ungeduldig auf die junge Frau. Walram hatte sehr bedauert, nicht mitreisen zu können, weil er den heimischen Betrieb überwachen wollte und seine Gicht ihm langes Reisen in winterlicher Kälte unmöglich machte. Um Franziska dennoch den nötigen Schutz und die unumgängliche Anstandsbegleitung mitzugeben, waren sein Rossknecht Giso sowie eine respektable Witwe aus einem nahe gelegenen Stift mit Franziska gereist. Beide waren über diesen Auftrag und den zusätzlichen Verdienst hocherfreut. Vor wenigen Wochen hatten sie alle die lange und beschwerliche Reise nach Österreich unternommen und mühten sich seitdem von Sonnenaufgang bis spät in den Abend, um die Wünsche des Königshauses zu erfüllen. Die Königin persönlich hatte Franziska ausrichten lassen, dass die Kleider Blanches von nie gekannter Pracht sein mussten. Die Größe der Braut war Franziska vorab mitgeteilt worden. Man hatte ihr außerdem eine Miniatur gesandt, auf der Haarfarbe und Augen der Prinzessin zumindest zu erahnen waren.

Blanche sollte mit ihrem Gatten Rudolf, dem Herzog von Österreich, hier in Wien oder in der Steiermark leben und sich so schnell wie möglich als gewinnbringende Anlage für beide Reiche erweisen. Es war Albrechts Vision, dass einer seiner Nachkommen eines Tages über das gesamte alte Frankenreich herrschen und das deutsche mit dem französischen Königreich vereinen sollte.

Unwillkürlich musste Franziska seufzen. Wie so häufig schweiften ihre Gedanken zu Ludwig ab. Sie hatten sich in den beiden letzten Jahren so oft wie möglich getroffen, und stets hatte sie für ihn das Gleiche empfunden wie früher in Budweis oder bei ihrem Wiedersehen in Nürnberg. Nun wurde sie bald achtzehn, und so langsam sollten sie über ihre Zukunft entscheiden, wusste sie. Hoffentlich brachte Ludwig das Thema endlich zur Sprache, wenn sie sich das nächste Mal sahen. Sie konnte ihrem Edelmann zwar keinen ebenbürtigen Rang bieten, doch immerhin konnte ihr durch eigene Kraft erworbenes Vermögen sich sehen lassen.

Die Werkstatt in Nürnberg blühte. Um die nötigen Arbeitsplätze zu schaffen und der unentwegt steigenden Nachfrage Herr werden zu können, hatten sie ein Haus gekauft, das an Walrams kleinen Hof angrenzte. Franziskas Knopfmode hatte sich in Adelskreisen und unter den wohlhabenden Städtern durchgesetzt. Kurz nach der ersten königlichen Order erhielt sie Aufträge über Aufträge von Höflingen und Würdenträgern.

Franziska hatte kaum noch aus und ein gewusst vor Arbeit. Ihre Freundin Maria mit ihrem Überblick und ihrem Organisationstalent fehlte ihr sehr. Karl hatte sie sooft er konnte weiterhin unterstützt, doch war er immer seltener in Nürnberg anzutreffen, da er mittlerweile in ganz Europa Aufträge für Isaak und dessen Familie erledigte. Der gute Walram bemühte sich redlich, die Organisation des wachsenden Betriebs einigermaßen in den Griff zu bekommen und mit vereinten Kräften schafften sie es schließlich immer irgendwie, die Bestellungen fristgerecht zu liefern. Noch immer war Franziska keine eingetragene Meisterin, was man in der Zunft bisweilen unterschwellig bemängelte, doch war sie der Überzeugung, solange sie unter Walrams Schutz und Meisterschaft stand und dieser pünktlich die Zunftabgaben leistete, konnte man schwer etwas gegen ihre Arbeit unternehmen, zumal es den Herrschaften bei Hof reichlich egal war, wie die Handwerker sich untereinander einigten. Eher sorgten sie sich darüber, wie sie Franziskas Schöpfungen bezahlen sollten, denn getreu ihrer anfänglichen Strategie waren die Preise ihrer Kleider eher gestiegen als gesunken.

Für heute Abend hatte Ludwig seinen Besuch angekündigt und Franziska erwartete ihn voller Sehnsucht. Ihr war ein Haus nahe der Burg vermittelt worden, das ihr und ihren Begleitern gleichzeitig als Wohnung und Werkstatt diente. Franziska bewohnte zwei Zimmer im Obergeschoss, die eher zweckmäßig als hübsch eingerichtet, dafür jedoch warm und behaglich waren. Ein feines Essen und ein Krug heimischer Wein warteten heute auf dem Eichentisch vor dem Ofen auf ihren Gast. Sie würden nicht gestört werden, dafür hatte sie gesorgt und den Mitarbeitern strenge Order erteilt. Schließlich gab es heute etwas zu feiern.

Sie verbrachte mehr Zeit als üblich vor dem Spiegel und legte ein Kleid an, das die Farbe ihrer Augen hatte und zu ihren braunen Locken passte. Wie meist hatte sie nur wenig Schmuck angelegt, eine fein gearbeitete goldene Kette, die Ludwig ihr geschenkt hatte, und einen Ring, den sie selbst hatte anfertigen lassen. Das Kleid duftete ganz nach den Rosenblättern, die sie gern in ihren Schränken und Truhen ausstreute.

Vor wenigen Tagen hatte der König Ludwig zum Ritter geschlagen. Dies war auch der Grund für das heutige Festessen, und da Ludwig an diesem Abend ohne Verpflichtungen war, hatten sie sich hier verabredet.

Ludwig trat ein. Auf seinem dunklen Umhang glänzten Schneeflocken. Aus dem Jüngling war ein eindrucksvoller Recke geworden. Nach der gewohnten Umarmung und einem

Kuss zur Begrüßung setzten sie sich an den Tisch. Ludwig hatte Hunger, wie meist, da die Verköstigung bei Hof recht karg war, und einen frischen und verführerisch duftenden Braten, wie er hier auf ihn wartete, gab es ohnehin nur zu besonderen Anlässen. Auch der Wein war besser, als Ludwig ihn sonst gewohnt war. Franziska aß nur ein paar Bissen und trank ein paar Schlucke. Gerührt betrachtete sie, mit welchem Heißhunger Ludwig das Essen verschlang. Nach der Mahlzeit rückte Ludwig näher an sie heran und nahm ihre Hände. Dann erzählte er wahrhaft beeindruckende Neuigkeiten.

»Die Hochzeit wird eines der wichtigsten politischen Ereignisse überhaupt. Stell dir nur vor: Deutschland und Frankreich durch Familienbande vereint! Was für ein Reichsbündnis nun entstehen kann und was für Möglichkeiten das mit sich bringen wird! Für uns alle, verstehst du?«

Franziska hatte sich seit ihrer Ankunft in Nürnberg nicht über mangelnde Möglichkeiten beklagen können, und an die Hochzeit musste er sie nun wahrlich nicht erinnern, doch sie nickte brav zu seinen Worten. »Und jetzt kommt das Beste: Ich hatte eine Audienz bei der Königin, bei der sie mich nochmals genau und eindringlich zu unserer Familie befragt hat. Ein Bruder meines Vaters ist Bischof, in einer Stadt namens Clermont. Das wusste sie bereits. Der älteste der Brüder Montardier hat ein Lehen weiter nördlich und gilt als untadeliger Mann, ebenso wie mein Vater es war. Er hat zwei Söhne, die etwas älter sind als ich. Ich habe meine Onkel und Vettern noch nie kennengelernt, aber vielleicht ergibt sich das ja eines Tages, wer weiß? Die Königin wollte alles über meine Eltern, ihren frühen Tod und die Erziehung Marias in dem vornehmen Kloster erfahren,

und ich habe geantwortet, so gut ich konnte. Wer sich bei Hof auskennt, der weiß, dass Elisabeth solche Gespräche unter vier Augen nie ohne tiefere Absicht oder gar aus Langeweile führt. Sie denkt in ihren Belangen genauso strategisch wie ihr Mann und handelt auch dementsprechend. Eine echte Königin! Als sie mich schließlich entließ, hat sie sogar eine Andeutung gemacht: Die königliche Hochzeit soll nicht die Einzige sein, die die Reiche verbindet, und dabei lächelte sie verschwörerisch. Weißt du, was das bedeutet?«
Franziska schüttelte den Kopf.

»Aber das liegt doch auf der Hand: Maria steht in ihren Diensten, und die Königin ist als Kupplerin bekannt. Natürlich hat sie ein Augenmerk auf ihre heiratsfähigen Hofdamen und weiß sie bestmöglich an den Mann zu bringen. Wenn man nun eins und eins zusammenzählt, dann wird meine Schwester schon bald einen französischen Edelmann ehelichen und so wie die Königin sich gebärdet hat, muss es ein bedeutender Mann sein! Wenn das unsere Eltern nur erleben könnten! Ein Franzose als Schwiegersohn, ausgewählt von einer Königin! Ich kann es gar nicht in Worte fassen, was für eine Ehre dies ist. Wahrscheinlich hat man mich deswegen noch schnell zum Ritter geschlagen, damit Maria ihrem Bräutigam standesgemäß übergeben werden kann. Die wenigen Scharmützel, an denen ich teilgenommen habe, konnten nicht der Grund gewesen sein, die waren nicht der Rede wert.«

In Wahrheit hatte Ludwig eineinhalb Jahre an den Reichsgrenzen im Osten gedient. Zweimal war er verwundet worden. Franziska war stets in großer Sorge gewesen, wenn er wieder Richtung Ungarn hatte ziehen müssen.

»Kannst du dir das vorstellen?«, begann er wieder. »Unsere kleine Maria heiratet einen französischen Ritter. Oder vielleicht einen Grafen oder gar einen Herzog?« Er strahlte sie an und war so voller Freude, dass Franziska nicht umhinkonnte, ihn zu umarmen. Ihre Lippen fanden sich. Sie hatte in den letzten Jahren immer wieder dieses seltsame Gefühl verspürt, wenn sie sich Ludwig körperlich näherte. Doch heute, in Verbindung mit seiner überschäumenden Freude und dem wärmenden Kaminfeuer an ihrem Rücken, fühlte sie eine bisher noch nicht gekannte Hitze, die sich aus ihrem Inneren ausbreitete und den ganzen Körper zu erfassen schien. Leidenschaftlicher küsste sie ihn und kraulte seinen Schopf, strich ihm über den Nacken und legte seufzend den Kopf zurück, als er erst zögernd und dann forscher ihre Brust streichelte. Mit einer Hand öffnete sie die Schleife, die ihr Mieder abschloss. Das Öffnen der Knöpfe überließ sie Ludwig, der einen nach dem anderen aufspringen ließ. Ludwigs Wams hatte sie ihm schnell über den Kopf gezogen, und voller Lust sah sie auf die straffen Muskeln, die sich unter seinem Hemd abzeichneten. Sein Untergewand fiel zu Boden. Er streifte die Schuhe ab, während sie die Knöpfe seiner Beinlinge öffnete. Ludwig wollte ihren Rock hochheben, doch sie sagte »Warte!«, öffnete mit geübten Fingern die Knöpfe am Bund und ließ das Kleidungsstück zu Boden gleiten. Sie streifte den Unterrock ab und stand nackt vor ihm. Das Strahlen der Glut aus dem Kamin und das weiche Licht der Kerzen auf dem Tisch umschmeichelten ihre zarten Rundungen. Sanft drückte sie Ludwig auf seinen Stuhl zurück und setzte sich auf seinen Schoß. Sie schlang die Arme um ihn. Er zog sie an sich heran, legte ihre Beine um seine Hüften, bis sie rittlings auf ihm saß. Sie küssten sich leidenschaftlich, und als er sie hochhob, um sie auf sein pralles Geschlecht zu setzen, durchzuckte sie ein kurzer Schmerz, der sofort wieder der Hitze ihrer Lust wich. Sie spürte ein Gefühl der Wärme, der Verlockung und noch etwas, das sie nicht beschreiben konnte, das jedoch immer stärker wurde und Besitz von ihr ergriff.

*

Kurz vor Weihnachten traf Prinzessin Blanche in Österreich ein. Franziska musste ihr mit den halbfertigen Kleidern zwei Tagesreisen entgegenziehen, um die Braut noch vor ihrer Ankunft aufs Feinste auszustatten und ihr einen prunkvollen Einzug nach Wien zu ermöglichen.

In dichtem Schneegestöber und in warme Decken gewickelt, machten sie und ihre Näherinnen sich in zwei geschlossenen Kutschen, die der Hof zur Verfügung gestellt hatte, auf den Weg donauaufwärts. Die Näherinnen waren fröhliche junge Frauen und vertrieben sich die Zeit mit allerlei Scherzen und Schabernack, und Franziska ließ sich von ihrem Vergnügen anstecken, sodass sie trotz der Kälte die Reise wohlgelaunt überstanden. Franziska traf die junge Fürstentochter in der kleinen Stadt Melk, die sie bereits von ihrer Anreise im Herbst her kannte. Sie mussten über den breiten Strom setzen, der vom Winterhochwasser geschwollen war und die Fähre gefährlich schwanken ließ.

Blanche erwartete sie mit ihren Hofdamen im Kloster des Ortes, einem reichen Stift mit einer angesehenen Klosterschule, das für den Empfang hoher Herrschaften gerüstet war. Die junge Frau war höchstens so alt wie Franziska, vielleicht ein oder zwei Jahre jünger, doch selbstbewusst und energisch. Ihr Deutsch war mäßig, aber es gelang ihr, sich verständlich zu machen, während Franziska kein Wort Französisch sprach. Zunächst gab Blanche sich äußerst zurückhaltend und reserviert, als Franziska zu ihr geführt wurde. Franziska hatte in den letzten beiden Jahren reichliche Erfahrung auch mit dem höchsten Adel gesammelt und gelernt, dass das Interesse dieser Herrschaften nicht ihrer Person galt, sondern ihrem Können. Schnell nahm sie Maß an der Französin, die etwas kleiner war, als der Hof Franziska mitgeteilt hatte. Aus diesem Grund bat Franziska, man möge ihr die Schuhe der Prinzessin zeigen. Man zeigte ihr mehrere Paare, und Franziska deutete auf die Absätze und schaute fragend deren Besitzerin an. Blanche verstand sofort und wies auf das Paar mit den höchsten.

Eines der vorbereiteten Kleider, eine Kreation aus rotem Wollstoff und als Tageskleid für den Antrittsbesuch bei der Königin gedacht, entsprach in seiner Länge etwa der Größe der so beschuhten Fürstentochter. Franziska legte es ihr gemeinsam mit einer Zofe an und erklärte Blanche die Knöpfe und deren Funktion. Blanche war beeindruckt. Ein schelmisches Lächeln erschien auf ihrem Gesicht, als sie rasch begriff, wie sie dank des versteckten Knöpfchens die Tiefe ihres Dekolletés verändern konnte.

Franziska hatte acht Kleider vorgefertigt, darunter das Kleid für den ersten Empfang in Wien sowie das Brautkleid, das ihr ganzer Stolz war. Das Kleid bestand aus Seide, nur an einigen Stellen wurde zur Verstärkung Leinen verwendet. Die Knöpfe waren aus teurem Schildpatt und fein ziseliertem Silber, am Mieder sogar aus Gold. Der fast weiße Stoff bot einen reizvollen Kontrast zu dem dunklen, rötlich schimmernden Haar der Prinzessin, und der raffinierte Schnitt schmeichelte ihrer schlanken Figur. Blanches Haupt sollte mit einem goldenen Reif gekrönt sein, an dem ein feiner Schleier befestigt wurde. Der Schleier bestand aus gebleichter und federleichter Muschelseide, schimmerte weißer als Schnee und durfte erst am Tag der Hochzeit erstmals angelegt werden, zu kostbar war das Material, zu groß die Gefahr, es zu verletzen.

Als Franziska das Hochzeitsgewand für Blanche entwarf und nähte, hatte sie all ihre eigenen Wünsche neben denen der Auftraggeber eingearbeitet, und jede Idee, die ihr reizvoll erschien, in der Ausführung verwirklicht. Dieses Kleid sollte sie endgültig an die Spitze der europäischen Stoffkünstler setzen, hatte sie sich vorgenommen.

Die Gewänder waren allesamt von Königin Elisabeth persönlich in Auftrag gegeben worden, die die Frau ihres Sohnes und offiziellen Herrschers der Region in beispiellosem Glanz vor den Untertanen vorführen wollte. Die Kosten für diese Arbeiten wurden der königlichen Mitgift entnommen, und Franziska hatte bereits eine großzügige Anzahlung erhalten. Die Preisverhandlungen mit dem königlichen Truchsess hatte Franziska alleine geführt. Nachdem Franziska erfahren hatte, dass die Rechnung aus den Truhen Frankreichs beglichen werden sollte, hatte sie die geforderte Summe ohne übertriebene Bescheidenheit festgesetzt.

Franziska und ihre Mädchen arbeiteten schnell und präzise. Eine der königlichen Zofen ging ihnen zur Hand und zeigte ihnen, worauf die Prinzessin bei ihren Kleidern höchsten Wert legte. Besonders gefielen den französischen Damen die teuren Pelze, die zur Verbrämung und als Futter für die Umhänge Blanches verwendet wurden. Es war beispiellos schöne und kostbare Ware aus den Gegenden des Nordens, für deren Beschaffung der einfallsreiche Isaak all seine Handelsbeziehungen hatte spielen lassen.

Blanches erste Kleider wurden fristgerecht innerhalb von drei Tagen fertig, ebenso die eleganten Umhänge.

Der Einzug der Prinzessin sollte am Weihnachtstag stattfinden, und König und Königin hatten den gesamten Hochadel und alle verfügbaren Ritter in die Stadt an der Donau bestellt, um der französischen Abordnung die Ehre zu erweisen. Auch Frankreich hatte einen beträchtlichen Tross nach Österreich entsandt. König Philipp und seine Gemahlin hatten die Reise zwar nicht auf sich genommen, doch einige Herren des Kronrats, mehrere Grafen, ein Bischof, natürlich eng mit der Braut verwandt, und eine stattliche Anzahl Ritter sowie die Hofdamen der Prinzessin wurden in Wien erwartet.

Albrecht nutzte den Aufenthalt in Wien, um mit seinen Vasallen zu tagen und Reichsfragen zu besprechen. Rudolf war bedauerlicherweise nicht so intelligent, willensstark und dominant wie sein Vater, was dieser durch geschickte Unterstützung des Sohns auszugleichen beabsichtigte. Albrecht hatte beschlossen, Rudolf eine Schar tatkräftiger Männer zur Seite zu stellen, die seine österreichische Herrschaft stützen und ihm später, falls nötig, die deutsche Krone sichern konnten. Wenigstens einige der Männer sollten in der Lage sein, auch mit der neuen Herzogin Konversation zu führen, weshalb Kenntnisse der französischen Sprache wünschenswert waren. Zu gern hätte er seinen Schützling Montardier an den Hof Rudolfs entsandt, doch hatte seine Gemahlin ihn betreffend einen anderen Wunsch geäußert, dessen Begründung ihm nach einigem Nachdenken ebenfalls vernünftig erschien. Blanche würde wie jede Fürstenfrau immer wieder längere Zeit von ihrem Gatten getrennt sein, und der Bischof, der die Hochzeitsverhandlungen mit Albrechts

Vertretern geführt hatte, hatte leise Andeutungen darüber gemacht, dass die königliche Schwester bereits in Frankreich für den einen oder anderen gut aussehenden Ritter geschwärmt hatte und dass unbestätigten Gerüchten zufolge die Pforte ihres Schlafgemachs in den letzten Jahren keine unbezwingbare Hürde für mutige Edelmänner dargestellt hatte. Den Prachtburschen Ludwig von Montardier sollte man ihr demnach keinesfalls vor die Nase setzen. Seine junge Schwester, Maria, hingegen war wie geschaffen dafür, dem herzoglichen Haushalt anzugehören. Französisch als Muttersprache und Deutsch als Sprache ihrer Ausbildung ergaben eine ideale Kombination. Sie sollte sogar Latein und ein wenig Italienisch beherrschen, hatte man dem König zugetragen. Natürlich musste zuvor die Frage ihrer Eheschließung befriedigend beantwortet werden, und man hatte ihm und seiner Gemahlin entsprechende Vorschläge unterbreitet. Die Franzosen würden Wert darauf legen, dass ihre Prinzessin unter besonderem Schutz und in bestmöglicher und hochrangiger Gesellschaft lebte, und der Hof würde diesem Ansinnen nachkommen. Unter allen Heiratskandidaten für Maria hatte ihm ein Mann besonders zugesagt, ein Mann mit Vergangenheit, der sich unter verschiedenen Bedingungen bestens bewährt hatte. Er kannte ihn seit dessen Kindheit, da er am Hof seines Vaters Rudolf erzogen worden war. Der Großvater des Mannes war vor langer Zeit Kreuzritter gewesen, der Vater hatte auf dem Marchfeld tapfer an der Seite des unglücklichen Ottokar gekämpft, nach dessen Tod aber ohne zu zögern die Herrschaft König Rudolfs anerkannt und seinen Sohn als Zeichen der Wertschätzung in dessen Obhut gegeben. Bero von Restwangen hatte schon als junger Mann in Akkon gedient und war als einer der wenigen Überlebenden dem Inferno des Falls der Stadt entkommen. Nach seiner Rückkehr in das heimatliche Böhmen und nach der Genesung von Verletzungen, die von einem ruchlosen Hinterhalt stammten, hatte er bis zum Tod seines Großvaters die Vögte bei der Jagd nach Raubgesindel unterstützt und war später als Vasall in den Dienst König Wenzels getreten, der sein Lehen bestätigte und ihn wenig später zu Albrecht entsandte. Marias Mitgift würde hoffentlich genügen, einen noblen Lehnsherrn wie ihn zufriedenzustellen und nicht etwa zu beleidigen. Die Zustimmung des Bruders zu der Ehe war eine reine Formalität, der königliche Wunsch würde selbstverständlich auf Zustimmung stoßen, und das Mädchen konnte sich glücklich schätzen, zumal sie die Heimat ihres Bräutigams schon aus ihrer Jugend kannte. Restwangen hatte bereits erfahren, dass er in Zukunft Rudolf dienen sollte, und hatte sich geehrt und erfreut gezeigt, wieder an den Ort seiner Jugend zurückzukehren. Die Kunde von seiner nahenden Eheschließung hatte er überrascht, doch gehorsam aufgenommen. Die Hochzeit sollte an einem der Tage nach der königlichen Heirat gefeiert werden.

Albrecht musste noch persönlich mit Montardier sprechen, das verlangte schon das Protokoll und gehörte sich überdies unter Edelleuten. Er hatte bereits einen Termin festgelegt und nach ihm schicken lassen. In den letzten Wochen war der Junge angeblich viel in den Gassen Wiens unterwegs gewesen. Man sprach von einem Verhältnis mit einer Bürgerlichen, das er aber diskret handhabte. Gegen solche harmlosen Narreteien war nichts einzuwenden, der Bursche sollte sich ruhig die Hörner abstoßen, bevor auch für ihn die Glocken läuteten, was nach den Plänen des Königs ebenfalls schon sehr bald sein sollte.

Bei ihrer Rückkehr nach Wien ließ Franziska Ludwig sofort Nachricht überbringen. Zur gewohnten Zeit würde Ludwig bei ihr sein, und wieder hatte sie für ein üppiges Abendbrot und einen Krug guten Wein gesorgt.

Endlich hörte sie das vertraute Klopfen an der Pforte und eilte an die Tür, um den Geliebten einzulassen. Sie fiel ihm in die Arme und drückte ihn mit aller Kraft an sich. Eine Woche hatte sie ihn nicht gesehen, viel zu lange! Er erwiderte ihre Umarmung und hielt sie eng an sich gedrückt. Wie schön war es, in seinen starken Armen zu liegen. Ungewöhnlich lange stand Ludwig unbewegt und hielt sie im kalten Flur des Hauses umschlungen. Warum beugte er sich nicht endlich zu ihr herunter, um sie zu küssen? Plötzlich löste Ludwig sich von ihr und hielt sie auf Armeslänge von sich. Das Gesicht unter der Kapuze, die er noch nicht abgenommen hatte, wirkte fahl und blass. »Lass uns hineingehen!«, sagte er zu ihr. Verunsichert folgte sie ihm in das Zimmer mit dem prasselnden Kamin, in dem sie ihm vor wenigen Wochen ihre Unschuld geschenkt hatte.

»Was ist geschehen, sprich doch!«, forderte Franziska ihn voller Besorgnis auf. Sie ahnte, irgendetwas sehr Schlimmes musste passiert sein. Ludwig schluckte. Schließlich begann er mit brüchiger Stimme zu sprechen. »Die Königin und der König ..., der König hat mich heute zu sich gerufen.« Er stockte. Schließlich nahm er einen Schluck von dem Wein und fuhr fort. »Im Gefolge der französischen Prinzessin befinden sich die Witwe eines Grafen und ihre Tochter. Sie stammen aus einer Gegend irgendwo südlich von Paris, deren Name mir nichts sagt. Der König befiehlt, das heißt, genauer gesagt, er wünscht auf Anraten der Königin, dass eine weitere Heirat zwischen Bewohnern der beiden Reiche geschlossen werden soll. Es war wohl schon mit dem französischen Bischof, der als Unterhändler angereist war, so abgesprochen, deshalb sind die beiden Damen überhaupt nur mitgekommen. Meine Oheime, die ich gar nicht kenne, hatten wohl eine entsprechende Empfehlung gegeben ...« Wieder stockte er und sah Franziska verzweifelt an. Eine schreckliche Ahnung bemächtigte sich Franziskas. Angst stieg in ihr hoch, und trotz des prasselnden Feuers fröstelte sie. Ihr Magen verkrampfte sich. Als Ludwig ihre aufsteigenden Tränen und ihren Kummer sah, blickte er betreten zu Boden. Er keuchte mehr, als dass er sprach. »Ich soll nun diese Grafentochter ehelichen. Schon in den nächsten Tagen. Es ist Teil des Abkommens zwischen den beiden Königreichen.« Niedergeschlagen ließ er den Kopf sinken. Obwohl Franziska die Nachricht erahnt hatte, glaubte sie ihren Ohren nicht zu trauen und sah den Geliebten mit weit aufgerissenen Augen an. Sie wollte etwas sagen, doch die Stimme versagte ihr. Das konnte nicht wahr sein, es durfte nicht so enden, nicht jetzt, wo sie endlich ...

»Franziska, ich liebe dich und werde dich immer lieben, aber der König ...« Es fiel ihm unsagbar schwer, was er ihr mitteilen musste, und er hatte sich in seinem ganzen Leben noch nie so schlecht gefühlt. Er kannte das Gefühl des gemeinen, widerwärtigen und ungerechten Schmerzes, das einen in seinen bösen, kalten Griff nehmen konnte und gegen das es keinen Trost zu geben schien. Doch heute war er es, der jemand anderem diesen Schmerz zufügen musste, dem Menschen, den er am meisten liebte. Er hatte nach dem Gespräch mit dem König beinahe einen Zusammenbruch erlitten, als er im Freien an einen Baum gelehnt keuchte und bittere Galle spie. Hilflos versuchte er, Franziska zu umarmen, doch sie schien plötzlich weit weg zu sein. Sie saß unbewegt, ihr Gesicht war tränenüberströmt. Er versuchte sie zu küssen, doch ihre Lippen reagierten nicht. Sie schluchzte nicht einmal. Saß einfach nur da, alles Leben schien aus ihr gewichen zu sein. Wieder umarmte er sie und streichelte ihren Rücken. Lange saß er so bei ihr, bis sie sich plötzlich versteifte und in ihrem Sitz aufrichtete. Sie sah ihm in die Augen, und er musste den Blick abwenden, da er den Schmerz und die Liebe, die gleichzeitig aus ihnen sprachen, nicht ertragen konnte. »Geh!«, sagte sie nur. »Bitte geh und komm nicht wieder«, doch Ludwig machte keine Anstalten zu verschwinden. Er hatte noch etwas anderes auf dem Herzen, und wieder schien es ihm unendlich schwer, die Worte zu finden und die Wahrheit auszusprechen.

»Es gibt noch etwas, und das ist noch viel schlimmer«, sagte er schließlich mit schwacher Stimme. Franziska blickte ihn verstört an. »Der König hat noch eine Ehe gestiftet. Maria … er hat Maria an Bero von Restwangen versprochen.«

Ein Schrei entfuhr Franziska. »Er hat was? Maria … an dieses Scheusal? Und du? Du hast doch nicht zugestimmt? Das kann doch gar nicht sein!« Nun schrie sie. Der schlimmste Mensch, der ihr im Leben begegnet war, sollte ihre einzige wahre Freundin zur Frau bekommen? Fassungslos starrte sie Ludwig an. Ihre Hände ballten sich zu Fäusten, und es fehlte nicht viel und sie hätte ihn ins Gesicht geschlagen.

»Ich konnte gar nichts sagen«, sagte Ludwig voller Enttäuschung und Selbstverachtung. »Der König hat mich nicht um meine Zustimmung gefragt, er hat mich lediglich über seine Entscheidung unterrichtet und das unmittelbar nach dem Schrecken, den er mir wegen meiner Heirat versetzt hatte. Noch ehe ich irgendetwas erwidern konnte, war ich entlassen, und ein Hofbeamter führte mich hinaus, um mit mir über Marias Mitgift zu sprechen.«

»Und was ist mit Maria? Weiß sie schon Bescheid?«

»Ich denke nein. Es ist wohl meine Aufgabe, mit ihr zu sprechen.«

»Du wirst diese Heirat verhindern, hast du verstanden?«

»Ich ... ich würde ja gern. Nichts würde ich lieber, glaub mir, aber der König hat es eingerichtet und ...«

»Du kannst deine Schwester nicht diesem Ungeheuer ausliefern. Sprich mit dem König. Sag ihm die Wahrheit!« Voller Zorn sah sie ihn an. Wieder schlug Ludwig die Augen nieder. Wagte er es tatsächlich nicht, dem König die Wahrheit über die Vergangenheit Beros zu berichten? Dass er ein Unhold und Frauenschänder war und dass er und seine Spießgesellen der damals vierzehnjährigen Maria Gewalt antun wollten? Aber noch während sie sich diese Fragen stellte, kam ihr die Antwort zu Bewusstsein. Die Mächtigen entscheiden und scheren sich keinen Deut darum, was sie den anderen Menschen antun. Man würde Ludwig kein Wort glauben, Maria trotz seiner Widerrede verheiraten, und Ludwigs Karriere hätte ein schnelles Ende gefunden.

Ludwig hatte sich erhoben und stand nun hilflos vor ihr. Auch er wusste keine Lösung. Sich seinem König zu widersetzen schien allem entgegenzustehen, was seine Erziehung und seine Herkunft von ihm verlangten. Wären die Nachrichten nicht so schrecklich, hätte es etwas beinahe Rührendes gehabt, wie er mit hängendem Kopf vor ihr stand und nicht weiterwusste, dachte Franziska plötzlich, als sie ihn betrachtete. Schließlich gab sie sich einen festen Ruck und erhob die Stimme.

»Wann wirst du mit ihr sprechen?«, fragte sie entschlossen und ohne sich durch seinen jammervollen Anblick verunsichern zu lassen.

»Morgen«, sagte er mit zitternder Stimme.

»Wann erscheint Bero in Wien? Oder ist er etwa schon hier?«

»Ebenfalls morgen, so viel ich weiß.«

»Dann tu schnell, was du zu tun hast, bevor es jemand anders tut.«

Fragend sah Ludwig sie an. »Und jetzt geh endlich! Geh mir aus den Augen!«

Gerade so lange, bis er aus dem Haus gegangen war, konnte sie sich beherrschen und schaffte es noch bis in ihr Schlafgemach, wo sie auf ihrem Bett zusammenbrach.

Irgendwann in dieser Nacht musste sie schließlich eingeschlafen sein. Sie konnte sich noch erinnern, dass sie sich im Dunklen entkleidet und ihr Nachtgewand angelegt hatte, aber danach wieder schluchzend auf ihrem Bett lag. Jetzt war sie von den Geräuschen im Haus geweckt worden, und das Klappern von Geschirr sagte ihr, dass es Zeit fürs Frühstück war und ihre Arbeit auf sie wartete. Sie atmete tief durch und schwang die Beine aus dem Bett. Sie wusch sich ein wenig mit dem Wasser aus der Kanne, die auf dem Tisch stand, zog sich ein Arbeitskleid über und ging vom Schlafzimmer in die Stube.

*

Karl war der Erste, der etwas sagte. Frech grinsend meinte er lässig: »Endlich kann man wieder einigermaßen brauchbare Pferde kaufen, wurde ja auch langsam Zeit. Ich dachte schon, ich muss in Zukunft alles zu Fuß laufen, wenn Fathma sich eine Pause verdient hat.« Hermann erhob sich langsam und half seiner Frau auf, die mit offenen Armen auf ihre Tochter zustürzte. »Mein Kind, oh, mein Kind. Es hat so lange gedauert, so schrecklich lange!« Nele umarmte ihre einzige Tochter und hielt sie fest umschlungen. Sie weinte, doch es waren Tränen des Glücks und der Erleichterung.

Es dauerte eine Weile, bis Nele sich wieder beruhigt hatte und sie und Hermann ihre abenteuerliche Geschichte erzählen konnten. Hermann hatte großes Glück gehabt. Fast drei Meilen war er in der reißenden Moldau nordwärts getaucht und geschwommen, bis er den Fluss an einer unwegsamen Stelle verlassen und sich in die Büsche geschlagen hatte. Er war durch dichte Wälder gelaufen und hatte sich immer ostwärts orientiert, bis er auf eine der großen Handelsstraßen stieß. Er folgte ihr Richtung Süden, bis er Böhmen verlassen hatte. Im grenznahen Freistadt wechselte ein Goldstück den Eigentümer, und Hermann war im Besitz anständiger Kleider und eines einfachen, aber brauchbaren Reittiers, das ihn bis nach Enns trug. Dort wartete er. Er verdingte sich als Gehilfe eines Pferdehändlers und scheute auch sonst keine Arbeit. Er wusste, dass sein Vetter Ditgurd mit seinen Fuhrwerken spätestens im Herbst den wichtigen Handelsplatz besuchen würde.

»Du kannst dir nicht vorstellen, wie es war, als er plötzlich vor uns stand! Ich dachte wirklich, Gott hat ein Wunder geschehen lassen. Er war unversehrt, ein bisschen dünn vielleicht, aber sonst wohlbehalten. Wir waren nicht einmal vier Monate getrennt gewesen. Ditgurd traf sich in Enns noch mit weiteren Fuhrleuten, und alle zusammen zogen wir danach die Donau abwärts. Eigentlich wollten wir noch weiter bis zu den Alpen, aber der Schnee hat uns daran gehindert. Wir haben in Österreich überwintert und sind dann im Frühjahr bis nach Meran gezogen.«

Franziska war überwältigt. So oft hatte sie an ihre Mutter und den braven Hermann gedacht, doch nie in diesen mehr als zwei Jahren eine Nachricht erhalten. Beide konnten nicht richtig schreiben, und solange Hermann in Böhmen als gesuchter Verbrecher galt, war es ihnen zu gefährlich erschienen, irgendwelche Boten zu betrauen oder wen auch immer über ihren Aufenthalt zu benachrichtigen.

Die Namen der Städte, von denen ihre Mutter sprach, hatte Franziska noch nie gehört, sie kümmerten sie auch nicht. Wichtig war, die beiden gesund wiederzusehen!

»Ich habe dort jetzt wieder einen Viehhandel. Ochsen und Zugpferde hauptsächlich. Ein kleines Geschäft, doch es ernährt uns. Reitpferde würde ich auch gern wieder züchten, wenn ich nur eine Zuchtstute hätte«, setzte Hermann mit schelmischem Grinsen in Karls Richtung fort, der dies allerdings nicht gehört zu haben schien.

»Ich habe ihnen von deinen Erfolgen erzählt, auch von deinem Auftrag für die königliche Hochzeit. Das macht dich für den Rest deines Lebens zu einer gefragten Schneiderin. Von Maria habe ich auch berichtet, den Rest musst du schon selbst machen«, sagte Karl unbekümmert.

Franziskas eben noch so strahlendes Gesicht verfinsterte sich, und sie schlug die Augen nieder.

»Kind, was …«

»Lass, Mutter, es geht schon. Ich … ich habe eine große Dummheit begangen. Einen Fehler, wie ich jetzt weiß. Ich habe mich so oft es ging mit Ludwig getroffen. Auch hier, in Wien. Ich weiß, das war falsch, er ist schließlich ein Edelmann im Gefolge des Königs und ich nur ... nur ... eine kleine dumme Schneiderin.« Die Tränen brachen bei den letzten Worten wieder hervor und rannen über ihre Wangen.

»Was hat mein Bruder angestellt? Ich knöpfe ihn mir vor! Jetzt sofort!« Karl wollte schon aufspringen, doch Franziska hielt ihn zurück.

»Lass ihn. Der König hat ihm befohlen, eine französische Grafentochter zu heiraten. Es ist Teil des Abkommens zwischen den beiden Königreichen. Ich verstehe nichts von solchen Dingen, aber Ludwig kann nichts dafür, er muss dem König gehorchen.«

Ungläubig starrte Karl sie an. Er hatte nach wie vor gedacht, sein Bruder würde ein paar Jahre Ritter spielen, dann seinen Abschied nehmen, und anschließend würden sie sich gemeinsam als Kaufleute niederlassen und reich werden. Ludwig hätte Franziska heiraten können, und alles wäre in Ordnung gewesen. Nach einiger Zeit fuhr Franziska fort: »Es gibt noch etwas ...«

*

Die Königin setzte Maria von Montardier persönlich von ihrer bevorstehenden Heirat in Kenntnis. Schließlich war eine standesgemäße Ehe das höchste aller weiblichen Ziele und die Hochzeit der Höhepunkt des noch jungen Lebens eines Mädchens. Elisabeth liebte und genoss es, wenn den Jungfrauen vor Freude der Atem stockte, sie erröteten oder tief auf die Knie fielen, um für die königliche Güte zu danken.

Bei der einen oder anderen jungen Hofdame hatte es auch

schon schnell gehen müssen. Sie hatten sich, ob freiwillig oder nicht, mit Männern eingelassen, einige wohl auch mit dem König selbst. Elisabeth duldete Letzteres stillschweigend. Sie war der vielen Schwangerschaften und schmerzhaften Geburten längst müde und verbrachte die Nächte lieber in eigenen Gemächern. Dass ihr Gemahl seinen königlichen Samen in fremde Schöße ergoss, störte sie kaum, solange keine der begünstigten Frauen größeren Einfluss auf ihn nahm. Diese Elsbeth von Falckenstein allerdings, die seit zwei Jahren am Hof lebte, musste man im Auge behalten. Maria von Montardier hingegen war ein Unschuldslamm, und Elisabeth hatte sie behütet wie eine eigene Tochter.

»Du weißt, was ein solches Gespräch von Frau zu Frau, also nur zwischen dir und Uns bedeutet?«, begann die Königin das Gespräch, als Maria eintrat. Maria nickte sittsam.

»Du bist im achtzehnten Lebensjahr, deine Kindheit ist längst vorüber und deine Tage hier in meiner langweiligen Gesellschaft nun ebenfalls bald.« Maria hielt den Kopf weiterhin gesenkt. »Nun, du hast größtes Glück, mein liebes Kind. Wir haben einen Gemahl für dich erwählt, den du als Geschenk des Himmels ansehen kannst, die anderen Mädchen werden dich beneiden! Der König und Wir haben besonderes Augenmerk auf diese Wahl gelegt, und Unsere Entscheidung wird dich über die Maßen mit Glück erfüllen. Ein Edelmann und Ritter ist dein Bräutigam, gewiss, sogar mit einem eigenen lukrativen Lehen. Obendrein ein persönlicher Vertrauter des Königs und des Herzogs Rudolf, stell dir vor, an dessen Hof ihr bald leben werdet. Doch was dich am meisten erfreuen wird, dein Zukünftiger hat schon vor vielen Jahren in Akkon gedient und unterstand deinem verstorbenen Vater. Ist das nicht ein kleines Wunder? Obendrein kommt er aus der Gegend, in der du die glücklichen Jahre deiner Kindheit in dem schönen Stift verbringen durftest.«

Maria kannte nur einen Edelmann, auf den diese Beschreibung zutraf – das konnte nicht sein! Nicht dieser Mann! Sie hoffte bis zum letzten Moment, die Königin meinte vielleicht doch jemand anderen, doch dann vernahm sie den Namen Bero von Restwangen. Sie schwankte. Von dem königlichen Plan, sie solle erste Hofdame von Prinzessin Blanche werden, während Bero Rudolf diente, bekam sie schon nichts mehr mit. Ein Rauschen erfüllte ihre Ohren, ihr war schwindelig.

»Hat dich die Nachricht so überrascht, mein Kind? Gewöhne dich daran, bald bist du Herrin über Restwangen und Hofdame einer zukünftigen Königin. Der genaue Hochzeitstermin muss noch vereinbart werden, doch zu Beginn des neuen Jahres darfst du dich wohl als glückliche Gattin bezeichnen. Übrigens, dein Bräutigam ist heute in aller Frühe eingetroffen. Man wird dich gleich zu ihm bringen. Schließlich sollt ihr einander kennenlernen.« Sie klatschte in die Hände, und ein Diener geleitete Maria in Begleitung einer weiteren Hofdame aus dem königlichen Empfangszimmer.

Maria stolperte mehr als dass sie ging und musste sich mehrmals auf den klein gewachsenen Diener stützen. Sie betraten den Vorraum des königlichen Audienzsaales, in dem Albrecht seit dem frühen Morgen tagte. Ein mittelgroßer, stämmiger Mann mit breitem Nacken stand mit auf dem Rücken verschränkten Armen am Fenster und blickte hinaus. Langsam drehte er sich um. Mit einer Handbewegung scheuchte er den Bediensteten und die Anstandsdame aus dem Raum. Maria stockte der Atem, als er langsam auf sie zutrat. Er zog das rechte Bein ein wenig nach, der Knöchel schien steif zu sein. Quer über sein Gesicht zog sich eine dunkelrote Narbe, und das linke Auge starrte unbewegt geradeaus. Er versuchte, diesen Makel zu verbergen, indem er das Auge beinahe geschlossen hielt. Schließlich stand er dicht vor ihr. Wie ein Stück Vieh, das er zu kaufen beabsichtigte, betrachtete er sie von oben bis unten. Sie war prächtig gewachsen, aber das war ja nichts Neues für ihn. Schön, dass ihm diesmal niemand in die Quere kommen konnte.

Maria spürte, wie alles Blut aus ihr wich. Ihr war übel. Sie wünschte sich, der Erdboden möge sich auftun und sie verschlingen. Bero war noch schrecklicher, als sie ihn in Erinnerung hatte. Sein Mund näherte sich ihrem Ohr. »Bring deine Freundin zur Hochzeit mit. Ihr schuldet mir noch etwas, wie du weißt!« Eine Hand fasste Maria von hinten zwischen die Beine, während die andere nach ihrer Brust griff. In diesem Augenblick öffnete sich die Tür des Empfangszimmers und der königliche Kanzler Fürstbischof Johann von Strassburg erschien im Türrahmen. »Na, na, mein guter Restwangen, ihr müsst Euch schon bis zur Hochzeit gedulden. Ein schönes Paar seid Ihr, fürwahr! Doch jetzt kommt rasch, der König möchte Euch sprechen.« Er nickte Maria zu und zog Bero mit sich. Hinter den beiden Männern schloss sich die Tür.

Maria war erleichtert. Endlich konnte sie wieder atmen. Sie hastete aus dem Raum, rannte so schnell sie konnte an dem überraschten Diener vorbei zu ihrer Kammer. Von klein auf war sie stets fügsam gewesen, hatte ohne Widerspruch gehorcht, hatte sich nicht gegen das Kloster gesträubt und war Ludwig zuliebe Hofdame geworden, obwohl sie bei Franziska so glücklich gewesen war. Jeden anderen Mann hätte sie gewiss akzeptiert und wäre eine gute und über jeden Tadel erhabene Ehefrau geworden. Doch ganz bestimmt nicht die des einzigen Menschen auf dieser Welt, den sie abgrundtief hasste. Der Franziska und ihr Gewalt antun und Hermann hinrichten lassen wollte, wahrscheinlich den armen alten Arzt aus dem Weg hatte räumen lassen – und das Ruchloseste von allem: der der Mörder ihrer Mutter war. Sie hatte auf Zypern gesehenen, wie Rochus die Mordwaffe aus den Händen der Büttel an sich genommen hatte, und sie war ganz sicher, dass es das Messer gewesen war, das später Karl erhalten hatte. Dass Bero es wiedererkannt hatte, war Beweis genug dafür, und sie war überzeugt, dass auch Karl dies wusste. Ihr Herz raste, während sie hastig in ihrer Truhe kramte. Diesmal würde sie nicht willfährig und gehorsam sein. Lieber würde sie sterben, als Beros Frau zu werden.

Sie konnte nicht viel mitnehmen, es wäre zu auffällig, wenn sie mit einem großen Bündel die Burg verließe. Sie legte sich die Kette mit dem geliebten Anhänger um den Hals, steckte den wenigen wertvollen Schmuck ein, den sie besaß, und legte ihren warmen Umhang um die Schultern. Sie zog ihre festesten Schuhe an und machte sich auf den Weg.

Niemand schöpfte Verdacht, als sie mit eiligen Schritten den Burghof verließ. Die Wachen nickten höflich. Sie hatte schon einige Male Urlaub erhalten, um Franziska zu treffen oder mit ihrem Bruder Wien zu erkunden. So rasch sie konnte, lief sie durch die enge Stadt, verirrte sich zweimal, musste immer wieder nach dem Weg fragen. Es war noch früher Vormittag, und die Straßen waren sehr belebt. Umso besser, dachte sie sich, dann findet mich so schnell wenigstens keiner.

Sie erreichte Franziskas Haus und pochte an die Pforte, die umgehend geöffnet wurde. Der Hausbursche brachte sie in die Stube, wo die kleine Gesellschaft gerade über ihr Schicksal gesprochen hatte.

»Gott sei Dank, du bist hier!«, rief Karl erleichtert. »Hast du schon gehört, was ...«

»Darum bin ich ja weggelaufen! Ich muss fort, auf der Stelle! Bitte bring mich weit weg, heute noch. Ich bin sicher, dieses Scheusal wird mich bald suchen.«

Sie bemerkte nicht die Traurigkeit der Freundin, zu groß waren der eigene Schrecken und die Angst. »Sie hat Recht«, sagte Franziska nun mit fester Stimme. »Ich packe dir ein paar Kleider ein. Ihr verschwindet am besten wirklich, so schnell ihr könnt.« Karl nahm seine Schwester in den Arm. »Wir schaffen das schon. Mach dir keine Gedanken. Wir besorgen dir ein Pferd und sind heute Abend schon über alle Berge.«

»Bero ist bereits in Wien«, sagte Maria mit Blick auf Hermann. »Du bist hier nicht sicher, er tötet dich, wenn er dich findet. Lasst uns keine Zeit verlieren, kommt!«

Sie sah zu Franziska, die neben ihrer Mutter saß. Nele blickte zwischen der Tochter und Hermann hin und her. »Wir sehen uns im Frühling«, sagte Hermann schließlich bestimmt.

Eine halbe Stunde später waren die drei bereits unterwegs. Hermanns Wagen sollte sie westwärts bringen, und sobald es das Wetter erlaubte, wollten sie die Route über den Brenner einschlagen, über die Maria vor mehr als neun Jahren in das deutsche Königreich gereist war.

*

Franziska war froh, dass ihre Mutter bei ihr in Wien geblieben war. Der Schmerz über den Verlust Ludwigs war groß, und sie weinte noch viel in den nächsten Nächten, bis sie sich schließlich mehr und mehr in ihr Schicksal fügte. Tagsüber blieb ohnehin keine Zeit, sich Schmerz und Trauer hinzugeben. Die königlichen Gewänder mussten pünktlich fertiggestellt werden. Die Königin hatte ihr Festkleid bereits erhalten.

Blanches Festausstattung wurde ebenfalls rechtzeitig geliefert. Sie hatten einen langen Anprobetermin in der Burg und waren mit drei Näherinnen erschienen, um alle Änderungen sofort ausführen zu können. Noch während sie mitten in der Arbeit waren, ließen weitere Adelige diskret mitteilen, für das Fest noch das eine oder andere Kleidungsstück zu benötigen. Sie konnten nur noch Aufträge für Beinkleider annehmen, da diese am schnellsten genäht waren, mit Ausnahme eines einzigen Festgewandes für Rudolf, zu dem er sich kurzerhand noch entschlossen hatte. Mehr war in der Zeit bis zur Hochzeit beim besten Willen nicht zu schaffen.

Marias Verschwinden hielt das Königspaar nicht davon ab, Ludwig mit der jungen Französin zu verloben. Ihm wurde Stillschweigen über seine Schwester aufgetragen, an das er sich schweren Herzens hielt. Franziska teilte dem Vermieter des Hauses mit, dass sie am Tag der königlichen Hochzeit Wien verlassen und wieder nach Nürnberg reisen wolle. In Österreich gab es nichts mehr für sie zu tun.

NÜRNBERG Januar 1301

»Ihr könnt euch nicht vorstellen, was hier seit eurer Abreise los war. Alle Welt scheint zu wissen, dass wir die Königshochzeit ausgestattet haben. Ich weiß nicht, an wie vielen Leuten ich Maß genommen habe. Seht selbst, ich habe alles notiert.« Walram brachte ein Buch, in das er mit seiner ungelenken und krakeligen Handschrift die Namen, die Art der gewünschten Kleider und das Datum des Auftrags geschrieben hatte. Die Maße der Kunden und die gewünschten Materialien hatte er in ein anderes Buch eingetragen, hatte die Stoffe bei den Tuchhändlern besorgt und mit den vor Ort gebliebenen Gesellen und Näherinnen begonnen, die vorbereitenden Tätigkeiten auszuführen. Franziska stürzte sich noch am Tag ihrer Heimkehr in die Arbeit. Nele konnte es kaum fassen, welch große Werkstatt ihre Tochter aufgebaut hatte, und suchte sofort, wie sie sich nützlich machen konnte. Ihre Augen waren nicht mehr ganz so scharf wie früher und so übernahm sie die Aufgaben, die Maria einst erfüllt hatte, plante und organisierte alle Schritte zur Fertigstellung der vielen Gewänder und arbeitete Hand in Hand mit Walram.

Franziska entwarf weiterhin die meisten Stücke selbst oder nahm Änderungen an älteren Entwürfen vor und schuf so wunderbare neue Kreationen. Ihre größte Freude war nach wie vor die persönliche Beratung der Kundinnen und Kunden, und dank ihres geübten Blicks und ihres Geschmacks vertrauten die Damen ihr auch dann, wenn sie moderne oder gewagte Lösungen vorschlug. Die Tuchhändler rissen sich darum, erlesene Ware an ihre Werkstatt liefern zu dürfen. Mittlerweile unterhielt sie Geschäftsbeziehungen zu den bedeutendsten Großhändlern Europas. Feinste englische und niederländische Wolle wurde ebenso verarbeitet wie Leinen aus Flandern, Seide aus Italien und Brokat aus Spanien und dem Orient. Zuletzt hatte sie einige Ballen eines sündhaft teuren Stoffes aus Indien eingekauft, den man, glaubte man den Worten des venezianischen Händlers, schon seit über zweitausend Jahren in Asien und Ägypten kannte und der im alten Babylon als Weißes Gold bezeichnet wurde. Er wurde angeblich aus den Früchten eines Gewächses gewonnen. Der Fernreisende Marco Polo hatte in seinen Berichten erwähnt, dass der Kaiser von China ganze Felder von der Größe europäischer Fürstentümer mit den Sträuchern bepflanzen ließ und dass Abertausende von Arbeitern damit beschäftigt wären, die reifen Früchte zu ernten und deren feine Fasern zu sammeln. Viele Arbeitsschritte und hohe Kunstfertigkeit waren vonnöten, um aus den watteartigen Fasern den feinen Stoff zu weben. Franziska hatte ihn für ein eigenes Hemd ausprobiert und war begeistert. Das makellose blühende Weiß würde wundervolle Kragen und Hemden für die wohlhabenden Kunden abgeben, davon war sie überzeugt und rechnete die Ausgaben für das wertvolle Material in die entsprechenden Entwürfe ein.

Die fremdländischen Pelze, die Isaak einkaufte und die dem ansässigen Kürschner anständige Aufträge verschafften, waren wie seit Beginn ihrer Arbeit begehrte Aufwertungen ihrer Handwerkskunst und wurden neben den Knöpfen ein weiteres Markenzeichen ihrer Schöpfungen.

Trudbert war ein geschickter Rechner und sogar Schreiber geworden, sodass er zu Franziskas Entlastung einen Teil ihrer strengen Buchführung übernehmen konnte. Sie war ihm sehr dankbar dafür, auch wenn sie sich selbst die Kontrolle über ihre Geschäftszahlen und die Kontoabschlüsse vorbehielt.

Waren in den beiden letzten Jahren die anderen Zunftmeister bereits hellhörig ob des Erfolgs von Walrams Werkstatt geworden, so begannen sie sich nun ernsthafte Sorgen um ihr weiteres eigenes Fortkommen zu machen. Insbesondere die Tatsache, dass Franziska selbst keine Zunftmeisterin war, begann die Konkurrenten von Walrams Werkstatt mehr und mehr zu erbosen. Da Franziskas noble Kunden weit über das Reich verstreut lebten, beschwerten sich bereits die Meister anderer Städte bei der Nürnberger Zunft darüber, dass eine einfache Gesellin sie ihrer Kundschaft beraubte.

Walram hatte in seinem Berufsleben schon alle Phasen des Erfolgs und Misserfolgs am eigenen Leibe erfahren und wusste, was in einem Meister vor sich ging, wenn die Aufträge spärlicher wurden und gute Geschäfte ausblieben, auch wenn er selbst anderen Menschen gegenüber nie zu Neid und Missgunst geneigt hatte. Er würde bald mit den Frauen über die Situation in der Zunft sprechen müssen.

Franziskas Ruf verbreitete sich sogar über die Grenzen des Reichs hinaus, was vor ihr noch keinem deutschen Schneider gelungen war. Einige französische Edelleute, darunter der zur Hochzeit mitgereiste Bischof, ließen sich bei der Rückreise aus Wien vermessen und bestellten Stücke, die nachgeliefert werden sollten, selbstverständlich großzügig mit Knöpfen und Pelzbesatz versehen. Ein hoher Hofbeamter legte ihr die Maße eines nicht genannten Mannes vor und erteilte den Auftrag für ein graues Seidenwams nebst Umhang für hohe Anlässe. Die Kleider sollten nach ihrer Fertigstellung nach Paris gesandt werden, die Endanprobe würde ein kundiger Meister bei Hofe vornehmen. Franziska nannte einen außerordentlich hohen Preis für diese Arbeit, den der Beamte nach kurzem Zögern akzeptierte. Im Gegenzug fragte Franziska nicht nach, wer der auszustaffierende Herr sei, doch versprach, das Stück wie das Gewand eines Königs zu behandeln.

Seit einigen Tagen nahm Nele Veränderungen an ihrer Tochter wahr. Franziskas Züge waren weicher geworden, der Ausdruck ihres Gesichts hatte sich verändert. Sie schien sich vorsichtiger zu bewegen als sonst. Nele schien auch, als sei ihre schlanke Gestalt ein wenig rundlicher geworden, obwohl sie bescheiden aß und den ganzen Tag in Bewegung war. Als sie Franziska eines Tages behutsam darauf ansprach, sah diese sie verwundert an. Plötzlich schlug sie beide Hände vor den Mund und riss die Augen auf. »Du meinst doch nicht etwa ...?«

Ihre Mutter lächelte und nickte. Dann zog sie ihr kleines Mädchen an sich und umarmte es. Lange hielt sie die Tochter fest und spürte, wie deren Tränen den Wollstoff ihres Kleides durchtränkten.

»Was ... was soll ich jetzt nur machen?«, schluchzte Franziska. »Was soll nun geschehen?« »Mach dir keine Sorgen«, murmelte ihre Mutter, doch hatte sie selbst keine Vorstellung, wie Franziskas Leben weitergehen sollte.

Die nächsten Tage wirkte Franziska bekümmert, und ihre Mutter sorgte sich sehr um sie. Wahrscheinlich wäre es das Beste, sie ginge mit ihr zu Hermann ins ferne Meran und ließe sie erst zurückkehren, wenn das Kind längst geboren war. In der Fremde könnte man Franziska als junge Witwe ausgeben und später nach ihrer Rückkehr auch wieder hier in Nürnberg. Auch wenn dies vielleicht nicht jedermann glauben würde und es bestimmt Gerede gäbe, war doch nicht das Gegenteil zu beweisen, Ruf und Schein wären gewahrt und Franziska könnte noch immer einen anderen Mann heiraten. Eine rasche Abreise wäre wohl das Beste, auch wenn ihnen beiden das Herz bluten würde, das Geschäft zurückzulassen und womöglich ganz aufgeben zu müssen.

Auch Walrams Sorge wuchs. Die Zunft hatte ihn heute zum wiederholten Mal zu einer Versammlung geladen, in der er erklären musste, wieso er eine Gesellin alleine hohe Herrschaften einkleiden ließ. Dies sei gegen die Zunftordnung und gegen jedes handwerkliche Selbstverständnis. Obendrein verhöhnte und schmähte er die anderen Meister durch dieses Vorgehen. Die Einrichtung der Meisterschaft in allen Handwerken hatte schließlich ihre guten Gründe und hatte sich über Jahrhunderte bewährt. Walram wurde sogar an seinen Zunfteid erinnert, den er bei seiner Eintragung in die Meisterrolle abgelegt hatte. Man stellte ihn schließlich vor die Wahl, entweder diese Geschäfte selbst zu tätigen oder die Frauen zu entlassen.

Als am selben Abend das Licht schwand und Nele die Näharbeiten einstellen und die Werkstatt aufräumen ließ, bat Walram sie in seine Stube.

»Die Zunft hat lange beide Augen zugedrückt und Franziska gewähren lassen. Die anderen Meister waren stets der Ansicht, dass sich die neue Mode ohnehin bald wieder legen würde und meine Werkstatt wieder in die Bedeutungslosigkeit absänke, nicht zuletzt, weil ich nicht mehr der Jüngste bin und meine Augen und Hände immer weniger zum Schneiderhandwerk taugen. Doch jetzt mussten sie zugeben, dass sie sich geirrt hatten, dank Franziskas Fleiß und unbeschreiblichen Talents. Die Mode verbreitet sich über die Grenzen des Landes hinaus und der Neid der anderen wird offensichtlich. Längst hat sich auch unser neuer Wohlstand herumgesprochen, obwohl ich weiß, dass weder Karl noch Isaak indiskret waren, was unsere Finanzen angeht, aber die Preise unserer Stücke sprechen alleine schon eine deutliche Sprache, besonders wenn man die Menge der Aufträge betrachtet, die wir erhalten und ausführen. Man will, dass entweder ich selbst wieder als Auftragnehmer tätig bin, dann würde man Euch gestatten, im Hintergrund zu werken, was man ja nicht verbieten kann, oder dass ich Euch entlasse. Beides geschieht in dem Wissen, dass ich weder die Kunden so überzeugend um den Finger wickeln noch diese erlesenen Stücke, für die die Werkstatt heute berühmt ist, anfertigen kann. Außerdem bin ich bereits zu alt für den Beruf, das wissen die Zunftherren ebenfalls. Ich kann mich also nur in Ehren zurückziehen, die Werkstatt schließen und euch beiden anderswo viel Glück wünschen. Ich habe keine andere Idee, wie es weitergehen könnte.«

Nele sah den Freund lange an. »Franziska und ich könnten in eine andere Stadt ziehen, vielleicht sogar in ein anderes

Land. Ich habe Isaak um Auskunft über Franziskas Vermögen ersucht. Es reicht aus, um an jedem anderen Ort der Welt ein neues Geschäft aufzubauen, einschließlich einer großzügigen Zahlung an die jeweilige Zunft und des Kaufes eines ordentlichen Hauses. Wir könnten einen Neubeginn wagen.«

Walram seufzte und nickte. »Dann wird es so wohl das Beste sein.« Der alte Meister schien in sich zusammenzusinken, und über sein Gesicht legte sich ein Schatten. Trotzdem lächelte er sie tapfer an.

Nele atmete hörbar durch. »Es gäbe allerdings noch eine andere Lösung«, sagte sie schließlich.

*

»Hole einen Krug Wein und bring Franziska zu uns«, wies Walram Trudbert an, der im Hof herumlungerte. Wenig später erschien Franziska, und ihr Blick wanderte verwundert zwischen ihrer aufgeregten Mutter und dem schüchtern, aber verschmitzt lächelnden Walram hin und her.

»Wenn du willst, kannst du schon in Kürze Meisterin sein«, eröffnete ihre Mutter ihr.

»Wie soll das gehen? Die Zunft ...«

Nele zögerte ein wenig.

»Die Zunft muss sich an ihre Regeln halten und kann sich nicht einfach nach Gutdünken darüber hinwegsetzen«, begann sie schließlich. »Aus diesem Grund denkt man in der Meistergilde nicht anders als bisher. Aber eine wichtige Zunftregel ist: Eine Meisterfrau ist einem Meister in der Berufsausübung gleichgestellt.«

»Ach, eine Meisterfrau? Soll ich heiraten? Und wen, bitte schön?«

Wieder zögerte Nele. Blieb ihrem Kind denn nichts erspart? Schließlich erklärte sie: »Es gibt da eine ganz einfache Lösung: Ein ehrbarer Witwer, dessen Geschäft eine Meisterin fehlt ...« Walram hüstelte diskret im Hintergrund. »... würde eine sofortige Einheirat in sein gut gehendes Geschäft bieten.« Franziska war einen kleinen Moment sprachlos, dann entfuhr ihr ein kleiner Schrei, als sie sah, dass Nele das Gesagte tatsächlich ernst meinte.

»Mutter! Wie konntest du nur so etwas aushecken? Oder war es deine Idee?« Sie sah Walram scharf an, der sofort entrüstet den Kopf schüttelte.

»Hör doch erst einmal zu, mein Kind! Die Zunft wird es schon sehr bald und notfalls mit gerichtlicher Hilfe unterbinden, dass du als scheinbare Meisterin Kunden bedienst und ausstattest. Walram wurde heute zum wiederholten Mal vor die Meisterschaft berufen und vor vollendete Tatsachen gestellt. Entweder wirkst du in Zukunft nur im Hintergrund als Gesellin oder Walram wird genötigt, das Geschäft hier zu schließen, und wir müssen unser Glück anderswo versuchen. Aber wohin wir auch gehen, wir werden überall die gleichen Schwierigkeiten haben. Erinnere dich, wie es war, als wir hierherkamen. Ich habe, bitte verzeih, Walram von deiner Lage erzählt und dass du wohl oder übel Nürnberg ohnehin verlassen und das Geschäft hier aufgeben müsstest. Wenn du Walram heiratest, natürlich nur zum Schein, wie wir vereinbart haben, könntest du hierbleiben, als Meisterin in Erscheinung treten, wir könnten das Geschäft weiterführen, Walram hätte einen Erben ...«

»Und ich erfahre es als Letzte, natürlich!« Mit zusammengezogenen Brauen betrachtete sie Nele und den alten Schneider. Eigentlich hätten die beiden jetzt ein wenig Zorn verdient, schoss es ihr durch den Kopf, doch der Gedanke mit der Heirat war nüchtern betrachtet gar nicht dumm. »Ich glaube, ich setze mich erst einmal. Gib mir einen Becher von deinem Wein, mein Freier.«

Franziska nahm einen tiefen Schluck. Dann noch einen und plötzlich hatte sie den ganzen Becher geleert. Sie hielt ihn Walram hin, der ihn zögernd nochmals füllte. Sie trank, dachte nach. Plötzlich fing sie an zu kichern, kicherte lauter und lachte plötzlich schallend. Ihre Mutter sah sie verwundert an. »Aber das Hochzeitskleid nähe ich nicht selber, damit ihr das nur wisst! Außerdem sollten wir nicht zu viel Zeit mit Warten verplempern, sonst kann ich den dicken Bauch nicht mehr verstecken.«

»Du sagst also Ja?«, fragte Nele sie unsicher.

»Habe ich eine Wahl? Nachdem unser wilder und stürmischer Walram mich arme Jungfer in solche Verlegenheit gebracht hat, ist es doch das Mindeste, dass ich die Ehe von ihm verlange, findet ihr nicht? Komm her, mein Bräutigam, lass dich umarmen!« Zögernd näherte Walram sich ihr und besah misstrauisch den Becher, den Franziska zum zweiten Mal geleert hatte.

Franziska konnte sich das Lachen wieder nicht verkneifen, als sie den alten dürren Meister schüchtern heranschleichen sah. Fragend sah der Mann von einer Frau zur anderen. Schließlich räusperte Franziska sich. Mit geröteten Wangen sah sie beide an. »Ich werde die erfolgreichste Schneiderin des Reiches«, sprach sie mit fester Stimme, und in ihren Augen war ein eigentümlicher Glanz. »Diese Hochzeit ist das vollkommene Mittel dazu. Geh sobald wie möglich zum Pfarrer und sag in der Zunft Bescheid, Walram. In ein paar

Wochen sollte es so weit sein. Wir laden sie alle ein und werden dann schon sehen, wie wir die anderen Meister auf unsere Seite ziehen. Und jetzt lasst uns feiern! Schenk nochmals ein, mein zukünftiger Herr und Gebieter!«

*

Die Kirche hatte erwartungsgemäß keinerlei Schwierigkeiten gemacht, von einigen Ermahnungen abgesehen, dass man mit dem Genuss mancher Freuden doch bis nach dem Trauspruch warten solle. Walram hatte das Gespräch mit dem Stellvertreter des Bischofs alleine geführt, und die Aussicht auf eine nicht unbeträchtliche Zuwendung zum Bau der neuen Kirche versetzte die Kirchenmänner in eine nachsichtige Stimmung, wie Walram den Frauen mit unverhohlener Belustigung mitteilen konnte. In der Zunft wurde getuschelt und getratscht, jedoch der Umstand, dass die schöne, junge Schneiderin die Männlichkeit des erfahrenen Mannes herausgefordert hatte, was alsbald schon Folgen zeigte, brachte dem Bräutigam durchaus eine gewisse Anerkennung ein, wie der eine oder andere Seitenblick ihm offenbarte.

Das Brautpaar verhielt sich wie bisher natürlich und unbedarft. Man arbeitete in der Schneiderei und benahm sich wie stets. Die Auftragslage war gleichbleibend gut und begann sich jetzt im Frühling sogar noch besser zu entwickeln.

Die Hochzeit wurde in gebührlichem Rahmen gefeiert. Franziska hatte Wert darauf gelegt, dass alle Schneider, Tuchhändler, Weber, Färber, Schuhmacher und wer immer sonst noch im Entferntesten mit Kleidern zu tun hatte, mitsamt

Anhang zum Fest kamen. Sie wollte auch Isaak dabeihaben, der jedoch höflich ablehnte.

So gut wie alle Geladenen waren erschienen. Sogar Graf Meynhard beehrte das Fest kurz, brachte ein Fässchen teuren Rebensafts als Geschenk und ließ das Paar hochleben. Bier und Wein flossen reichlich, und die Speisen, für die Walram gesorgt hatte, waren üppiger als bei allen Feiern zuvor. Die Gäste schmausten und zechten ausgiebig, und es herrschte eine ausgelassene Stimmung.

Bevor es dämmerte und die Damen sich zurückziehen würden, erhob Walram sich, um eine kleine Ansprache zu halten:

»Werte Gäste! Ihr, die ihr mich schon seit vielen Jahren kennt, wisst um mein Los. Mein erstes Weib verschied und ließ mich kinderlos zurück. Mein Geschäft war bescheiden, und mein weiteres Schicksal schien unabwendbar zu sein. Doch der Herr meinte es gut mit mir und sandte mir einen seiner Engel. Durch die Jungfer Franziska erstarkte meine Werkstatt wieder, und trotz meiner Jahre darf ich heute das Glück einer neuen Eheschließung erfahren und mir vielleicht sogar Hoffnung auf einen Erben machen.« Er machte eine kleine Pause. Einige der Gäste kicherten.

»Ich hatte und habe Erfolg mit den Erzeugnissen meines Geschäfts. Die neue Knopfmode und die Güte unserer Ware haben uns in den letzten drei Jahren Ruhm und Wohlstand gebracht, wofür ich Gott dankbar bin. Doch ich glaube, nun ist es an der Zeit, etwas davon zurückzugeben und euch alle an meinem Glück teilhaben zu lassen.« Wieder schwieg er einen kurzen Moment.

»Ich möchte euch, Meister und Meisterinnen, eure Nachfolger und Erben sowie alle, die ihr mit der Schneiderkunst zu tun habt, einladen, unsere Technik und unsere Mode ausgiebig zu studieren und für eure Werkstätten zu verwenden. Wir wollen uns zusammentun und das ganze Land einkleiden. Die Nürnberger Knopfkleider sollen die Mode des gesamten Reiches werden!«

Mit diesen Worten hob er seinen Becher, um auf das Wohl der Gäste zu trinken. Es dauerte ein wenig, bis die Anerkennung und das Lob einsetzten, bis schließlich ein Meister namens Guntram, der einst der Wohlhabendste am Platze gewesen war, dem Redner lauthals zuprostete. »Mit meinem Besuch kannst du schon morgen rechnen – aber ich will solche Hosen, wie du sie hast!«, rief er und machte eine unmissverständliche Bewegung Richtung Hosenlatz, die die anderen Gäste mit lautem Gelächter quittierten. Alle riefen nun durcheinander, hoben ihre Becher und ließen den Bräutigam hochleben. Walram prostete ihnen nach Herzenslust zu und genoss die ungewohnte Aufmerksamkeit. Franziska blieb still und versuchte, in ihrem eleganten Kleid und unter der sittsamen Haube einen ehrenwerten und zurückhaltenden Eindruck zu erwecken. Sie hatte in den vergangenen Wochen einen Plan geschmiedet, und all die fröhlichen Gäste würden ihren Teil dazu beitragen, ihn in Erfüllung gehen zu lassen. Zufrieden ließ sie sich von den anderen Frauen in Walrams Haus führen, nahm die Schlüssel an sich und den Haushalt in Besitz.

Franziska nähte Guntrams Frau eigenhändig ein gediegenes Mieder aus feinem Leinen, das sich an verschiedene Röcke knöpfen ließ. War die Frau zunächst noch skeptisch gewesen, so war sie bald beeindruckt vom Ideenreichtum der hochwertigen Schneiderkunst. Schließlich schlug Franziska ihr vor, ebenfalls Knopfmieder dieser Art anzufertigen. Sicher wären ihre Kunden auch an den modernen Beinlingen und geknöpften Wämsern und Umhängen interessiert. Bestimmt würden die sich unter den Stammkunden Guntrams gut verkaufen. Die Frau überlegte nicht lange. Sie und ihr Mann würden das eingesessene Bürgertum bedienen, weniger die vornehmen Ratsherren oder den Adel, wie sie leicht spitz hinzufügte. Franziska nickte ergeben. »Selbstverständlich, ganz wie Ihr es für richtig haltet. Die Stadt Nürnberg hat ja so viele Bürgerhäuser! Ihr werdet reichlich zu schaffen haben.«

Ein noch junger Meister, der ein verschuldetes Geschäft geerbt hatte, fragte, wie er seine Kunden am besten versorgen konnte, die zwar einigermaßen zahlreich, aber leider nicht so gut bei Kasse waren. Franziska riet ihm, einfache Knöpfe aus Holz, Leder oder Filz zu verwenden.

Die Hochzeit lag erste wenige Tage zurück, fast alle Meister waren schon in Walrams Werkstatt zu Besuch gewesen, alle hatten sie mit neuem Tatendrang und ohne Feindseligkeit wieder verlassen. Franziska würde ihre Stammkundschaft, die gut zahlenden, aber auch schwierigen und anspruchsvollen Reichen und Mächtigen weiter versorgen. Die anderen Betriebe würden sie in Zukunft jedoch nicht mehr als Konkurrenz sehen, sondern sich ihre Technik zunutze machen und schnell wieder bessere Geschäfte machen. Darüber hinaus würde die Knopfmode sich weiter verbreiten, aber Franziskas Betrieb würde immer das Original und der Maßstab bleiben, an dem sich der Markt orientierte.

Noch vor der Hochzeit hatte sie mit Isaak die Idee besprochen, das Herstellen der Knöpfe nicht ausschließlich fremden Handwerkern zu überlassen, die ansonsten mit ganz anderen Aufgaben beschäftigt waren und die Knopfherstellung nur am Rande betreiben konnten. So simpel ein Knopf auch wirken mochte, es gehörte schon eine gewisse Fertigkeit dazu, Mantel-, Hemd- oder Hosenknöpfe in gleichbleibender Güte und von solcher Gefälligkeit herzustellen, dass sie auch das Gewand eines Fürsten oder Bischofs zieren konnten. Die Handwerker der Stadt arbeiteten ihrer Ansicht nach weder schnell noch preiswert genug, zudem benötigte man für die Knopfherstellung unterschiedliche Handwerker. Die einfachsten Knöpfe waren aus Holz, jedoch arbeitete Franziska nicht gern damit, obwohl das Material bei großen Knöpfen, wie man sie für Mäntel brauchte, seine Vorteile hatte. Schöner, aber auch wesentlich teurer waren Knöpfe aus Horn, die man fein schleifen und kunstvoll bearbeiten konnte. Abwurfstangen von Hirschen oder Geweihe von Rehböcken waren besonders edel, doch schwer einzukaufen, da die Jagd und die Verfügung über die Trophäen den Grundherren vorbehalten war. Am schönsten waren Knöpfe aus Edelmetall. Silber war mittlerweile sehr beliebt, auch Gold wurde bisweilen verwendet, war jedoch selbst den Reichen meist zu teuer.

Franziska hatte Erkundigungen angestellt, welche Handwerker und Arbeitskräfte vor Ort verfügbar wären, und sich lange mit Walram und Nele beraten. Keinesfalls wollte sie in Nürnberg produzieren, zu groß war die Gefahr, wieder Neid und Missgunst zu erregen, doch allzu weit durfte der Betrieb auch nicht entfernt sein.

Schließlich kam Franziska der Zufall zu Hilfe. Graf Meynhard beehrte sie wieder, diesmal um sich einen eleganten Jagdrock fertigen zu lassen. Er klagte ein wenig über die Landwirtschaft und die Abhängigkeit vom Wetter, die ihm Sorgen bereitete, zumal der König es sich mehr und mehr zur Gewohnheit machte, seine Vasallen in immer kürzeren Abständen zur Kasse zu bitten. Dazu kam, dass Meynhards Lebenswandel nach wie vor höchst kostspielig war.

»Auf Euren Ländereien findet sich doch eigentlich alles, was ich zur Herstellung von Knöpfen brauche«, setzte Franziska schließlich an. Der Graf schien zunächst nicht zu verstehen. »Ich möchte Euch einen Vorschlag unterbreiten, der Eure Sorgen und meine Bedürfnisse gleichermaßen stillen könnte. Ich möchte Knöpfe herstellen. Knöpfe, die wir Schneider hier in Nürnberg selbst verarbeiten, die aber auch über fahrende Händler landauf und landab verkauft werden. Überall im Reich und darüber hinaus sollen Nürnberger Knöpfe verwendet werden.« Der Graf sah die junge Frau fragend an. »Zu Beginn benötigen wir nur ein großes, helles Gebäude und Unterkünfte für die Arbeiter. Und ein bisschen Material, für das Ihr sorgen könntet.«

Der Graf zögerte. Er verfügte nicht über die gewiss notwendige Barschaft zur Bereitstellung des Gewünschten. Franziska erahnte seine Gedanken und enthob ihn der Peinlichkeit, indem sie ihm erklärte, dass sämtliche Geldmittel zur Betriebsgründung von ihr selbst und ihren eventuellen Teilhabern kommen sollten. Nachdem sie ihm ihre weitere Planung und den Umfang seiner möglichen Beteiligung erläutert hatte, stimmte Meynhard dem Vorhaben schließlich zu, und Franziska sah die Erleichterung in seinem Blick, als er ihr erklärte, dass er sich nun wohl nicht mehr zu Isaak begeben müsste, mit dem er sich in aller Diskretion wegen eines möglicherweise demnächst nötigen Darlehens für seinen Gutsbetrieb und vor allem für die königlichen Abgaben verabredet hatte.

»Zu Isaak müsst Ihr dennoch in Kürze – er verwahrt die Unterlagen und Dokumente zur Gründung des Unternehmens und die Vollmachten von Maria und Karl, die sich ebenfalls beteiligen wollen. Er wird Euch in die Einzelheiten unseres Unternehmens einweihen. Herzlich willkommen in unserer kleinen Gesellschaft, Herr Graf!«

*

Die Schwangerschaft verlief ohne Schwierigkeiten. Franziska war kerngesund. Sie strahlte Kraft und Lebensfreude aus. Die Schneiderwerkstatt lief erfolgreich und wuchs noch immer stetig. Um die zwanzig Männer und Frauen arbeiteten in dem Betrieb. Die anderen Schneider der Stadt sorgten dafür, dass geknöpfte Kleider für Arm und Reich und Jung und Alt zur Selbstverständlichkeit wurden.

Franziskas Schützling, der ehemals kleine Trudbert, hatte seine Gesellenprüfung abgelegt und war zum wichtigsten Mann des Betriebs geworden. Das Unternehmertum schien dem Burschen im Blut zu liegen, er kümmerte sich um alle Belange der Schneiderei wie um seine eigenen, und Franziska, Nele und der alte Meister beobachteten seinen Einsatz und sein Wesen mit wachsendem Wohlwollen. Walram nahm weiterhin seine Aufgaben in der Überwachung der Produktion und der Ausbildung der Arbeiter wahr. Nebenher baute Franziska die Knopfmanufaktur auf den gräflichen Gütern auf. Sie fuhr zweimal wöchentlich persönlich auf den ehemaligen Pachthof Meynhards, den dieser als Standort ausgewählt hatte und überwachte jeden wichtigen Schritt des Umbaus und der Einrichtung der Gebäude. Wernher, der ältere Bruder Trudberts, hatte sich als ihre rechte Hand und Stellvertreter angeboten und Franziska nahm sein Angebot gern an. Der Mann war bereits mit seinen Siebensachen und seiner jungen Frau auf den Hof gezogen und legte größten Ehrgeiz daran, Franziskas Planungen in die Tat umzusetzen.

Die Manufaktur sollte so erfolgversprechend wie nur möglich arbeiten, deshalb hatte Franziska auch den Plan entwickelt, nicht in der Stadt unter dem strengen Blick der Zunft tätig zu werden, die ihnen bei jeder Gelegenheit einen ihrer Meister vor die Nase setzen konnte, sondern in der weitgehenden Autonomie eines gräflichen Großbetriebs und entsprechender räumlicher Entfernung zu Nürnberg. Wenn alles gut ging, würde sich aus der angeworbenen Arbeiterschaft, die zunächst noch in einer Scheune wohnte, rasch eine kleine Siedlungsgemeinde entwickeln, was Meynhard mit Interesse und großem Wohlwollen betrachtete.

In dem Betrieb sollten verschiedene Gruppen arbeiten, die sich selbst kontrollierten und ihre Ziele und Arbeitsschritte mit Wernher absprachen, der die Aufsicht übernehmen sollte. Franziska überlegte sehr genau, welche Fähigkeiten die ersten Arbeiter, die sie anstellen wollte, mitbringen mussten. Sie benötigte einige starke und zuverlässige Männer zum Transport der Materialien, die von allen Ecken und Enden des Lehens herangeschafft werden sollten. Diese waren recht leicht zu finden, es gab genug Knechte oder ungelernte Tagelöhner, die sich nach einer festen Stellung sehnten und sich Mühe gaben, einem guten Dienstherrn zu gefallen. Zu Franziskas Erleichterung gab es zudem zahlreiche Männer, die mit großem Geschick Holz schnitzen konnten, und mit etwas Übung lernten einige von ihnen rasch, Horn zu bearbeiten, das spröder und härter war. Junge Frauen mit ihren geschickten flinken Händen saßen in einem eigenen Raum und bohrten die kleinen Löcher und schliffen und färbten die Rohlinge. Bereits nach wenigen Tagen waren die ersten Knöpfe fertig, und nach nur zwei Wochen produzierten die angelernten Kräfte in hoher Geschwindigkeit und der von Franziska geforderten Güte. Wernher verstand sich auf die Führung der Menschen, und der Start der Manufaktur verlief zu aller Freude erfolgreich.

Die meisten Knöpfe wurden von den Nürnberger Schneidern benötigt. Wollte Franziska ihren großen Plan tatsächlich verwirklichen, musste sie noch mehr Leute anstellen und das Arbeitstempo steigern. Viele Menschen zogen auf der Suche nach Arbeit durchs Land und wurden auch bei Franziska vorstellig. Sie war erschreckt, wie viele kleine und beängstigend magere Kinder darunter waren. Nicht alle von ihnen waren mit ihren Eltern unterwegs, sondern kamen aus den Findelhäusern, die stets überfüllt waren und in denen nicht nur Waisenkinder, sondern auch die Neugeborenen armer Frauen notdürftige Unterkunft für die ersten Lebensjahre fanden. Nach diesen Jahren gab es in den Häusern keinen Platz mehr für sie, und den armen Würmern blieb oft nichts anderes übrig, als sich herumziehenden Gruppen anzuschließen. Wenn sie Glück hatten, gerieten sie an ehrliche Männer und Frauen und wurden nicht von Gaunerbanden zu Diebstahl oder Prostitution missbraucht. Franziska hatte um das Elend der Elternlosen gewusst, doch selten solche Kinder aus nächster Nähe und mit eigenen Augen gesehen.

So mancher kleine Vagabund, der plötzlich auf dem Hof stand, war schon mit fünf oder sechs Jahren auf sich selbst gestellt. Auch diese Kinder erhielten leichte Arbeit und ein wenig Lohn, doch was noch viel wichtiger war, ein Zuhause, ausreichende Ernährung und Menschen, die sich um sie sorgten und denen ihr Wohlergehen am Herzen lag.

Meynhard witterte die Chance, durch den Knopfbetrieb anhaltenden Erfolg in seine gräfliche Wirtschaft zu bringen, und überlegte, wie er diesen auf den neu angekommenen und aufgrund ihrer guten Beschäftigung zufriedenen Menschen aufbauen konnte. Er ließ noch vor dem Herbst ein rundes Dutzend winterfeste Hütten mit ausreichend Platz und ordentlichen Herden errichten, und die Aussicht, auch in der kalten Jahreszeit Beschäftigung und ein warmes Plätzchen zu haben, ließ die Menschen noch gewissenhafter und fleißiger arbeiten.

Als Franziskas Bauch sich schon deutlich wölbte, kam Ditgurd mit mehreren Fuhrwerken in die Stadt und machte wie bei all seinen Besuchen Franziska seine Aufwartung. Er brachte Neuigkeiten. Karl und Maria hatte es nicht lange in Meran gehalten. Sie waren weiter nach Italien gezogen, um den dortigen Markt zu studieren, wie Karl es ausgedrückt hatte. Ditgurd wollte später im Jahr in Venedig nach ihnen fragen, falls nicht ohnehin schon bei Hermann eine Nachricht wartete.

Hermann hatte sich mit seinem Ochsen- und Rosshandel weiter situiert. Karl hatte ihm etwas Geld zur Verfügung gestellt, und Hermann hatte einige Zuchttiere erworben und Land gepachtet. Eigentlich sollte Ditgurd ihm ja die Gemahlin mitbringen, doch Nele wollte nicht vor dem

Herbst zu ihm reisen, zu groß war die Neugierde auf das Enkelchen.

»Ich benötige deine Dienste«, sagte Franziska eines Abends zu ihm. Ditgurd hob neugierig die Augenbraue.

»Seit kurzer Zeit stelle ich Knöpfe her. Viele Knöpfe, um ehrlich zu sein. Einen großen Teil davon benötigen die Schneider hierzulande, denen ich die Knopftechnik im letzten halben Jahr vermittelt habe. Sie fertigen und verkaufen fleißig, und kaum ein Kleidungsstück, das eine Nürnberger Schneiderei verlässt, wird noch ohne Knöpfe geschlossen. Meine Erfindung hat sich endgültig durchgesetzt. Jetzt möchte ich auch andere Städte erobern und den Schneidern die Mode nahebringen. Und damit sie sie gleich anwenden können, musst du ihnen zum Vorteil deines Säckels meine Knöpfe verkaufen. Ganz einfach!«

Ditgurd ließ sich die Sache mit dem Knopfhandel genau erklären. Anerkennend nickte er mit dem dicken Schädel, als er die Möglichkeiten erkannte. Die Ware als solche war für einen Fuhrmann und fahrenden Händler ideal. Knöpfe konnten nicht verderben, waren einfach zu verpacken und zu transportieren und fanden auch auf gefüllten Karren immer noch ein passendes Plätzchen. Außerdem waren sie nicht so kostbar, dass sich Räuber und Diebe von ihnen anlocken ließen. Gern war er bereit, einige Säckchen mitzunehmen und auf den Märkten anzubieten, doch ohne passende Schneider, die sich auf ihre Verwendung verstanden, und ohne sichtbare Kleidungsstücke rechnete er der Mode in der Fremde nicht allzu viele Chancen aus. Fremdes wurde zwar oft interessiert betrachtet und staunend bewundert, aber nicht gekauft, wusste er aus Erfahrung. Es gelang Franziska dennoch, ihn zu überreden, die Ware mitzunehmen und damit gen Süden zu fahren. Dazu sollte er einige Kleidungsstücke mit sich führen, die sie in Marias, Karls, Hermanns und seiner eigenen Größe hatte fertigen lassen. Maria und Karl hatten bestimmt Ideen, wie man die Knopfmode auch südlich der Alpen bekannt machen konnte.

Allmählich begannen Franziskas Pläne aufzugehen. Herrschte zunächst noch geringe Nachfrage, so steigerte diese sich allmählich. Und im Lauf der Zeit brachten Fuhrleute, denen Ditgurd vom profitablen Knopfvertrieb vorgeschwärmt hatte, Anfragen von Schneidern aus dem ganzen Reich.

Schon als die ersten Erfolge der Knopfmanufaktur eintraten, fühlte Franziska sich nicht mehr in der Lage, den Weg zum Gutshof in einem schaukelnden Pferdewagen zurückzulegen, und überließ es Wernher, im Betrieb nach dem Rechten zu sehen und ihr laufend zu berichten. Sein kleiner Bruder Trudbert begleitete ihn nun immer öfter, und wie in der Schneiderei fand er bald einiges, das man verbessern konnte, und machte sich so auch in der Manufaktur nützlich. Ein bisschen musste man allerdings auf ihn achtgeben – er war in einem gefährlichen Alter und machte gern den jungen Mädchen schöne Augen.

Ditgurd, der sich den Knaben bei seinem letzten Besuch angesehen hatte, bot Franziska an, ihn auf seiner nächsten Fahrt mitzunehmen, um ihn das Wichtigste über Handel und Transportwesen zu lehren. Gleichzeitig könnte der junge Geselle in den fremden Städten die Knopfkleider ganz anders präsentieren als ein grobschlächtiger alter Fuhrmann. Obwohl der Junge im Betrieb schwer zu ersetzen war, gefiel Franziska die Idee, und schon wenige Tage später saß Trudbert auf Ditgurds Kutschbock.

*

Nele stand in der Schneiderstube und kontrollierte gerade ein paar feine Hemden, als eine blasse Franziska in der Tür erschien: »Mutter, ich glaube ...« Sofort ließ Nele nach der Hebamme schicken und brachte ihre Tochter in ihre Wohnung. Sie bereitete saubere Tücher vor und hieß eine Magd, Wasser zu erhitzen. Natürlich hatte sie Angst. Sie wusste, dass fast jedes zweite Kind die Geburt oder die ersten Lebenstage nicht überlebte, ja dass auch der Tod einer Mutter im Kindsbett eine traurige Normalität war.

Die Hebamme, Bewohnerin des nahe gelegenen Frauenklosters, war eine warmherzige und kluge Frau in abgetragener, aber blitzsauberer Nonnentracht. Sie brachte sogar noch eine Gehilfin mit und einen Korb mit zahlreichen Arzneikräutern, teurem Olivenöl und einem kleinen Nähkästchen, »auch wenn Nähzeug in diesem Haushalt gewiss zu finden ist«, wie sie fröhlich lachend meinte. Jetzt war die Ordensfrau mit ihrer Schülerin in dem Schlafgemach, in dem Franziska aufgerichtet und gegen Kissen gestützt auf ihrem Bett lag, nur von einem dünnen Laken zugedeckt.

»Öffnet den Mund, mein Kind«, forderte sie Franziska auf. »Keinen Zahn verloren, das ist ein gutes Zeichen!« Die Schülerin nickte Franziska aufmunternd zu. Franziska lehnte sich zurück und wartete auf die nächste der Wehen, die jetzt in kurzen Abständen kamen.

Die Hebamme schickte nach warmem Wasser für die kupferne Wanne, die schon in dem Zimmer wartete.

Walram wartete vor der geschlossenen Tür des Schlafgemachs. Er überlegte, ob er mit seinen dreiundfünfzig Jahren nicht eher der Großvater des Kindes sein sollte. Vom Alter her konnte er auch der Urgroßvater sein, machte er sich bewusst und lachte leise auf. Ein lautes Schreien riss ihn schließlich aus seinen Gedanken. Zuerst erschrak er, doch nach wenigen Minuten öffnete Nele die Tür einen Spalt, damit er einen Blick in das Zimmer werfen konnte. Die Sonne schien durch das kleine Fenster. Er sah die erschöpfte Franziska, die ein kleines in Tücher gewickeltes Bündel an sich drückte. Er sah nur eine winzige rote Hand hervorstehen, die sich ein wenig bewegte, als Nele ihm schon wieder die Tür vor der Nase zuschlug.

PARIS Frühling 1301

Der französische Adel hatte Ludwig, der sich wieder Louis nannte, nicht gerade mit offenen Armen empfangen. Natürlich duldete der König keinen Widerspruch gegen seine Entscheidung, und es war, wie den meisten Edelleuten auch einleuchtete, ein kluger und weitsichtiger Schachzug gewesen, die beiden Reiche durch mehr als eine Trauung zu verbinden. Jedoch war das Lehen, das Louis zugestanden wurde, ein Besitz, den einige Fürsten seit dem Tod des Grafen für sich selbst oder für ihren Erstgeborenen im Auge gehabt hatten. Aber König Philipp war schlau, er wusste, dass er den Mann, den der deutsche König als Unterpfand gesandt hatte, nicht mit einer ertragslosen Einöde abfinden durfte.

Das Lehen des verstorbenen Grafen von Clérot war bestens geeignet für den Günstling Albrechts. Eine stattliche Burg, Ländereien mit Ackerbau und Viehwirtschaft, kein legitimer Sohn oder Enkel, nicht einmal ein Neffe und darüber hinaus eine gräfliche Witwe, die mit dem König verwandt war und zu den von ihr erwarteten Auskunftsdiensten gehorsam genickt und Stillschweigen gelobt hatte. Vielleicht hätten sie oder einige der männlichen Verwandten, von denen der eine oder andere immer wieder Mitglied des königlichen Rates war, vernehmlich gemurrt, wenn der Bräutigam der gräflichen Tochter ein echter Deutscher gewesen wäre, aber streng genommen war der Mann ja Franzose, auch wenn er Ritter des deutschen Königs war. Der Name Montardier war bei Hof zudem nicht unbekannt. Er war zwar keiner der ganz großen im Reich, doch ein guter und unbefleckter. Bischof Montardier galt als aufgeklärter durchsetzungsstarker Politiker und nur sehr begrenzt als Gefolgsmann des Heiligen Vaters, eine Einstellung, die Philipp ihm gegenüber während eines persönlichen Gesprächs diskret gelobt und als wichtig für die Zukunft bezeichnet hatte. Louis de Montardier konnte somit von Kirche und Adel als taugliches Bindeglied zwischen den beiden Reichen akzeptiert werden, auch wenn Philipp in einem Zwiegespräch mit der verwitweten Gräfin hatte anklingen lassen, dass ja nur weniges auf dieser Welt von dauerhaftem Bestand sei. Auch dazu hatte die Frau genickt und dem Monarchen ein wissendes Lächeln geschenkt.

Als Louis in Begleitung seiner beiden Oheime bei Hof erschien, um den Lehnseid abzulegen, schlugen ihm zwar Respekt und Akzeptanz, doch wenig Kameradschaft oder gar Freundschaft entgegen.

Seine junge Braut Éléonore de Clérot war ebenfalls mit an den Hof gereist. Entgegen Albrechts Wunsch hatte der Trauungsgottesdienst doch nicht in Wien stattgefunden, sondern sollte in Paris im Beisein Angehöriger des königlichen Haushalts abgehalten werden. Die Reise der Damen nach Österreich hatte lediglich dazu gedient, die Frauenschaft Blanches darzustellen und den guten Willen Philipps gegenüber Albrecht zu zeigen. Die Frauen hatten in Wien immerhin einmal an der königlichen Tafel gespeist und einen Nachmittag in der Gesellschaft Königin Elisabeths verbracht.

Louis hatte mit Éléonore erst wenige Male gesprochen. Sie war sechzehn Jahre alt, hatte ein hübsches Gesicht mit flinken Augen und eine reizvolle Gestalt. Ihr dunkles Haar war stets zu einem kunstvollen Kranz geflochten, der ihr ebenmäßiges Gesicht mit den vollen Lippen umrahmte. Sie war klein, sodass sie deutlich aufblicken musste, wenn sie mit ihm sprach. Ihm gefiel die Art, wie sie dabei ihr Kinn hob und ihm einen tiefen Blick aus ihren dunkelbraunen Augen schenkte. Wenn sie lief, schien es, als würde sie dabei den Boden kaum berühren. Keine ihrer Bewegungen wirkte überflüssig oder gar hastig. Sie war das Inbild einer jungen Edeldame. Man hatte Louis berichtet, dass ihre schlanken und flinken Finger wundervolle Gobelins schaffen konnten und sie auch in allen übrigen fraulichen Tugenden anderen ein Vorbild war. Jeder Mann musste ihn um eine solche Braut beneiden.

Er war sich natürlich bewusst, dass sein oder Éléonores persönliches Glück niemanden bei Hofe scherte und dass diese Hochzeit eine politische Verbindung sein würde. Doch was das Mädchen betraf, musste er zugeben, dass er Glück hatte. Er war überzeugt, mit Éléonore eine sittsame und vorbildliche Gemahlin zu erhalten, die ihm kräftige Söhne und anmutige Töchter schenken würde. Er gab sich große Mühe, dem Mädchen die nötige Hochachtung entgegenzubringen. Er hatte bemerkt, dass ihre Augen aufgeleuchtet hatten, als sie sich das erste Mal sahen. Auch sie hätte es schlechter treffen können, machte Louis sich tapfer bewusst.

Der König wohnte der Hochzeitszeremonie persönlich bei. Er trug ein kunstvoll gefertigtes graues Wams mit passendem Umhang, dessen Knöpfe silbern glänzten. Louis erkannte sofort, wer die kostbaren Kleider genäht haben musste, und ihm wurde schwer ums Herz.

Nach dem Hochzeitsmahl begab Éléonore sich in das Brautgemach, wo eine Dienerin ihr half, sich zu entkleiden und ein Nachtgewand anzulegen. Ihre Mutter wohnte dem Vorgang schweigend bei und schickte die Dienerin schließlich aus dem Zimmer.

»Weißt du, welche Pflichten dich im Brautgemach erwarten?«, fragte sie Éléonore.

Die Tochter schlug die Augen nieder und schüttelte den Kopf.

»Dann hör zu. Männer verlangen, dass eine Frau ihnen zu Willen ist. So hat Gott es eingerichtet.« Die Mutter erklärte ihrer Tochter, worin die ehelichen Pflichten einer Frau bestanden.

»Mein Kind, für dich und deine Zukunft wäre es besser, du würdest nicht empfangen«, fuhr sie fort. »Zumindest nicht, bevor Prinzessin Blanche dem deutschen Königshaus die ersehnten Nachkommen geschenkt hat.«

»Aber Mutter, ich verstehe nicht ...«

»Auf unseren Besitz und ganz besonders auf dich haben eine Reihe nobelster Familien ein Auge geworfen. Vergiss nicht, eine Verbindung mit dir bedeutet, mit dem Königshaus verwandt zu sein! Sollte Blanche nun keinen Sohn gebären, wäre der Handel zwischen dem deutschen und dem französischen Königreich nichts mehr wert. Albrecht hätte keinen Enkel, der sein Reich als Verbündeter Frankreichs regieren könnte. Und selbst wenn eine Schar Kinder parat stünde – diese neuen Verwandten würden vom französischen Adel nie als gleichwertig angesehen werden, dazu ist die Abstammung Habsburgs viel zu unbedeutend. Philipp ging es in erster Linie ums Geld. Jetzt, da er Albrecht eine echte Prinzessin zur Schwiegertochter gegeben hat, kann dieser die Darlehenswünsche Philipps schlecht ablehnen. Entweder war Albrecht in dieser Angelegenheit blind oder er ist weniger weise, als man das von ihm behauptet.«

»Aber ich ... meine Ehe ... Louis.«

»Deine Ehe muss nicht von Dauer sein. Vielleicht wird sie schon in ein paar Jahren annulliert, und ein echter französischer Edelmann führt dich heim. Du bist noch jung genug.«

»Aber wie ...«

»Das wirst du gleich erfahren. Doch sei unbesorgt, heute Nacht wird Louis dir deine Unschuld nicht nehmen. In seinem Wein sind Schlafkräuter, die ihre Wirkung bald zeigen werden, und wenn er morgen erwacht, wirst du ...«

Erschreckt presste Éléonore die Hand vor den Mund, während sie den Worten lauschte. Schließlich nickte sie gehorsam und versprach der Gräfin, zu tun, wie ihr geheißen.

Als Louis am nächsten Morgen erwachte, stand die Sonne bereits am hellblauen Winterhimmel. Er hatte Kopfschmerzen und ihm war übel. Noch nie hatte er sich so elend gefühlt. Sein Blick wanderte durch den Raum, und er erschrak, als er eine leichenblasse und in ein hochgeschlossenes Kleid gehüllte Éléonore auf einem Stuhl in einer Ecke des Raumes sitzen sah. Plötzlich fiel ihm wieder ein, wo er sich befand und dass er am Tag zuvor in Anwesenheit des französischen Königs geheiratet hatte. Doch die junge Frau, die er nun sah, war nicht die Éléonore, die er kennengelernt hatte. Ihre braunen Augen schienen sich vor Angst zu weiten, als sie sein Erwachen sah, und ihr Körper versteifte sich. Sie wirkte, als säße sie dem Leibhaftigen gegenüber. »Éléonore, was ist mit Euch? Ist Euch nicht gut? Und ... was ist mit mir? Ich habe das Gefühl, der Kopf will mir zerspringen.«

»Louis ... Ihr ... Ihr wisst es nicht mehr? Oh, mein Gott!« Sie schlug die Hände vor das Gesicht und ein Weinkrampf schien sie zu schütteln. Verunsichert wartete Louis.

»Nein ... nichts weiß ich mehr. Was ist geschehen? So sprecht doch!«

Éléonore schien noch immer nicht in der Lage zu sein, das Erlebte in Worte zu fassen. Louis wartete, bis sie schließlich mit leiser Stimme zu sprechen anfing.

»Louis ... Ihr ... Ich dachte, Ihr wärt ein Edelmann. Doch gestern, Ihr hattet wohl zu viel Wein getrunken, wart Ihr dies keineswegs. Als Ihr Euch von zweien Eurer Zechkumpane ins Brautgemach habt führen lassen, ist alle Ritterlichkeit von Euch abgefallen. Freudig hatte ich Euch erwartet, doch die Gewalt, mit der Ihr meinen Leib seiner Unschuld beraubt habt, überstieg meine Kräfte. Und dann das viele Blut – seht selbst.« Sie hob die Decke an, und Louis starrte auf den zwei Handflächen großen Fleck geronnenen Blutes, der sich am Rand bereits schwärzlich färbte. »Gewiss, Ihr habt Euer Recht eingefordert, wie es Euch zusteht, und mir fehlte es an Erfahrung, was im Brautlager zu tun ist, aber was Ihr mit meinem Leib angestellt habt ... Ich weiß nicht, was Ihr alles zerrissen habt. Der Schmerz zieht noch immer durch meinen Körper. Ich wollte nur Euer Erwachen erwarten, bevor ich nach der Hebamme schicken lasse, damit sie mich untersucht. Doch ein Versprechen müsst Ihr mir geben.« So schwer ihr die bisherigen Worte auch gefallen waren, nun hob sie den Kopf und zeigte ihrem Gatten, dass sie von königlichem Geblüt war. Von klein auf hatte sie gelernt, wie man Wünschen Nachdruck verlieh und sie zu Befehlen machte. »Bedrängt mich nie wieder! Solltet Ihr ein weiteres Mal auf Euer Recht bestehen, ich ... ich wüsste nicht, was ich mir antäte.«

Ungläubig starrte Ludwig seine Frau an. Wachte er oder träumte er? Sollte er wirklich ein solches Scheusal gewesen sein? Er, der noch nie eine Frau mit Gewalt gefügig gemacht hatte? Dem die bisherigen Bettgefährtinnen im Gegenteil immer Lust und Willigkeit gezeigt und deshalb meist den ersten Schritt getan hatten? Oder hatte Éléonore ihm vielleicht nicht die erhoffte liebevolle Hingabe gezeigt und der Alkohol in seinem Blut hatte ihn zum Schänder werden lassen? Schlummerte in Wahrheit ein reißendes Ungetüm in ihm? Verlegen sah er an sich herab. Er trug nur noch sein Unterkleid, das ebenfalls mit Blut befleckt war. Plötzlich ekelte es ihn vor sich selbst.

NÜRNBERG Frühling 1302

Katharina war ein kleiner Engel und wurde von allen Mitgliedern des Haushalts verwöhnt. Wenn Franziska in der Schneiderei oder der Manufaktur unabkömmlich war, kümmerte sich eine Kinderfrau um ihre Tochter, doch Franziska versuchte, so viel Zeit wie möglich mit Katharina zu verbringen. Nele war einige Wochen nach der Geburt sehr schweren Herzens nach Meran abgereist, doch Ditgurd hatte ihr erklärt, dass er vor dem Frühjahr keine weitere Reise über die Alpen unternehmen werde und sie sich entscheiden müsse, ob sie von ihrem Mann noch ein weiteres halbes Jahr getrennt sein oder im Herbst bei ihm sein wolle. Walram, dem seine Josefsehe nicht das Geringste auszumachen schien, kümmerte sich rührend um die Kleine und war noch immer täglich viele Stunden in der Werkstatt, auch wenn seine Augen den Winter über noch schlechter geworden waren und er nur noch bei sehr gutem Licht und mit fast ausgestreckten Armen selbst an einem Stück Stoff arbeiten konnte.

Franziska wartete auf Wernher, der mit ihr eine Lieferung neuartiger Materialien besprechen wollte, um zu entscheiden, welche Art von Knöpfen sie daraus fertigen würden. Isaak hatte die exotische Ware nur unter großen Mühen beschaffen können. Vom Ostmeer hatte er Bernstein gekauft, der dort angeblich einfach vom Strand aufzulesen war, von Händlern am Mittelmeer einen mattweißen und beinahe steinartigen Rohstoff, der angeblich aus den Stoßzähnen riesiger Elefanten stammte. Er erinnerte Franziska an die Eberhauer und die Geweihe, die sie schon seit längerem verarbeiteten, war jedoch ungleich edler und ließ sich so dünn schleifen, dass man das Sonnenlicht hindurchsehen konnte, und es schimmerte wie ein Regenbogen, wenn das Licht sich darin spiegelte. Wernher hatte schon vor einiger Zeit, nachdem sie eine Warenprobe erworben hatten, die ersten Knöpfe aus dem weißen Material fertigen lassen. Es bedurfte größter Kunstfertigkeit und großer Vorsicht, doch die Ergebnisse waren sehr schön geworden.

»Gott zum Gruße, Meisterin«, hörte sie den Mann rufen und sah ihn bereits auf sich zukommen. Er trug einen Beutel über der Schulter, den er vorsichtig zu Boden stellte. »Ein Prachttag, findet Ihr nicht?«, fragte er fröhlich.

»Doch jetzt seht Euch diese Ware an!« Er öffnete seinen Beutel und holte die in ein Tuch gewickelten ersten Knöpfe aus Elfenbein hervor. Einige waren klein und dünn geschliffen und färbten sich rosa, wenn Franziska den Finger darunterlegte, andere waren größer und kunstvoll gerändert, für Oberkleider aus hellen Stoffen, wie Franziska fand.

»Die kleinen sind Hemdknöpfe, am besten für Brusttücher, die man unter dem Mieder trägt«, stellte sie fest und nickte anerkennend. Schließlich entfuhr ihr ein kleiner Freudenschrei, als sie die runden Knöpfe aus Bernstein erblickte. »Du hast nur Löcher in die Kugeln gebohrt, sonst nichts?«

»Ein bisschen poliert noch, mehr war nicht nötig. Wir sollten bei diesem Material beim Schneiden sehr gut aufpassen, um möglichst viel von der natürlichen Oberfläche zu erhalten. Euch selbst steht die Farbe übrigens vortrefflich.«

Franziska hatte die honigfarbenen Stücke vom ersten Moment an geliebt und sah nun verzückt, wie das Sonnenlicht sich darin brach und sie geheimnisvoll von innen zu leuchten schienen. Sie ließ sich gerade ein Kleid in Braun- und gedämpften Goldtönen fertigen, und die Bernsteinknöpfe würden ihm den richtigen Aufputz geben.

»Erinnert Ihr Euch noch an das dunkle Holz, von dem wir einen kleinen Vorrat gekauft haben?«

Franziska nickte. »Dann seht her, was unsere Arbeiter daraus gemacht haben! Diese Stücke wären doch etwas für Karl von Montardier, falls er uns unbedeutenden Nürnbergern jemals wieder die Ehre geben sollte.« Er packte einige kleine, polierte Knöpfe aus tiefschwarzem Ebenholz aus, die mattseidig glänzten. Sie waren sehr schön und dezent, wenn auch nicht so kostbar wie Elfenbein und Bernstein.

»Dieses Holz ist leicht zu bearbeiten. Wenn es Euch genehm ist, fangen wir rasch damit an, größere Stückzahlen herzustellen. Damit können wir richtig Geld verdienen.« Er rechnete ihr vor, was er bereits mit seinem Bruder überschlagen hatte. Franziska nickte zufrieden.

Sie verbrachte den Rest des Tages in der Werkstatt und kontrollierte die Robe einer Adelsfrau, die sie Elsbeths Empfehlung zu verdanken hatte, als ein Bote erschien und einen anscheinend weit gereisten Brief überbrachte. Sie brach das Siegel, überflog das Schreiben und musste sich erst einmal setzen. Sie las den Brief ein zweites Mal, dann ein drittes. Konnte das wirklich wahr sein? Würde sie Karl und Maria bald wiedersehen?

VENEDIG Frühjahr 1302

Sich in der Lagunenstadt anzusiedeln war die richtige Entscheidung gewesen, um die modernen Knöpfe unter das südländische Volk zu bringen. Venedig war größer als Nürnberg, eine lebendige Stadt mit einer Vielzahl geistlicher und weltlicher Herren, die sich prunkvoll schmückten, und Damen, die gern schillernd auf sich aufmerksam machten. Die Häuser der Wohlhabenden waren mit kräftigen Farben gestrichen und hatten gefärbte gläserne Fenster, sodass die Kanäle, die die Straßen ersetzten und in denen sich die Gebäude spiegelten, und die prächtigen Plätze ein fröhliches buntes Bild ergaben, dem seine Bewohner in nichts nachstehen wollten.

Fast ein Jahr lebten Karl und Maria nun schon hier. Sie hatten Franziska geschrieben, dass sie Knöpfe in großen Mengen benötigten und einem fahrenden Händler einen auf Isaak ausgestellten Wechsel mitgegeben. Bereits im Mai war der Mann mit der ersten Lieferung erschienen und mit einer Ladung erlesener Stoffe, die Karl von Seehändlern erworben hatte, wieder über die Alpen gereist.

Schon bald wurde die Knopfmode in Italien populär. Maria weihte einen bekannten Schneider in das Geheimnis ein und entwarf gemeinsam mit ihm erste Kleider für Damen und Herren von Stand. Die Mode wurde vom venezianischen Publikum begeistert angenommen. Karl bestellte weitere große Mengen Horn- und Silberknöpfe in Nürnberg und ließ bei einem venezianischen Goldschmied eine eigene Kollektion eleganter Goldknöpfe fertigen. Der Knopfhandel war ein einträgliches Geschäft, das Freude bereitete und viele Kontakte eröffnete, doch glaubten sie beide nicht daran, dass ihr schneller Erfolg von ewiger Dauer sein könne, zu einfach waren Knöpfe herzustellen und zu verlockend musste es für andere Kaufleute sein, ihnen früher oder später Konkurrenz zu machen.

»Bald wird es überall Knöpfe geben«, sagte Maria eines Tages zu Karl. »Jeder Hornschnitzer und jeder Silberschmied kann sie herstellen und Handel damit treiben. Die Knöpfe selbst sind ja auch nicht das Besondere, sondern das, was man damit anstellen kann. Wir sollten lieber rasch Verträge mit den besten Schneidern der Stadt machen. Wir zeigen ihnen, wie man die raffiniertesten Lösungen mit Knöpfen herbeiführt, und sie müssen für jedes Kleidungsstück, das sie anfertigen, eine Gebühr zahlen.«

»Aber du hast doch schon einen Schneider in die Technik eingeweiht.«

»Das stimmt. Ich habe ihm einiges beigebracht, aber längst nicht alles! Glaube mir, Franziska und Nele waren gute Lehrmeisterinnen. Lass mich den Schneidern zeigen, was es für Möglichkeiten gibt, und schildere du ihnen, welche Preise Franziska für ihre Kleider verlangt. Im Lauf der Zeit kann Franziska uns ihre neuesten Entwürfe senden, und solange uns die frischen Ideen auf diese Art nicht ausgehen ...«

Nachdem Karl das geplante Vorgehen mit einigen Schneidern, den besten und teuersten der Stadt, abgesprochen hatte und diese den Segen der Zunft erwirkt hatten, bauten sie ihr Geschäft nach Marias Idee auf, verdienten leidlich daran und hatten vor allen Dingen jede Menge Spaß dabei. Maria hielt sich gern in den Schneiderwerkstätten auf und führte den betuchten Kundinnen häufig auch persönlich Kleidungsstücke vor. Karl hatte eine Wohnung in einem vornehmen Haus gemietet, von der aus er neben seinen eigenen und Isaaks Geschäften auch den Knopfhandel betrieb.

Eigentlich sollten sie mit ihrem neuen Leben in der interessanten Stadt zufrieden und glücklich sein, doch fiel es Karl in letzter Zeit auf, dass Maria sich verändert hatte. Mehr und mehr schien sie die Freude an Handel und Schneiderkunst zu verlieren und ging zusehends lustloser durch den Tag. Ob es die Trennung von Ludwig war? Oder von Franziska? Oder sehnte sie sich mittlerweile doch nach einem Ehemann und einer eigenen Familie? Er wusste es nicht, und als er sie rundheraus fragte, sah sie ihn nur wütend an und verließ das Zimmer. Bis zum nächsten Morgen blieb sie in ihrem eigenen Gemach und war auch den ganzen Vormittag kurz angebunden, als er mit ihr zu einem eingesessenen Bischofs- und Kardinalsschneider ging, der ebenfalls Knöpfe verwenden wollte und um Marias Beratung gebeten hatte. Sie hatte diese Aufgabe mit Geschick und großer Höflichkeit erfüllt, doch mit Karl kaum ein Wort mehr als unbedingt nötig gewechselt. Ihr Missmut und ihre Unzufriedenheit bekümmerten ihn und mehr noch, dass er die Ursache nicht kannte.

Als sie die Werkstatt des Mannes gegen Mittag verließen und sich auf den Weg zu einer Schänke im Frachthafen machten, um dort etwas zu essen, trat ihnen plötzlich aus einer dunklen Nische ein vermummter Mann in den Weg. Instinktiv griff Karl nach dem Dolch an seinem Gürtel, als der andere lachend seine Kapuze zurückschob, die beiden breit grinsend begrüßte und seine weißen, windschiefen Zähne zeigte, die fröhlich in alle Richtungen standen.

»Meine Güte, Rochus, was fällt dir ein? Uns so zu erschrecken! Wo kommst du her? Wie viele Jahre haben wir uns nicht gesehen? Fünf? Sechs? Was machst du hier in Venedig? Willst du dich einschiffen?« Karl konnte gar nicht aufhören zu fragen, während er den alten Freund umarmte.

»Ich muss es euch gestehen, Kinder«, sprach Rochus, als Karl ihn endlich zu Wort kommen ließ. »Ich bin alleine euretwegen hier.«

»Unseretwegen? Wie kommt das denn?«

»Ich bin eurer Spur gefolgt. War in Nürnberg, in Wien, wieder in Nürnberg und sogar weit weg in Frankreich. Ratet wo!«

»Doch nicht bei Ludwig? Wie geht es ihm?«

»Es geht ihm gut. Es scheint ihm nur ein wenig langweilig zu sein. Er ist eben ein Friedensunterpfand seines Königs, und das weiß er auch. Aber er muss einem wahrhaft nicht leid tun, schließlich wollte er es ja so.«

»Wenn es an der Zeit ist, werden wir zu ihm reisen. Es gibt so viel zu erzählen.«

»Gewiss. Doch wie schon gesagt, ich habe nach euch beiden gesucht.«

»Nun hast du uns ja gefunden. Glückwunsch! Doch sprich endlich, wie kommen wir zu der Ehre?«

»Das ist eine komplizierte Geschichte. Wollen wir nicht einen Becher trinken, während ich euch alles erzähle?«

»Wir wollten zu Mittag speisen, im Hafen. Komm mit uns.«

Sie erreichten das Gasthaus und nahmen an einem langen Tisch im Freien Platz. An das andere Ende der Tafel setzte sich kurz darauf ein anscheinend älterer Mann, unter dessen Kapuze man nur einen dichten grauen Bart hervorlugen sah und dessen Gesicht im Schatten lag.

Die Freunde bestellten einen Fischeintopf mit Kräutern, dazu Wein und frisches Brot und ließen es sich schmecken. Das Wirtshaus war bekannt für seine Fischgerichte und wurde neben einfachen Menschen auch von wohlhabenden Bürgern mit ihren Damen und sogar einigen Edelleuten aufgesucht. Ansonsten hätte Karl Maria niemals hierhergebracht. Er sorgte sich rührend um sie, wie Rochus mit stiller Freude feststellte.

»Wie erfolgreich seid ihr mit eurem Handel? Ich habe schon von den Knöpfen gehört. Fürwahr, eine gute Idee!«

»Ja, ja«, flötete Karl, »und dabei so praktisch, das freut den großen wie den kleinen Mann. Der Handel läuft recht ordentlich, und unsere Freundin Franziska und die hiesigen Goldschmiede versorgen uns mit allerbester Ware. Aber deswegen hast du uns nicht gesucht, oder? Obwohl, wenn ich deine Kleidung so betrachte …«

»Du hast Recht. Nicht deswegen. Es ist schon ein wenig komplizierter.«

»Lass hören.«

»Ich habe nicht nur Europa bereist, in all den Jahren. Es zog mich wieder nach Osten, über das Meer. Zunächst bin ich nach Zypern gefahren und habe das Grab eurer Mutter besucht. Danach suchte ich nach Kameraden aus der Levante, aus Akkon. Nicht alle waren gefallen, natürlich nicht, sondern viele in alle Winde verstreut. Still und friedlich ist es im Heiligen Land mittlerweile geworden. Es gibt zwar immer wieder kleinere Einfälle der Ilchane, aber im Großen und Ganzen sorgen die Mamelucken für Ruhe. Schade um die reiche Landwirtschaft, die der Krieg zerstört hat. Sie wurde bis jetzt nicht wieder aufgebaut.«

Karl sah ihn fragend an. Warum sprach der alte Freund so seltsam? Irgendetwas wollte er ihnen mitteilen, etwas Wichtiges, und bestimmt nicht nur von seinen Reisen erzählen. Er wartete, bis Rochus wieder das Wort ergriff.

»Schließlich kam ich bis Ägypten, nach Kairo. Ich war dort, als der grausame Krieger und Zerstörer Akkons, der Sultan Chalil, plötzlich starb. Wie es fast zu erwarten gewesen war, wurde er von seinen engsten Vertrauten hinterrücks gemeuchelt. Sein kleiner Bruder Mohammed an-Nasir wurde zum Herrscher ernannt, obwohl er zu diesem Zeitpunkt noch ein Kind war. Dennoch hatte der junge Sultan bemerkenswerte und umwälzende Ideen, die den mächtigen Emiren, die das große Land an seiner statt regieren wollten, gefährlich erschienen. Sie drängten ihn alsbald vom Thron und übernahmen die Macht. An-Nasir lebte fortan in einem goldenen Käfig, ein Gefangener im eigenen Palast. Man wagte nicht, ihn zu töten, zu groß waren die Symbolkraft seiner Familie und seine Popularität, doch fürchtete man auch, dass er erstarken und sich der Emire entledigen könnte. Eine höchst angespannte und schwierige Situation für alle, vor allem für den jungen Fürsten. Er hatte nur wenige Freunde und noch weniger Menschen, denen er trauen konnte, und er lebte in der ständigen Angst, eines Tages doch noch beseitigt zu werden. Es gab in Kairo eigentlich nur einen Mann, auf dessen Solidarität er sich verlassen konnte und der seine Zuneigung gewann. Der Mann, der viele Jahre sein Lehrer war.«

»Du? Du hast einen Sultan unterrichtet?«

»Rede keinen Unfug. Ich unbedeutender Wanderer habe nicht den Sultan gelehrt. Ein anderer Mann hat ihn unterwiesen, ein Mann, der ihm seine ganze Zuneigung geschenkt hat, die er doch in Wahrheit lieber auf seine eigenen Kinder verwandt hätte. Ein Edelmann, den die Wirren des Krieges an den Sultanshof geführt hatten und der ebenfalls so etwas wie ein Gefangener war.« Er sah plötzlich an den Geschwistern vorbei zu dem Alten am anderen Ende des Tisches. Der Blick der beiden jungen Menschen folgte dem seinen. Plötzlich erhob sich der fremde Mann, trat näher und zog seine Kapuze zurück. Lange und liebevoll sah er auf Maria. Das einst braune Haar war grau geworden, und der früher sorgfältig gestutzte dunkle Bart wallte dicht und fast weiß um sein Gesicht. Er war leichter als in der Blüte seiner Jahre, doch das edle Antlitz und vor allem die klugen Augen waren dieselben geblieben. Maria entfuhr ein kleiner Schrei. Der Mann breitete die Arme aus. »Willst du deinen Vater nicht umarmen, mein Engel?«

Maria starrte Henri reglos an. Sie sah sich wieder an der Reling des Schiffes stehen und ihm zuwinken, bis er immer kleiner wurde und schließlich nicht mehr zu sehen war. Wie lange war das her und wie traurig war sie damals gewesen!

Langsam kam er nun auf sie zu, grüßte Karl mit einem Lächeln und einem Nicken und fasste seine Tochter an beiden Händen. Maria erhob sich, und als sie sah, dass seine Augenwinkel feucht wurden, gaben ihre Knie nach. Henri fing sie auf und drückte sie an sich. Plötzlich drang ein tiefes Schluchzen aus ihrer Brust, und sie schlang die Arme um den so lange tot geglaubten Vater.

*

Rochus hatte in all den Jahren unermüdlich Nachforschungen angestellt. Er war von dem brennenden Wunsch beseelt gewesen, die Wahrheit über alles ans Tageslicht zu bringen, was der Familie seines Herrn vor über zehn Jahren in den Wirren des Falls der letzten Kreuzfahrerfestung widerfahren war. Auf den Schiffen, mit denen er gereist war, in Häfen und unzähligen Schänken gab er Namen und Beschreibungen aller kund, und durch seine Hartnäckigkeit und nicht zuletzt mit dem nötigen Quäntchen Glück war es ihm gelungen, die einzelnen Mosaiksteine zusammenzufügen und das Schicksal Henris und Catherines nachzuzeichnen. Die letzten Informationen hatten ein versoffener Kapitän ohne Schiff, anscheinend ein ehemaliger Pirat, ein tot geglaubter Kundschafter und Henri selbst beigesteuert.

Als sie wieder am Tisch saßen und Maria an der Schulter ihres Vaters lehnte und ihre Tränen langsam trockneten, begann er zu erzählen.

AKKON April 1291

Der junge Gesandte Restwangen war mit demselben Schiff wie Henris Familie nach Zypern gesegelt und hatte die dringenden und wichtigen Gespräche mit Heinrich, dem König von Jerusalem, und dessen Berater in Heinrichs Residenz auf Zypern geführt. Als er die Nachricht erhielt, dass man Akkon mit kümmerlichen zweitausend Mann unterstützen wollte, war er fassungslos und tief enttäuscht wieder nach Palästina zurückgekehrt und hatte umgehend seinen Dienstherrn aufgesucht.

Henri war zunächst erleichtert, als Bero ihm berichtete, dass seine Frau und die Kinder in Sicherheit waren, doch ebenso wie der junge Mann war er entsetzt darüber, als er von dem lächerlichen Umfang der Verstärkung hörte, die sie erwarten durften. »Europa hat das Heilige Land aufgegeben, so einfach ist das«, sagte er zu Bero. »Zu teuer, zu weit weg und sinnlos, dort Krieg zu führen, wenn sich zugleich auch zwischen den Reichen schon wieder die Lage zuspitzt. Der Papst hat zu wenig Macht, er musste sich den Königen fügen.«

»Ich habe den Auftrag, morgen Kundschafter auszusenden und zu berichten, wie viele Tage die Truppen von Sultan Chalil noch entfernt sind. Lange kann es nicht mehr dauern, bis die Belagerung der Stadt beginnt«, fuhr er fort.

Bero richtete sich auf. Mit dem Eifer eines jungen Kämpfers bat er: »Lasst mich die Mamelucken ausspähen. Ich werde Euch alle Auskünfte liefern. Ich reite noch heute Nacht los.«

Henri lächelte. Der junge Ritter erinnerte ihn an sich selbst, an den Beginn seiner Karriere als Kundschafter und Diplomat. Er nickte. »So sei es, doch ruht Euch zuvor noch ein paar Stunden aus. Nehmt Euch eine Handvoll Männer und macht Euch kurz vor dem Morgengrauen auf den Weg, begebt Euch aber nicht unnötig in Gefahr. Es ist ohnedies offensichtlich, dass die Mamelucken vor der Tür stehen. Sobald Ihr sie seht, macht Ihr kehrt und berichtet mir.«

Sie nahmen ein bescheidenes Abendmahl zu sich, dann entließ Henri Bero, damit dieser sich auf den frühmorgendlichen Ritt vorbereiten konnte. Bero wusste, welche Männer er auswählen musste, sodass diese Aufgabe schnell erledigt sein würde. Bevor er einen entsprechenden Befehl erteilte, marschierte er jedoch in den Hafen, um mit dem Kapitän eines Schnellseglers zu sprechen, der ihm bei seiner Ankunft aufgefallen war.

Lange vor Sonnenaufgang verließen sie die Stadt und ritten zunächst nach Südosten. Nach etwa zehn Meilen kamen sie an den Fuß eines Berges, dessen Spitze nicht bewaldet war und gute Weitsicht bot. Bero ritt voran. Als die Sonne das Land in das erste Morgenlicht tauchte, hatten sie den Aussichtspunkt erreicht und überblickten die sich vor ihnen ausbreitende Ebene. Da wurden sie einer Menschenmenge gewärtig, wie sie noch keiner von ihnen je gesehen hatte. Das mameluckische Heer lagerte weniger als drei Meilen entfernt. Eine schier endlose, wogende Masse aus Männern, Tieren, Wagen und den massiven Türmen der Belagerungsgeräte. Aus Osten stießen weitere Truppen zu ihnen. Die Staubwolken reichten bis zum Horizont. Wenn sie am heutigen Tag losmarschierten, würden sie noch am Abend die Stadt erreichen und sie von jeglichem Zugang zum Land abschneiden. Ab sofort würde Akkon nur noch auf dem Seeweg zu erreichen oder zu verlassen sein.

Bero dachte an seinen Plan und war stolz auf sich, dass ihm dieser rechtzeitig eingefallen war. Es sollte nicht sein Schicksal sein, mit der Stadt zu fallen.

Er erteilte den Befehl zur Rückkehr. Sie ritten den Berg hinab und nach Westen, auf die nahe gelegene Küste zu. Als sie die Straße zur Stadt erreichten, erteilte Bero den Befehl, sie zu überqueren und nach einem kurzen Querfeldeinritt den Weg zu einer abgelegenen Bucht einzuschlagen. Die Männer sahen ihn fragend an, doch er ritt wortlos voran, bis der Weg steiler wurde und er von seinem Pferd abstieg.

Vorsichtig führte er es am Zügel bergab. Die Männer folgten seinem Beispiel. Die kleine Bucht lag abgeschieden, war von oben kaum einsehbar und hatte keinen anderen Zugang als diesen Pfad, wenn man von der Seeseite absah. Schließlich erreichten sie den steinigen Strand. »Was …«, konnte einer seiner drei Begleiter noch rufen, als ein barfüßiger Mann hinter einem großen Felsblock hervorsprang und seine Klinge in den Hals des Soldaten stieß. Bero und seine Männer waren ungerüstet aufgebrochen, und außer Bero als Anführer führte keiner ein Schwert mit sich. Bero riss die Waffe, die an seinem Sattel hing, aus ihrer Scheide, während seine beiden verbliebenen Begleiter ihre Dolche zückten. Bero sprang vor und holte zu einem beidhändigen Schlag aus, doch bevor die Klinge auf den Unbekannten niederfuhr, drehte er sich um sich selbst und spaltete einem weiteren seiner Männer den Schädel. Der Dritte, ein noch junger Bursche, erstarrte für einen Augenblick, und nur ein kurzes Keuchen entfuhr ihm, als die Klinge des barfüßigen Unbekannten in seine Seite drang.

Auf einem der Felsen, die den natürlichen Hafen umsäumten, stand ein weiterer Mann, der ein Zeichen gab. Wenig später glitt ein schlankes Schiff in die Bucht. Die Habseligkeiten der getöteten Männer sollten Teil der Entlohnung des Kapitäns sein, neben dem Gold, das Bero ihm auf Zypern aushändigen würde. Beros Pferd wurde mit Blut beschmiert in der nächsten Nacht vor die Tore der Stadt geführt.

*

Am fünften April, zwei Tage nachdem Henri seinen Kundschafter ausgesandt hatte, lag das Mameluckenheer vor Akkon. Schon nach zwei Wochen waren die Tore und Stadtmauern gestürmt und die Ritter lieferten sich mit den Angreifern verzweifelte Kämpfe, die den Untergang der letzten Kreuzfahrerfestung allerdings nicht mehr verhindern konnten.

Henri hatte die Aufgabe übernommen, Frauen und Kinder auf die allerletzten Schiffe und Boote zu bringen, die noch im Hafen lagen und die ankommenden Transportschiffe mit Flüchtlingen zu beladen. Doch es waren zu viele, die nicht rechtzeitig die Stadt verlassen konnten. Henri hoffte, dass die Wut der Angreifer in den Tagen nach der Schlacht abklingen und dass der Sultan angesichts der ohnedies gefallenen Stadt Gnade gegenüber den letzten Überlebenden walten lassen würde, wenn man ihn im Zuge einer Unterwerfung und unter Überlassung allen Eigentums unterwürfig darum bat.

Zwei Tage nach dem letzten Gefecht bot Henri sich als Unterhändler an. Ohne Waffen und Rüstung, nur mit bloßen Händen, trat er alsbald vor das Tor der Eisenburg, dem letzten Rückzugsort der Belagerten, und bat, dem feindlichen Befehlshaber, Sultan Al-Ashraf Chalil, vorgeführt zu werden.

»Akkon ist gefallen. Gebt den wenigen Bürgern, die noch leben, die Möglichkeit, in ihre Heimat zurückzukehren und von Eurem großen Sieg zu berichten. Die Levante gehört Euch. Europa wird kein Kreuzfahrerheer mehr entsenden.«

»Ihr bittet um Euer Leben?«, ließ der Sultan durch seinen Übersetzer fragen.

»Nein. Ich bitte für die Männer, Frauen und Kinder, die noch in der Burg sind. Ihr Tod bringt Euch keinen Nutzen.«

»Und die Tempelritter? Sollen wir sie einfach ziehen lassen?«

»Es sind nicht mehr viele. Sie sind keine Gefahr mehr.«

»Sie könnten wieder Männer anwerben und uns erneut angreifen.«

»Das werden sie nicht. Erweist Euch großzügig und gebt ihnen freies Geleit. Der Ruhm über Eure Gnade wird Euer Verdienst und unser Dank sein und Euer Andenken unsterblich machen.« Chalil sah ihn ohne sichtbare Regung an.

»Wir haben anders entschieden. Teilt Euren Leuten dies mit.«

Henri sah den Herrscher noch einen langen Augenblick an. Schließlich verbeugte er sich und zog sich zurück. Als er gerade das Zelt verließ, traten zwei Männer an den Sultan und flüsterten ihm ins Ohr. Einer zeigte dabei auf Henri. Der Sultan dachte nach. Schließlich antwortete er den beiden und entließ sie mit einer knappen Handbewegung.

Henri trat den Rückweg in die verwüstete Stadt an, wieder begleiteten ihn Soldaten. Sie hatten die Überreste des inneren Mauerrings passiert, als sich ihnen plötzlich zwei schwarz gekleidete Männer in den Weg stellten. Beide trugen offene Schwerter. Die Soldaten traten zurück und der eine der Männer zwang Henri in die Knie und beugte sein Haupt, während der andere hinter ihn trat. Es war sinnlos, sich zu wehren. Seine letzten Gedanken wollte Henri seiner Familie widmen.

ZYPERN Mai 1291

In der Stadt herrschte Chaos. Es wimmelte von Flüchtlingen, die untergebracht, ernährt und deren Rückkehr nach Europa organisiert werden musste. In den letzten Tagen waren ständig Schiffe aus Akkon angekommen und hatten die Nachricht von der angegriffenen Stadt überbracht. Catherine stand jeden Tag am Kai und wollte die Hoffnung, ihren Mann wiederzusehen, nicht aufgeben. Oft waren die Kinder bei ihr, spielten im Hafen oder ließen sich von Rochus Geschichten erzählen. Sie hatten ein Zimmer in einem Nebengebäude des Bischofspalasts zugewiesen bekommen, noch bevor der große Strom an Flüchtlingen eingetroffen war. Rochus schlief bei den Stallknechten, was ihm nichts auszumachen schien. Diesmal war Catherine ohne Begleitung. Sie hatte lange gewartet, doch auf keinem der Schiffe waren Männer gewesen, mit Ausnahme der Galeere, auf der der König gebracht wurde, und einem Begleitschiff mit seiner Leibwache und seinen engsten Vertrauten.

Sie fragte jeden Ankömmling, ob er etwas von Henri de Montardier gehört habe, doch niemand konnte ihr Auskunft über seinen Verbleib erteilen. Ein gewisser Trost war ihr, hin und wieder zu hören, dass die Frauen und Kinder dem unaufhörlichen Bemühen Henris um Rettung der Unschuldigen ihr Leben zu verdanken hatten. Den ganzen Tag verbrachte sie im Hafen, aber schalt sich selbst wegen ihrer Torheit. Henri würde nicht kommen, solange er in Akkon gebraucht wurde. Bislang war nicht ein einziger Mann aus seinem Stab zurückgekehrt.

Bald würde es dunkel werden, und Rochus würde sie abholen, um sie in ihr Quartier zu begleiten. Er würde zuerst noch die Kinder versorgen und sich dann auf den Weg machen, wie an den Abenden zuvor.

Catherine fand die Sorge um ihre Sicherheit zwar nicht ganz unbegründet, beschloss aber dennoch, Rochus ein Stück entgegenzugehen. Vor den Schänken und Tavernen des Hafens herrschte reges Treiben, und Catherine mischte sich vorsichtig unter die Menschen. Plötzlich hörte sie jemanden einem Schankwirt zurufen, er solle noch Wein bringen. Sie kannte die noch junge Stimme, und der harte Akzent des Mannes war unverkennbar. Sie wandte sich in die Richtung, aus der die Worte gekommen waren, und erkannte den Rufenden sofort, auch wenn er ihr halb den Rücken zugewandt hatte. Wie konnte das möglich sein? Bero war doch mit einem Schiff des Königs und einer Nachricht an die Befehlshaber nach Akkon zurückgekehrt und hatte sich bestimmt danach bei ihrem Mann zum Dienst gemeldet. Vielleicht hatte Henri ihn nochmals nach Zypern gesandt; möglicherweise wusste er Näheres über seinen Verbleib.

Catherine hatte noch nie zuvor eine Hafenschänke betreten und musste sich überwinden, um einen Fuß in den Schankraum zu setzen, in dem sie sofort ein ziemlich übler Geruch umwehte. Bero saß mit einem etwas heruntergekommenen Seemann und einer schmutzigen Frau von unzweifelhaftem Gewerbe an einem der Tische und hob den Becher. Die Frau leckte sich über die Lippen und sah mit geröteten Augen gierig auf den Weinkrug. Catherine trat an Bero heran und berührte ihn an der Schulter.

»Bero! Wie kommt Ihr hierher? Schickt Euch Henri? Bringt Ihr Nachricht?« Sie sah ihn hoffnungsvoll an. Bero schien zu erschrecken, fasste sich jedoch wieder und sprang auf. »Madame, was führt Euch in diese Schänke? Dies ist kein Ort für Euch! Ich geleite Euch nach Hause!« Er griff nach seinem Umhang und führte Catherine auf die Straße, weg von den Menschen auf die dunklen Gassen zu.

»Nun sprecht! Wann seid Ihr angekommen? Ich habe Euch nicht am Hafen gesehen, aber bei diesem Trubel ...«

»Ich ... Ich habe eine Nachricht für den König zu überbringen, von seinem Bruder.«

»Aber wie kann das sein? Der König ist erst heute aus Akkon zurückgekehrt. Warum hat man Euch ...« Plötzlich durchfuhr sie ein eiskalter Schauer. Weder einer der Befehlshaber noch Henri hätten einen wehrfähigen Mann dem König noch am Tag seiner Anreise hinterhergeschickt. Wenn er hier war und gemütlich in der Schänke saß, während jeder andere Mann in Akkon unter Waffen stand, war nur eine Schlussfolgerung möglich: Er hatte Stadt, Einheit und seine Kameraden im Stich gelassen.

»Hört, Bero, ich werde zu niemandem auch nur ein Wort ... Auch nicht zu Henri ... Bitte ... bitte lasst mich zurück zu meinen Kindern!« Sie spürte Steine in ihrem Rücken. Bero hatte sie in eine Mauernische gedrängt und drückte ihr den linken Unterarm gegen die Kehle. »Bitte ...«, gelang es ihr noch zu sagen, als der Dolch schon in ihren Leib fuhr. Ihre Knie gaben nach und sie sank zu Boden. Ein Schmerzensschrei entfuhr ihr, als Bero die Waffe aus ihrem Leib riss und ausholte, um ein weiteres Mal zuzustoßen. Da hörte er Schritte auf dem Pflaster. Laute Schritte, Schritte von einem Mann, der beim Gehen weit ausholte und anscheinend Holzschuhe trug. Hastig stieß er noch einmal zu, bevor er zurücksprang, um sich in Sicherheit zu bringen. Der Griff des Dolches verhedderte sich in der Verschnürung von Catherines Kleid. Das Geklapper kam näher. Bero sprang auf und stürzte geduckt in die nächste düstere Gasse.

Rochus schalt sich, dass er so lange mit den Kindern herumgealbert hatte und sich erst nach Einbruch der Dunkelheit auf den Weg zum Hafen machte. Bestimmt war die Herrin ihm wieder entgegengegangen. Er hielt Ausschau, ob er ihre Gestalt irgendwo entdecken konnte. Es gab mehrere Straßen, die zum Hafen führten. Bisher waren sie immer dieselbe gegangen, eine schmale Gasse, die direkt unter dem Bischofspalast begann und bei den Schänken endete. Plötzlich gewahrte er den Schatten eines Mannes, der gebückt in eine der nächsten Gassen entschwand.

Als er näher kam, sah er einen reglosen Frauenkörper in einer Nische liegen. Er erkannte Kleid und Schuhe sofort. Er fiel neben seiner Herrin auf die Knie, legte den Arm unter ihren Nacken, und Tränen stiegen Rochus in die Augen, als er den Dolch in Catherines Brust stecken sah. Noch rann Blut aus ihren Wunden. Er versuchte, ihren Kopf ein wenig anzuheben. Sie öffnete die Augen. Er wusste nicht, ob sie ihn erkannte. Ihre Lippen bewegten sich. Rochus hielt sein Ohr ganz nah an ihren Mund. »Restwangen«, hauchte sie. »Bero von Rest...« Ein Zucken durchlief sie, und ihr Haupt lastete plötzlich schwer auf Rochus' Arm. Wie ein letztes Seufzen entströmte Luft ihren Lungen, und ihr Kopf fiel zur Seite. Rochus bettete ihn so gut er konnte auf den Boden und schloss ihre Augen und ihren Mund. Nur schwach konnte er Catherines Gesicht im letzten Rest des Abendlichtes sehen. Wie schön sie ist, dachte er nur, wie schön sie ist.

Zunächst hatten die Büttel ihn selbst in Verdacht, seine Herrin ermordet zu haben, doch dieser Vorwurf wurde rasch entkräftet. Sein Leumund war gut, er stand in festen Diensten und außerdem, welchen Vorteil hätte die Tat ihm eingebracht? Nach einer kurzen Untersuchung und einer Intervention des Bischofs wurde die Schandtat den vielen undurchsichtigen Gestalten im Hafen zugeschoben, die eine Frau von Stand berauben wollten. Man händigte Rochus auf sein Ersuchen hin die Tatwaffe aus und schloss den Fall. Catherine wurde auf dem Friedhof der Bischofskirche beigesetzt, als Ehrerbietung für die Verdienste und den Rang ihres Gemahls. Selbst der König bedauerte das Verbrechen.

Der Schmerz der Kinder war unermesslich. Louis versuchte, sich in der Öffentlichkeit und bei der Beerdigung nichts anmerken zu lassen, doch als er vor dem Sarg stand, war auch er nicht mehr Herr über seine Tränen. Sein Adoptivbruder Charles blieb gefasst, sein Gesicht reglos wie eine Maske. Er trug den Schmerz alleine mit sich selber aus, kümmerte sich jedoch rührend um die kleine Marie, die er nicht mehr aus den Augen ließ.

Marie traf der Tod der Mutter am schlimmsten. Sie weinte und weinte, suchte Halt bei Louis und Charles, wollte nicht mehr alleine in einem Zimmer und schon gar nicht im Dunkeln bleiben.

Rochus tat alles, was in seiner Macht stand, um seinen Schutzbefohlenen zur Seite zu stehen. Der bischöfliche Rat setzte ihn zum Interimsvormund der Kinder ein, und er gelobte, die Verantwortung für sie zu übernehmen. Er wusste, dass sie nicht auf Zypern bleiben konnten, sondern so schnell wie möglich nach Europa gebracht werden mussten. Er studierte sämtliche Papiere der toten Eltern und las die Empfehlungsschreiben an die verschiedenen Ritter, die Henri für die Ausbildung seines Ältesten ausgewählt hatte. Neben Briefen auf Französisch war ein einziges Schreiben an einen deutschen Ritter abgefasst, genau genommen an einen deutschsprachigen Böhmen. Ein tiefes Seufzen entrang sich Rochus' Brust, als er den Namen las. Ausgerechnet der einzige Mann, zu dem er selbst nicht gehen konnte, der ihn nicht zu Angesicht bekommen durfte, sollte Louis' Dienstherr werden. Lebte der alte Siegfried überhaupt noch? Rochus überlegte, wie alt er jetzt wohl sein musste.

Und dann gab es schließlich noch diesen Bero von Restwangen, der Akkon wahrscheinlich nicht überlebt hatte. Obwohl sie beide unter Henris Befehl standen, hatte er bisher kaum ein Wort mit ihm gewechselt. Als ehemaliger einfacher Mönch war er dem jungen Edelmann nicht ebenbürtig gewesen. Was Catherine wohl gemeint hatte, als sie ihm Beros Namen als letztes Wort ins Ohr hauchte. Wollte sie, dass Bero sich der Kinder annahm? Sie in sein Elternhaus brachte? Schließlich diente Bero im Stab ihres Gemahls und der hatte ein Empfehlungsschreiben an den Ritter Siegfried von Restwangen verfasst. Einige Tage lang hatte er den Verdacht gehegt, dass Bero Catherine den Dolch in den Leib gerammt hatte und sie den Namen ihres Mörders preisgegeben hatte, doch das konnte ja keinesfalls zutreffen, schließlich war Bero nach Akkon zurückgekehrt und wohl seinem Schlachtentod entgegengereist.

*

Als Henri aus seiner Ohnmacht erwachte, stellte er erleichtert fest, dass ihm die schwarz gekleideten Männer des Sultans nicht den Kopf von den Schultern geschlagen hatten. Der Kopf und alle Knochen hatten geschmerzt, als er sich mühsam aufrichtete. Man war beim Transport in den Kerker nicht allzu sanft mit ihm umgesprungen. Das Gefängnis war behelfsmäßig im Mameluckenlager errichtet worden und sah wie ein großer Tierkäfig aus. Man hielt ihn dort eingeschlossen, gab ihm hin und wieder zu essen und genoss es offensichtlich, dass er den Fall seiner Festung aus nächster Nähe beobachten musste. Er wusste nicht, ob er als Geisel festgehalten wurde oder ob man ihn zur Feier des Sieges in aller Grausamkeit hinrichten wollte. Hoffnungen, den Mamelucken zu entkommen, machte er sich nicht.

Als der Feldzug beendet war, brachte man ihn nach Kairo und warf ihn in ein finsteres Kerkerloch, in dem er die folgenden zwei Jahre verbrachte. Er wurde ausreichend verpflegt und hatte sogar Gesellschaft. Zwei frühere politische Mitarbeiter des verstorbenen Sultans Qalawun, die sein Sohn und Nachfolger Chalil hatte inhaftieren lassen, aber entweder noch benötigte oder schlichtweg vergessen hatte, teilten seine Gefangenschaft. Sie vertrieben sich die Zeit mit gegenseitigem Sprachunterricht und dem Schachspiel, das die beiden Orientalen meisterhaft beherrschten. Im Jahr 1293 schließlich starb Chalil, und sein kleiner Bruder Mohammed an-Nasir wurde auf den Thron gesetzt. Seine Regenten, die noch am Tag seiner Thronbesteigung um ihre Vorherrschaft stritten, entstammten dem Umfeld Qalawuns und ließen daher ihre inhaftierten Kameraden umgehend befreien. Im Zuge dieser Befreiung wurde auch der Fall Henris untersucht, und er wurde zu einer Befragung in den Palast geholt. Zum ersten Mal seit zwei Jahren sah er an diesem Tag Himmel und Sonne wieder.

Die Emire und ihre Ratgeber hatten eine Papyrusrolle vor sich ausgebreitet, auf der bereits der gesamte Sachverhalt festgehalten war. Ein Übersetzer stellte ihm Fragen zu seiner Herkunft und seiner Laufbahn, die er wahrheitsgetreu beantwortete. Zu seiner Verwunderung sprach man mit ihm jedoch plötzlich über seinen Adoptivsohn Chalil.

VENEDIG Frühjahr 1302

»Die beiden Jahrzehnte vor dem Angriff der Mamelucken waren keine schlechte Zeit gewesen«, erzählte Henri weiter. »Aufgrund der langen Anwesenheit der Europäer hatten ihre einstigen Gegner sich inzwischen längst mit ihnen arrangiert, und man begann, gegenseitigen Nutzen aus der Anwesenheit des anderen zu ziehen. Der Adel beider Seiten pflegte gesellschaftlichen und freundschaftlichen Austausch. Es gab Turniere, Bankette und Falkenjagden, an denen bisweilen sogar der Sultan Baibar und sein Sohn Berke-Qan teilnahmen, der später von Qalawun gestürzt wurde. Auch Qalawun setzte in seinen ersten Regierungsjahren diese Friedenspolitik fort, bis er sich von den mongolischen Ilchanen im Norden und Osten bedroht fühlte und gleichzeitig die Schwächen der Europäer offensichtlich wurden.

Qalawun hatte wie die meisten orientalischen Fürsten eine nahezu unüberschaubare Anzahl von Geschwistern und Halbgeschwistern, die er mit Posten und Privilegien versorgte. In seinen ersten Regierungsjahren gab es sogar vereinzelt Eheschließungen zwischen Europäern und Mamelucken. Einige junge Kreuzrittersöhne waren am Hof Baibars erzogen worden. Einer von ihnen, Romuald von Wartenfeld, war als neunjähriger Knabe direkt aus Deutschland nach Ägypten gekommen. Er fand am Hof des Sultans sein wahres Zuhause und genoss die gleiche Erziehung wie die Fürstensöhne. Nach dem frühen Tod seiner leiblichen Eltern entschied er sich, in Ägypten zu bleiben, und trat zum islamischen Glauben über. Qalawun schätzte den jungen Mann sehr und gab ihm eine seiner jungen Schwestern zur Frau. Romuald, der in beiden Kulturen zu Hause war, sollte sich mit seiner Familie in Akkon als einfacher Bürger ansiedeln und Qalawun berichten, wann immer sich Wichtiges ereignete. Leider verstarb er früh, und seine Witwe lebte fortan allein mit ihrem kleinen Sohn in der Festungsstadt.«

Karl hatte aufmerksam zugehört, während Henri berichtete. Nach einem kurzen Räuspern sprach der Ritter weiter. »Diese Frau, die bei einem Überfall durch Söldner getötet wurde, war deine Mutter Fathma, eine leibliche Schwester Qalawuns. Du bist ein Prinz und Vetter des ägyptischen Sultans, mein Sohn Chalil.«

Maria ließ einen kleinen Überraschungsschrei hören. Ihr Blick ging zwischen Vater und Stiefbruder hin und her. Karl, den sonst selten etwas aus der Ruhe brachte, starrte Henri an. Ein Prinz, Vetter eines Sultans sollte er sein? Oft hatte er als Kind über seine Familie gerätselt. Er hatte dabei aber immer an eine Dynastie von Bankern oder Kaufleuten geglaubt und sich viele abenteuerliche Geschichten ausgedacht. Seine Mutter hatte ihm die Wahrheit nie erzählt. Sicherlich hatte sie Gründe dafür, dachte er nun, aber vielleicht war er damals auch noch zu klein gewesen und die Lage in Akkon zu gefährlich. Henri erzählte weiter.

Sultan an-Nasir, ein aufgeweckter und verantwortungsbewusster junger Mann, war begierig, alles über den Rest der Welt zu erfahren, fremde Sprachen zu erlernen und ferne Länder zu besuchen. Die Emire beschlossen, Henri aus dem Kerker zu entlassen und ihn als seinen Lehrer einzusetzen.

Die Tatsache, dass Henri in den Wirren des Krieges uneigennützig einen königlichen Verwandten bei sich aufgenommen und als hilfloses Kind adoptiert hatte, hatte ihm das Leben gerettet. Qalawuns und Chalils Geheimdienste hatten sorgfältig gearbeitet und ihren Herren darüber berichtet. Nun sorgte diese Tat dafür, dass er die Haft verlassen und eine neue Existenz aufbauen konnte. Anfangs durfte er Kairo nicht ohne Erlaubnis des Sultans verlassen, doch er konnte sich als freier Mann bewegen, bewohnte ein geräumiges Gemach im Komplex des Palastes und wurde ausreichend entlohnt. Er empfing viele Europäer, die Kairo besuchten, und baute sich langsam und vorsichtig ein Netzwerk aus Nachrichtenträgern auf.

Eines Tages stand plötzlich der treue Rochus vor ihm. Dieser war nie sesshaft geworden, wanderte noch immer zwischen den Ländern Europas und des Ostens und wurde nun zu Henris persönlichem Nachrichtendienst. Er berichtete ihm vom Mord an Catherine, der Henri tief erschütterte, aber auch von der prächtigen Entwicklung der Kinder. Sogar von der Ehe seines Sohnes Ludwigs hatte er erfahren.

»Wie kamt Ihr nach Venedig?«, fragte Karl schließlich.

»Ich bin auf einer schwierigen Mission«, sagte Henri und sah seinen Ziehsohn ernst an. »Der Sultan und ich haben einen geheimen Plan, und ich bin heimlich und unerkannt aus Kairo verschwunden. Dein Vetter ist in einer beklemmenden Lage. Er ist ein Prachtbursche, so klug wie du und genauso einfallsreich. Ihr seid auch etwa gleich alt. Schon seit er als Junge den Thron bestieg, wollte er Reformen einführen, Steuern nicht nur von den Tagelöhnern, Bauern und Kaufleuten einnehmen, sondern auch die Grundbesitzer und den Adel zur Kasse bitten. Ihr könnt Euch vorstellen, wie zuträglich das seiner Beliebtheit in den einflussreichen Kreisen war. Bereits ein Jahr nach seiner Inthronisierung setzte man ihn daher wieder ab, und die Emire übernahmen die Macht. Mittlerweile regiert schon der dritte oder vierte von ihnen das Land. Natürlich genauso schlecht wie die anderen vor ihm. An-Nasir lebt seitdem wie ein Gefangener in seinem eigenen Palast. Einerseits bangt er um sein Leben, andererseits will er nichts lieber, als sein Land wieder in Besitz zu nehmen. Er hat große Dinge vor, und wenn ihm die glücken, wird er als einer der fortschrittlichsten Herrscher der Welt in die Geschichte eingehen. Und wir können ihm dabei helfen.«

»Wie können wir das?«, meldete sich nun Maria zu Wort. Ihr Vater übersah mit einer gewissen Belustigung, dass es einer Jungfer eigentlich nicht anstand, den Vater zu unterbrechen oder sich in ein Gespräch der Männer einzumischen. Er schilderte, dass er ausgesandt worden sei, Verbündete in Europa zu suchen. Karl und Maria hörten aufmerksam zu. In Europa wusste kaum jemand, dass der Sultan überhaupt existierte.

Karl nickte still, während er den Ausführungen zur Politik des Nahen Ostens lauschte. »Leider verkehre ich kaum an Adelshöfen«, sagte er nun. »Ihr müsst verzeihen, als adoptierter Zweitgeborener eines Drittgeborenen hält sich die Nachfrage nach meiner Gesellschaft in Grenzen. Vielleicht ändert sich das ja jetzt, wo ich zum Prinzen geworden bin.« Ein spöttisches Grinsen huschte über sein Gesicht. »Aber ich gestehe, ich fühle mich als freier Kaufmann sehr viel wohler, als ich das als Edelmann auch nur könnte. Aber lasst uns doch einfach überlegen, was wir alles haben, das wir in die Waagschale werfen können, um ein wahres Sultansfieber auszulösen.« Henri, Rochus und Marie sahen ihn gespannt an. Karl dachte laut nach. »Wir haben etwas Geld. Das Vermögen, das Ihr uns für Ausbildung und Mitgift gegeben habt, konnten wir vermehren. Ich bin Kaufmann und arbeite bisweilen für potente Geldverleiher. Marie ist hoch gebildet und hat zwei Jahre am Königshof verbracht. Außerdem sind wir beide Teilhaber eines sehr gut laufenden Schneidereibetriebes und einer Knopfmanufaktur in Nürnberg, die von unserer engsten Freundin geführt werden. Wir haben es geschafft, dass die vornehmsten Leute des Reiches, bis zum König und zur Königin, unsere Kleider tragen. Seht her, sie sind etwas völlig Neues.« Henri beäugte neugierig die Knöpfe an Rock und Hemd Karls.

»Vielleicht sollten wir den Sultan hübsch ausstaffieren?«, fragte Marie rundheraus. »Was würde das nützen?«, entgegnete Rochus.

»Nun ja, ein prächtig gekleideter junger Fürst aus dem Orient? Der könnte Eindruck an den Fürstenhöfen erwecken. Dort geht es zumeist ziemlich eintönig und langweilig zu, und die Höflinge, einschließlich ihrer Herren, gieren geradezu nach Abwechslung und freuen sich über Neues und Außergewöhnliches. Wenn er dazu mit den entsprechenden Versprechungen nicht geizt, könnte ihm das schon den einen oder andern Vertrauten sichern«, antwortete Karl an Maries Stelle und schenkte ihr einen anerkennenden Blick, der der jungen Frau die Röte in die Wangen trieb.

»Aber der Sultan ist in Kairo und man wird ihn nicht nach Europa reisen lassen«, wandte Henri ein.

»Ich weiß«, sagte Karl, »das sagtet Ihr bereits. Irgendetwas muss uns noch einfallen. Doch lasst uns diesen Ort hier verlassen, man weiß in dieser Stadt nie, wer einem gerade zuhört. Wohnt Ihr in einer Herberge?« Henri nickte.

»Dann lasst uns Euer Gepäck dort abholen. Ihr wohnt natürlich bei uns.«

Nachdem sie sich eingerichtet hatten, suchte Karl mit Rochus ein nahe gelegenes Bad auf, um Vater und Tochter Zeit zu geben, sich wieder aneinander zu gewöhnen. So glücklich Henri auch darüber war, seinen kleinen Liebling wiedergefunden zu haben, so sehr schmerzte ihn die Ähnlichkeit, die Marie mit ihrer verstorbenen Mutter hatte. Marie war nun etwa im gleichen Alter, wie Catherine bei ihrer Hochzeit. Ihre Augen waren vom gleichen Blau, und auch das blonde Haar hatte sie von der Mutter geerbt. Henri musste sich einen Ruck geben, Catherine zu verdrängen, um sich ganz der wiedergefundenen Tochter zu widmen.

»Erzähle, mein Kind«, forderte er sie auf. »Waren die Nonnen recht streng mit dir?«

»Sie ließen sich nicht auf der Nase herumtanzen, wenn Ihr das meint«, sagte Marie, »aber wenn man ordentlich gelernt und gehorcht hat, war das Leben dort nicht so schlecht. Trotzdem – kaum war ich einen Tag aus dem Kloster weg, wollte ich auf keinen Fall mehr zurück. Zum Glück hat Charles dafür gesorgt, dass ich bei Franziskas Eltern bleiben konnte.« In aller Kürze erzählte sie ihm, wie es ihr selbst und Franziskas Familie in der Folgezeit ergangen war, von den schönen Zeiten in Nürnberg, den zwei Jahren im Dienst der Königin und schließlich von der Flucht nach Venedig. Henri war stolz auf seine Tochter. Sie war eine unabhängige, junge Frau geworden.

Karl bestellte in einer beliebten Garküche ein feines Nachtmahl aus gebratenem Geflügel, eingelegtem Gemüse und einer pikanten Fischsauce, einer besonderen Spezialität, die der Wirt gern in die Wohnung bringen ließ, nachdem er Karls Silbermünzen in seine Tasche hatte gleiten lassen. Nach dem Essen saßen sie noch lange an der abgeräumten Tafel und sprachen über die vergangenen Jahre.

Nachdem Marie sich vergewissert hatte, dass noch genügend Wein auf dem Tisch stand und es den Männern auch sonst an nichts mangelte, zog sie sich schließlich als Erste zurück.

Als die drei Männer unter sich waren, sah Henri Karl lange in die Augen. Schließlich begann er zu sprechen: »Dass du ein pfiffiger Bursche bist, mein Prinz, war schon in Akkon nicht zu übersehen. Nach dem heutigen Tag und unseren Gesprächen muss ich sogar gestehen, dass du einer der klügsten Köpfe bist, die mir jemals begegnet sind. Ich bin sehr stolz auf dich, Charles, und ich stehe tief in deiner Schuld, dass du Marie zu einem glücklichen Leben verholfen hast.« Verlegen senkte Karl den Blick. Eine derartige Ansprache hatte er zu dieser Stunde von seinem Stiefvater nicht erwartet. Er wunderte sich nur, warum Rochus Henri schon die ganze Zeit verstohlene Blicke zuwarf und vor sich hin grinste.

»Aber Augen«, sagte Henri und kämpfte nun ebenfalls mit dem Lachen, »Augen, mein Sohn, hast du keine im Kopf. Oder bist du dann und wann doch etwas schwer von Begriff?« Verwundert sah Karl vom einen zum anderen und wusste noch immer nicht, was sie eigentlich von ihm wollten. Nach der ersten überschäumenden Freude des Wiedersehens und der Aufregung des Nachmittags waren den beiden erfahrenen Männern die heimlichen Blicke, die wie zufälligen Berührungen und der Schatten in Maries Blick, wenn Karl etwas Gefährliches aus der Vergangenheit erzählte, nicht entgangen. Henri kannte das Gefühl, von einer Frau geliebt zu werden, und die Erinnerung daran war neben dem Wunsch, seine Kinder wiederzusehen, die treibende Kraft seiner letzten zehn Jahre gewesen. Karl schien in dieser Hinsicht ein wenig unbedarft zu sein. Oder sah er in der voll erblühten jungen Schönheit wirklich nur die kleine Stiefschwester?

»Es ist ein großes Geschenk, das Herz einer Frau zu gewinnen, mein Sohn. Denk darüber nach!«

Karl spürte, wie er errötete. »Ihr denkt doch nicht etwa ... Ich ... nein ... habe nie ... Bitte glaubt mir ... kein einziges Mal ...«, stammelte er.

»Ich weiß, mein Sohn, ich weiß«, sagte Henri lächelnd. »Ich will nur, dass du dir überlegst, was du im Leben wirklich möchtest. Hör auf dein Herz und du wirst die richtige Entscheidung treffen.« Er nahm einen Schluck aus seinem Becher und goss sich und den beiden anderen Männern nach. Karl schwieg. War es das gewesen, das all die letzten Jahre in ihm gearbeitet hatte, wann immer er an Marie und ihre Zukunft dachte? Das Unbehagen, das ihn überkam, wenn von einer Heirat Maries die Rede war? Der unbändige Zorn, der in ihm aufstieg, wenn er an Bero von Restwangen und seine Spießgesellen dachte? Er und Marie? Sie beide – war es wirklich so einfach? Er trank seinen Becher aus und entschuldigte sich. Er wollte alleine sein.

Als er allein in seinem Schlafgemach war, kamen Erinnerungen. Erinnerungen nicht an Marie, das kleine Mädchen, sondern an die Maria, die er aus dem Kloster geholt hatte. Deren Unschuld er vor Bero und seinen geilen Kumpanen gerettet und für die er einen Menschen getötet hatte. Er dachte auch an den Zorn, der in ihm aufgewallt war, als er von der geplanten Verlobung Marias mit Bero erfahren hatte, und dass er keine Sekunde gezögert hatte, mit ihr zu fliehen und ein neues Leben zu beginnen. Immer klarer wurden seine Gedanken, und ein Gefühl von bisher nicht gekannter Stärke durchströmte seine Brust. Er wusste jetzt, dass er Marie liebte, von ganzem Herzen und mit jeder Faser seines Leibes. Endlich erkannte er auch, woher Maries Unmut in den letzten Wochen rührte. Er wusste, was es für ihn zu tun galt. Es gab zwei Dinge, die er anpacken musste. Das eine sagte ihm sein Herz, und es wurde ihm unsagbar leicht bei der Entscheidung. Das andere sagte ihm sein Verstand, der überraschenderweise noch immer ordentlich arbeitete. Es war eine Aufgabe für sie beide als Paar. Maria war den ganzen Abend schon wieder Marie gewesen. Er würde ab morgen auch nicht mehr Karl oder Charles heißen, sondern Prinz Chalil von Ägypten.

VIERTER TEIL

WIEN März 1305

Chalil rückte näher an das Kohlebecken, das er sich gegen die klamme Winterkälte hatte bringen lassen, und brütete über den Papieren, die ihm vor einigen Tagen zugestellt worden waren. Er hatte die letzten Tage in Trauer verbracht, doch jetzt nahm er sich zusammen, um die notwendigen Angelegenheiten zu regeln. Sein einstiger Lehrherr Zacharias war verstorben und hatte ihn in seinem Testament großzügig bedacht. Neben einigen Legaten an seine wenigen leiblichen Verwandten, hatte Chalil den größten Teil seines Vermögens geerbt. Es waren allerdings kaum Münzen oder sonstige Wertgegenstände im Inventar seines Nachlasses aufgeführt gewesen. Der bis zum letzten Atemzug klug agierende Finanzmann hatte seinen Barbesitz in Wechsel an verschiedene Banken gewandelt und eine Reihe von Schuldscheinen gesammelt. Chalil pfiff leise durch die Lippen, als er eine Summe von 1500 Gulden auf einem Schuldschein Siegfrieds von Restwangen fand, den dieser vor seinem Tod nicht mehr eingelöst hatte. Zusammen mit einem Papier Siegfrieds, das Chalil schon seit ihrer Flucht in seinem Besitz hatte, konnte er von Restwangen, wann immer es ihm passte, zweitausendfünfhundert Gulden einfordern. Eine Summe, die auch einen wohlhabenden Lehnsherrn in große Bedrängnis bringen konnte. Chalil addierte die Summen auf sämtlichen vor ihm liegenden Urkunden, um sich einen ungefähren Überblick über sein neues Vermögen zu verschaffen. Der Alte hatte ihn in seinem Testament gebeten, weise mit dem Erbe umzugehen, und ihn ermahnt zu bedenken, dass es die Taten sind, die einen Mann ausmachen, nicht sein Erbteil.

Fast drei Jahre waren er und Marie nun quer durch Europa gereist und hatten in den höchsten Adelskreisen verkehrt. Nachdem sie sich von Franziska auf das Feinste hatten einkleiden lassen, besuchten der Prinz und seine schöne Gemahlin die vornehmsten Fürstenhöfe des Kontinents. Die Vielzahl und Eleganz ihrer Kleider wurden rasch sprichwörtlich, und Franziskas Werkstatt erhielt Aufträge aus allen Ecken und Enden des Erdteils. Wo immer Marie und Chalil sich aufhielten, schien man es ihnen an Eleganz und Schönheit gleichtun zu wollen. Im Gefolge des Prinzen reisten sogar ein Schneidergeselle und mehrere Näherinnen, die Kunden unmittelbar vor Ort bedienen und die gut situierten örtlichen Schneidermeister im Anfertigen von Knopfkleidern unterweisen konnten. Besonders kunstvolle und teure Knöpfe führte die Reisegruppe in kleinen Kästchen mit sich, und Chalil präsentierte diese in den höchsten Kreisen persönlich.

Natürlich wurden Knöpfe nun von vielen Handwerkern hergestellt, doch Franziskas Manufaktur hatte jahrelangen Vorsprung und dank der herrlichen Kleider aus ihrer Werkstatt einen beispiellosen Ruf. Franziska und ihre Teilhaber waren wohlhabend geworden, natürlich auch der gute alte Walram, der vor wenigen Monaten als hoch angesehener Mann entschlafen war.

Vor einem Jahr hatten Franziska und der alte Meister Trudbert an Sohnes statt angenommen, ein schlauer Schachzug, denn Franziska konnte so die Schneiderei als Witwenbetrieb weiterführen, bis der Sohn in der Lage wäre, das Geschäft zu übernehmen, wie es die Nürnberger Zunftordnung gebot, und konnte ihr Wirken somit praktisch unbegrenzt fortsetzen.

Franziska hatte ursprünglich wenig Grund dazu gesehen, dem Sultan eines fernen Landes, von dem sie bisher keinerlei Vorstellung hatte, zu seinem Thron zu verhelfen. Erst als Maries Vater ihr erklärt hatte, dass dieser Mann ein Garant für Frieden und Wohlstand im östlichen Mittelmeer zu werden versprach und sich unbegrenzte Handelsmöglichkeiten eröffnen würden, hatte sie schließlich zugestimmt und einen Teil ihres Geldes zur Unterstützung des fremden Herrschers zur Verfügung gestellt. Außerdem hatte sie Vertrauen in Chalils kaufmännische Weitsicht.

Der Plan, den Chalil sich überlegt hatte, um den unbekannten Vetter zu seinem Thron zu verhelfen, war einfach. Er würde in den Adelshäusern seine eigene Geschichte erzählen – und die war abenteuerlich genug, da müsste er keine Märchen erfinden. Das geheime Leben der Eltern in Akkon, ihr früher Tod, seine Adoption durch einen französischen Edelmann und der Übertritt zum Christentum, die abenteuerliche Flucht nach Europa und seine Lehrjahre bei einem reichen Kaufmann und Geldverleiher. Er kannte alle drei Religionen des einen Gottes aus eigener Erfahrung, was sonst kaum jemand von sich behaupten konnte und was ihn auch beim Klerus zu einem interessanten Gesprächspartner machte, zumal er sich ja für das Christentum entschieden hatte. Schließlich erzählte er von seinem königlichen Vetter, der Beziehungen zu den Edlen des Abendlandes aufbauen wollte und deshalb den Prinzen als Botschafter ausgesandt hatte, ihnen seine persönliche Aufwartung zu machen. Chalil ließ die Herrschaften erkennen, dass Ägypten ein reiches Land war, mit dem es sich lohnte, Geschäftsbeziehungen aufzubauen und Bündnisse zu schließen. In den schillerndsten Farben schilderte er die Reichtümer des Ostens und die Handelsmöglichkeiten mit den asiatischen Seefahrerstaaten, die nach Warenaustausch mit Europa gierten. Sein Vetter wollte als Mittler zwischen Orient und Okzident in die Geschichte eingehen und gab sich deshalb größte Mühe, das Wohlwollen der abendländischen Fürsten zu gewinnen. Chalil schenkte so manchem Regenten eines der Gemälde des Sultans, für die er selbst Modell gesessen hatte und die dank Henris Schilderungen dem jungen Monarchen tatsächlich ähnlich sahen. Auch an-Nasir war sehr schlank, trug einen kurzen Bart und hatte die gleichen schwarzen Augen und wie Chalil ein ebenmäßiges ovales Gesicht. Auf den Bildern schmückte den Sultan eine seltsame orientalische Kopfbedeckung, die sein nobles und exotisches Äußeres unterstrich. Das Abbild des geheimnisvollen jungen Fürsten übte auf Männer wie auch Frauen eine seltsame Faszination aus.

Die Saat begann rasch aufzugehen: Schon bald wurden Botschaften nach Kairo gesandt, die den Monarchen der Freundschaft der Fürsten versicherten, meist in Verbindung mit großzügigen Geschenken, die das Gedächtnis des Sultans an seine ersten Verbündeten stützen sollten.

An-Nasirs Name wurde in ganz Europa bekannt, und die Aussicht, über ein friedliches und dem Westen aufgeschlossenes Ägypten an die Schätze Afrikas zu kommen und darüber hinaus Zugang zu den Seehandelswegen des Roten Meeres und des Indischen Ozeans bis tief nach Asien zu erhalten, ließ seine Freundschaft in höchstem Maße erstrebenswert erscheinen. Auch reiche Kaufherren wie die Schürstab in Nürnberg nutzten die Gunst der Stunde, sich mit dem königlichen Vetter über künftige Handelsbeziehungen zu beratschlagen und dem Sultan für seine Aktivitäten in Europa großzügigen Kredit einzuräumen.

Henri und Rochus waren im vergangenen Sommer wieder zu ihm gereist, um ihm zur Seite zu stehen und ihn zu beraten. Der Schutz des Lebens des jungen Fürsten schien nunmehr gewährleistet zu sein, denn er war binnen kurzer Zeit viel zu bekannt und als Handelspartner der europäischen Fürsten viel zu wichtig geworden, als dass man ihn einfach still und leise hätte beseitigen können. Die Regenten des Mameluckenstaates mussten sich zähneknirschend eingestehen, dass sie ohne die Symbolkraft an-Nasirs wenig Wertschätzung im Rest der Welt genossen. Dennoch war der Sultan noch immer ein Gefangener im eigenen Land und ohne seinen ersehnten Thron.

Nachdem es Chalil gelungen war, aus seinem Vetter, den er noch nie gesehen hatte, einen bekannten Mann zu machen, begann er, an dessen Vermögen zu arbeiten, indem er einen kräftigen Teil des Gewinns, den er selbst mit Franziskas Knöpfen und Kleidern und seinen eigenen Geschäften erzielte, über ein Florentiner Bankhaus nach Ägypten leitete. Auch den Löwenanteil von Zacharias' Nachlass und die von Franziska zur Verfügung gestellte Summe würde er dem Sultan zukommen lassen. Er sollte Männer, Waffen und was er sonst noch für einen Umsturz in seinem Land benötigte, beschaffen. Chalil betrachtete dies als kluge Investition, für die sich sein Vetter vielleicht später mit der einen oder anderen Handels- oder Banklizenz bedanken würde.

Die Abenddämmerung setzte ein, und er entzündete die Kerzen auf seinem Tisch. Marie würde hoffentlich bald wieder hier sein. Natürlich hatte er sie nicht ohne Begleitung gehen lassen, dennoch waren die dunklen Gassen Wiens gefährlich, auch wenn der Weg zur Burg nicht weit war. Die Näherin und der fröhliche Trudbert, die seit einiger Zeit mit ihnen reisten, hatten die Kleider, die Franziskas Werkstatt nach den aufgezeichneten Maßen Blanches gefertigt hatte, mehrmals geändert, und unter der Aufsicht Maries sollten sie der Prinzessin nun endgültig angepasst werden. Blanche war erschreckend mager und blass geworden und hatte in den vergangenen Monaten zahlreiche Unpässlichkeiten über sich ergehen lassen müssen. Vor einem knappen Jahr hatte sie eine Fehlgeburt erlitten und war danach nicht mehr wieder richtig auf die Beine gekommen. Albrecht wartete daher noch immer auf den ersehnten Enkel.

»Es ist so schrecklich«, schluchzte Marie, als sie wenig später in den Raum stürmte und sich in Chalils Arme stürzte. »Sie war noch so jung ... und so schön ... und ausgerechnet heute ...« Sie weinte und weinte, während Chalil ihr beruhigend den Rücken tätschelte. Sie wirkte erschöpft und überanstrengt. Der Tag hatte bereits schwer für sie begonnen. Am Morgen hatte sie der Königin ihre Aufwartung gemacht und sich für ihre Flucht vor über vier Jahren bei ihr entschuldigt. Sie erklärte ihr, dass der Prinz um sie angehalten hatte, nachdem er von ihrem Vater von seiner tatsächlichen Herkunft erfahren hatte, dass diese Verlobung sowie seine wahre Identität zu diesem Zeitpunkt jedoch noch geheim gehalten werden mussten, um den Aufbau seiner Mission in Europa nicht zu gefährden. Huldvoll hatte die Königin ihr verziehen, da Albrecht ebenfalls schon dem Sultan seine Freundschaft angeboten und zugesichert hatte. Nach diesem Gang wollte sie Blanche aufsuchen und die Übergabe und etwaige Änderung der Kleider überwachen, so hatte sie es mit Blanches Truchsess vereinbart. Doch die Frau Rudolfs war abermals erkrankt und zu schwach, um Besuch zu empfangen. Man ließ Marie warten, bis am späten Nachmittag die Kunde durch die Burg ging, dass der königliche und der herzogliche Haushalt in Trauer seien, da Gott die junge Frau zu sich gerufen hatte.

»Verstehst du ... dieses Bündnis zwischen den beiden Reichen, es ist doch jetzt auch hinfällig. Und Louis ...«

Chalil hielt seine Frau fest umarmt. Als das Schluchzen nachließ, setzte er sie in einen gepolsterten Sessel und legte eine Decke um ihre Schultern. Er ging nach draußen, um ihre Dienerin nach heißem Würzwein zu schicken.

»Was soll Louis denn schon geschehen?«, sagte er schließlich. »Er hat sein Lehen, das kann man ihm doch nicht so einfach wegnehmen.«

»Natürlich nicht, aber du weißt doch, wie unglücklich er war, als wir ihn in Paris getroffen haben.«

Sie hatten ein Jahr zuvor Frankreich bereist und in Paris Mitglieder der königlichen Familie und der hohen Geistlichkeit getroffen. Bei einem Festmahl hatten sie endlich Louis wiedergesehen, der in Begleitung seiner Gattin erschienen war, die sich sichtlich geehrt zeigte, dass ihr Gemahl nun mit dem ägyptischen Königshaus verwandt war. Es war nicht zu übersehen gewesen, dass Louis und Éléonore keine glückliche Ehe führten. Sie behandelten einander zwar höflich und respektvoll, doch Herzlichkeit und Fröhlichkeit sah Marie bei der jungen Frau erst, als Éléonore sich später ungezwungen mit alten Freunden aus der französischen Nobilität unterhielt.

*

Philipp hatte die Nachricht vom Tod der Halbschwester ohne sichtliche Regung aufgenommen und sogleich seine private Kapelle aufgesucht, um den Rest des Tages und die folgende Nacht dort im Gebet zu verbringen. Am folgenden Tag hatte er nach Louis geschickt und ihn beauftragt, mit einer Kondolenznachricht zu Rudolf zu reisen und vorerst als Gesandter an dessen Hof in Wien zu bleiben. Louis reiste umgehend ab, um den königlichen Befehl ohne Aufschub zu befolgen.

Er legte die gesamte Strecke zu Pferd zurück, begleitet nur von zwei einfachen Bewaffneten, die ebenfalls die weite Strecke reiten mussten. Zwei Diener folgten mit einem Fuhrwerk, um Gepäck, Waffen und sonstige persönliche Habe ihres Herrn nach Österreich zu schaffen.

Gern hätte Louis in Nürnberg haltgemacht, um sich nach Franziska zu erkundigen. Er hatte von Marie und Chalil erfahren, dass sie den Meister der Schneiderei geehelicht hatte und Mutter einer kleinen Tochter namens Katharina war. Natürlich wusste er um ihren Erfolg, schließlich trugen mittlerweile auch viele Adelige in Frankreich Knopfkleider. Der Gedanke an die junge Schneiderin schmerzte noch immer, trotz der Jahre, die seit ihrem letzten Treffen vergangen waren. Er hatte sie so tief verletzt, ungeachtet der eigenen Verzweiflung, die er selbst bei ihrer Trennung empfunden hatte, und er schämte sich seither zutiefst dafür. Die Strafe, die er dafür hatte auf sich nehmen müssen und die er mit grimmiger Geduld ertrug, war ihm nur ein geringer Trost.

Franziska jetzt zu sehen würde wohl nur neuen Schmerz hervorrufen, vielleicht bei ihr, vielleicht bei ihm, wahrscheinlich bei beiden. Schweren Herzens beschloss er daher, Nürnberg zu meiden, und nächtigte in einer Herberge weit außerhalb der Stadt.

Erst in Linz unterbrach er seine Reise für einen Tag, da er zufällig auf Marie und Chalil getroffen war, die auf dem Weg nach Bayern zu dem Sitz Meynhards waren, wo sie auf neue Nachrichten aus Ägypten warten wollten. Sie besprachen seine Lage ausgiebig. Er würde den Befehlen gehorchen, die Rudolf für ihn hatte. Ansonsten blieb ihm nichts anderes übrig als abzuwarten. So schwer es Marie fiel, sie sprach mit ihrem Bruder kein Wort über Franziska, und auch Louis brachte das Thema nicht zur Sprache. »Du hast Recht getan, nicht von ihr und dem Kind zu sprechen«, sagte Chalil zu ihr, als sie abends in ihrer Herberge alleine waren. »Es ist ihre Sache, sie müssen einander selbst wiederfinden, wenn sie sich denn finden wollen.«

»Und außerdem dürfen wir nicht vergessen, dass mein Bruder schließlich verheiratet ist«, seufzte Marie.

Der trauernde Rudolf empfing Louis, der fortan wieder Ludwig hieß, und gliederte ihn umgehend in den herzoglichen Haushalt ein. Er wurde mit der Beaufsichtigung der Grenzsicherung beauftragt und der Niederschlagung kleinerer Aufstände, die es im Herzogtum immer wieder gab. Wenigstens war er wieder ein richtiger Ritter, sagte Ludwig sich jeden Abend, wenn er sich in seiner Kammer zu Ruhe begab.

*

»Ein Brief für Euch«, sagte der Page und reichte ihm ein verschnürtes und versiegeltes Pergament. Ludwig, der gerade seinen heutigen Dienst beendet hatte, nahm es entgegen. Es schien eine wichtige Urkunde zu sein, gewiss kein Brief Chalils oder Maries. Sobald er alleine war, brach er das Siegel und rollte das Schriftstück aus seiner Umhüllung. Es war in der Tat ein offizielles Dokument, ausgestellt von einem Kirchengericht in Paris, verfasst in gut lesbarem Latein und unterfertigt und nochmals gesiegelt von einem Bischof. Er las es mehrmals und langsam. Das Schriftstück besagte, dass seine Ehe annulliert worden war, wegen mangelnder Ehefähigkeit der Braut und eines nichtigen Eheversprechens beider Brautleute. Zudem war, wie eine Untersuchung ergeben hatte, die Ehe nie vollzogen worden und die Braut noch immer *virgo intacta.* Die Eheleute wurden in den Familien- und Vermögensstand versetzt, den beide vor der Ehe innehatten. Schuldtitel gegeneinander bestanden nicht. Ludwig saß auf seinem Bett und starrte auf das Pergament. Er schämte sich plötzlich wegen seiner Einfältigkeit und Dummheit. *Virgo intacta*, eine unberührte Jungfrau. Also war er, was die Ehe mit Éléonore betraf, vom ersten Tag an belogen und betrogen worden. Er sah sich selbst, wie er sie zartfühlend und edel wieder und wieder seiner Ritterlichkeit und seiner Geduld versichert hatte und seine eigenen Bedürfnisse nur außerhalb des Ehebettes gestillt hatte. Was bin ich nur für ein Esel, dachte er bitter.

NÜRNBERG Frühling 1306

Bald würde Katharina ihr fünftes Lebensjahr vollenden. Franziska versuchte, sich an ihre eigene frühe Kindheit zu erinnern, die sie mit ihren Eltern in Budweis verbracht hatte. Ihre Mutter war in Gedanken noch immer stets bei ihr, doch die Erinnerung an den so jung verstorbenen Vater war mit der Zeit verblasst, auch wenn sie heute noch manchmal nachts weinen musste, wenn sie an ihn dachte.

Ihre kleine Tochter hingegen vermisste den alten Walram, das spürte sie, auch wenn er nicht ihr leiblicher Vater gewesen war. Wenn Katharina sich unbeobachtet fühlte, setzte sie sich gern auf die Bank vor dem Ofen, die Walrams Lieblingsplatz gewesen war, und erzählte sich selbst die Geschichten, mit denen ihr Stiefvater sie so oft unterhalten hatte. Nun musste auch ihre Tochter ohne Vater groß werden, dachte Franziska traurig.

Franziska vermisste die Verstorbenen, doch es fehlte ihr noch an etwas gänzlich anderem. Sie hatte sich in den letzten Monaten mehrfach dabei ertappt, wie viel Freude es ihr bereitete, wenn ein gut aussehender Mann sich von ihr einkleiden ließ, und sich dann immer besondere Mühe gegeben, ihn stattlich und den Frauenblicken gefällig auszustaffieren. Manchmal haftete ihr Blick auch länger auf dem einen oder anderen schmucken jungen Burschen, den sie zufällig sah. Als sie einmal zufällig einige junge Leute beim Baden in einem Weiher beobachtete, war ihr richtiggehend heiß geworden, zu groß war die Erinnerung an den nackten Körper Ludwigs, den sie damals beim Schwimmen gesehen hatte.

Wo sie auch hinsah, überall schienen junge Frauen mit

ihren Männern glücklich zu sein. Liebespaare schäkerten heimlich miteinander, stramme junge Kerle warteten auf ihre Mädchen. Selbst auf Marie war sie fast etwas eifersüchtig. Einmal, als sie bei einer Zunftfeier mehr als den üblichen einen Becher Wein getrunken hatte, war sie kurz davor gewesen, in Selbstmitleid darüber zu verfallen, dass sie sich den geheimnisvollen Karl in ihrer Jugend nicht selbst geangelt hatte. Fast wäre sie an diesem Abend auch noch auf die tollpatschigen Annäherungsversuche eines wenig ansehnlichen Witwers hereingefallen, doch um so tief zu sinken, hatte der Wein auch wieder nicht genügt.

In den letzten Jahren hatte sie all ihre Leidenschaft und Hingabe dem Geschäft gewidmet und die ganze Liebe ihres Herzens ihrer Tochter geschenkt. In den Jahren des Aufbaus hatte sie diese Energie gebraucht, um ihre Ziele zu erreichen, doch jetzt, wo sie erfolgreich und eingesessen war, spürte sie, dass es ihr nicht mehr gelingen wollte, erfüllt, ausgeglichen, zufrieden und glücklich zu sein. Sie konnte es drehen und wenden wie sie wollte: Ihr fehlte ein Mann.

Die heutige Abendgesellschaft würde sie ohne Begleitung besuchen: Meynhard hatte ihr eine Einladung zukommen lassen, den Anlass dazu jedoch verschwiegen. Zwar wusste sie, dass der Graf oft und gern Gäste einlud und Gesellschaften gab, doch diesmal hatte er recht geheimnisvoll getan, als er die Freundin und Geschäftspartnerin in sein Stadthaus bat.

Die Abendgesellschaft war außergewöhnlich klein, ganz anders, als man es sonsthin von dem Grafen gewohnt war. Die wenigen Gäste waren fein gekleidet und wie es schien, war der Anlass ein besonders außergewöhnlicher. Chalil und Marie begrüßten Franziska herzlich, und der Graf drückte ihr beide Hände. Der jüngste der Schürstabbrüder, einer der wichtigsten ortsansässigen Geschäftsfreunde, war ebenfalls zugegen und in Begleitung seiner jungen Gemahlin, die wenige Monate nach der Hochzeit schon sichtbare Rundungen zeigte, trotz des geschickt geschnittenen Kleides aus Franziskas Werkstatt. Der jungen Mutter entgingen die neuen Ideen an Franziskas Kleid nicht, weder die bis über die Unterarme eng anliegenden Ärmel noch die in kontrastierenden Farben unterfütterten Falten des Rocks. Sie deutete sofort an, dass ihre Garderobe sicher noch ein weiteres Stück der Meisterin vertragen konnte.

Es war ein kühler Maiabend, sodass Meynhard den großen Kamin in der Halle hatte anzünden lassen, der außer Wärme ein warm flackerndes Licht spendete.

Die Gäste nahmen an der verkleinerten Tafel Platz, und gesüßter Wein wurde gereicht. Noch immer war der Grund der Einladung unbekannt. Der Graf genoss die Spannung sichtlich und betrachtete lächelnd die fragenden Gesichter der Anwesenden. Schließlich ergriff er das Wort.

»Meine lieben Freunde! Ich will Euch nicht zu lange auf die Folter spannen, doch die heutige Feier hat einen triftigen und einmaligen Grund. Ich bin, rundheraus gesagt, ein Mann in einem gewissen Alter, dem es ansteht, sein bisheriges Leben zu überdenken, ja, es zu ändern und zu neuen Ufern aufzubrechen! Ich habe bisher ein bewegtes Dasein geführt und weniges versäumt, möchte ich meinen. Doch nun wird mein Leben sich grundlegend wandeln, schon in den nächsten Wochen!« Die Gäste sahen einander verwundert an. Was hatte der alte Knabe vor? Wollte er nach Rom pilgern? Oder hatte er den Köder der schillernden Geschichten um den Sultan geschluckt und wollte nach Ägypten aufbrechen? »Ich sehe, Ihr rätselt ...!« Er sah schmunzelnd von einem zum anderen und schwieg noch ein wenig. Als Karl den Kopf schüttelte und ihm tadelnde Blicke wegen dieses Theaters zuwarf, erbarmte er sich schließlich.

»Ich habe den wohl bedeutendsten Beschluss meines Lebens gefasst: Ich werde ...« Noch einmal huschte ein Lächeln über sein Gesicht, als er die Freunde zappeln ließ. »... mein wildes Leben aufgeben und es wagen, mich in den heiligen Stand der Ehe zu begeben. Darf ich Euch meine Braut vorstellen?« Mit einer ausholenden Geste wies er zur Eingangstür der Halle, die aufschwang und den Blick auf eine äußerst gut gewachsene Frau freigab, deren Gesicht jedoch noch unsichtbar im Schatten lag. Sie müssen den Auftritt lange geprobt haben, schoss es Franziska durch den Kopf, bis sie plötzlich das Kleid erkannte. Es war eines der ersten, das sie genäht hatte. »Elsbeth«, riefen Marie und sie gleichzeitig, als die strahlende Braut den Raum betrat und dem Bräutigam die Hände reichte.

»Jetzt sagt, wie kommt es ...«, brach es aus Franziska heraus.

»Ihr sagtet doch immer, Ihr wolltet niemals in Eurem Leben ...« Sie blickte Meynhard erstaunt an.

»Frau von Falckenstein hat mich von dieser Einstellung kuriert, ich bin ihr zu großem Dank verpflichtet. Die Hochzeit wird auf dem Landgut gefeiert, Ihr alle seid natürlich Ehrengäste.«

Sie bestürmten das Brautpaar mit Fragen, wie es denn nun gekommen sei, wo es doch lange Zeit etwas still um die beiden geworden war. Der Graf erzählte nur so viel, dass es bei seinem letzten Besuch bei Hofe passiert sei, als er mit König und Kanzler wieder darüber zu beraten hatte, wie man mit möglichst wenig Aufwand möglichst viel Ertrag und höhere Steuern aus den Landwirtschaften holen konnte, um noch mehr Feldzüge zu finanzieren. Eines Abends wurde bei Hofe eines dieser neumodischen Feste gefeiert, zu denen man sich Masken aufsetzte, und dabei war es wohl um ihn geschehen. Er war mit so viel Charme und Liebreiz umgarnt worden, dass sein Herz wild entflammte und er nichts sehnlicher wünschte, als dieses Gegenüber zu besitzen. Als er dann erkannte, dass das Objekt seiner Begierde seine liebe Freundin Elsbeth war, konnte er nicht anders, als den Kanzler, ihren Oheim, um ihre Hand zu bitten, die ihm dieser bereitwillig gab. »In meinem Alter«, fügte er schmunzelnd hinzu, »und in meiner Position«, dankbar nickte er Franziska zu, »kann ich mir den Luxus einer Liebesheirat erlauben!«

Die Gäste gratulierten und feierten fröhlich. Dem Wein war bereits kräftig zugesprochen worden. Franziska, der wieder einmal bewusst wurde, dass sie allein und ohne männlichen Schutz war, wollte sich nicht zu spät von dem gräflichen Diener nach Hause bringen lassen, hatte sie mit Meynhard verabredet. Sie wunderte sich ein wenig, warum Chalil dem Diener Zeichen gab und die Becher eiligst wieder füllen ließ, kaum dass der Graf und Elsbeth ausgetrunken hatten. Er selbst hielt sich zurück, ohne dass die Gastgeber dies bemerkten. Irgendetwas schien er auszuhecken, doch Franziska verspürte wenig Lust, nach einem langen Arbeitstag an einem Trinkgelage teilzunehmen, und Marie schien es ebenso zu ergehen. Schließlich verabschiedete Franziska sich, und Marie teilte ihrem Gatten mit, diese Nacht in Franziskas Haus zu verbringen, was ihr dieser großzügig gestattete. Die drei verbliebenen Zecher blieben wacker vor ihren Pokalen sitzen.

Chalil musste an diesem Abend alle seine Tricks und Fähigkeiten einsetzen, wollte er von der raffinierten Elsbeth erfahren, wie es ihr denn gelungen war, des Grafen Liebe doch noch zu entfachen. Er gab sich redlich Mühe, den angesäuselten Weintrinker zu spielen, um die Frau aus der Reserve zu locken. Der Gastgeber Meynhard war schon durch seine theatralische Bekanntgabe der Eheschließung euphorisch gestimmt gewesen und der schwere Wein hatte sein Übriges getan. Erst schwärmte der Graf in den höchsten Tönen, doch mit Zungenschlag von seiner geliebten Braut und den treuen Freunden, dann stimmte er rührselige Lieder aus seiner Jugend an, und ehe man es sich versah, lehnte er in seinem Sessel und schnarchte.

Elsbeth hielt ein wenig länger durch als ihr künftiger Gemahl. Als sie schließlich zum dritten Mal ansetzte mit »Mein Prinz, dir kann ich es ja erzählen ...«, wurde Chalil sehr entgegenkommend, tätschelte beruhigend ihre Hand und auch ihre Wange, um durch sanfte Fragen und verständnisvolles Zuhören schließlich die ganze Geschichte aus ihr herauszubekommen.

Zunächst hatte Elsbeth bei Hofe hoch im Kurs gestanden, schließlich hatte der König ein Auge, »und mehr als eines hat er ja nicht mehr, der Ärmste«, auf sie geworfen. Irgendwann begann der Monarch das Interesse an ihr zu verlieren und verlangte immer seltener nach ihren Diensten. Vielleicht steckte auch die Königin dahinter, wer konnte das so genau wissen? Nach Albrecht suchten noch zwei seiner Würdenträger regelmäßig ihr Gemach auf, doch sie merkte rasch, dass ihr Stern sich im Sinken befand und dass weder ihr Oheim noch Albrecht daran dachten, sie zu verheiraten, »und gut zu verheiraten schon gleich gar nicht«. Natürlich gab es noch genügend Männer, die Interesse an ihr hatten, doch nur zu deren Lust und ohne nennenswerte Gegenleistung wollte sie sich ihnen nicht hingeben. Der einzige ihrer würdige und unverheiratete Edel- und Ehrenmann, den sie kannte, war der gute alte Graf Meynhard, doch ausgerechnet der machte sich nichts aus Frauen, wie sie Chalil ja schon erzählt hatte. »Du erinnerst dich doch, mein Prinz?«

Das von der Königin geplante Maskenfest brachte sie auf eine verwegene Idee. Sie erkannte eine kleine Chance, den Grafen für sich einzunehmen, und beschloss, alles auf diese einzige Karte zu setzen. Sie besorgte sich Beinkleider, noble Spangenschuhe und ein Wams nebst Oberkleid in ihrer Größe, das Hüften und Büste gut verdeckte. Das volle, lange Haar verschwand unter einer kecken Mütze und das Gesicht hinter einer Maske. Sie wirkte dadurch noch längst nicht wie ein richtiger Mann, eher wie ein weibischer Jüngling, doch war dies genau der Eindruck, den zu erwecken sie erstrebte. Elsbeth kannte keinerlei Skrupel und ging daher noch einen Schritt weiter. Am Hof lebte ein junger Edelmann, der in dem Ruf stand, derselben Neigung wie Meynhard anzuhängen, und den suchte sie auf. Der arme Kerl war in chronischen Geldnöten, und eine hübsche, goldene Kette und ein einigermaßen wertvoller Ring, beides Geschenke Seiner Majestät, brachten ihn zum Reden. Elsbeth hatte einen reichen Schatz an Erfahrungen und war mit einer ausschweifenden Phantasie gesegnet, doch was der Mann ihr über die Spiele unter seinesgleichen schilderte, eröffnete selbst ihr neue Sichtweisen. Dieses neue Wissen war wertvoll und Teil ihres Kapitals und sie plante genau, wie sie es anwenden würde.

Da Meynhard weder ständiges Mitglied bei Hof noch als Ratsherr besonders wichtig war, schenkte man ihm bei der abendlichen Feierlichkeit keine besondere Aufmerksamkeit, zumal sich jedermann so gab, als würde er seine Tischgenossen aufgrund der Masken, die erst zu später Stunde gelüftet werden sollten, ohnehin nicht erkennen. Gelegenheit also für einen aufreizenden Buhlen, das Interesse des Grafen zu erwecken, was der verkleideten Elsbeth auch meisterhaft gelang. Sie spielte den Geheimnisvollen, den Getarnten, der seine Maske auf keinen Fall und um keinen Preis fallen lassen würde, und als sie sich scheinbar überrascht und wie ahnungslos von der Tafel weglocken ließ und sich plötzlich im Gemach des Grafen befand, bestand sie darauf, dass er kein Licht entzündete, um ihre Identität nicht preiszugeben. Der Graf platzte schier vor Gier und Lust ob dieses außergewöhnlichen Abenteuers. Elsbeth musste überaus geschickt gewesen sein, da er den Schwindel nicht bemerkte, sondern wie berauscht den schnellen und kraftvollen Akt genoss.

Nachdem er Erlösung gefunden hatte, verließ sie ihn nicht eilends, wie er erwartet hatte, sondern ließ sich in seinem Bett nieder und wartete eine angemessene Weile, bevor sie ihn mit ihren Methoden wieder erregte.

Als er sie abermals auf seine Art in Besitz nehmen wollte, sprach sie plötzlich: »Nein!« und drückte ihn rückwärts auf sein Lager. »Du hast mir unendlich wohlgetan, doch jetzt sei dir wohlgetan!«, sagte sie, während sie sich auf ihn setzte. Während sie sich schon in sanftem Rhythmus bewegte und sein kräftiges Geschlecht in sich aufsog, riss sie sich die Maske und die Kleider, die sie noch immer verhüllten, vom Leibe und öffnete ihr Haar. Als er den Betrug bemerkte, wollte er sie von sich stoßen, doch wieder rief sie »Nein!«, diesmal herrisch und energisch und schlug ihm dabei erst mit der flachen Hand und schließlich mit beiden Fäusten ins Gesicht. Sie schlug fest, sehr fest und noch fester, fühlte das Blut, das aus seiner Nase strömte, bis er sie plötzlich an den Handgelenken fasste und sie an sich zog. Mit aller Kraft drückte er sie an sich, sie sträubte sich und biss ihn, bis sie Salz an seiner Schulter schmeckte. Schließlich entrang sich seiner Brust ein Seufzer, von dem sie dachte, die ganze Burg würde erwachen. »Sein Geheimnis war ein ganz anderes, doch er wusste es selbst nicht. Du weißt nicht, wie glücklich wir sind!«

*

Die hohen Gäste Meynhards waren eingetroffen, einige Adelige und der eine oder andere wohlbestallte Bürger, mit dem er geschäftlich zu tun hatte. Auch sein jüngster Bruder, der sich als Edelknappe auf einer Burg in Tirol verdingte, war angereist, was Meynhard besonders freute. Walter war etwa fünfzehn Jahre jünger als der Graf, hatte ein ebenso eindrucksvolles männliches Gesicht, war jedoch schlanker und wirkte wesentlich wendiger. Er vermochte die Laute zu schlagen und hatte ein keckes Lächeln, das er gern in Richtung der Damen schickte. Meynhard hatte bei Franziska bereits Kleider für den jungen Mann bestellt, die diesem nun angemessen wurden. Sie bediente ihn persönlich und spürte die Blicke, die er ihr zuwarf. Nachdem sie ihn vermessen und die Ausführung von Wams und Beinkleidern mit ihm besprochen hatte, lächelte sie ihm ebenfalls zu, anfangs noch schüchtern, doch als er einen kleinen Witz über seine alten Kleider machte, lachte sie befreit und berührte wie zufällig seinen Unterarm. Mit einem noch breiteren Lächeln verabschiedete er sich und teilte mit, wie sehr er sich auf die Hochzeit freue. Marie war in der Werkstatt zugegen gewesen und Zeugin des Gesprächs. Sie stutzte, als sie das leichte Erröten der Freundin und ihr tiefes Atmen bemerkte.

»Du weißt genau, dass sie seit Wien keinen Mann mehr an sich gelassen hat«, sagte Chalil am nächsten Tag zu Marie, als sie über Franziska sprachen.

»Aber die Ehe mit Walram, du meinst, sie haben nie ...? Und Katharina?«

»Also bitte! Sieh dir die Kleine doch an – wenn dieses Kind nicht Ludwigs Tochter und deine Nichte ist, dann soll mir meine Hand nachwachsen. Ich dachte, das hättest du ohnedies immer gewusst. Redet ihr Frauen denn nicht über solche Dinge?« Marie schlug die Augen nieder. Chalil dachte einen Moment nach. »Ich glaube, ich sollte wieder den Liebesboten spielen wie damals vor über acht Jahren, bevor es endgültig zu spät ist«, sagte er schließlich grinsend.

Fragend sah Marie ihn an, und er erzählte von den kleinen Botschaften, den Briefchen und den mündlichen Nachrichten, die zu überbringen ihm in seiner Jugend ziemlichen Spaß bereitet hatte. »Und du? Warst du nie in Franziska verliebt?«, fragte sie und sah ihn mit einem kecken Blinzeln an.

»Bei solch einem Rivalen? Denkst du, ich bin lebensmüde? Aber um ehrlich zu sein, war ich bisher überhaupt erst in ein einziges Mädchen verliebt, und auch das musste mir erst ihr weiser, aber lange tot geglaubter Vater verraten.

Wie das Leben eben so spielt!« Liebevoll knuffte sie ihn in die Rippen. »Allerdings«, gab er nun zu bedenken, »gefallen hätte sie mir schon und ich ihr sowieso ...« Wieder fing er sich einen Stoß ein und nahm sie in den Arm. Mit ihrem sanften Lächeln, das er so liebte, hob sie den Kopf und ließ sich von ihm küssen. Für einen langen Moment standen sie fest umschlungen, dann öffnete seine Hand mit geschickten Griffen ihr Mieder.

Es waren noch zwei Stunden bis zu Meynhards und Elsbeths Trauung. Im Herrenzimmer standen der große Wasserkrug und die Schüssel bereit. Die Diener hatten entsprechende Anweisungen erhalten, dass der Prinz mehrmals am Tag Waschungen vornahm und dabei und danach nicht gestört werden durfte. Als Chalil das Wasser in die Schüssel goss, fiel sein Blick auf das gerollte Pergament, das man ihm in der letzten Stunde ins Gemach gebracht haben musste.

Der Brief war von Louis, der jedoch wieder die deutsche Namensform zu bevorzugen schien. Er schilderte die Annullierung seiner Ehe, einen langweiligen Feldzug gegen Ungarn, aber auch die Hoffnung, die er für eine baldige diplomatische Mission nach Böhmen hegte, zu der er berufen war. Chalil kannte seinen Stiefbruder viel zu gut, um nicht den traurigen Unterton in dem Schreiben zu erkennen. Louis tat ihm leid. Sein Ziel, als tapferer Ritter seinem König zu dienen und irgendwann dafür mit einem reichen Lehen belohnt zu werden, war in weite Ferne gerückt. Er diente nicht mehr dem König, sondern dessen Sohn, und Rudolfs Persönlichkeit reichte bei weitem nicht an die Albrechts heran. Rudolfs Ruf war nicht besonders gut, er galt als schwach, aber berechnend, weswegen die Kurfürsten auch zögerten,

Albrechts Wunsch nach Vererbung der Reichskrone an ihn nachzugeben. Für Rudolf war Louis nach dem Verlust seiner Gattin und der französischen Grafschaft nicht mehr als ein bewaffneter Begleiter, dessen man sich bediente oder auch nicht, je nachdem, wie es gerade erforderlich war. Nachdenklich legte Chalil das Pergament beiseite und nahm sich vor, gleich nach der Trauung mit Marie zu sprechen.

»Also, wenn mein Herr Bruder nun nicht zu Franziska zurückkehrt und sie auf Knien um Verzeihung bittet, dann hat er sie auch nicht verdient!«, sagte Marie.

»Was würdest du denn tun, wenn man uns getrennt hätte?«

»Ich würde für dich bis ans Ende der Welt laufen, das weißt du genau. Und erinnere dich: Du hast sofort alles stehen und liegen gelassen, um mit mir zu fliehen, als es nötig war. Du hättest mich nie im Leben sitzenlassen und mit einem Kind unter dem Herzen schon gar nicht!«

»Von dem Kind wusste er doch aber nichts!«

»Männer! Wenn man sich schon mit einem Mädchen vergnügt, dann kann man mit der Heirat einer anderen auch so lange warten, bis man weiß, dass da nichts unterwegs ist. So würde eine Frau handeln, aber ihr ...«

Chalil warf ihr einen fragenden Blick zu.

»Gut, du nicht, das war nicht gerecht«, räumte sie ein. »Aber Louis ...«

»Louis hatte einen königlichen Befehl, der auf den Verhandlungen mit den Diplomaten eines anderen großen Reiches beruhte. Er konnte nicht frei entscheiden.«

Marie schnaubte kurz. Ihrer Ansicht nach hätte Louis sich sehr wohl anders verhalten können, und wenn nun ein anderer Mann um Franziska warb, dann war das eben Pech für Ludwig, befand sie.

»Franziska ist erwachsen. Sie muss selbst entscheiden«, räumte Chalil schließlich ein, und seine Frau nickte. Mit den anderen Gästen setzten sie den kurzen Weg von der Kapelle in das Gutshaus fort.

Meynhard hielt sich für einen fortschrittlichen Herrn und hatte allen Bediensteten, egal ob aus dem Haus, der Landwirtschaft oder der Manufaktur, anlässlich seiner Eheschließung einen Gulden geschenkt und im Hof eine Tafel errichten lassen, an der sie unbeschwert schmausen und zechen sollten. Gerührt hörten Elsbeth und er aus der Halle zu, wie die einfachen Menschen draußen sie hochleben ließen.

Wie durch Zufall saß Walter schon bald neben Franziska, die etwas häufiger als sonst am Wein nippte. Er erzählte ihr von der abenteuerlichen Bergwelt Tirols, von reißenden Flüssen und schneebedeckten Gipfeln und würzte seine Geschichten mit allerlei Schwänken und Schabernack. Franziska lachte. Schon lange hatte sie sich nicht mehr so gut unterhalten. Walter war ein äußerst charmanter Bursche, und je länger sie ihn betrachtete, desto besser gefielen ihr sein kräftiges Kinn, der geschwungene Mund und die rotbraunen Locken.

Als die Frauen sich dezent zurückzogen, um das Ritual der Schlüsselübergabe und der Inbesitznahme des Haushalts zu vollziehen, schlich er sich heimlich von der Tafel und folgte ihnen. Franziska beobachtete ihn aus dem Augenwinkel. Ihr Atem ging plötzlich schneller, und sie musste sich zwingen, gemessenen Schrittes mit den anderen Frauen loszuschreiten. Als sie sich an das Ende des kleinen Zuges zurückfallen ließ, ihren Schritt verlangsamte und die Damen vor ihr gerade um eine Ecke bogen, griff Walter plötzlich nach ihrem Handgelenk und zog sie in eine dunkle Nische. Es verschlug ihr den Atem, als er sie umarmte und seine Lippen auf die ihren drückte, doch schnell gestand sie sich ein, dass sie den ganzen Abend auf nichts anderes gewartet hatte, und gab sich seiner Dreistigkeit hin. Seine Küsse, zunächst sanft und zärtlich, doch schließlich leidenschaftlicher und wilder, verrieten einen erfahrenen Verführer. Sie seufzte, als er sie an der Taille und den Brüsten zu streicheln begann, und in ihr erwachte ein Gefühl, das sie schon längst nicht mehr gekannt hatte.

Sie schlichen in sein Zimmer, und mit geschickten Fingern öffnete sie die Knöpfe seiner Beinkleider und seines Wamses, bevor sie ihm die Sachen vom Leibe zog. Walter war unerfahren mit den vielen Knöpfen ihres Kleides und kichernd half Franziska ihm, bis sie schließlich nur noch in ihrem Hemd vor ihm stand. Er schlug die Decke des schmalen Bettes zurück, und sie glitten auf die harte Matratze.

BÖHMEN Juli 1306

»Ihr geht nach Olmütz, Montardier, und nehmt die Verhandlungen auf.« Bero hatte sich im Umfeld Rudolfs unentbehrlich gemacht. Mittlerweile war er Befehlshaber von Rudolfs Leibgarde und beriet ihn in allen militärischen Fragen. Louis unterstand offiziell nicht seinem Kommando, doch er verbeugte sich vor Bero, so schwer ihm dies auch fiel. Die Aussicht, mit dem König eines anderen Reichs verhandeln zu dürfen, war eine unbeschreiblich große und vor allen Dingen unerwartete Ehre. »Das ist eine verantwortungsvolle Aufgabe, Restwangen, ich danke Euch!«

»Ihr werdet Euch bewähren und wenn Ihr Erfolg habt, wird Rudolf sich erkenntlich zeigen, wartet nur ab!« Bero nickte ihm beinahe freundschaftlich zu.

Louis atmete auf. Endlich fühlte er sich als Mann des Königs wieder ernst genommen. Man übertrug ihm eine Aufgabe, die eines Kanzlers würdig war. Er war also doch nicht völlig abgeschrieben, nicht nur einer von vielen bedeutungslosen Edelmännern. Womöglich konnte er wieder auf eine angemessene Karriere bei Hof hoffen. Ob sein Gönner Albrecht wohl hinter der Order stand?

»Mit Verlaub«, erwiderte Louis nun der Höflichkeit halber, »würde nicht vielmehr Euch selbst die Ehre gebühren, zu Wenzel zu ziehen?«

»Gewiss, ich bin älter, erfahrener und ranghöher, aber ich muss die Gelegenheit nützen, mich um mein Lehen und mein junges Weib zu kümmern, da ist mir jeder einzelne Tag lieb und teuer.«

Louis verbeugte sich und dankte Bero nochmals. Er war erleichtert, endlich eine akzeptable Beziehung zu ihm aufgebaut zu haben. Bero hatte nie ein Wort über ihren Kampf verloren und scheinbar auch die Geschichte mit Hermann endgültig begraben. Er war jetzt Grundherr, wohlhabend, verheiratet und zudem ein Günstling Rudolfs. Vielleicht war es wirklich an der Zeit, die alten Zwistigkeiten zu vergessen und gemeinsam an den wichtigen Staatsaufgaben zu arbeiten.

»Wann soll ich aufbrechen?«

»Lieber gestern als heute. Wer weiß, wie lange Wenzel in Olmütz verweilen will. Sucht ihn so rasch es geht auf und unterbreitet ihm unser Angebot.«

Der unglückliche Wenzel war trotz seiner Jugend bereits in den zweiten großen Krieg verwickelt. Nachdem er vor kurzem erst Ungarn verloren hatte, war er nun gezwungen, gegen die aufständischen Polen zu Felde zu ziehen, und hatte sich fest vorgenommen, dieses Land durch einen großen Sieg auf Dauer in sein Königreich einzugliedern. Bero von Restwangen hingegen hatte einen ganz anderen Plan für Wenzels Zukunft geschmiedet und diesen mit Rudolf besprochen, der zunächst gezögert, aber schließlich doch seine Zustimmung gegeben hatte.

Bero hatte sich umgehend nach seiner Ankunft in Böhmen in seiner Burg eingerichtet und saß nun neben seinem stillen Weib Heidrun. Das ganze Lehen wusste bereits, dass sein Herr wieder hier war und die nächsten Tage oder Wochen mit der Verwaltung des Besitzes verbringen würde. Er hatte sich auch sofort in die Arbeit gestürzt und mit dem Verwalter einen Aufgabenplan entworfen, der diesem in nächster Zeit kaum einen Moment der Ruhe gönnen würde. Was der Verwalter und die Bewohner Restwangens nicht wussten, war, dass Bero kurz nach Louis' Abreise mit zweien seiner Männer und in dunkle Kutten gehüllt unerkannt ebenfalls die Burg verließ und sie erst einige Tage später genauso heimlich wieder betreten sollte.

Drei Tage nach seinem Aufbruch von Restwangen erreichte Louis Olmütz und steuerte sofort die Burg an. Er wies sein Empfehlungsschreiben vor und wurde zu einem der königlichen Hofbeamten vorgelassen. Kurz schilderte er den Grund seines Besuches, der darin bestand, Wenzel kampferfahrene Truppen anzubieten, um ihn gegen die Polen zu unterstützen. Sollte der Feldzug siegreich und Wenzels Krone gefestigt sein, wollten Albrecht und Rudolf mit ihm über eine neue Ordnung der östlichen Reichsgebiete verhandeln, und auf jeden Fall sollte eine Waffenallianz gegen äußere Bedrohungen gegründet werden. Das entsprechende Schreiben, von Rudolf selbst unterzeichnet, sollte Louis Wenzel eigenhändig übergeben und ihn der brüderlichen Liebe Rudolfs versichern.

Die Hofbeamten und anwesenden Mitglieder des Rats waren sehr angetan von Rudolfs großzügiger Geste. Sie hegten die berechtigte Befürchtung, den Feldzug gegen Polen nicht siegreich beenden zu können, und waren für jede Unterstützung dankbar.

»Zum König könnt Ihr heute jedoch nicht, er befindet sich nicht in der Burg«, teilte ihm ein Hofbeamter mit. »Seine Hoheit verbringt den Nachmittag und die Nacht im Gebet, um Gott und die Heiligen um Unterstützung zu bitten. Der Domdekan hat ihm eine Kapelle zur Verfügung gestellt, in der er alleine meditiert. Es ist uns bei Strafe untersagt, ihn zu stören. Gern würden wir Euch Quartier auf der Burg anbieten, doch ist nicht die kleinste Kammer frei. Alle Mitglieder des Hofes und zahlreiche Ritter des Königs wollen unbedingt hier in des Königs Nähe nächtigen. Die Burg Olmütz ist nicht auf die Vorbereitung eines Feldzuges und eine so große Zahl von Besuchern eingerichtet«, sagte der Mann entschuldigend.

»Das soll mich nicht weiters kümmern. Ich werde schon eine Herberge finden. Sagt, wo finde ich das Haus des Domdekans?«

»Das ist einfach: Neben der großen Bischofskirche stehen nur der Bischofspalast und eben dieses Haus. Zwei Bewaffnete stehen vor dem Tor und das königliche Banner weht vom Dach. Ihr könnt es nicht verfehlen. Macht dem König morgen Eure Aufwartung, ich sorge dafür, dass er selbst oder zumindest ein Sekretär vorab Nachricht erhält. Es ist frohe Kunde, die Ihr bringt, er wird sehr glücklich darüber sein.«

Louis suchte und fand ein Quartier, in dem er sogar eine einzelne Kammer beziehen konnte. Sein Auftrag hatte ihn in eine heitere und euphorische Stimmung versetzt, und er genehmigte sich einige Becher des einfachen Weins, der in der Wirtsstube seiner Herberge ausgeschenkt wurde. Er war nicht betrunken, doch hatte sich seine ohnehin schon gelöste Stimmung durch den Alkohol nochmals aufgehellt und seine angeborene Wachsamkeit hatte etwas nachgelassen. Vielleicht waren die drei Männer in den Mönchskutten und den tief in die Gesichter gezogenen Kapuzen, die sich ein einfaches Mahl und einen Krug billigen dünnen Bieres teilten, auch zu gut verkleidet, als dass er Verdacht hätte schöpfen können. Einer von ihnen verließ die Schankstube ohnedies bald, die beiden anderen jedoch verwickelten ihn in ein Gespräch. Er teilte ihnen nicht mit, dass er in königlichem Auftrag unterwegs war, sondern lediglich, dass er am kommenden Vormittag das Haus des Domdekans aufzusuchen hatte. Die beiden vermummten Männer nickten anerkennend, als sie von der noblen Adresse erfuhren.

Ludwig war bereits kurz nach Morgengrauen auf den Beinen, und der blaue Himmel versprach einen strahlenden Augusttag.

»Ihr hier?«, fragte er verwundert, als er einen der Mönche vor dem Eingang des Hauses offensichtlich warten sah.

»Unser Abt, den ihr gestern nur kurz saht, hat eine Nachricht an das Domkapitel zu überbringen. Er und unser dritter Bruder werden in der Halle empfangen und gewiss vornehm verköstigt. Ich bin der Niedrigste von uns, mich lässt man hier stehen.«

Louis trat auf das Tor zu. Er wies das königliche Schreiben vor, und eine der Wachen ließ einen geistlichen Herrn aus dem Haus rufen. Der schon alte und reichlich buckelige Mann beugte sich stirnrunzelnd über das Siegel und studierte es lange. Er musste schrecklich kurzsichtig sein, da er das Pergament fast an die Nase drücken musste.

»Kommt«, sagte er schließlich und schlurfte vor Ludwig durch einen langen Gang und schließlich in einen Innenhof, an dessen anderer Seite er den Eingang der Kapelle sah. »Der König wird seine Andacht bald beendet haben. Ihr werdet dann sogleich zu ihm geführt, wartet hier.« Er wies auf eine steinerne Bank, die einen Blick über den Innenhof und einen gepflegten Garten bot.

Der junge König lag vor dem Altar, hatte die Stirn auf den Boden gepresst und murmelte ein letztes Gebet, bevor er sich erhob und die steifen Glieder bewegte. Seine langen und inbrünstigen Gebete mussten Gott und die Heiligen erhört haben, und er gelobte im Stillen, dem Bischof im Fall seines Sieges einen erklecklichen Betrag zukommen zu lassen, der den ins Stocken geratenen Bau des Olmützer Domes beschleunigen sollte.

Wenzel war ein tatendurstiger Jüngling, der gern Pläne schmiedete und darauf brannte, sie schnellstmöglich umzusetzen. Er war schlank und sehnig, mit braunem Haar und einem hübschen Gesicht, das nach dem anstrengenden Gebet zwar etwas ermüdet, aber dennoch entschlossen wirkte. Bevor er sich mit seinen Räten über den bevorstehenden Feldzug beratschlagte, wollte er noch seiner Gattin seine Aufwartung machen. Rasch und beschwingt verließ er das Gotteshaus durch den Ausgang, der direkt ins Haus des Domdekans führte, und schloss die hölzerne Tür hinter sich. Er wunderte sich, dass der Bewaffnete, der hier stehen sollte, nicht zu sehen war, und blickte sich fragend nach links und rechts um. Sein Blick schweifte durch den verlassenen Flur mit dem steinernen Boden, auf den die schräg einfallenden Strahlen der Morgensonne, die durch die hoch angebrachten Fenster schien, ein unregelmäßiges Muster zeichneten. Heute wird ein schöner Tag, dachte er noch, als ihm plötzlich die Luft wegblieb und das eben noch scharfe Bild vor seinem Auge zu verschwimmen begann. Eine schwere Hand lag auf seinem Mund, während eine andere ein langes Messer tief in seinen Rücken bohrte. Einen Augenblick noch konnte der jugendliche König sich auf den Beinen halten, bis seine Knie schließlich nachgaben und ein Schwall Blut aus seinem Mund schoss. Nicht einmal ein Seufzen hatte er von sich gegeben, bevor er in einer schnell größer werdenden roten Lache seinen letzten Atemzug tat.

Ein Mann in Kutte nickte seinem Begleiter zu. »Jetzt mach schnell, hol ihn her!«

Der andere lief die wenigen Schritte durch die Kapelle und deren zweiten Ausgang in den Innenhof. »Montardier, kommt sofort! Es eilt! Der König!« Louis sprang auf und lief zur Kapelle. Der Mönch ließ ihm den Vortritt und wies auf die andere offen stehende Tür. Louis stürzte durch die Kapelle und wollte auf den Flur treten, als ein harter Gegenstand ihn am Kopf traf. Er stürzte und fiel auf den toten

Fürsten, den er fast zur Gänze unter sich begrub. Blut besudelte seine Kleider, sein Gesicht und seine Hände. Der Schlag war fest gewesen, doch dosiert und keinesfalls lebensgefährlich. Noch während er sich aufrappelte, hörte er schon die Stimmen. »Mörder! Mörder! Der König! Heilige Mutter Gottes ...«, schrien die beiden Mönche durcheinander. Kaum war Ludwig wieder auf den Beinen, blickte er in das Gesicht Beros, der ihn verständnislos anstarrte. »Unseliger! Wie konntet Ihr? Seid Ihr toll geworden? Nun seht mich nicht so an! Flieht, solange Ihr noch könnt!«

Noch ehe Louis etwas erwidern konnte, schob man ihn zurück durch die Kapelle und zerrte ihn durch den Hof, vorbei an dem kurzsichtigen Priester, der die Situation noch nicht erfasst zu haben schien. Zahllose Schritte waren im Haus zu hören, allesamt jedoch noch am anderen Ende des weitläufigen Gebäudes. Louis stolperte aus dem Tor, vorbei an den verdutzten Wachen. Er rannte so schnell er konnte. Er gelangte zu der Herberge und stürzte auf die Pferdekoppel zu. Irgendjemand hatte sein Pferd gesattelt, gezäumt und an den Eingangsbalken der Koppel gebunden. Er dachte nicht darüber nach, warum und wie dies geschehen sein konnte, sondern sprang in den Sattel und sprengte durch das offene Gatter. Er sah sich um, ob die seltsamen Mönche und Bero zu sehen waren, doch konnte er sie nirgendwo ausmachen. Rund um die Kirche strömten Bewaffnete wie Ameisen aus unsichtbaren Löchern heran und rannten in kleinen Trupps suchend durch die Gassen. Louis beschloss, den kürzesten Weg zum nächsten Stadttor zu nehmen und danach auf die Schnelligkeit seines Pferdes zu vertrauen.

Das Tor war bereits in Sichtweite. Die beiden dort postierten Wachen schienen noch nichts von der Aufregung mitbekommen zu haben, wunderten sich jedoch über den wild heransprengenden Reiter, traten vor und richteten ihre Lanzen auf. Nur noch wenige Pferdelängen lagen zwischen Louis und dem offenen Tor. Einer der Soldaten trat ihm entgegen und rief ihm irgendetwas zu, das Louis nicht verstehen konnte. Die Lanze des Mannes berührte beinahe die Brust von Louis' Stute. Panisch sprang das Tier seitwärts und geriet ins Straucheln. Louis klammerte sich am Hals fest, als das Pferd erneut scheute und sich auf die Hinterhand stellte. Der Soldat schrie weiter. Louis wusste, dass er sein Pferd beruhigen musste, bevor er es aus dem Tor lenken konnte, doch fehlte ihm die Zeit dazu, da er bereits den Laufschritt und das Rüstungsscheppern der ihn verfolgenden Bewaffneten hörte. Verzweifelt hielt Ludwig sich im Sattel, und als die Stute mit den Vorderhufen wieder den Boden berührte, hieb er ihr beide Fersen in die Flanken und hoffte und betete, dass das verschreckte Pferd geradewegs durch das Tor lief.

Der Wächter hatte vor Schreck seine Lanze fallen lassen und sprang zur Seite, um sich vor den Hufen des Tieres zu schützen. Nur noch einen oder zwei Sprünge war das weit offen stehende zweiflügelige Holztor entfernt, als plötzlich die eine der beiden Torhälften vor Louis zuschlug. Die Stute wurde noch ängstlicher, doch Louis trieb sie weiter an. Der zweite Wächter mühte sich mit dem schweren Holz des Tors ab, das sich schon bedrohlich bewegte, als Louis endlich an ihm vorbeischoss. Fast wäre das Pferd noch gestürzt, als es von der zufallenden zweiten Torhälfte hart am Hinterteil getroffen wurde.

Louis stand in den Steigbügeln und beugte sich tief über den Hals der Stute. Zu seinem Glück verlief die Straße durch eine Wiese, sodass er auf dieser den Gaul weit ausgreifen lassen konnte, bis er endlich einen schützenden Wald erreichte. Noch waren keine Verfolger hinter ihm, das zufallende Tor hatte ihn gerettet. Bis die Wachen Armbrüste und Bogen hervorgeholt und in Position gebracht hatten, war er bereits außer Schussweite. Er betete, dass die Verfolger im Labyrinth der Waldwege seine Spur verloren.

*

Es war Louis' zweite Flucht aus Böhmen, und wieder hatte er Glück. Er trug einen Beutel mit Silber an seinem Gürtel, und zwei Münzen überredeten einen Bauern, ihn eine Nacht und einen Tag zu verstecken. Sein blutbesudeltes Obergewand musste einem einfachen Kittel weichen, den der Bauer ihm gern zum Tausch anbot. Bereits in der darauffolgenden Nacht gelang es Louis, Südböhmen zu erreichen, und einen Tag später, die Grenze nach Österreich zu überschreiten.

Er ritt ohne Unterlass, rastete nur, um dem Pferd die nötigen Pausen zu gönnen, es zu tränken und weiden zu lassen. Er ging den Menschen aus dem Weg und sprach mit niemandem, bis er sich jenseits der Donau unter andere Reisende mischte. Seine Flucht gab ihm Zeit genug, ausgiebig über den schrecklichen Morgen in Olmütz nachzudenken.

Bero war unter den Mördern gewesen, das war ihm rasch klar geworden, und er hatte ihm nur zur Flucht verholfen, um sich selbst bequem aus dem Staub machen zu können. Und er war so dumm gewesen, diesem Kerl Vertrauen entgegenzubringen! Doch warum dieses Attentat auf den jungen Wenzel? Der einzige Grund konnte gewesen sein, dass Bero Rudolf oder Albrecht die böhmische Krone sichern wollte. Mit Wenzel war das Geschlecht der Premisliden in der männlichen Linie ausgestorben, und es oblag dem deutschen König, das Reichslehen neu zu vergeben. Hatte Rudolf seinen Schergen Restwangen als Meuchler ausgesandt oder hatte gar Albrecht den Königsmord in Auftrag gegeben? Hatte Bero den schändlichen Plan gefasst, um sich die königliche Gunst zu sichern? Die ganze Wahrheit würde wohl kaum jemals ans Tageslicht kommen, wusste Louis.

*

Die Nachricht vom Tod des jungen Königs verbreitete sich rasch, und noch ehe der Monat zu Ende ging, wurden Rudolf von seinem Vater die Reichslehen Böhmen und Polen übergeben. Wenzels wahrer Mörder wurde nie entlarvt. Die von Louis vorgelegten Urkunden wurden als Fälschungen bezeichnet, die dazu dienen sollten, das böhmische Heer in scheinbarer Überlegenheit dem Feind entgegentreten und in das sichere Verderben ziehen zu lassen. Der betagte kurzsichtige Priester, der die Mörder in das Haus des Dekans eingelassen hatte, stammte aus Polen und wurde der Mittäterschaft verdächtigt und der kirchlichen Gerichtsbarkeit in Prag überstellt. Doch auch unter Folter konnte er nichts über die Mörder und ihre Pläne aussagen, und das kaum noch atmende Bündel, das einst ein geistlicher Herr gewesen war, starb am darauffolgenden Tag schon nach wenigen Schlägen des Rades. Die drei fremden Mönche waren in dem allgemeinen Tumult untergetaucht, jedoch erst nachdem sie den Namen Montardier und das Wort Königsmörder viele Male durch die Gassen gebrüllt hatten.

NÜRNBERG Sommer 1306

Franziska war müde. Sie hatte nur wenige Stunden geschlafen, doch schon lange hatte sie sich nicht mehr so glücklich und ausgefüllt gefühlt wie an diesem Sonntagmorgen. Ob irgendjemand von der Hochzeitsgesellschaft etwas von ihrer Liebelei mitbekommen hatte? Die Erinnerung an die Nächte mit Ludwig vor so langer Zeit verblassten vor den Gedanken an die überwältigende Lust, die sie mit Walter erlebt hatte. Sie freute sich schon darauf, ihn beim Kirchgang wiederzusehen. Was mochte er überhaupt für sie empfinden? Waren es wahre Gefühle oder nur vorübergehende Leidenschaft?

Ihre Müdigkeit war wie weggeblasen, als sie vor ihrem Schrank stand und überlegte, welches ihrer Kleider ihm wohl gefallen würde und obendrein einfach zu öffnen und zu schließen war. Sie entschied sich für ein nagelneues und gerade noch schickliches Kirchkleid, das sie zum Glück in dem Haus aufbewahrte, das Meynhard nahe der Manufaktur für sie hatte errichten lassen. Die Witwenhaube hatte sie längst gegen ein fröhlicheres Spitzenhäubchen getauscht, und als ihr Adoptivsohn, der noch sichtlich gezeichnet von dem rauschenden Fest war, sie zur Kapelle begleitete, fühlte sie sich fast selbst wie eine Braut.

Chalil, Marie und sie standen im hinteren Teil des schlichten, kleinen Gotteshauses und betrachteten die Schar der engsten Gäste Meynhards, die, wie es sich schickte, noch den sonntäglichen Kirchgang absolvierten, bevor sie ihre Heimreise antraten. Meynhard und seine strahlende Gemahlin saßen an der Seite des Kirchenschiffes, in ihrer nächsten Nähe die leiblichen Verwandten, die an der Hochzeit teilgenommen hatten. So sehr Franziska sich wieder und wieder reckte und umsah, Walter war nicht auszumachen. Marie und Chalil entging ihr aufgeregtes Suchen nicht. Marie sah ihren Mann mit hochgezogener Braue an, Chalil seufzte leise und zuckte kaum sichtbar mit den Schultern.

Schließlich war die Messe gelesen, und die Gesellschaft trat in den Hof, wo die Bediensteten noch die Reste der gestrigen Feier wegfegten.

Vergeblich versuchte Chalil ein Gespräch mit Franziska zu beginnen, doch diese antwortete nur geistesabwesend. Schließlich war Chalil dies leid, und er fragte Meynhard, wo denn sein werter Bruder Walter abgeblieben sei. Er hätte zu gern noch mit ihm geplaudert und ihm Fragen über das schöne Tirol gestellt.

»Ja, der Gute! Hat gestern den Männertrunk ausgelassen und bereits kurz nach den Damen das Fest verlassen, um sich zur Ruhe zu begeben. Er wollte unbedingt noch im ersten Morgengrauen abreisen, um so schnell wie möglich nach Tirol zu gelangen. Nur drei Tage hat er für den Ritt veranschlagt, ist das nicht ein verrückter Bursche? Aber ich traue ihm das zu, diesem Teufelskerl! Der Sport hat ihn von jeher fasziniert und gefesselt.«

»Aber warum schon heute? Hätte er nicht auch morgen abreisen können?«, fragte Chalil weiter.

Meynhard lachte auf. »Ach, ich vergaß: Sein junges Weib ist vor ganz kurzer Zeit zum zweiten Male niedergekommen. Wieder ein Sohn! Und welcher Mann will nicht bei seinen Söhnen sein? Ich bin überzeugt, es werden so prächtige Burschen wie er!«

Franziska glaubte ihren Ohren nicht zu trauen. Sie sah zu Meynhard, der nicht aufhörte, von seinem Bruder zu schwärmen und begann, Abenteuer aus dessen Jugend zu erzählen.

Ihr Rücken versteifte sich, und sie spürte, wie die Schamesröte ihr ins Gesicht stieg. Tränen stiegen in ihr auf und liefen in zwei kleinen Rinnsalen über ihre Wangen. Eine kalte eiserne Klammer legte sich um ihr Herz und schnitt ihr den Atem ab.

Sie hatte sich zur Buhlin eines verheirateten Mannes gemacht. Sie hatte gehofft, die Liebe hätte ihr vielleicht eine zweite Chance gegeben, doch in Wahrheit hatte sie ihren Körper und ihre Leidenschaft einem Mann dargeboten, der einer anderen gehörte und nur diesen kurzen Augenblick der Verzückung von ihr gewollt hatte. Sie war so dumm gewesen, auf ihn hereinzufallen, doch wenn sie ehrlich zu sich selbst war, hatte sie in der vergangenen Nacht nicht danach gefragt, ob er frei oder gebunden war, nur ihrer Verliebtheit und ihrer Lust hatte sie gehorcht. War sie nun eine Ehebrecherin? Eine Hetäre? Ein schlampiges Frauenzimmer?

Ohne sich um die anderen zu scheren, verließ sie die kleine Gruppe und lief zu ihrem Häuschen. Marie wollte ihr folgen, doch Chalil hielt sie zurück.

»Zeig ihr nicht, dass du es weißt«, flüsterte er.

»Du meinst ...?«

»Ja«, sagte er leise. Sein Diener hatte sie mit Walter in dessen Kammer schleichen sehen und ihm diskret berichtet.

*

Noch am Sonntagnachmittag war Franziska nach Nürnberg zurückgefahren und war am Montagmorgen die Erste in der Werkstatt gewesen. In den folgenden Wochen war sie sehr schweigsam. Sie sprach nur wenig, vertiefte sich ganz in ihre Arbeit und verbrachte ihre gesamte freie Zeit mit ihrer Tochter. Isaak hatte der Schneiderwerkstatt zwei kunstfertige Kürschner vermittelt, mit deren Hilfe Franziska Winterkleider und Mäntel mit raffiniertem Pelzbesatz und Pelzmäntel entwerfen konnte. Sie bezogen die Felle weiterhin vor allem aus dem Osten Europas und den Ländern des Nordens. Ditgurd hatte sogar schon welche gebracht, die von noch weiter her, angeblich aus Afrika, gekommen waren und bisher nicht gekannte Farben und Muster zeigten, doch konnte deren Güte sich nicht mit der der dichtbehaarten Häute aus den kalten Gegenden messen. Obwohl es erst Mitte August war, freute Franziska sich schon auf das Geschäft im Herbst und im Winter. An die beiden Männer, die ihr das Herz gebrochen hatten, dachte sie so wenig wie möglich.

Sie besprach gerade mit Trudbert den aufwändigen Mantel für einen Patrizier, der sein Meisterstück werden sollte. Ein edles Kleidungsstück aus feinster englischer Wolle, glattem, weichem Leder und dem Fell mehrerer Otter, das weich und geschmeidig war und dezent glänzte. Die Knöpfe und die Kette, die den Mantel am Hals schlossen, waren aus schwerem Silber, fein ziseliert und mit dem Wappen der Familie verziert. Sie wusste, dass der Adoptivsohn auf jeden Fall kunstfertig und geschickt genug war, den Mantel alleine zu fertigen, einzige Ausnahme waren die Kürschnerarbeiten, doch würde die Meisterschaft diese selbstverständlich als handwerksfremd und somit als Zulieferarbeit einstufen. Nach Abnahme des Werks musste er ein Festessen für die Zunft geben und Liegenschaftseigentum oder die finanziellen Mittel für den Erwerb eines Hauses nachweisen, dann würde man ihn in die Meisterrolle eintragen, und er könnte Franziskas Geschäft offiziell führen.

Franziska fühlte sich mit ihren nunmehr vierundzwanzig Jahren zwar noch jung, doch sie wusste nicht, wie lange sie die Schneiderkunst mit eigenen Händen noch würde ausüben können. Sie nähte selbst zwar nie lange am Stück, aber es waren doch jeden Tag mehrere Stunden, die sie mit Nadel und Faden hantierte. Bis zu welchem Alter würden die Augen das mitmachen? Bis dreißig? Bis vierzig? Länger wohl kaum. Viele Frauen erreichten dieses Alter ohnedies nicht, da sie meist jung vermählt wurden und die häufigen Schwangerschaften an ihren Kräften zehrten. Sie kannte Frauen in ihrem Alter, die bereits graues Haar und nur noch wenige Zähne im Mund hatten. Mit nur einem Kind, ohne fordernden Mann und vor allen Dingen ausreichend finanziellen Mitteln hatte sie gute Chancen, ein höheres Alter zu erreichen, ihre Tochter heranwachsen zu sehen und sich, so Gott es wollte, eines Tages an Enkeln zu erfreuen. Doch die wichtigen Dinge des Lebens, wie die Schneiderei, die gehörten den jungen Leuten, war sie überzeugt, und der Plan, die Werkstatt in den nächsten Jahren schrittweise an Trudbert zu übergeben, erschien ihr vernünftig. Er war handwerklich geschickt, wendig im Geiste, aber auch gewitzt genug, um in diesem Beruf erfolgreich zu sein. Außerdem hatte er auf seinen Reisen viel von Chalil und Ditgurd gelernt, das ihm auf seinem Lebensweg helfen würde.

Sie überließ den jungen Mann seiner Arbeit, um nach Katharina zu sehen, für die es langsam Zeit zum Mittagessen wurde, als Chalil zu Pferd in den Hof sprengte.

NÜRNBERG August 1306

»Komm sofort mit. Wir müssen zu Meynhard, etwas Fürchterliches ist geschehen!« Chalil stürzte atemlos in die Werkstatt. Er war erhitzt und verschwitzt und offensichtlich nur nach Nürnberg geritten, um sie zu holen. Er klang so entschlossen, dass sie nicht zu widersprechen wagte. Sie rief nach Giso, ihrem Rossknecht, der ihren Wagen fertig machte, und versprach Chalil, sofort auf das Gut zu kommen, sobald sie ihre Tochter versorgt habe.

Der Prinz hatte schon längst wieder kehrtgemacht, als sie sich endlich mit Katharina und in Begleitung ihres Knechts auf den Weg machte.

Marie war in Tränen aufgelöst. Elsbeth, Meynhard und Chalil versuchten, sie zu beruhigen, doch zu groß schien ihre Erschütterung. Die Gesichter der drei Freunde waren ernst.

»Was ist denn geschehen?«, fragte Franziska und sah irritiert von einem zum anderen.

»Es ist wegen Louis«, sagte Chalil schließlich. »Oder Ludwig, wie du immer zu ihm sagtest.« Er legte wieder den Arm um Marie, die nun von Elsbeth gestützt wurde.

Franziska wurde kreidebleich. Sie sah auf ihre Tochter. »Was ist mit ihm ... ist er ...«

»Nein. Tot ist er Gottlob nicht. Aber so etwas Ähnliches«, sagte Meynhard schließlich mit finsterer Miene.

»Was weißt du denn über sein Schicksal, seit eurem Abschied in Wien?«, fragte Chalil Franziska vorsichtig.

»Ich habe keine Nachricht mehr von ihm erhalten, seit er nach Frankreich gereist ist«, sagte Franziska.

»Nach dem Tod Blankas hielt der französische König den

Handel mit Albrecht für hinfällig und sah keinen Grund mehr, einem Gefolgsmann der Habsburger eine der schönsten Grafschaften Frankreichs anzuvertrauen. Er sandte ihn deshalb als Gesandten zu Rudolf. Kaum dass er weg war, löste ein Kirchengericht flugs seine Ehe auf und enthob ihn kurzerhand seines französischen Besitzes. Es hatte sich herausgestellt, dass die Ehe ungültig war und außerdem nie vollzogen wurde. Du weißt, was man darunter versteht?«

Franziska nickte. Sie verstand den Inhalt der Worte, natürlich, doch wie konnte das möglich sein? Ein so hübsches Mädchen wie Éléonore und der stattliche Ludwig? Und angesichts der Jugend beider klang es schon höchst seltsam, dass sie niemals miteinander das Lager geteilt haben sollten. Sie wusste nicht recht, was sie von der Geschichte halten sollte.

»Rudolf von Habsburg ist ein Spielball seines machthungrigen Vaters Albrecht. Außerdem ist er nicht gerade der Klügste, wie ich mich schon selbst überzeugen konnte. Zu allem Unglück vertritt er die gefährliche Meinung, alle um ihn herum seien genauso beschränkt wie er selbst. Er ließ Ludwig also niedere Waffendienste verrichten und beachtete ihn nicht weiter.«

Chalil machte eine kurze Pause. »Das alles wäre ja eigentlich nicht so schlimm. Ich wollte ihm ohnedies schon zum wiederholten Male raten, er solle das Rittertum aufgeben und um seinen Abschied bitten, um endlich mit uns zusammen Handel zu treiben, doch wieder sollte es nicht dazu kommen. Einer der Gefolgsmänner Rudolfs, genauer gesagt der Kopf seiner Leibgarde, ist unser alter Freund Bero von Restwangen, dem sein eigenes Lehen anscheinend nicht mehr genügt und der nun nach Höherem strebt und sich bei Rudolf Liebkind macht. In seinem Auftrag reiste Ludwig nach Böhmen, um dem jungen König Wenzel eine bedeutende Botschaft Rudolfs zu überbringen. Just als er mit dem König allein hätte sprechen sollen, wurde dieser heimtückisch ermordet. Man bezichtigte Ludwig des Königsmords und wollte ihn gefangen nehmen, doch gelang ihm mit viel Glück eine tollkühne Flucht. Heute traf eine Nachricht von ihm ein, aus Meran. Er ist bei Hermann und Nele untergeschlüpft, dem Himmel sei Dank, dass er auf sie gestoßen ist.«

Franziska hatte schweigend zugehört und war kreidebleich. Ludwig ein Königsmörder? Ein Attentäter? Ihr Ludwig, dessen höchstes Streben gewesen war, ein ehrenvoller Ritter wie sein Vater zu werden, soll ein solches Verbrechen verübt haben?

»Bero«, sagte sie schließlich. »Bero steckt dahinter.«

»Das denken wir auch. Stell dir vor, heute ist ein königlicher Herold durch das Land gezogen, der bekannt gab, dass der würdige Rudolf böhmischer König wird. Es war bestimmt nicht Ludwig, der den Thron für ihn freigemordet hat«, sagte Chalil.

Meynhard ergriff das Wort. »Ludwig ist auf der Flucht und in großer Gefahr. Albrecht hat die Reichsacht über ihn verhängt. Wahrscheinlich, um jeglichen Verdacht von den Habsburgern oder ihren Schergen zu lenken.«

»Und ... was bedeutet das?«, fragte Franziska zögernd.

»Er ist verbannt, und wenn er das Reich betritt, kann jeder ihn töten oder gefangen nehmen. Sogar gefoltert oder verstümmelt darf er werden. Er darf kein Vermögen besitzen, das vorhandene fällt der Krone zu. Hätte er Frau und Kind, würde die Acht sie ebenfalls umfassen. Auch über Personen, die einen Geächteten unterstützen, kann die Acht verhängt werden. Zumindest können sie sofort jedem beliebigen Vogt ausgeliefert und böse abgestraft werden.«

Sie wusste, was Chalil und Meynhard ihr sagen wollten. Wenn sie Ludwig half, wäre sie in großer Gefahr. Sie und ihre Tochter. Ihre tapferen Eltern hatten diese Gefahr bereits auf sich genommen.

Franziska blickte von einem zum anderen. Sie sah in den Augen der Freunde die Sorge um sie und um ihr Kind, aber auch den Wunsch, Ludwig so rasch wie möglich in Sicherheit zu bringen. Er würde sich nicht ewig bei Hermann und Nele verstecken können. Alleine das Übermitteln einer so umfangreichen Nachricht war bereits ein großes Risiko gewesen.

»Also, was tun wir?«

»Dazu müsstest du dir und uns eine Frage beantworten«, sagte Chalil vorsichtig. Er zögerte einen Moment. »Wie stehst du noch zu ihm?«, fragte er schließlich.

Franziska spürte einen schmerzhaften Stich, als setzte ihr Herzschlag aus. Sie sah Ludwig vor sich, so wie er damals war, als sie sich ihn verliebt hatte. Ein fröhlicher unschuldiger Knappe, jung, schön und strahlend. Doch vieles war in der Zwischenzeit geschehen, viel Zeit vergangen. Sie hatte ihre Liebe zu ihm verdrängt. Fragend sah sie zu Chalil und Marie. Diese erwiderten ihren Blick voller Zuneigung, und sie hatte den Eindruck, eine Ermunterung in den Augen beider wahrzunehmen. Sie atmete tief durch. »Wir müssen ihm helfen. Sofort.«

Sie nahmen alle an einem Tisch Platz, um zu beratschlagen, was zu tun sei. Katharina wurde einer Magd anvertraut.

»Zunächst muss Louis so weit weg wie nur irgend möglich. Falls Bero tatsächlich hinter der ganzen Sache steckt, wird er nicht eher ruhen, bis er Louis gefasst und vor den König geschleppt hat«, sagte Chalil.

»Aber wo soll er denn hin?«, fragte Franziska.

Chalil wechselte einen kurzen Blick mit seiner Frau. »Marie und ich reisen umgehend ab und treffen ihn in Meran. Dann schiffen wir uns in Venedig ein.«

»Und wohin soll es gehen?«, fragte Meynhard nun.

»Zunächst nach Zypern. Wir werden uns mit Henri in Verbindung setzen. Entweder ziehen wir dann weiter nach Ägypten zu meinem ebenfalls hilfsbedürftigen Vetter oder wir bleiben vorerst dort. In Ägypten wäre er wahrscheinlich am sichersten.«

»Du willst ihn mit deinem Vetter zusammenbringen?«

»Falls möglich, ja. Louis hat das Kriegshandwerk erlernt, und an-Nasir braucht Soldaten. Es müsste sich eigentlich eine sinnvolle Beschäftigung für meinen Bruder finden lassen.«

Meynhard nickte. Die Idee gefiel ihm.

»Und …«, sagte Franziska leise und alle wandten sich ihr zu. »Was haben Katharina und ich damit zu tun? Ich werde hier nicht alles stehen und liegen lassen, um Hals über Kopf nach Ägypten zu fliehen. Katharina und ich bleiben hier.«

»Für euch wird es hier in Nürnberg möglicherweise nicht ungefährlich werden«, sagte Chalil. »Bero kannte uns Montardiers als Kinder. Katharina hat große Ähnlichkeit mit Marie als kleinem Mädchen. Wenn er dir vorwirft, du seist

Louis' Buhlin und hättest ihn deswegen geschützt, läufst du Gefahr, dein Vermögen und womöglich deine Freiheit zu verlieren. Die Gerichte sind unberechenbar.«

»Aber was kann ich dagegen tun?«, fragte Franziska nun. »Kann ich nicht meinen Besitz irgendwie in Sicherheit bringen?«

»Das kannst du in der Tat«, sagte Meynhard, »und es ist nicht einmal schwierig, schließlich hast du einen erwachsenen Sohn, der ohnedies dein Geschäft übernehmen soll. Wir müssen mit Isaak, der Zunft und dem Stadtschreiber sprechen.«

»Und bei der Gelegenheit auch gleich das Vermögen aller Montardiers unsichtbar machen«, warf Marie ein, und ihr Gatte nickte.

*

In den folgenden beiden Tagen ordneten Franziska und Chalil mit Hilfe Isaaks, Meynhards und eines verschwiegenen Advokaten, der mit seiner Familie einer der besten bürgerlichen Kunden der Schneiderei war, die Verhältnisse Franziskas und die der Montardiers. Deren Anteile an der Manufaktur und der Schneiderei wurden Trudbert und dem Grafen überschrieben, und über den Großteil des flüssigen Vermögens waren Wechsel auf italienische Bankhäuser gezogen. Da sie in der Vergangenheit gelernt hatten, wie wichtig eine kleine Reserve war, hatten sie einige Beutel mit Gold- und Silbermünzen in einem geheimen Versteck in Franziskas Keller verstaut. Dann nahte die Stunde der Trennung.

Rudolf von Habsburg war zu keiner Zeit ein besonders stattlicher Mann gewesen, doch an diesem Tag erschien Bero seine Gestalt noch ungelenker, seine Gesichtsfarbe noch fahler und seine meist feuchten Lippen besonders nass. »Ihr sagtet, der Mann wäre schnell verhaftet, doch nun scheint er entwischt zu sein«, stellte Rudolf kühl fest. »Warum habt Ihr ihn fliehen lassen?«

»Es war schwer genug, ihn zur Stunde des Attentats in Wenzels Nähe zu bringen. Danach mussten wir den allgemeinen Tumult nutzen, um uns selbst in Sicherheit zu bringen. Die Königswache hat versagt. Die Stadtwache und die Torwächter ebenso, sie hätten ihn leicht fassen können.«

»Wir verstehen Euch nicht recht, Restwangen, was versucht Ihr, Uns zu erklären? Montardier ist der Königsmörder, er soll gefangen und Uns überbracht werden. Einen Tag vor der Krönung soll er hingerichtet werden, zum Zeichen Unserer Verbundenheit mit dem böhmischen Volk. Das sind Wir dem unglücklichen Wenzel schuldig.«

»Aber Hoheit, Ihr wisst genau, dass tatsächlich …«

»Wir wissen nur von einem flüchtigen Mörder, der sich das Vertrauen des armen Wenzel mit einer gefälschten Botschaft erschleichen wollte. Ist Montardier dieser Täter, gilt es, ihn zu ergreifen. Oder soll jemand anders an seiner statt das Schafott besteigen?« Er sah Restwangen mit völlig ausdruckslosem Gesicht und kalten Augen an. In Bero wallte Zorn auf. Nur mit Mühe gelang es ihm, sich zu beherrschen. Was für eine Schlange dieser Rudolf doch war!

»Ich bringe ihn Euch, seid dessen versichert. Eurer Krönung im Oktober wird er tot beiwohnen.«

»Dann gebt Euch Mühe, Restwangen, denn Uns scheint, er ist schon längst außer Landes geflüchtet.«

Für Rudolf war das Gespräch damit beendet. Restwangen verließ den Raum, und Fürstbischof Johann von Straßburg, der den jungen König auf das Gespräch vorbereitet hatte, trat hinter dem Vorhang hervor, in dessen Schutz er das Gespräch verfolgt hatte.

»Denkt Ihr, er wird Euch den Mann bringen?«

»Nun, es wäre besser für ihn. Wir können das brave böhmische Volk schließlich nicht enttäuschen. Es wird in jedem Fall eine Hinrichtung geben.«

»Ich sehe, Ihr denkt bereits wie ein König und werdet ebenso handeln. Doch lasst uns Eure Eheschließung besprechen.«

Wie schon die erste Gemahlin, war auch Rudolfs zweite Frau von seinem Vater beziehungsweise dessen wichtigstem Berater ausgewählt worden. Elisabeth Richza war die Witwe Wenzels des Zweiten, also die Stiefmutter des verstorbenen jungen Königs, und sie hatte die polnische Krone mit in ihre erste Ehe gebracht. Ohne diese Blutsverbindung zum böhmischen und polnischen Thron würde der böhmische Adel Rudolf die Stimmen bei der formellen Königswahl verweigern, wusste der Bischof. Aus diesem Grund hatte er die Hochzeit als Wahlbedingung mit den wichtigsten Adelsvertretern schon vorab besprochen. Elisabeth war die ideale dynastische Hoffnung für den langsam alternden Albrecht. Siebzehnjährig hatte sie Wenzel geehelicht und ihm eine Tochter geschenkt. Jetzt war sie einundzwanzig und noch nicht zu alt, um weitere Kinder zur Welt zu bringen. Hoffentlich endlich den ersehnten Reichserben.

Krönung und Trauung sollten am selben Tag im Oktober

erfolgen. Eine Hinrichtung des Mörders Wenzels am Tag zuvor sähe schon vorteilhaft aus, musste Johann sich eingestehen, aber wirklich wichtig war sie auch wieder nicht. Er würde dem frischgebackenen König empfehlen, seinen Schergen Restwangen nicht zu hart anzupacken, vielleicht brauchte Rudolf Männer wie ihn in den nächsten Jahren noch. Restwangens Plan, Rudolf den böhmischen Thron durch ein Attentat zu verschaffen, war so übel nicht gewesen, gestand Johann sich belustigt ein. Jedoch, man liebt den Verrat, nicht den Verräter, so bedauerlich das auch manchmal sein mochte. Man wird die Dinge auf sich zukommen lassen müssen, sagte er sich, während er seinen Brief an Albrecht schrieb und die Verhängung der Reichsacht über Montardier empfahl.

*

Bero hatte mit seinen Männern Südböhmen durchstreift, ohne einen Hinweis auf Louis gefunden zu haben. Über die Donau war er bis ins österreichische Alpenvorland vorgedrungen. Hier musste er sich entscheiden, ob er stromaufwärts nach Nürnberg gehen oder weiter in Österreich sein Glück versuchen sollte. In Nürnberg hielt sich Montardiers frühere Herzensdame auf, wusste er, und Montardiers Schwester und der buntschillernde Sultansprinz waren Dauergäste des Grafen Meynhard, der des Königs früheres Liebchen geheiratet hatte. Seine Männer hatten entsprechende Nachrichten überbracht, die sie bei ihren Befragungen von Reisenden erhalten hatten. Er würde zunächst nach Nürnberg gehen. Es blieb ihm genug Zeit, sich seine Strategie zurechtzulegen, um Louis' Aufenthaltsort zu erfahren. Zunächst überlegter er, mit welchen Personen er es zu tun haben würde.

Da war zuallererst der Einarmige, den er schon als Kind kennengelernt hatte. Der Bursche hatte eine beeindruckende Karriere gemacht und war in den letzten Jahren Gast an zahllosen Fürstenhäusern gewesen. Mit ihm wollte er sich lieber nicht persönlich anlegen, zumindest nicht zu bald. Der Mann war hochintelligent und bestimmt hatte er die Geschichte aus dem Budweiser Stofflager nicht vergessen. Außerdem schien er hohe Freunde und Einfluss zu haben. Marie strich er sofort von seiner Liste. Sie würde ihn nicht an sich herankommen lassen.

Der Graf war wohlhabend und obendrein gelegentlicher Ratgeber Albrechts. Ob es dem König gefiele, den Namen Meynhards in Verbindung mit einem Geächteten zu hören? Oder würde er eher den Überbringer der schlechten Nachricht den Hunden zum Fraß vorwerfen? Albrecht war Opportunist, wie Bero selbst, doch bedauerlicherweise mit der höchsten Macht gesegnet. Es war nicht so einfach, den geeigneten Ansatz zu finden, aber bei jedem Menschen gab es eine schwache Stelle.

Montardiers wunder Punkt war möglicherweise seine frühere Geliebte, Franziska, die schöne Schneiderin. Über sie würde er ihn finden. Außerdem hatte er noch eine Rechnung mit ihr offen.

Er reiste schnell. Unterwegs erfuhr er von einem Fuhrmann, der Waren Franziskas mit sich führte, dass der Prinz und seine Gemahlin aus Nürnberg abgereist waren. Angeblich wollten sie sich nach Italien begeben. Soll mir recht sein, dachte Bero. Er hatte zwei Männer als Begleiter mitgenommen, die beiden, die sich schon als falsche Mönche bewährt hatten und zuvor am Hof Rudolfs seine engsten Mitarbeiter gewesen waren. Beide sandte er aus, die Wegstrecke nach Italien zu erfragen und sich an die Fersen des Einarmigen zu heften. Eine plötzliche Auslandsreise der Geschwister eines Geächteten war verdächtig.

Ärger kochte in Bero. Seine Kühnheit und sein Plan waren es gewesen, die den böhmischen Thron für die Habsburger frei gemacht hatten. Rudolf hätte ihn sofort nach der Machtübernahme auf einem anderen Lehensitz einsetzen müssen, so, wie sie das geplant und verabredet hatten. Oder ihm ein Regierungsamt übertragen, eines mit fetten Pfründen und den entsprechenden Ehrungen natürlich, wie es ihm zustand. Doch jetzt, wo Rudolf am Ziel war, machte er sich lieber beim böhmischen Adel Liebkind, verteilte freie Lehen großzügig an seine Wähler, vergrößerte so manchen alten Besitz und begann, reichsfeindliche Lehensnehmer auszuspionieren. Wenn er Pech hatte und man ihn mit dem Königsmord öffentlich in Verbindung brachte, würde man ihm sogar Restwangen abnehmen, traute Bero dem Habsburger zu.

ZYPERN September 1306

Die Sommerhitze hatte die Insel braun gefärbt. Hatten sie bei ihrem ersten Besuch vor vielen Jahren noch über die Blütenpracht und die vielen kräftigen Farben gestaunt, so war die Landschaft jetzt zu Beginn des Herbsts verbrannt und ausgetrocknet. Es war noch immer heiß und die Menschen in der Hauptstadt suchten während der glühenden Mittagsstunden Schutz in den kühlen, mit dicken Steinwänden erbauten Häusern. Auch Marie, Chalil und Louis hatten sich in das gemietete Zimmer zurückgezogen und nippten an verdünntem, gekühltem Wein, der in irdenen Bechern vor ihnen stand.

Lange hatten Chalil und Marie sich beraten, ob und wie ausführlich sie Louis von Franziska und seiner Tochter berichten sollten. Schließlich hatten sie gewartet, bis sie in Zypern an Land gegangen waren, und ihm dann an einem langen Abend die ganze Geschichte erzählt. Zuerst berichteten sie von den berauschenden Erfolgen der Schneiderei und der Manufaktur, anschließend von der Scheinehe, die sie mit dem Meister Walram eingegangen war. Zu guter Letzt erzählten sie von seiner Tochter Katharina, die mittlerweile fünf Jahre alt war. Louis blickte fassungslos von einem zum anderen. Fünf Jahre! Warum hatte ihn nie jemand davon in Kenntnis gesetzt? Er hatte Chalil und Marie doch in Paris und Linz getroffen, warum haben sie geschwiegen?

»Franziska wollte dich nicht in Bedrängnis bringen. Du warst schließlich Ritter des Königs und Herr über ein stattliches Lehen in Frankreich. Außerdem warst du verheiratet. Sie dachte, du hättest das Leben gefunden, das du dir so sehr gewünscht hast, und wollte dein Glück nicht zerstören.«

»Mein Leben! Spielball von Fürsten und Königen und Sündenbock für einen Mörder! Hätte ich bloß auf dich gehört, Chalil, dann würden wir es uns jetzt als reiche Handelsherren gut gehen lassen, und ich hätte sogar eine Familie. Stattdessen ...«

»Wer weiß, vielleicht wendet sich ja alles wieder zum Guten«, unterbrach ihn Marie zögernd. »Sag«, sie hielt nochmals inne, bevor sie sich ein Herz nahm und geradeheraus die Frage stellte, die ihr am meisten auf der Seele lag: »Liebst du Franziska noch?«

Als sie den Schmerz in Louis' Gesicht sah, bereute sie ihre Worte beinahe, doch wusste sie, wie wichtig die Frage für sie alle, für das Kind und besonders für ihre Freundin war. Sie lächelte ihn liebevoll an und nahm seine Hand. Louis senkte den Blick. Marie sah Tränen in seinen Augen.

»Schreib ihr«, forderte Chalil Louis auf. »Gib den Brief unserem Kapitän mit, er fährt schon morgen wieder nach Venedig. Er soll einen tüchtigen Boten beauftragen, dann hat Franziska deine Nachricht noch vor dem Winter.«

Nach nur zwei Wochen trafen sie mit Henri und Rochus zusammen und sosehr der alte Ritter sich freute, seinen Sohn begrüßen zu dürfen, so bestürzt war er über sein Schicksal. Er machte sich Vorwürfe, da es seine ritterlichen Ideale gewesen waren, denen Louis nachgeeifert hatte und die ihn in seine missliche Lage gebracht hatten. Das Unglück des Sohnes traf ihn tief. »Dennoch, lasst uns nach vorne sehen«, sagte er schließlich, »in zwei Tagen verlassen wir Zypern und segeln nach Alexandria.«

Henri hatte einen Schnellsegler für die kleine Gesellschaft gemietet, der außer ihnen und ihrem Gepäck keine weitere Fracht transportieren sollte. Sie würden die kürzere und schnellere Strecke über das offene Meer nehmen, anstatt der Küstenlinie zu folgen, und würden rasch Ägypten erreichen.

Marie suchte, wann immer sie konnte, die Nähe ihres Vaters. Chalil nutzte die Zeit, sich so gut es ging über das Sultanat seines Vetters zu informieren. Er erfuhr einiges in den

Schänken Zyperns, außerdem erklärte Henri ihm ausführlich die politischen Zusammenhänge. Der Sultan benötigte nicht nur Geld und Truppen, sondern vor allem den Rückhalt und die Unterstützung der Bevölkerung, und die brauchte wiederum eine kluge und weitsichtige Regierung – nur so konnte aus Ägypten ein starkes und reiches Land werden.

Louis fragte sich schon seit längerer Zeit, wie er selbst denn dem Sultan nützlich sein könnte. Er hatte nur sehr geringe Mittel, und zum Verbündeten taugte ein gefallener Ritter, über den die Reichsacht verhängt wurde, wenig. Schließlich fragte er seinen Vater.

»Du wirst deine Aufgaben bekommen, hab keine Sorgen! An-Nasir hat so gut wie keine eigenen Soldaten, und wir müssen im Verborgenen Männer anwerben und ausbilden. Ich konnte einige versprengte Deutschordensritter auftreiben und mehrere Johanniter, die in Gefangenschaft geraten waren und bereit sind, den Sultan zu unterstützen. Aber er braucht noch viel mehr tatkräftige Leute. Deine Aufgabe wird es sein, Söldner zu verpflichten und ihnen alles beizubringen, was du kannst: reiten, den Kampf mit Schwert und Lanze, den Umgang mit Armbrust und Bogen. Anschließend wirst du eine hohe Offiziersstelle in seiner jungen Armee antreten, wahrscheinlich sogar sein Heerführer werden. Bist du dazu bereit und willens?«

Eine Woge von Glück durchströmte Ludwig. Er strahlte und seine Augen leuchteten, während er eifrig nickte.

NÜRNBERG September 1306

Beros Männer hatten die Route entlang Donau und Inn gewählt und waren in anstrengenden und langen Ritten bis Innsbruck gelangt. Dort hörten sie zum ersten Mal von dem einarmigen Prinzen, der vor nicht langer Zeit hiergewesen sei. Ein ansässiger Pferdehändler hatte sich für seine Grauschimmelstute interessiert, doch der Mann hatte sie ihm nicht verkauft, auch nicht den Zelter seiner Gemahlin, ein ebenso schönes Tier. Er hatte ihm jedoch den Hinweis gegeben, dass jenseits des Brennerpasses in dem Örtchen Meran ein Rosshändler möglicherweise Tiere dieser Qualität züchtete. Von dem Rosshändler Hermann hatte der Tiroler Händler schon öfter gehört, aber noch nie Kontakt zu ihm aufgenommen. Er nahm sich dies für das kommende Frühjahr vor, wenn er ohnehin gen Süden zu reisen beabsichtigte. An einen anderen Reisenden mit einem Tier aus derselben Zucht wie die Stute konnte der Mann sich hingegen nicht erinnern.

Die beiden Männer erreichten Meran nach wenigen Tagen und sahen sich bei Hermann nach den Reittieren um. Auf einer abgelegenen Koppel sahen sie die silbergraue Stute und einen schlanken und verspielten Zelter, die sich die Weide mit einem großen Falben teilten, den sie bereits kannten. Sie hatten das Tier in Olmütz selbst gesattelt, um die Flucht seines Besitzers als von langer Hand geplant erscheinen zu lassen.

Sie kannten die Geschichten um Beros Zeit auf der Burg seines Großvaters und wussten um den Rosshändler, der mit dem Teufel im Bunde gewesen sein musste, als er seine Hinrichtung überlebte. Der Mann schien sich noch immer wenig um das Gesetz zu kümmern, wenn er jetzt sogar einem Geächteten Fluchthilfe leistete. Die Versuchung war groß, ihn über die Grenze ins Reich zu schaffen und ihn der Gerichtsbarkeit auszuliefern, doch lauteten ihre Befehle anders.

Es gelang ihnen, einen von Hermanns Knechten mit ein paar Krügen Bier zum Sprechen zu bringen und von ihm zu erfahren, dass die Gäste seines Herrn nach Venedig weitergereist waren. Die beiden Männer beschlossen, sich zu trennen. Während der eine weiter in die Lagunenstadt zog, ritt der andere gen Nürnberg, um seinem Herrn zu berichten.

Bero hatte sich dank eines Empfehlungsschreibens Rudolfs, das er auf Reisen stets mit sich führte, in der Kaiserburg niedergelassen, wo ihm zwei Kammern und Platz für sein Pferd und das seines Dieners zur Verfügung gestellt wurden, wie es einem königlichen Ritter zustand. Sofort nach seiner Ankunft hatte er ausführliche Erkundigungen über die bekannte Schneiderin anstellen lassen. Die Nachrichten seines kurz zuvor eingetroffenen Mannes hatten sehr geholfen, einen Plan gegen die Frau auszuhecken.

Er selbst hatte sie seit seiner Ankunft bereits zweimal gesehen. Einmal, als sie von einem Knecht begleitet auf einem Fuhrwerk aus der Stadt fuhr, und ein weiteres Mal, als sie mit einem kleinen Mädchen an der Hand zur Messe ging. Der Anblick der Kleinen hatte ihn innerlich jubeln lassen. So viel Glück hatte er sich wahrlich nicht erhofft, es erschien ihm wie ein Wink des Himmels. Das Kind war ein Ebenbild Marias von Montardier und somit wahrscheinlich ein Bastard Ludwigs. Was für eine Nachricht!

Dass Franziska Witwe war, hatte er schnell herausgefunden, auch dass es einen Adoptivsohn gab, der kürzlich als Meister eingetragen worden war und das Geschäft des verstorbenen Vaters übernommen hatte. Die Familie sei überaus wohlhabend, teilte ihm jedermann mit, und die Werkstatt belieferte die nobelsten Adressen.

Franziskas Anblick hatte ihn zurück in das Budweis der früheren Jahre versetzt. Sie sah beinahe aus wie damals, nur wirkte sie eleganter, reifer und selbstbewusster. Glänzendes, goldbraunes Haar umrahmte ihr ebenmäßiges Gesicht mit den ausdrucksvollen Augen. Unbenommen war sie eine der schönsten Frauen, die Bero jemals gesehen hatte. Und eine der aufregendsten, musste er sich eingestehen. Ungefähr fünfundzwanzig Jahre mochte sie jetzt wohl zählen, ein Alter, in dem für die meisten Frauen die besten Jahre vorüber waren, doch ihr schien man sie nicht anzumerken. Die schmale Taille, die hoch angesetzten, festen Brüste und der zielstrebige Gang verfehlten ihre Wirkung auf ihn nicht. Vielleicht war es auch die unbekümmerte und doch selbstsichere Art, mit der sie durchs Leben schritt, die er an ihr so anziehend fand. Jedenfalls fühlte er sich stets sonderbar erregt, wenn er an sie dachte. Auch wenn sie ihm nur den Weg zu Montardier weisen sollte, wer vermochte zu wissen, wofür der Auftrag sonst noch gut ist, dachte er.

Mittlerweile war sein zweiter Mann eingetroffen, und dessen Nachricht war fast noch besser als die bisherigen. Das Leben konnte so einfach sein!

»Wie bist du an den Brief gekommen?«, fragte er den Kerl, der stolz grinste und sein verdientes Lob entgegennahm.

»In Venedig angekommen, habe ich mich sofort zum Hafen durchgefragt. Es hat ein bisschen gedauert, aber schließlich habe ich einen Kapitän gefunden, der gerade aus Zypern zurückgekehrt war. Er hatte auf seiner letzten Reise Passagiere mitgenommen, darunter einen Einarmigen und seine schöne Frau. Auch ein auffällig großer, kräftiger Mann war unter ihnen, der der Frau ähnelte und augenscheinlich ihr Bruder war. Ich freundete mich mit dem Kapitän an, der ein paar Worte unserer Sprache sprach, und gemeinsam tranken wir ein paar Krüge in einer Schänke. Ich machte ihm glaubhaft, dass ich einer der Bediensteten des Ritters wäre und auf dringende Nachricht hoffte. Ich hätte nicht viel Zeit, da ich von einem hohen Herrn und Freund des Ritters in Nürnberg erwartet würde.«

»Und da hat er dir den Brief gegeben?«

»Nicht gleich. Er hat davon geredet, dass man ihn ins Vertrauen gezogen und ersucht hätte, eine wichtige Nachricht auf den Weg zu bringen, und dass er gleich am nächsten Morgen nach einem Fuhrmann aus Deutschland sehen wollte, dem er die Botschaft anvertrauen konnte. Ich habe noch einen weiteren Krug mit ihm geleert und ihm erklärt, dass ich zu Pferd wohl eher in Nürnberg wäre als ein langsamer Ochsenkarren, und da hat er mir den Brief schließlich anvertraut. Ich habe mich dann sofort auf den Weg gemacht.«

»Wohlgetan! Hast du eine Ahnung, was in dem Brief steht?«

»Nein, Herr. Ihr wisst, meine Lesekunst lässt zu wünschen übrig. Außerdem ist das Siegel unversehrt.«

Bero nickte, schob dem Mann einen Beutel zu und entließ ihn.

Vorsichtig und geschickt löste er das einfache Siegel mit der schmalen Klinge seines Dolchs. Montardier hatte das ganze Pergament vollgeschrieben. Es war wahrhaft rührend, vom Liebesschmerz des Burschen, seinem großen Ehrgefühl und seiner Ritterlichkeit zu erfahren. Wie unglücklich er gewesen war, als er dem König gehorchen und nach Frankreich gehen musste, wie und warum seine Ehe annulliert wurde, wie man ihn ungerechtfertigt dieses schrecklichen Mordes bezichtigte und wie er sich wieder rehabilitieren wolle.

Erst an Bord des Schiffes habe er von ihrer damaligen Schwangerschaft und von seiner Tochter erfahren, und es breche ihm schier das Herz, all die Jahre nicht bei Franziska und seinem Kind gewesen zu sein. Schwülstig bat er sie um Verzeihung und gelobte hoch und heilig, dass er alles zum Guten wenden werde. Sogar seinen neuen Aufenthaltsort teilte er der Angebeteten mit!

Bero werkte mit Feuerstein und Zunder, bis er die Kerze auf seinem Tisch entzündet hatte. Vorsichtig schmolz er die Rückseite des Siegels an und befestigte es sorgfältig wieder auf dem zusammengerollten Pergamentbogen. Bald würde ein Bote ihn der Schneiderin überbringen, doch zuvor war noch etwas zu erledigen.

Erstaunt nahm Franziska das Schreiben entgegen. Sie erkannte sofort das Siegel der Montardiers, das Ludwig ihr schon in Budweis voller Stolz gezeigt hatte und das einen Ring an seinem Finger zierte. Sie gab Anweisung, nicht gestört zu werden, zog sich in ihre Wohnung zurück und öffnete den Brief, doch kaum hatte sie die Zeilen überflogen, klopfte es lautstark an ihre Pforte. »Geduld, ich komme sofort«, rief sie, doch das Pochen hörte nicht auf. »Einen Augenblick noch«, rief sie abermals und sah sich nach einem Platz um, an dem sie das Schreiben verstecken konnte. Eine einzige Truhe stand in der Stube, die ansonsten nur zum Speisen oder für Unterhaltungen bei einem Krug Wein genutzt wurde. Kurzerhand hob sie den Deckel des Möbelstücks und legte das Pergament unter eine schwere Tischdecke, bevor sie den Besuchern öffnete. Verwundert sah sie den Gehilfen des Vogts und die beiden Büttel an.

»Tretet ein. Wie kann ich Euch weiterhelfen?«

»Helfen? Nun, das ist großzügig von Euch. Der Vogt verlangt nach Euch. Kommt sofort mit uns.«

»Ich verstehe nicht ganz. Was möchte der Vogt denn?«

»Das erfahrt Ihr, wenn Ihr bei ihm seid. Gegen Euch liegt eine Anschuldigung vor.«

Franziska sah von einem zum anderen. Den Männern war die Angelegenheit sichtlich peinlich, doch waren sie gezwungen, ihre Pflicht zu erfüllen. Wenigstens führt man mich nicht in Ketten ab, dachte sie, als sie zwischen den Männern durch den Hof schritt.

»Hol sofort Graf Meynhard«, rief sie dem Rossknecht Giso zu, der sich den Bütteln schon mit bedrohlichem Blick näherte. Der Mann zögerte kurz, dann nickte er finster, machte kehrt und lief auf den Stall zu.

Bero verzog sein entstelltes Gesicht zu einem hässlichen Lächeln. Er saß zur Seite des Vogts und streckte zufrieden seine Glieder.

»Ihr seid die Schneiderwitwe Franziska?«, fragte der Vogt.

»Ihr kennt mich«, antwortete Franziska. »Und Herr von Restwangen ebenfalls. Was ist der Grund für meine Vorladung?«

»Ihr wisst, was eine Reichsacht ist?«

»Nicht genau«, antwortete sie zögernd.

»Dann will ich Euch aufklären. Wird die Reichsacht über einen Menschen verhängt, so ist es bei höchster Strafdrohung verboten, diesem Hilfe zu leisten. Wer dies tut, verliert seine Rechte, einschließlich seines Vermögens, und gegen ihn kann ebenfalls die Acht verhängt werden.«

Franziska sah dem Vogt geradewegs ins Gesicht.

»Ihr schweigt?«

»Ich wüsste nicht, was ich mit derartigen Vorwürfen zu schaffen haben soll.«

»Euer Jugendfreund, Ludwig von Montardier, ist geächtet. Er hat sich in schamloser und arglistiger Weise das Vertrauen des rechtmäßigen und gesalbten Königs von Böhmen erschlichen und ihn anschließend während seines Gebets heimtückisch erschlagen. Eine Gräueltat, wie sie schlimmer nicht begangen werden kann.«

Franziska senkte den Blick. Sie wollte nicht, dass Bero ihr Gesicht sah. Nicht, nachdem sie den Brief Ludwigs gelesen hatte.

»Er ist noch immer flüchtig. Ihr steht unter dem Verdacht, seine Flucht ermöglicht und finanziert zu haben.«

Franziska schwieg weiter.

»Herr von Restwangen«, sprach der Vogt nach einem Räuspern weiter, »hat weitere Beschuldigungen gegen Euch vorzubringen. Sagt, wann habt Ihr Montardier zuletzt gesehen?«

»Vor vielen Jahren. In Wien«, antwortete Franziska schließlich wahrheitsgemäß, und kurz erschien der zwanzigjährige Ludwig vor ihrem geistigen Auge.

»Das scheint wenig glaubwürdig«, sagte Bero schließlich und fing sich einen ärgerlichen Blick des Vogts ein. »Ihr habt eine Tochter. Etwa sechs Jahre alt, nicht wahr?«

»Fünf geworden«, sagte Franziska.

»Wie dem auch sei. Montardier war mit einer französischen Grafentochter verehelicht, wusstet Ihr das?«

»Gewiss. Sein Bruder und seine Schwester sind mit meiner Familie befreundet.«

»Die Ehe mit der Gräfin wurde aber nie vollzogen und musste deshalb von einem Kirchengericht höchster Qualifikation aufgelöst werden. Findet Ihr das nicht sonderbar?« Franziska zuckte mit den Schultern.

»Eure Tochter hingegen ist Montardier wie aus dem Gesicht geschnitten. Obendrein sieht sie aus wie Maria von Montardier als Kind.« Franziska schwieg weiterhin.

»Ich war beauftragt, die Montardierkinder aus dem Inferno in Akkon nach Zypern in Sicherheit zu bringen«, erklärte Bero dem Vogt kurz sein Wissen.

»Ich denke, wir beide sind uns darüber im Klaren, wessen Tochter Euer Kind ist. Und aus diesem Grund beschuldige ich Euch, eine vom König gestiftete Ehe gebrochen, den Gemahl der Gattin entfremdet und mit ihm eine geheime Verbindung unterhalten zu haben!«

»Wie könnt Ihr ...«, setzte Franziska an, ihm eine entsprechende Antwort entgegenzuschleudern, doch gelang es ihr, ihr Temperament im letzten Moment zu zügeln.

»Meine Tochter ist ehelich und das Kind Walrams, meines verstorbenen Gemahls, eines anerkannten Zunftmeisters und ehrenwerten Bürgers Nürnbergs«, sagte sie stattdessen, bemüht um einen möglichst ruhigen Ton, obwohl sie das Zittern und Beben ihrer Stimme kaum unterdrücken konnte.

Mit einem Ruck richtete Bero sich auf und zeigte anklagend mit dem Finger auf sie. »Ihr lügt! Ich beschuldige Euch weiter, Eurem Buhlen Montardier, der Euch durch seine Beziehungen zu König Albrecht die Tore zum Hof geöffnet hat, zur Flucht verholfen zu haben.«

Franziska sah den Vogt an. Der Mann wirkte äußerlich ruhig, schien es jedoch nicht gutzuheißen, dass Restwangen einem Ankläger gleich und statt seiner die Schneiderin verhörte und beschuldigte. Schließlich teilte er Franziska mit, dass sie nur auf seine Fragen zu antworten verpflichtet sei. Herr von Restwangen diene der Anklage lediglich als wertvoller Zeuge. Bero atmete hörbar ein und aus.

Franziska bat um einen Stuhl, der ihr umgehend gebracht wurde. Sie wusste, es war das Klügste, zu schweigen und bestenfalls Antworten zu geben, die zu ihren Gunsten und nicht widerlegbar waren. Bestimmt würde Meynhard bald eintreffen, und der würde mit den beiden Kerlen schon fertig werden, war sie sich gewiss.

Doch bevor der Graf erschien, trat einer der Büttel ein und legte ein zusammengerolltes Pergament vor Bero auf den Tisch. Bero griff danach, las mit hochgezogenen Brauen und spielte den Erstaunten. Er wackelte kaum sichtbar mit dem Kopf und gebärdete sich, als würde der Inhalt des Schreibens seine kühnsten Ahnungen übertreffen.

Der Vogt versuchte, einen Blick in das Schriftstück zu erhaschen, doch Bero hob es wie zufällig so, dass er nur die Rückseite zu sehen bekam. Franziska war blass geworden, als sie das gebrochene Siegel und die gleichmäßige Handschrift erkannte. Schließlich flüsterte Bero dem Beamten etwas ins Ohr. Der Mann rief nach einer Wache und befahl ihr, die Schneiderin nach draußen zu führen und dort mit ihr zu warten.

»Sie hat ein Schreiben von dem Gesuchten erhalten. Einen Liebesbrief«, höhnte Bero. »Zwar ist der Mann geschickt und schreibt nur über die Vergangenheit, doch der Ehebruch müsste sich nachweisen lassen, und das Kind hat wohl wirklich er gezeugt.«

»Gebt mir das Schreiben, Restwangen.«

Bero reichte ihm den Brief und der Vogt studierte ihn aufmerksam. »Nur auf dieses Schreiben hin kann ich sie nicht festsetzen. Die Zunft würde umgehend protestieren, einen einflussreichen Advokaten bestellen und flugs müssten wir sie wieder freilassen.«

»Aber was sie tut, ist Hochverrat!«

»Das ist möglich, doch wird ein Brief, in dem ein ehemaliger Geliebter aus seiner Notlage heraus versucht, die Buhlin zurückzugewinnen, nicht genügen, diese Anschuldigung aufrechtzuerhalten. Aus dem Brief geht doch viel eher hervor, dass sie über den Aufenthalt Montardiers und die Ereignisse der jüngeren Vergangenheit nichts wusste. Um ein Urteil gegen sie zu erwirken, müsst Ihr schon mit mehr aufwarten. Wir reden hier nicht von einem gewöhnlichen Verbrechen, das abzuurteilen ich befugt wäre. Hochverrat ist eines der schwersten Delikte überhaupt und wird nur vor königlichen Gerichten verhandelt, an denen die bedeutendsten *doctores iuris* des Reiches die Gelegenheit zum Auftritt nutzen und sich hitzige und lange Dispute liefern, da jeder gegenüber dem anderen obsiegen will, wenn Ihr versteht. Doch ein Verdacht auf dieses Verbrechen besteht immerhin, so weit gebe ich Euch Recht. Bringt mir schlüssigere Beweise, und ich tue, was ich kann. Mehr kann ich nicht versprechen.«

»Könnt Ihr ihr Zwänge auferlegen, um sie an einer Flucht zu hindern?«

»Nun, es gibt Möglichkeiten. Von jetzt an und für die Dauer des Verfahrens könnte man ihr die Verfügungen über ihr Vermögen verwehren, das läge durchaus in meiner Macht. Kommt morgen um diese Zeit wieder, bis dahin ist das in die Wege geleitet.«

Bero gab sich nicht gänzlich zufrieden und murrte noch ein wenig, doch insgeheim war er sicher, einen ersten Sieg errungen zu haben. Er müsste nur ein wenig abwarten und den Dingen ihren Lauf lassen. Außerdem hatte er ja noch einen weiteren Trumpf in der Hand.

Franziska saß still auf dem Schemel, den die Wache ihr zugewiesen hatte, und gab sich Mühe, keinerlei Regung zu zeigen, während ihr Gehirn fieberhaft arbeitete. Sie hatte den Brief Ludwigs, den ersten seit über fünf Jahren, doch erst vor kaum mehr als einer Stunde erhalten, wie konnten die Männer des Vogts so schnell darüber Bescheid gewusst haben? Und wieso hatte der Soldat der Stadtwache das Schreiben Bero in die Hand gedrückt, statt es seinem Herrn zu geben? Irgendetwas war faul an der Sache, sie musste auf der Hut sein und Acht geben.

Nachdem sie eine Weile gewartet hatte, öffnete sich die Tür, Bero hinkte durch den Vorraum, bedachte sie nur mit einem höhnischen Grinsen und verließ das Haus des Vogts. Sie gab ihm nicht die Genugtuung, ihn auch nur eines Blickes zu würdigen.

Als sie weitere Minuten gewartet hatte, hörte sie endlich eine vertraute Stimme, die lauthals und befehlsgewohnt Einlass in das Haus des Vogts begehrte. Mit polternden Schritten, puterrotem Gesicht und schweißnassem Haar kam Meynhard in den Raum gestürmt, just als sich die Tür zum Sitzungsraum abermals öffnete und der Vogt aus dem Zimmer treten wollte. Meynhard trug eine lederne Reithose und ein ebensolches Wams, dazu derbe Stiefel und von seinem Handgelenk baumelte eine Reitgerte.

»Wie könnt Ihr es wagen«, brüllte er dem Vogt ins Gesicht, »die Meisterin am helllichten Tag wie eine Verbrecherin abholen und zu Euch schleppen zu lassen. Fehlt Euch Lümmel jeglicher Anstand?« Der Vogt zuckte zusammen und wollte etwas erwidern, doch Meynhard dachte nicht daran, den Mann zu Wort kommen zu lassen. »Sämtliche Ratsmitglieder sind mit der Familie der Dame befreundet, und alle lassen bei ihr fertigen. Sie bringt der Stadt nicht nur Ruhm, sondern auch einen gewaltigen Batzen an Steuern ein. Sie beliefert seit Jahren den königlichen Haushalt! Den Königshaushalt, habt Ihr das verstanden, Dummkopf?« Er hielt inne und trat zwei weitere Schritte auf den Mann zu. Zwischen den beiden Gesichtern lag nicht mehr Abstand als eine Elle. Franziska hatte den Eindruck, dass der Graf im nächsten Augenblick die Peitsche erheben und dem Mann ins Gesicht schlagen würde. Nur mühsam schien er sich beherrschen zu können.

»Was wolltet Ihr überhaupt von ihr? Los, sprecht!«

Der Mann räusperte sich. »Nun, es liegt der Verdacht vor ...«

»Was für ein Verdacht? Sprecht endlich, Memme!«

»Ritter Bero von Restwangen, der persönliche Beauftragte König Rudolfs von Böhmen, hat den Verdacht geäußert, Frau Franziska hätte einem Mann die Flucht ermöglicht, über den die Reichsacht verhängt wurde. Das ist Hochverrat!«

»Restwangen? Höre ich recht? Bero von Restwangen? Ein unbedeutender Wicht aus der Entourage eines ausländischen

Herrn? Er erteilt Euch also jetzt Befehle, und Ihr habt die Stirn, sie auch noch zu befolgen? Ihr scheint vergessen zu haben, was Euer Amt ist und wer Euch eingesetzt hat, guter Mann!«

Der Vogt zuckte zusammen. Meynhard war im Recht. Nürnberg war eine freie Stadt, die von einem Rat bestehend aus Patrizierfamilien regiert wurde. Einzig dem Rat war der Vogt verpflichtet, wurde von ihm gewählt oder auch abberufen. Augenscheinlich schien ihm Letzteres gerade zu Bewusstsein zu kommen.

»Aber der König persönlich hat die Reichsacht ...«

»Aber er hat nicht persönlich die Verhaftung einer angesehenen Bürgerin verfügt, nicht wahr?«

»Gewiss nicht, doch Hochverrat ... Die Anschuldigung ist schwer, müsst Ihr wissen ...«

»Was soll Frau Franziska denn verbrochen haben, wenn gleich Hochverrat vermutet wird?«

»Sie hat heute einen Brief erhalten, von dem Gesuchten, Ludwig von Montardier.«

»Einen Brief erhalten? Sieh einmal an, wie interessant! Und woher wusstet Ihr davon? Woher von dem Inhalt des Schreibens und seiner Echtheit? Ihr habt wohl Unterschleif begangen, und wir müssen uns wohl noch über das Delikt des Siegelbruchs unterhalten?«

Der Vogt errötete tief. Er merkte, dass er einen Fehler begangen hatte. Er war zu voreilig gewesen, hatte diesem Restwangen zu schnell vertraut. Nun würde er Schwierigkeiten mit dem Rat und der Zunft bekommen, wenn er nicht zügig Handfestes vorzulegen hatte.

»In dem Brief beteuert der Mann, wie nahe er ihr steht und wie sehr er es bedauert, von ihr getrennt worden zu sein. Und er äußert den Wunsch, wieder mit ihr vereint zu sein. Dies rechtfertigte mein eiliges Handeln, schließlich ist Montardier der Mörder eines rechtmäßig gewählten und von Gottes Gnaden eingesetzten Königs. Zähmt Eure Wut also, gräfliche Hoheit. Außer einer Befragung ist der Frau nichts widerfahren.«

Meynhard drehte sich zu Franziska um.

»Trifft das zu?«

»Ja«, sagte sie. »Aber nicht der Herr Vogt hat mich befragt, sondern Bero von Restwangen hat Beschuldigungen gegen mich vorgetragen.«

»Oh? Ist Euch die Bürde des Amtes schon so schwer geworden, dass Ihr Hilfe aus Böhmen benötigt, um eine Schneiderin zu vernehmen?«, herrschte Meynhard den Beamten an.

»Mäßigt Euch doch, Graf«, sagte der Mann und gab sich Mühe, gefasst zu klingen. »Es ist unerheblich, wer ihr Fragen gestellt hat. Der Verdacht besteht, und wenn er sich bewahrheitet, gilt sie selbst als geächtet, sie wird verhaftet und ihr Vermögen wird konfisziert. Ich schicke noch heute einen Mann, der ihr Hab und Gut inventarisiert, wie es meine Pflicht ist. Nichts aus ihrem Besitz darf veräußert oder verbraucht werden. Ihr könnt Frau Franziska nach Hause geleiten, ich bin für den Augenblick mit ihr fertig.«

Meynhard warf ihm noch einen bösen Blick zu, bevor er kehrtmachte, zu Franziska ging und ihr seinen Arm anbot. Ohne Gruß verließen sie die Amtsstube. Der Vogt wischte sich die schweißnasse Stirn und fluchte lautlos über den anmaßenden Grafen und über den böhmischen Wichtigtuer. Natürlich war die Verlockung groß gewesen, maßgeblich zur Aufdeckung eines Schwerverbrechens beizutragen, doch nun sah er die unweigerlich auf ihn zukommende Kontroverse mit der Zunft und dem Rat mit Besorgnis. Schweren Herzens schickte er schließlich nach einem Schreiber, der in Begleitung eines Bewaffneten zunächst die Schneiderei und anschließend diesen Geldverleiher aufsuchen sollte, bei dem die halbe Stadt ihr Vermögen angelegt hatte.

*

»Was soll das heißen, sie hat nichts? Sie muss reich sein, unermesslich reich, bei den Preisen, die sie verlangt, und bei der Menge an Gewändern, die sie fertigt!« Bero war wütend, doch der Vogt und sein Schreiber zuckten nur mit den Schultern.

»Los, sagt schon, wo ist ihr Vermögen?«

»Wie gesagt, außer Dingen für den täglichen Gebrauch verfügt die Frau über keinerlei Güter. Ihr Sohn, Trudbert Schneyder, wie er genannt wird, ist der neue Meister des Betriebs. Ein noch junger Mann, aber von untadeligem Leumund, wie ich betonen möchte. Die Schneiderei, die dazugehörenden Gebäude und Liegenschaften sind sein Eigentum. Ebenso das Warenlager, der Pferdebestand und die sonstigen Hilfsmittel. Zwei Zunftmeister waren gestern zugegen, bestätigten dies und legten entsprechende Urkunden vor, die erst vor kurzer Zeit ausgefertigt und beglaubigt wurden.«

»Und was sagt der Geldverleiher?«

»Auf ihr gesamtes Barvermögen, außer einer geringen Summe für ihre alltäglichen Ausgaben, wurden Anweisungen ausgefertigt und Wechsel gezogen, die bereits eingelöst wurden. Großteils von venezianischen Banken, wie uns glaubhaft gemacht wurde.«

»Dann hat sie mit diesem Geld Montardier zur Flucht verholfen. Verhaftet sie!«

»Das ist höchst unwahrscheinlich. Montardier war nicht unter den Bezugsberechtigten, sondern neben Prinz Chalil ausschließlich ausländische Geschäftsleute und Banken. Sie unterhielt schon seit langem Geschäftsbeziehungen in ganz Europa. Vermutlich hat sie Rechnungen bezahlt.«

»Halt!«, rief Bero plötzlich. »Sie betreibt eine Knopfmanufaktur, in der sie jede Menge Leute beschäftigt. Pfändet sie auf der Stelle!«

»Ihr irrt«, sprach der Vogt. »Die Manufaktur gehört Graf Meynhard. Wollt Ihr Euch mit ihm anlegen? Einem Berater des Reichskönigs?«

Bero war außer sich. Hat ihn das raffinierte Weibsstück an der Nase herumgeführt? So recht wollte er es nicht glauben, doch die Aussagen des Vogts und seines Schreibers schienen keinen Zweifel offen zu lassen. Mit der Androhung, ihr über all die Jahre mühsam aufgebautes Vermögen zu konfiszieren, war er nicht weit gekommen. Er hatte gehofft, sie mit der Drohung, wieder arm zu werden, in die Knie zwingen zu können, doch sie war ihm zuvorgekommen, und er konnte wenig dagegen unternehmen.

Der Vogt schien plötzlich kein Interesse mehr daran zu haben, der Sache mit dem Brief nachzugehen. Er murmelte irgendetwas von untauglichen Beweisen, fehlendem Siegel Montardiers, dem untadeligen Ruf der Frau und so weiter. Zähneknirschend akzeptierte Bero diese Niederlage, doch er sah sich noch lange nicht als geschlagen an. Immerhin wusste er, wo Montardier steckte, und außerdem hatte er ein weiteres, noch besseres Druckmittel gegen Franziska.

*

»Nun sag schon, was hat es mit diesem Restwangen auf sich?«, bohrte Elsbeth weiter. Der Graf hatte Franziska gleich nach dem Verlassen des Vogts mit nach Hause genommen und Elsbeths Obhut übergeben. »Der Kerl scheint euch allen doch schon seit längerem das Leben schwerzumachen, habe ich nicht Recht?«

Franziska nahm einen Schluck aus dem Becher, den Elsbeth ihr großzügig mit dem teuren goldenen Wein gefüllt hatte, der seit kurzem auch hierzulande in Mode gekommen war. Einen Teil der Geschichte kannte die Freundin bereits, sie wusste, dass Restwangen Schuld daran hatte, dass Franziska und Nele sowie die drei Geschwister Budweis verlassen mussten, doch Details hatte sie bislang weder erfragt noch sonst wie erfahren. Noch zögerte Franziska, doch Elsbeth ließ nicht locker mit ihren Bemühungen, und schließlich begann Franziska zu erzählen. Von ihrer Kindheit und Jugend bis zur versuchten Vergewaltigung, dem Kampf im Stofflager und der Verurteilung Hermanns. Von der Flucht der Brüder, ihrer Reise mit Nele und Maria und schließlich dem glücklichen Wiedersehen mit Mutter und Stiefvater. Elsbeth musste sich einige Male beherrschen, ihrem Zorn über den Übeltäter nicht lautstark Luft zu machen, doch als Franziska zu der Stelle kam, an der die arme Maria genötigt werden sollte, diesen schrecklichen Menschen zu ehelichen, konnte sie nicht mehr an sich halten.

»Dieses Scheusal, dieses Schwein! Ich sage Meynhard, er soll ihn herausfordern und abstechen wie ein Stück Vieh!«

»Nein!«, rief Franziska. »Es gibt noch etwas, das kaum jemand weiß. Chalil hat es herausgefunden. Bero stand in den Diensten von Ludwigs Vater in Akkon, doch er ist vor dem Sturz der Festung desertiert und auf die sichere Insel

Zypern geflohen. Als Catherine de Montardier ihn dort erkannte, tötete er sie. Der Mann ist gefährlich. Wahrscheinlich war auch er es, der den böhmischen König erschlagen hat, um seinen Herrn auf den Thron zu heben, und Ludwig soll nun statt seiner dafür büßen. Wir können ihn nicht töten! Außer uns kennt nur er die Wahrheit um Ludwig und Hermann. Wir brauchen Bero lebendig, damit Ludwig und Hermann von ihrer angeblichen Schuld freigesprochen werden können, verstehst du?«

Elsbeth schwieg einen Augenblick. »Du denkst doch nicht wirklich, dass er das tut?«

»Freiwillig wohl nicht, doch wer weiß? Aber eines steht doch fest: Wenn er tot ist, können weder Ludwig noch Hermann ihre Ehre wiederherstellen. Deshalb muss er weiterleben, so schrecklich das auch ist. Es sei denn, es gelingt, ihn als Verbrecher zu überführen und sein Wort als zweifelhaft erscheinen zu lassen.«

Elsbeth war alles andere als zufrieden. »Denkst du, er wird dich jetzt wenigstens in Ruhe lassen?«

Franziska seufzte und hob die Schultern. Die Freundin schnaubte kaum merklich, als sie ihren wenig hoffnungsvollen Blick sah.

*

Bero verließ Nürnberg noch am selben Tag. Zunächst musste er nach Böhmen ziehen, um der königlichen Hochzeit und der Krönung beizuwohnen. Rudolf zeigte sich enttäuscht, seiner neuen Königin nicht den Kopf des Mörders ihres Stiefsohnes präsentieren zu können, und ließ dies Bero spüren, als der ihm vor den Feierlichleiten seine Aufwartung machte.

»Wohin, sagt Ihr, soll er gegangen sein? In den Fernen Osten? Ihr erlaubt Euch Scherze mit Uns. Wie soll er denn dorthin gelangt sein? Eine derartige Flucht wäre kaum ohne Geld möglich gewesen, und wie Wir wissen, hat er doch keines mehr, seit seine französische Quelle versiegt ist. Vielleicht solltet Ihr etwas genauer suchen. Wir werden Euch nochmals Urlaub gewähren, macht Euch umgehend wieder auf. Zwar steht der Winter vor der Tür, doch bis zum Osterfest erwarte ich, dass Ihr Eure Aufgabe erfüllt habt.«

»Majestät, es ist nicht möglich, vor Ostern über das Mittelmeer und wieder zurück zu reisen.«

»Ist es nicht? Wie bedauerlich für Euch. Doch sorgt Euch nicht, die königliche Milde ist größer als die königliche Gerechtigkeit. Wir werden Euch daher zu Pfingsten wiedersehen, mit dem Mörder, wie Wir nochmals feststellen wollen. Nun sputet Euch, es wartet schwere Arbeit auf Euch.«

Widerwillig neigte Bero den Kopf und verabschiedete sich wütend. Nicht einmal zur Krönung und zum Bankett war er eingeladen worden, nach allem was er für Rudolf getan hatte. Doch sosehr es ihm auch gegen den Strich ging, er musste den Habsburger zufriedenstellen. Rudolf war imstande, ihm Restwangen wegzunehmen und ihn bis an sein Lebensende als Knappen dienen zu lassen.

Es war bereits Mitte Oktober, und Bero wusste, er durfte keine Zeit verlieren. So schnell er konnte, eilte er mit seinen zwei Gehilfen von der Königsstadt Prag nach Budweis. Auf Restwangen nächtigten sie und versorgten sich mit warmen Kleidern, frischen Pferden und Geld, das der Verwalter nur ungern herausgab, da es um die Finanzen des Guts seit längerem nicht mehr zum Besten bestellt war.

Beros Gemahlin wirkte noch blasser als sonst, und ihm

schien, als seien die dunklen Ringe unter ihren Augen seit seinem letzten Besuch noch schwärzer geworden. In der Nacht, als sie den Kopf zur Seite drehte, während sie auf dem Rücken lag und die Beine gehorsam öffnete, bemerkte er, wie schlaff ihre Brüste geworden waren und dass sie überhaupt viel zu dünn war. Wie ein Bauernmädchen im Winter, was für ein armseliges Geschöpf. Zwei Totgeburten hatte sie schon geliefert, mehr war ihrem öden Schoß bisher nicht zu entlocken gewesen, kein Erbe, kein zukünftiger Page am Königshof, der Beros Stellung untermauert hätte, nichts. Sogar mit der Ehefrau hatten die Habsburger ihn übers Ohr gehauen.

»Sieh mich wenigstens an, Weib!«, herrschte er sie an, als er sie mit wenig Lust bestieg. Widerwillig wandte sie ihm das Gesicht zu, hielt die Augen jedoch geschlossen. Nach der zweiten kräftigen Ohrfeige liefen Tränen aus ihren Augenwinkeln, und sie hob die zitternden Lider. Nackte Angst sah Bero entgegen, und er spürte, wie ihm das Blut in die Lenden schoss.

Bereits am nächsten Tag durchquerten er und seine Männer den Böhmerwald und zogen entlang der Donau und des Inns nach Westen. Das Inntal war trotz der hohen Gebirge mit den schneebedeckten Gipfeln, die es umrahmten, vom Wetter begünstigt, und auch der Handelsweg über den Brenner war noch gut zu bereisen, nur in einer Nacht fiel ein wenig Schnee, der tags darauf jedoch gleich wieder schmolz. Die drei Männer kamen gut voran und erreichten schon bald den Handelsplatz in Meran.

Einige Tage kundschafteten sie die Gewohnheiten des Rosshändlers aus, dann stand Beros Plan fest. Es würde leichter werden, als gedacht. Hermann hatte die Angewohnheit, vor Morgengrauen nach seinen Tieren zu sehen. Sein Knecht und die Magd ließen sich gewöhnlich erst etwas später blicken. Der Knecht verbrachte den Großteil des Tages bei den Pferden oder machte sich sonst irgendwie nützlich. Wenn der Mann Tiere anderswo hinzubringen hatte, beaufsichtigten Hermann selbst oder seine Frau die Koppeln. An einem so regen Durchgangsort wie Meran war die Gefahr eines Diebstahls groß, und ein Zugtier war schnell auf Nimmerwiedersehen davongetrieben. Tagsüber sollten Bero und seine Männer sich also besser nicht blicken lassen und schon gar nicht in Hermanns Nähe kommen. Zumindest Bero würde der Rosshändler sofort erkennen und sich entsprechend wappnen.

Es war ein kühler und regnerischer Morgen, ein Freitag. Die beiden Gehilfen Beros lauerten hinter einer Wand der Futterscheune, an der Hermann allmorgendlich vorbeikam, bevor er sich zu den Koppeln seiner kleinen Zucht begab. Außer ihren üblichen Waffen trugen sie einen schweren Knüppel, den sie in der Scheune entdeckt hatten, einen Sack und ein Seil bei sich. Einen mit Stroh beladenen Karren, gezogen von einem schweren Kaltblüter, hatten sie schon während der Nacht bereitgestellt.

Der Rosshändler wirkte noch verschlafen, als er mit schweren Schritten, gehüllt in einen warmen Mantel, an der Scheune vorbeitrottete. Der erste Schlag gegen seinen dicken Schädel brachte ihn ins Wanken, vermochte ihn aber nicht zu fällen. Verwundert wollte er die Hand an die getroffene Stelle des Kopfes heben, als der zweite Hieb seinen Hinterkopf traf. Einer von Beros Männern versuchte, ihn aufzufangen, als der schwere Körper ihm entgegenfiel, doch vermochte er den massigen Mann nicht festzuhalten. Leise fluchend ließ er ihn zu Boden gleiten. Zu zweit gelang es ihnen, Hermann hochzuhieven und ihm den Sack über den Kopf zu stülpen, bevor sie ihn mit dem Strick zu einem festen Paket verschnürten.

Bero wartete an der Straße auf sie und vergewisserte sich, dass sie auch den richtigen Mann gefasst hatten. Hermanns Kopf zuckte etwas, als Bero ihm den Ohrring abriss, den er seit seinen Tagen als Fuhrmann im linken Ohrläppchen trug. Wie vereinbart machten sich seine Männer auf den Weg jenseits des Brennerpasses. An der Wachstation wechselten ein Säckchen mit Silber und ein kleines Fass Branntwein den Besitzer, und ohne größere Fragen ließ man die Fuhre passieren.

Bero ritt zurück zum Haus des Rosshändlers. In seinen Mantel gehüllt wartete er, bis das Leben auf dem Hof erwachte. Als er eine Magd das Haupthaus betreten sah, wies er sie an, ihn der Herrin zu melden.

Nele erschrak zutiefst, als Bero vor ihr auftauchte, und sie war froh, dass die Haustür offen stand, sodass sie nur schreien musste, wenn er ihr zu nahe kam. Die beiden Knechte und Hermann würden sofort herbeieilen. Sie wunderte sich ohnedies, dass ihr Mann nicht wie gewohnt um diese Zeit zum Frühstück in der Stube saß.

»Ihr habt einem Geächteten zur Flucht verholfen. Es gibt genügend Beweise. Ich habe selbst sein Pferd auf Eurer Koppel gesehen. Außerdem ist Euer Mann ein verurteilter Mörder.« Ängstlich sah Nele zur Tür, ob Hermann nicht endlich erschiene.

»Ihr braucht nicht nach Eurem Gemahl zu schielen. Meine Männer bringen ihn bereits fort. Wenn Ihr uns unterstützt, den Königsmörder zu fassen, werde ich ihn und Euch laufen lassen. Wenn nicht …« Er lächelte kaum merklich. Neles Beine wurden schwach. Sie suchte Halt an einer Stuhllehne und starrte Restwangen ungläubig an. »Wo ist mein Mann?«, fragte sie mit leiser Stimme.

»In Sicherheit. Es wird ihm nichts Schlimmes geschehen, falls ich Montardier bekomme. Ihr wisst, wo er steckt!«

»Was verlangt Ihr von mir?«, fragte Nele ängstlich.

»Früher oder später wird er wieder ins Reich reisen, und gewiss wird er Meran passieren. Ich will, dass Ihr mir dann sofort Nachricht sendet. Bis dahin bleibt Euer Gemahl in meinen Händen.«

Nele sah ihn nur stumm an. Bero wusste, dass sie gehorchen würde.

Bero hatte Hermann zu Volkmar von Sigmaren bringen und ihn dort in dessen Kellerverlies sperren lassen. Der Ritter war auf den Grafen von Tirol, der mittlerweile in Meran residierte und dem Norden nur selten Besuche abstattete, nicht gut zu sprechen, und Bero machte sich wenig Sorgen, dass er seinem Herrn von der Gefangennahme erzählen würde. Zufrieden machte Bero sich wieder auf den Weg nach Nürnberg.

NÜRNBERG Herbst 1306

Franziska sah den Schatten eines Mannes in einem dunklen Umhang mehrere Male vor den Fenstern der Schneiderei auf und ab gehen, während sie sich mit einem Kundenpaar besprach. Wahrscheinlich ein Herr aus dem Bürgertum, dachte sie, der wartet, bis das Geschäft leer und Zeit für seine Wünsche ist.

Schließlich verließen die Eheleute die Schneiderei, und der Mann trat ein. Mit raschem Blick vergewisserte er sich, dass er mit Franziska allein war, bevor er seine Kapuze zurückschob. Franziska stockte der Atem, und sie vergewisserte sich, dass die Tür nach hinten nicht verschlossen war, sodass sie jederzeit nach ihrem Sohn oder ihren Bediensteten rufen konnte. Bero machte sich nicht die Mühe, sie zu begrüßen. Er fing sofort an zu sprechen.

»Ich weiß, dass Ihr mit Montardier in Verbindung steht. Ich will ihn haben und Ihr werdet mir helfen. Erst vor wenigen Tagen habe ich Eurer Frau Mutter einen Besuch abgestattet. Sie war sehr besorgt um das Wohlergehen ihres Mannes, des verurteilten Mörders. Den Rosshändler werden die Wintermonate in dem Keller, in dem er nun untergebracht ist, gewiss nicht umbringen. Doch wollen wir allesamt nicht daran denken, was ihm blüht, wenn er der Gerichtsbarkeit übergeben wird. Erst Mord, dazu die Fluchthilfe für einen Geächteten, eine unschöne Kombination. Welche Strafe, glaubt Ihr, wird man über ihn verhängen? Vierteilung durch seine eigenen Gäule? Zuvor vielleicht noch blenden und ihn das Zischen der Feuerzangen an seinem Fleisch hören lassen? Ich will gar nichts vorwegnehmen, doch auf keinen Fall wird es eine rasche Angelegenheit. Wahrscheinlich wird sein Weib, die Mittäterin, alles mit ansehen müssen, bevor man sich ihr zuwendet. Lasst uns das lieber nicht in allen Einzelheiten vorstellen!« Seine Mundwinkel verzogen sich zu einem bösen Lächeln.

»Woher weiß ich, dass Ihr die Wahrheit sagt?«, fragte Franziska schließlich.

»Oh, das will ich Euch gern beweisen«, sagte Bero und griff in eine Tasche seines Wamses. »Gewiss kennt Ihr diesen Plunder«, fügte er wie beiläufig hinzu, während er Franziska den silbernen Ohrring Hermanns vor die Nase hielt. Die schwarz gewordenen Blutflecken darauf waren unschwer zu erkennen.

»Was wollt Ihr von mir?«, stieß sie hervor.

»Montardier schreibt Euch doch so gern Briefe voller Minne und Herzeleid, wie ich schon feststellen durfte, und ich weiß, dass Ihr selbst nicht nur des Lesens, sondern auch des Schreibens kundig seid. Eine seltene Ausbildung für eine Schneidertochter, möchte ich anfügen. Und wie Ihr seht, eine bisweilen gefährliche! Ihr werdet umgehend einen Brief an Euren Galan verfassen, in dem Ihr um seine sofortige Rückkehr bittet.«

»Das wird unmöglich sein. Er ist weit weg von hier, in einem fernen Land jenseits des Meeres. Der Winter steht vor der Tür, und ein Brief wird ihn so bald nicht erreichen, wenn er nicht überhaupt auf dem weiten Weg verlorengeht.«

»Das wird er gewiss nicht, da zwei meiner Männer sich mit dem Schreiben auf den Weg machen werden. Vielleicht solltet Ihr auch besser zwei Schreiben verfassen, und meine Männer reisen auf getrennten Schiffen, sobald die Winterstürme vorüber sind. Ihr haltet diese Vorsichtsmaßnahme für übertrieben? Bedenkt Euer Risiko beziehungsweise das Eurer Eltern.«

»Und Ihr? Was habt Ihr mit ihm vor?«

»Ich selbst überhaupt nichts, wieso auch? König Rudolf erwartet ihn. Montardier soll sich für seine Taten rechtfertigen.«

»Ihr wisst so gut wie ich, dass Ludwig ...«

Bero hob die Hand, um sie zu unterbrechen. »Was Ihr denkt oder ich, ist ohne Belang. Es geht um den Wunsch des böhmischen Königs sowie seines Vaters, des Reichskönigs. Weist Montardier an, herzukommen. Ich werde ihn an der Reichsgrenze empfangen und zu Rudolf führen.«

»Und meine Eltern?«, fragte Franziska misstrauisch.

»Der Rosshändler soll meinethalben wieder freigelassen werden. Er kümmert mich nicht weiter. Und Eurer Mutter wird ebenfalls nichts geschehen. Solange sie sich von Budweis und Restwangen fernhalten, sollen sie von mir aus hundert Jahre alt werden.«

Franziska mutmaßte, dass er einen triftigen Grund haben musste, Ludwig herbeizuschaffen. Es musste schon mehr dahinterstecken, als sich nur bei seinem König beliebt zu machen, sonst würde er nicht so hohen Aufwand treiben. Ludwig würde sich bestimmt zu helfen wissen, sollte er tatsächlich zurück ins Reich müssen. Mit Bero würde er schon fertig werden, davon war sie überzeugt. Schließlich hatte er den schlauen Chalil und obendrein seinen Vater zur Unterstützung. Bestimmt würde den Männern etwas einfallen und Ludwig nicht in sein Verderben laufen, gab sie sich Mühe zu glauben.

Sie dachte an ihre Mutter, die bestimmt vor Sorge fast umkam, und an den armen Hermann, der zum zweiten Mal den

Machenschaften Beros ausgesetzt war und in einem Kerker saß. Sie wusste, dass ihr keine Wahl blieb.

»Wenn Hermann oder meiner Mutter irgendetwas zustößt, werdet Ihr das mit Eurem Leben bezahlen«, sagte sie schließlich und dachte an Meynhard, der nicht zögern würde, ihr zu helfen.

»Deshalb werde ich auch höchstpersönlich auf sie achten. Schreibt die Briefe. Ich komme morgen zur gleichen Stunde wieder, um sie in Empfang zu nehmen. Der Inhalt steht Euch frei, doch sorgt dafür, dass Montardier sich auf den Weg macht.«

Grußlos wie er sie betreten hatte, verließ er die Werkstatt wieder. Franziska ging langsam in ihre Wohnung. Kraftlos sank sie auf einen Stuhl und stützte die Stirn auf beide Hände. Sie wollte weinen, doch kamen keine Tränen. Zorn wallte in ihr auf, Ärger und Wut übermannten sie. Ihr Körper verkrampfte sich und ein bitterer Geschmack stieg in ihr auf. Warum Hermann und Nele? Warum Ludwig? Warum sie?

Schließlich zwang sie sich zur Ruhe. Sie stand auf und suchte nach Tinte und Pergament. Zwar verwendete sie wie die meisten Leute von Stand mittlerweile lieber den seit einiger Zeit in Mode gekommenen fein gepressten Papyrus, doch für diesen Brief wollte sie nicht das Risiko eingehen, dass das kostbare, aber sehr empfindliche Material Nässe, Schimmel oder Feuer zum Opfer fiel. Sie überlegte lange, bevor sie anfing, zu schreiben.

*

Bero kam früher als am Vortag und verlor wenig Zeit. »Ihr gewährt mir doch Einblick in Euer Schreiben, nicht wahr?«, fragte er anstatt eines Grußes.

»Aber Ihr sagtet ...«

»Nun, ich muss doch sichergehen, dass mir nicht der Kopf des Boten in einem Korb zurückgeschickt wird, wie das die Heiden gern tun. Gewiss habt Ihr dafür Verständnis.«

Franziska hatte dies erwartet und reichte Bero die beiden Pergamente. Sie hatte bewusst wenig von ihren Gefühlen in den Brief verpackt und das Gedeihen ihrer Tochter auch nur kurz erwähnt. Eindringlich hatte sie ihre Notlage geschildert und die Tatsache, dass man ihren Eltern die Fluchthilfe nachgewiesen hatte, und Ludwigs Erscheinen vor Rudolf daher für ihr Überleben wichtig war. Bero nickte anerkennend.

»Verschließt und siegelt die Briefe. Mein Diener wird sie morgen abholen. Meine beiden Knappen werden sich umgehend damit auf den Weg machen. Einer wird die Gefahren einer winterlichen Seereise auf sich nehmen, falls er einen wagemutigen Kapitän findet, der andere wird das Frühjahr abwarten. Ihr seht, für alles ist gesorgt.«

»Ich sehe es. Wir beide können dann wohl endlich getrennter Wege gehen.«

»Wie könnte ich das verantworten? Ich spüre, wie sehr Ihr Euch um Eure Mutter und den Stiefvater sorgt, und denke, ich werde Euch in dieser schweren Zeit beistehen. Außerdem schuldet Ihr mir noch etwas.« Wie beiläufig strich er mit dem Zeigefinger entlang seiner Narbe. Franziskas Augen zogen sich zu Schlitzen zusammen. Konnte dieses Scheusal es tatsächlich wagen?

»Heute ist Freitag, da wird gefastet. Doch schon morgen,

eine Stunde nach Einbruch der Dunkelheit, dürft Ihr mich erwarten. Ihr werdet nicht enttäuscht werden, glaubt mir!« Mit der Andeutung einer Verbeugung und seinem widerlichen Grinsen verließ er den Laden. Erstarrt stand Franziska in ihrem Verkaufsraum und blickte auf die Tür, die sich hinter Bero geschlossen hatte. Sie glaubte wieder die Röcke über ihrem Kopf zu spüren und die starken Arme, mit denen Beros willfähriger Gefährte sie festhielt, nachdem man sie mit einem Faustschlag an die Schläfe niedergestreckt, ihr in den Bauch getreten und sie auf den Rücken geworfen hatte. Alles, alles, nur nicht das, dachte sie. Das werde ich nicht zulassen, schwor sie sich. Nicht einmal berühren soll dieses Ungeheuer mich. Sie könnte Bero ein Messer in den Leib stoßen, wenn er ihr zu nahe kam, überlegte sie. Doch selbst wenn man sie dafür nicht verurteilen würde, Hermann und Nele würde es nichts helfen. Bero wusste dies und versuchte, dieses Wissen gegen sie auszunutzen. Gewalt war somit nicht das richtige Mittel, ihm beizukommen.

*

Elsbeth freute sich über den unerwarteten Besuch der Freundin und hörte aufmerksam zu, während Franziska ihr berichtete. »Du bist sicher, dass er Ludwig nicht tötet, sobald er das Reich betritt?«

»Ziemlich. Er will ihn seinem König vorführen, der wohl auf einen Schauprozess hofft, um die Kritiker seiner Regierungsübernahme ruhigzustellen. Der König scheint Bero gedroht zu haben, deshalb geht der dieses Risiko ein.«

»Also müssen wir ihn dazu bringen, von dir abzulassen, ohne dass er an deinen Eltern Rache nimmt. Du sagtest doch, er wollte dich einst mit Gewalt nehmen, und jetzt will er unter Drohung und Erpressung in dein Bett. Lass mich ein wenig nachdenken.« Elsbeth lehnte sich in ihrem Stuhl zurück und überlegte. Schließlich grinste sie verschwörerisch, und ein listiges Funkeln leuchtete in ihren Augen.

»Was hältst du davon?«, fragte sie und schilderte Franziska ihren Plan.

Franziskas Augen weiteten sich, und sie starrte die Freundin ungläubig an, während diese ihr das Vorhaben auseinandersetzte. »Du meinst, das funktioniert?«, fragte sie schließlich, und ihrer Stimme war anzuhören, dass sie vom Erfolg des Vorhabens nicht so recht überzeugt war.

»Da bin ich sicher, mach dir keine Sorgen! Er wird Nürnberg verlassen und sich hier so schnell nicht wieder blicken lassen. Außerdem wird Meynhard das Seinige dazu tun, sei dessen versichert!«

»Du willst ihn da mit hineinziehen?«

»Gewiss. Und jetzt sorge dich nicht länger, sondern lass mich machen!«

Noch in der Nacht fuhren die beiden Frauen zurück nach Nürnberg. Der Rossknecht Giso, der seit Franziskas Verhaftung stillschweigend die Rolle eines Leibwächters übernommen hatte, lenkte den Wagen und wunderte sich über das Getuschel seiner Herrin mit der Gräfin, doch stellte er keine Fragen, wie sich das geziemte. Der Graf folgte ihnen auf einem prächtigen, schwarzen Pferd und war wie meist heiterer Stimmung.

Wie gewohnt verbrachte Franziska den Großteil des Samstags im Geschäft. Sie überreichte einem Mann Beros die beiden gut verpackten Pergamente, als dieser des Morgens erschien. Ein Kaufmannsehepaar aus dem nahen Augsburg besuchte sie und ließ sich Gewänder anmessen. Am Nachmittag saß sie mehrere Stunden mit Trudbert, den Gesellen und Näherinnen zusammen und besprach die Ausführung der eingegangenen Bestellungen mit ihnen, legte selbst mit Hand an die Kleider, die bereits in Arbeit waren, und kontrollierte sorgfältig die Stücke, die in Kürze abgeholt oder geliefert werden sollten. Niemand in der Werkstatt schöpfte Verdacht, dass an diesem Tag etwas Außergewöhnliches geschehen könnte.

Als die Dämmerung einsetzte, ließ Franziska die Arbeit in der Schneiderei beenden und wies Trudbert an, die Wochenlöhne auszuzahlen. Einige der männlichen Arbeiter wurden von ihren Familien abgeholt und nach Hause begleitet, zu groß war die Versuchung, den Lohn in die Wirtshäuser zu tragen. Franziska selbst war es gewesen, die den Ehefrauen diesen Rat erteilt hatte.

Trudbert fragte, ob er sich einen freien Abend machen konnte, und Franziska nickte lächelnd. Sie wusste, dass der Junge sich seit einiger Zeit heimlich mit einer der Näherinnen, einer Waise namens Gerhild, traf, und hatte nichts gegen die Verbindung einzuwenden. Gerhild war ein sauberes und anständiges Mädchen, obendrein geschickt bei der Arbeit und nicht auf den Kopf gefallen. Sie mochte sie und war überzeugt, dass ihr Stiefsohn sie nicht in Schwierigkeiten bringen würde und wenn doch, würden eben schon bald die Hochzeitsglocken läuten.

Bei Einbruch der Dunkelheit suchte Franziska ihre privaten Räume auf. Es waren keine Bediensteten mehr in der Wohnung und der Werkstatt, einzig der Rossknecht hielt sich noch im Stall auf, in dem er eine kleine Kammer bewohnte und den er ungern verließ. Meynhard hatte den ganzen Tag in Franziskas Wohnung verbracht und sich dem Studium einiger Bücher hingegeben, die er vorsorglich mitgebracht hatte. Elsbeth konnte das Erscheinen der Freundin kaum erwarten und fiel ihr um den Hals, als Franziska die Wohnung betrat. Nur ein einziges Licht wurde entzündet und in das Fenster der kleinen Stube gestellt, um dem unwillkommenen Besucher den Weg zu weisen.

Elsbeth trug eines von Franziskas Kleidern und hatte ein wenig von ihrem Duftwasser aufgetragen. Eines von Franziskas Häubchen saß keck auf ihren braunen Locken.

»Also, ich habe deine Wohnung genau erkundet. Sie ist hervorragend geeignet für unseren Zweck. Hier an der Tür wird Bero in Empfang genommen. Um die nötige Diskretion zu gewährleisten, wird kein Licht entzündet. Ihr beide wartet in der Kammer, die an das Schlafzimmer grenzt. Die Tür bleibt angelehnt. Ihr könnt ein Öllicht mitnehmen, das aber verdeckt sein muss. Das Wichtigste ist, dass es dunkel ist. Gut, dass heute Nacht kein Mond scheint. Die Vorhänge sind zugezogen, die Fensterläden geschlossen. Ich kann es kaum erwarten, dass der feurige Liebhaber hier erscheint!«

Zur angekündigten Stunde erschien Bero. Er überquerte den Hof, um in das hintere Gebäude zu gelangen, in dem sich die Wohnung der Schneiderin befand. Es war dunkel, und er fragte sich, warum auf dem ganzen Gelände noch kein Licht entzündet war. Lediglich aus dem Stall kam ein schwacher Schimmer, um den er sich aber nicht weiters kümmerte. Seine Männer, die den Brief geholt hatten, hatten ihm den Weg in die Wohnung genau beschrieben, sodass er sich auch auf der düsteren Treppe gut zurechtfand. Er klopfte, und fast augenblicklich wurde die Tür geöffnet. Der Raum, den er betrat, war beinahe stockfinster.

»Seid leise und kommt!«, flüsterte die Frauenstimme. Er konnte sie riechen, sog ihren Duft förmlich ein und spürte die Nähe ihres verlockenden Körpers. Er meinte sogar ihren Atem zu fühlen, als er den Fuß über ihre Schwelle setzte. Sie fasste ihn am Ärmel seines Rockes und zog ihn mit sich.

Hat ja doch was gelernt in all den Jahren, ganz die Mutter, dachte er, während er von ihr geleitet durch das Zimmer tapste, durch einen weiteren Raum geführt wurde und schließlich in einer Kammer landete, bei der es sich wohl um ihr Schlafgemach handelte. Sie will es wahrscheinlich rasch hinter sich bringen, dachte er, während sein Bein an ihrem Bett lehnte. Er griff nach ihr und bekam eine runde Brust zu fassen. Welch Vorgeschmack auf das, was er gleich bekommen würde! Mit dem freien Arm versuchte er, sie um die Taille zu nehmen und sie an sich zu ziehen. Sie entwand sich ihm mit einer blitzschnellen Bewegung und flüsterte wieder: »Nicht so rasch, Herr von Restwangen. Gebt mir einen kleinen Moment und lasst mich erst erforschen, was mich erwartet!« Er hörte sie kichern, als sie mit geübten Fingern die Knöpfe seines Hosenlatzes öffnete. Sie ging in die Knie und zog ihm die Beinlinge bis an die Waden herab, so tief es die Schäfte seiner Stiefel erlaubten. Schneller als Bero lieb war, griff sie in seinen Schritt und packte sein erst wenig durchblutetes Geschlecht. Er brüllte vor Schmerz auf, als sie plötzlich an seinem Glied riss und seine Hoden quetschte. Schallend hörte er sie lachen, während ihm vor Schmerz die Ohren rauschten »Was?«, rief sie gackernd. »Damit wollt Ihr mich beglücken? Hätte ich das nur eher gewusst, Ihr hättet in Budweis Euren Willen haben können, meine Jungfernschaft wäre bei diesem Stummel wohl nicht in Gefahr gewesen!«

Bero keuchte und versuchte, nach ihren Handgelenken zu fassen, als sie blitzschnell von ihm abließ und sich abwandte. Er spürte einen Luftzug an seinem nackten Unterleib und das Licht einer Lampe, die durch eine Tür schien, die gerade weit aufschwang, blendete ihn. »Was geht hier vor?«, brüllte ein zorniger Graf Meynhard und richtete die Spitze eines Kurzschwerts auf den Entblößten. »Ihr Lüstling! Eine rechtschaffene Witwe zur Buhlschaft zwingen! Was hindert mich daran, Euch sofort niederzumachen?« Bero starrte den Grafen ungläubig an. Die Schneiderin stand hinter ihm und blickte ihm mit versteinertem Blick ins Angesicht.

Meynhard stürzte auf Bero zu. »Zum Eunuchen sollte ich Euch machen, gleich jetzt!« Er drängte Restwangen nach hinten an die Wand, gegen die dieser, behindert durch die Beinkleider, unbeholfen stolperte. Die Spitze der scharfen Klinge berührte bereits das klein gewordene Geschlechtsteil des Edelmannes. Bero war leichenblass, und er spürte, wie es plötzlich warm an seinem Oberschenkel herabfloss. Meynhard wich einen Schritt zurück, holte mit dem Fuß aus und trat Bero gegen die Kniescheibe. Der schwere Stiefel und Meynhards Kraft sorgten dafür, dass Bero das Gleichgewicht verlor und nun mit heruntergelassenen Beinlingen und mit Urin besudelt vor ihm auf den Knien schwankte. Verzweifelt versuchte er, seine Hosen wieder nach oben zu ziehen, und erinnerte sich plötzlich an seinen ersten Kampf, den er mit heruntergelassenen Beinkleidern geführt und verloren hatte. Auch damals war Franziska schuld daran gewesen, diese Hexe. Meynhard gab ihm keine Gelegenheit, seine Blöße zu bedecken. Mit der Linken fasste er ein Ohr Beros, verdrehte es und riss ihn daran auf die Beine.

»Und jetzt macht, dass Ihr fortkommt, ehe ich mich vergesse und Euch zum Teufel schicke.« Ohne seinen Griff zu lockern, zerrte er den Unglücklichen durch die Wohnung und zur Treppe. Die ersten Stufen zog er Bero noch, bis er ihm schließlich einen Stoß gab und ihn hinabstürzte. Sofort setzte Meynhard ihm wieder nach, zog ihn an den Haaren hoch und lief mit dem vor Schmerz wimmernden wehrlosen Mann durch den Hof. Bero schrie auf, als Meynhards Schwert ihn ein wenig am Kreuz ritzte. Die Stalltüre öffnete sich, und der vierschrötige Rossknecht trat heraus. In der Hand hielt er eine Peitsche und ließ die Schnur herabhängen. Der Graf nickte ihm zu. Die dünne Lederleine zog zweimal blitzschnell über Beros Schenkel und die nackten Gesäßbacken. Der Graf riss lautstark einen Flügel der Hoftür auf, und erschreckt sahen einige späte Passanten zu den beiden kräftigen Männern und ihrem Opfer. »Und jetzt fort mit Euch und wehe, Ihr kommt mir nochmals in die Quere«, brüllte der Graf, während er Bero mit Schwung in Richtung des mit Unrat gefüllten Straßengrabens stieß. Ein Hieb mit der flachen Klinge auf das noch immer blanke Hinterteil, über dem nur die Hemdzipfel baumelten, ließ den Böhmen in die dreckige Brühe stolpern. Meynhard nickte den Leuten, die erschreckt aus den Fenstern des gegenüberliegenden Hauses sahen, grimmig zu, machte kehrt und schlug den Flügel der Hoftür krachend hinter sich ins Schloss. Er schenkte dem Knecht ein anerkennendes Nicken und drückte ihm eine Münze in die Hand. Der Mann hatte nichts von dem Vorhaben gewusst, doch seine Sache hervorragend gemacht. Grinsend stieg der Graf die Treppe zu Franziskas Wohnung wieder hinauf.

FÜNFTER TEIL

KAIRO April 1307

Nach langen Monaten des Ausbildens durfte Ludwig sich ein paar Tage Ruhe gönnen. Er verbrachte sie in Henris Wohnung, die im weitläufigen Areal des Palastes lag, fern vom Lärm der Stadt.

Ludwig las den Brief, den der Bote vor knapp einer Stunde gebracht hatte, bereits mindestens zum zehnten Mal. Er sah Franziska vor sich, wie sie mit geschickter und leichter Hand die gleichmäßigen Buchstaben auf die Tierhaut setzte. Das Schreiben war so nüchtern verfasst, dass er kaum glauben konnte, dass es Franziskas Worte waren, die er las. Hatte sie die Zeilen womöglich unter Druck verfasst? Sollte sie ihn unter Vorwänden wieder ins Reich locken? Er vermochte es nicht zu sagen, doch dass er reisen musste, stand außer Zweifel. Franziskas Eltern sollten kein zweites Mal seinetwegen unschuldig bestraft werden.

Irgendwann wäre der Tag ohnehin gekommen, gestand er sich ein, an dem er zurück nach Hause gegangen wäre, sich dem König vor die Füße geworfen und ihm in der Hoffnung auf Verständnis und Gnade die Wahrheit geschildert hätte. Nüchtern betrachtet war ein Leben im Exil eines Ritters unwürdig, und allein seine Ehre gebot, den König persönlich um Aufhebung der Acht zu bitten. Doch ungünstiger als jetzt konnte der Augenblick dafür nicht gewählt sein. Er hatte die vergangenen Monate so verbissen dem Sultan und seiner schweren Aufgabe gedient und war der Ansicht, noch nie in seinem Leben so hart und zielgerichtet gearbeitet zu haben. Sein Vater und Chalil waren viel herumgereist und hatten Männer angeworben. Henri hatte sie mit Worten, Chalil mit Gold überzeugt. Zuletzt hatten sich ihnen sogar Verbände aus Beduinen angeschlossen, die waghalsige und hervorragende Reiter waren und seinen Männern und auch ihm noch so manchen Trick im Kampf zu Pferde beibringen konnten. In Gebirgstälern fernab von Kairo hatte er die Soldaten geschliffen und zu einer Streitmacht geformt. Aus dem bunt zusammengewürfelten Haufen war weit mehr als eine gefährliche Söldnertruppe geworden. Er hatte eine schlagkräftige kleine Armee unter seinem Kommando, und es würde nicht mehr lange dauern, bis sie zuschlagen und An-Nasir seine Macht wieder verschaffen würden. Und gerade jetzt sollte er weggehen und Ägypten verlassen? Er musste umgehend mit seinem Vater sprechen und gemeinsam mit ihm und dem Sultan nach einer Lösung suchen. Keinesfalls wollte er allein reisen und sich womöglich gleich nach seiner Ankunft verhaften lassen.

Ein zweiter Brief wurde ihm bereits an einem der folgenden Tage ausgehändigt. Wieder hatte sie geschrieben, und war das erste Schreiben fast ein halbes Jahr unterwegs gewesen, so traf dieses bereits wenige Wochen nach seiner Niederschrift ein. Wieder bat Franziska ihn zu kommen, doch weder zu Albrecht noch zu Rudolf sollte er reisen, sondern zu ihr nach Nürnberg. Natürlich sollte er sich so bald wie möglich auf den Weg machen, doch falls wichtige Aufgaben ihn festhielten, würden seine Tochter und Franziska warten. Und auf keinen Fall solle er sich weiter um Nele und Hermann sorgen.

DEUTSCHLAND Winter 1307

Einer von Beros Männern war bei dem Versuch, das Meer im Spätherbst zu überqueren, bereits am ersten Tag seiner Reise in einem Sturm ertrunken. Das Schiff war beschädigt umgekehrt, und sein zweiter Bote hatte ihm diese Nachricht gesandt. Bero war nach Prag gereist, um Rudolf um mehr Zeit zu bitten, doch der König hatte sich nicht erweichen lassen. Er machte nur eine Anspielung betreffend den Besitz Restwangen und darüber, dass man sich sein Lehen schon verdienen sollte, indem man seines Königs Wünsche erfüllte.

Immerhin war Beros Weib guter Hoffnung, der einzige Anlass zur Freude. Ein Erbe würde vieles ändern, könnte Rudolf oder gar Albrecht in die Pflicht nehmen. Einer von ihnen müsste die Patenschaft übernehmen und den Jungen an seinem Hof ausbilden. Bero schwelgte für ein paar Minuten in dem Gedanken, wie es wohl wäre, wenn sein Sohn königlicher Page, Knappe und später Ritter würde. Er gefiel sich in der Rolle des Rittervaters, und es war eine verlockende Vorstellung, eines Tages nichts als ein geachteter Lehnsherr zu sein, so wie sein Großvater es gewesen war.

Doch zu Beros Unbehagen gab es ein Problem, das seine Pläne möglicherweise zunichtemachte: Seine Frau war schon seit Wochen bettlägerig, und der hinzugezogene Leibarzt und die Hebamme waren voller Sorge um sie. Sie aß zu wenig, und als er vor einigen Tagen zuletzt nach ihr gesehen hatte, schien ihm, als wäre sie bleicher als das Linnen ihrer Bettwäsche gewesen. Weiters hatte sein Verwalter ihm mitgeteilt, dass die Einnahmen der ritterlichen Güter in den letzten beiden Jahren nicht ausgereicht hatten, die Ausgaben zu begleichen, zu groß war Beros Geldbedarf gewesen. Die vergangene Ernte war nur mäßig ausgefallen, und es war einzig dem gut gehenden Rosshandel zu verdanken, dass noch keine Darlehen aufgenommen werden mussten, jedoch forderte ein Geldverleiher aus Nürnberg beinahe tausend Gulden. Der Mann war im Besitz von Schuldscheinen, die sein Großvater vor vielen Jahren Zacharias ausgestellt hatte, und ließ ihn wissen, dass noch weitere Verbindlichkeiten in Höhe von etwa tausendfünfhundert Gulden bestanden, die im Falle der schleppenden Zahlung der ersten Summe ebenfalls fällig gestellt werden müssten. Der Vogt und der Stadtschreiber hatten bestätigt, dass die Dokumente rechtens waren.

Mehrere Tage hatte Bero überlegt, wie er sein Schicksal wenden könnte, und zuletzt einen Plan geschmiedet, der sich schnell und erfolgreich umsetzen ließ. Zunächst wollte er dem Rosshändler die Freiheit wieder verschaffen, doch sollte der Mann teuer dafür bezahlen. Bero hatte dies nicht früher bedacht: Der Mann hatte wieder Geld! Der Gedanke, den Rosshändler ausbluten zu lassen und sich sein Vermögen ein weiteres Mal anzueignen, durchströmte ihn heiß. Er würde rasch den Geldverleiher ruhigstellen und sich anschließend etwas Neues einfallen lassen, um Montardier vor Rudolf zu schaffen. Soweit er es in Erfahrung hatte bringen können, saß der Mann in Ägypten und ließ es sich am Hof des Sultans gut gehen. Aber immerhin hatte die Schneiderin diesen Brief geschrieben, der ihn hoffentlich erreichen würde – und so wie er den Kerl einschätzte, würde er alles stehen und liegen lassen, um der Geliebten beizustehen. Er selbst wollte am heutigen Tag nach Tirol aufbrechen, um seine Vorhaben umzusetzen.

Während seiner Reisevorbereitungen meldete eine Dienerin die Ankunft eines Boten mit einer wichtigen Nachricht. Er ließ den Mann in seine Halle treten und forderte ihn auf, zu sprechen. Die Nachricht war nicht lang, doch niederschmetternd.

Volkmar hatte den Rosshändler nicht mehr in seinem Gewahrsam, sondern ihn offenbar freigelassen. Ohne Rücksprache mit Bero! Dieser Esel, was war dem nur eingefallen? Gewiss, die von Bero versprochene Bezahlung für seinen Dienst war noch nicht in Schwaz eingetroffen, und der Mann war deshalb ungeduldig. Natürlich forderte der unverschämte Kerl das geschuldete Geld weiterhin, wie in dem Brief stand, den der Bote Bero aushändigte.

Bero musste rasch einen neuen Plan schmieden, bevor Gläubiger und König ihn in die Zange nahmen. Doch welche Möglichkeiten blieben ihm nun noch? Franziska nochmals unter Druck zu setzen war undenkbar. Nach Nürnberg konnte er derzeit auch keinesfalls zurück, der Gedanke allein wäre Selbstmord. Graf Meynhard würde ihn unverzüglich dem König ausliefern, zumindest würde er ihm das Leben zur Hölle machen, und Bero hätte nicht die Mittel, sich gegen den wohlhabenden und einflussreichen Adeligen zur Wehr zu setzen. Es half alles nichts. Er musste so schnell wie möglich Montardier festsetzen. Wenn er ihn nicht vor Pfingsten zu fassen bekäme, säße er restlos in der Klemme.

*

Volkmar war es eine Freude und Ehre gewesen, dem Grafen Meynhard, diesem tatkräftigen und kultivierten Mann, einen Gefallen zu erweisen. Einflussreiche Freunde konnte man in diesen bewegten Zeiten stets gebrauchen. Als die Bezahlung Restwangens für die Gefangenhaltung seines Delinquenten nicht eintraf, hatte er eines Tages Walter, seinen Edelknappen und engen Freund, zu dem Gefangenen geschickt, um sich dessen Geschichte anzuhören. Wer weiß, vielleicht hatte der Mann ja Nützliches zu erzählen. Die Tage waren bereits kurz und die Nächte lang, und so hatte der Bruder und Erbe des Grafen Meynhard genügend Zeit gehabt, sich mit dem Gefangenen zu beschäftigen. Hermann hatte dem jungen Mann fast seine gesamte Lebensgeschichte erzählt, und der Edelmann erschrak, als er von der berühmten Schneiderin hörte, die die Tochter von Hermanns Gemahlin war.

Umgehend berichtete er seinem Herrn von der engen Freundschaft seines Familienoberhaupts mit der Familie des Pferdehändlers und bat ihn, den Mann umgehend freizulassen. Außer Restwangen hatte noch niemand irgendwelchen Verdacht gegen den Rosshändler geäußert, und Walters Bruder sei als Graf und königlicher Berater allemal glaubwürdiger als der zwielichtige Böhme. Er selbst würde nicht zögern, sich für einen Freund seines Bruders zu verbürgen. Volkmar war der Bitte sofort nachgekommen und hatte einen ausführlichen Brief an Meynhard geschrieben, in dem er ihm den Sachverhalt auseinandersetzte und die Hoffnung äußerte, im Sinne des Grafen zu handeln, wenn er den guten Hermann umgehend freiließ und ihn durch den Kauf eines edlen Pferdes aus seinen Beständen schadlos hielt. Hermann war von einem Fuhrmann des Ritters nach Hause gebracht worden, und drei Tage nach seiner Freilassung konnte seine Frau ihn wieder in die Arme schließen.

Es war Ende Mai, als Beros Bote von seiner langen Reise wieder in Böhmen eintraf. Das Pfingstfest stand vor der Tür. Bero hätte dem Mann den Kopf von den Schultern reißen können, als er erfuhr, dass Montardier offensichtlich noch immer keinerlei Anstalten machte, Kairo zu verlassen.

*

»Wir wissen, dass der Verlust Eurer Gemahlin Euch zutiefst schmerzt, teurer Freund, schließlich hat die Reichskönigin selbst diese Ehe gestiftet«, sprach Rudolf mit scheinheiliger Engelsmiene. Er hatte Bero niederknien lassen und schritt selbst gewichtig vor ihm auf und ab. »Ihr müsst den Schmerz verarbeiten und Euch ablenken. Werdet erst einmal wieder Herr Eurer Kräfte! Das Restwangen'sche Lehen mit all seiner Verantwortung würde Euch jetzt zu sehr zur Last fallen, will Uns erscheinen, obendrein müssen verdiente und einflussreiche Männer des Königreichs obendrein kurzfristig mit Land bedacht werden. Doch wie Ihr wisst, sind Wir stets gnädig und auf das Wohlergehen der Unseren bedacht. Eine vorschnelle Entscheidung über Eure weitere Zukunft liegt uns fern, aus diesem Grund sollt Ihr Gelegenheit zur Rehabilitation erhalten. Wir müssen Uns wieder auf einen Feldzug begeben und benötigen jeden Mann mit Kenntnis von Land und Leuten. Es werden einige schöne Adelssitze frei werden nach diesem Einsatz. Bewährt Euch in der Schlacht, und Wir werden ein wohlwollendes Auge bei der Vergabe auf Euch werfen.«

Bero kannte Rudolf zu lange, um nicht zu erkennen, dass der Monarch bei seinen letzten Worten gelogen hatte. Andererseits war die Androhung des Lehensverlusts ernst zu nehmen. Vorerst hatte Rudolf betreffend Beros Familiensitz allerdings lediglich eine Absicht geäußert und noch nicht offiziell verfügt, dass Bero Restwangen tatsächlich aufgeben musste. Noch war keine Urkunde ausgefertigt worden, sonst hätte man sie ihm bereits ausgehändigt. Auch war das Gespräch ohne Zeugen verlaufen. Der König wollte ihn zappeln lassen. Der Feldzug, von dem er gesprochen hatte, sollte in Wahrheit ein Bruderkrieg werden. Rudolf hatte die reichen Silbervorkommen in der Gegend um die Stadt Kuttenberg beschlagnahmt, und eine ganze Reihe alter böhmischer Adelsfamilien fühlte sich um ihre Einkünfte betrogen. Außerdem war der Großteil der Böhmen überzeugt davon, dass Rudolf an der Ermordung Wenzels beteiligt gewesen war.

Bero wusste, was Rudolf plante, wenn er ihn in den bevorstehenden Krieg sandte. Er würde ihn den Himmelfahrtskommandos zuteilen und auf sein Fallen warten. Natürlich konnte er auch die Fronten wechseln und gegen den König kämpfen, doch er war in militärischen Dingen erfahren und hatte erkannt, dass der aufständische Adel den Krieg früher oder später verlieren würde. Rudolf konnte schließlich notfalls auf die Unterstützung Albrechts zählen. Bero sollte sich daher nach Rudolfs Willen auf jeden Fall als Verlierer erweisen, doch diesen Gefallen wollte er ihm nicht tun.

Beros Treffen mit Rudolf hatte in Südböhmen stattgefunden. Dass der König nicht an seinem Hof weilte und nicht von kriecherischen Beamten und Höflingen umgeben war, erleichterte Bero die Durchführung seines Vorhabens. Der Schildknappe, der Rudolf diente, war einfach zu bestechen gewesen. Sein Vater war einer der aufständischen Adeligen, gegen die der König zu Felde zog, und Rudolf behielt seinen Sohn nur als Druckmittel gegenüber dem Alten in seinen Diensten. Mehrmals am Tag bekam der unglückliche Junge zu hören, was der König von den Aufständischen hielt und wie er mit ihnen zu verfahren gedachte. Der Verlust von Titel und Ländereien war dabei noch das geringste Übel.

Bero war in einem scharfen Ritt auf sein Lehen zurückgekehrt und hatte umgehend ein ihm bekanntes Schwesternpaar aufgesucht. Das Pulver, das er von ihnen erstanden hatte, war fast geschmacklos und würde nicht sofort wirken, hatte man ihm versichert. Erst Stunden nach der Einnahme würden sich Symptome einstellen, die auf eine Ruhr schließen ließen. Die Krankheit würde sich verschlimmern, und die Ärzte würden den Patienten durch Aderlass und andere Dummheiten weiter schwächen, bis ihn seine Kräfte verließen und er entschlief. Bero wäre zu diesem Zeitpunkt bereits wieder auf Restwangen, um sich gewissenhaft auf seinen Kriegseinsatz vorzubereiten.

Eine knappe Woche später brachte ein königlicher Herold die traurige Kunde, dass Gott Seine Majestät zu sich geholt habe. Irgendwelche Verfügungen über die Vergabe oder Einziehung von Lehen hatte der König in seinen letzten Tagen nicht mehr getroffen.

NÜRNBERG Sommer 1307

Franziska schrie vor Freude auf, als Chalil und Marie eines schönen Morgens unverhofft in ihrer Werkstatt standen. Sie umarmte beide und schickte sofort nach Katharina, damit auch sie die Gäste begrüßte.

»Sagt, wie kommt es, dass ihr wieder zurück seid?«, fragte Franziska, während sie noch Marie an sich drückte.

»Also, das war so«, ergriff Chalil das Wort. »Ich bin mal wieder als Botschafter des Sultans auf Reisen, während Henri und Louis ihn tatkräftig beim Aufbau seines Heeres unterstützen. Als deine beiden Briefe eintrafen, wusste Louis zunächst nicht so recht, was er davon halten sollte. Schließlich kam er zu dem Schluss, dass du wohl zum Schreiben des ersten Briefes gezwungen wurdest. Vom wem, erriet er ebenfalls. Schlau, nicht wahr? Den zweiten hast du aus freien Stücken verfasst, was man schon daran erkannte, dass du dabei wieder einmal mehr an ihn als an dich selbst gedacht hast. Dennoch musste er auf der Hut sein, da schließlich noch immer die Reichsacht über ihn verhängt ist.«

Franziska sah ihn erwartungsvoll an. Hatte er Ludwig am Ende gleich mitgebracht? Marie erriet ihre Gedanken und sagte rasch: »Mein Bruder ist noch in Ägypten, denn wie gesagt, der Sultan braucht ihn dringend. Aber Chalil soll den König davon überzeugen, die Reichsacht wieder aufzuheben.«

»Und wie soll das geschehen?«, fragte Franziska und gab sich Mühe, sich ihre Enttäuschung nicht anmerken zu lassen, doch kannte sie Chalil und Marie gut genug, um zu wissen, dass die beiden nicht ohne einen Plan angereist waren.

»Oh, das wird gar nicht so schwierig. Wir machen es im Wesentlichen so, wie wir es uns ursprünglich überlegt hatten. Du weißt, Ludwig sollte sich beim Sultan neue Sporen verdienen und anschließend ruhmbedeckt wieder im Reich erscheinen. Das war unsere Idee, und so etwa werden wir sie auch umsetzen. Wir sind jetzt sozusagen als seine Quartiermacher vorausgereist. Wir haben mehrere lange und aufschlussreiche Briefe bei uns, die uns die europäischen Könige ein weiteres Mal gewogen machen sollen. An-Nasir bedankt sich überschwänglich dafür, dass der Reichskönig, der französische König als ehemaliger Lehnsherr und Seine Heiligkeit in Rom so umsichtig gewesen waren, ihm nicht nur die großzügigen Geschenke der Vergangenheit zukommen zu lassen, sondern ihm auch persönliche Hilfe durch die Sendung eines verdienten und tatkräftigen Ritters geleistet zu haben. Louis de Montardier, der ja auch schon seine allerkatholischste Majestät, den deutschen König auf den Thron gehoben hat, ist dem Sultan eine unschätzbare Hilfe bei der Rückgewinnung der eigenen Macht geworden, und er ist überzeugt, dass ihm mit seiner Hilfe die Wiedereinsetzung in seine ererbten Rechte schon bald glücken werde. Obendrein könnte an-Nasir sich vorstellen, nach seiner Regierungsübernahme das Königreich Jerusalem wieder aufleben zu lassen und die heiligsten Stätten der Christenheit, vor der er größte Hochachtung hegt, wieder dem Protektorat der Abendländer und des Heiligen Stuhls zu unterstellen. Prächtig, nicht wahr? Montardier und sein würdiger und weiser Vater, seit Jahren des Sultans bester und treuester Berater, hätten ihn von diesem klugen und weitblickenden Schritt überzeugt. Danach ergötzt der Sultan sich noch in den üblichen Schmeicheleien, und wir gehen davon aus, dass seinem abendländischen Ritter umgehend höchste Ehren zuteilwerden und sich an eine Reichsacht niemand mehr erinnern würde.«

»Und ihr geht mit diesem Vorhaben zum König?«

»Selbstverständlich! Beim Heiligen Vater waren wir bereits, auch wenn es nicht ganz einfach war, ihn zu treffen. Papst Clemens V. ist ja Franzose und pendelt ständig zwischen den wichtigsten französischen Städten. In Toulouse haben wir ihn schließlich angetroffen. Praktischerweise war er in Gesellschaft von Mitgliedern der königlichen Familie, da er eng mit König Philipp befreundet ist. Was glaubst du, wie interessiert der Papst an einer friedlichen und sogar kostenlosen Eroberung Palästinas war.«

Franziska nickte anerkennend. »Und all das war gewiss deine Idee?«

»Oh, das ist zu viel der Ehre. Henri hatte die Idee mit der Rehabilitierung Louis' durch Papst und Könige, mein Vetter und ich haben uns den Rest ausgedacht. Der unbedingte Wunsch, zu dir zu reisen, stammt allerdings von Louis selbst. Und dann gab es noch einen anderen Grund, hierherzukommen.« Chalil und Marie lächelten einander an. »Meine Frau traut den ägyptischen Hebammen nicht und wollte daher …« Franziska hörte ihm schon nicht mehr weiter zu, sondern ließ einen Freudenschrei ertönen und hielt die Freundin an den Schultern um Armeslänge von sich und betrachtete sie. Maries ohnehin weiche Züge waren noch sanfter geworden, und als sie den Umhang aufknöpfte und zur Seite schob, konnte man die leichte Wölbung ihres Bauches bereits erkennen. »Wir wissen es erst, seit wir wieder in Italien gelandet sind«, sagte sie strahlend. »Wir dachten, wir könnten hier …«

»Natürlich bleibst du hier! Noch heute muss die Hebamme dich sehen, du weißt schon, die Ordensfrau, die auch Katharina in die Welt geholt hat. Ich lasse gleich nach ihr schicken. Seine Reisen muss unser Prinz jetzt wohl erst einmal allein unternehmen. Du fährst mir nicht mehr von hier weg!« Sie umarmte die Freundin und wollte sie gar nicht mehr loslassen.

»Jetzt beruhigt euch wieder, heute kommt das Kind ja noch nicht«, versuchte Chalil sie zu unterbrechen, doch die beiden Frauen nahmen keine Notiz mehr von ihm und zogen Arm in Arm von dannen zu Franziskas Wohnung. Lächelnd blieb Chalil mit der kleinen Katharina zurück, die ihn erwartungsvoll anblickte.

»Oh, da ist ja noch jemand!«, tat der Prinz überrascht, kniete vor dem Mädchen nieder und lächelte es an. »So, mein edles Fräulein, jetzt bring mich zu deinem Bruder Trudbert, und dann wollen wir mal sehen, ob du das hier schon allein auspacken kannst.« Wie aus dem Nichts hatte er das kleine Päckchen in seine linke Hand gezaubert und hielt es absichtlich so hoch, dass die vor Freude glucksende Katharina es auch mit Springen nicht erreichen konnte.

*

Im September sandte Chalil Nachricht nach Ägypten, dass die Reichsacht aufgehoben war und Louis jederzeit wieder nach Deutschland kommen konnte. Albrecht sah nach dem Tod seines Sohnes seine Macht in Europa schwinden und hoffte auf den diplomatischen Schachzug, durch seine und seiner Männer Verdienste die christliche Oberhoheit im Heiligen Land wieder herstellen zu können. Chalil hatte dem

König in einem vertraulichen Gespräch mitgeteilt, dass der Sultan Söldner brauche, und Albrecht ließ einen Elitetrupp aus Templern, Johannitern und Deutschordensrittern zusammenstellen, der sich unverzüglich auf den Weg nach Ägypten machte.

Der neue böhmische König, Heinrich von Kärnten, hatte ein Schreiben gesandt, verfasst von ihm selbst und einem seiner Bischöfe, in dem er die tiefe Verbundenheit zum Königreich Jerusalem und das brüderliche Verhältnis zum Sultan betonte. Den in Böhmen ausgebildeten Ritter Ludwig von Montardier erwähnte er als tapferen Diener von Reich und Kirche und zu jeder Zeit willkommenen Seelenbruder seiner selbst.

Wie so oft hatte Meynhard seine Freunde zu einem abendlichen Mahl eingeladen und unterhielt sich mit ihnen über Politik. »Johann von Schwaben, der Sohn von Albrechts Bruder Rudolf, macht sich seit einigen Monaten wichtig, da er auf größere Lehen und Ländereien hofft. Wie es aussieht, kam sein verstorbener Vater bei der Verteilung des Erbes des alten Reichskönigs Rudolf von Habsburg zu kurz, und der Sohn lässt sich das nun nicht mehr bieten. Er hat eine Reihe von Rittern um sich geschart, die allesamt auf bessere Titel und Lehen aus sind, darunter übrigens auch unser Freund Bero.«

»Denkst du, sie werden Erfolg haben?«, fragte Elsbeth, die Johann kannte und ihn als in sich gekehrten jungen Mann in Erinnerung hatte.

»Wer weiß? Albrechts ältester Sohn ist tot, und der König verliert derzeit Schlacht um Schlacht. An allen Ecken des Reiches lehnen sich Landeskönige und Herzöge auf. So hart er sie noch vor einigen Jahren einigen und maßregeln konnte, so sehr tanzen sie ihm nun auf der Nase herum. Sein zweiter Sohn Friedrich ist erst achtzehn Jahre alt und hat sich bisher noch nicht allzu sehr hervorgetan. Johann wäre zumindest ein stärkerer Nachfolger als er. Ich persönlich denke aber, dass Albrecht Johann nicht erhören wird, er aber noch mindestens zehn Jahre regieren muss, bis Friedrich anerkannt genug ist, um die Reichskrone zu tragen. Sollte er vorher sterben, geht die Krone bestimmt an ein anderes Haus.«

»Wäre das schlimm?«, fragte Franziska.

»Für uns hier in Nürnberg wohl nicht. Die Stadt lebt von den Kaufleuten und auf die kann kein König verzichten. Mir bereitet eher Frankreich Sorgen.«

»Warum das?«, fragte Franziska weiter. Diesmal antwortete Chalil.

»Philipp ist zum mächtigsten König Europas geworden, und sein Reich steht geschlossen hinter ihm. Übrigens auch die Kirche! Der letzte Konklave war von französischen Kardinälen dominiert. Der neue Papst Clemens ist Franzose und scheint darauf zu pfeifen, dass er eigentlich Bischof von Rom ist. Die Tiara hat er sich in Lyon aufsetzen lassen und seitdem Frankreich nicht mehr verlassen. Es würde mich nicht wundern, wenn er Italien ganz den Rücken kehrt und das Papsttum in Frankreich etabliert.«

»Aber, kann er das denn?« Franziska hatte schon vor Jahren erkannt, dass man auch als Kauffrau die Zusammenhänge der Politik begreifen musste, und sie war dankbar, von Meynhard und Chalil, der alle Höfe Europas kannte, zu lernen.

»Können ist nicht das Problem. Die Frage ist vielmehr,

kann er der daraus entstehenden Konflikte Herr werden, und genau das scheint Philipp gut vorbereitet zu haben.«

»Ist Philipp denn ein guter König?«, fragte Franziska weiter.

»Auch das ist Ansichtssache: Er ist ein Tyrann. Seine engsten Berater haben eine Geheimpolizei installiert, die alle vermeintlichen Gegner aufspüren und ans Messer liefern soll. Ihre Vermögen füllen den Staatssäckel recht ordentlich. Im letzten Jahr hat er zum Beispiel hunderttausend Juden ausweisen lassen und den Großteil ihrer Habe konfisziert. Verwandte Isaaks leben seitdem hier in Nürnberg. Zum Glück waren sie auch Handelsherren und konnten sich hier wieder eine neue Existenz aufbauen. Aber sie hatten zusehen müssen, wie mit den Schuldscheinen, die der König hatte ausstellen lassen, ihre Häuser angezündet wurden. Er lässt Klöster schließen, zerschlägt Orden und hält seine Herzöge so klein wie möglich.«

»Aber kann das gut gehen?«

»Vorerst schon, schließlich hat er genügend Macht. Aber auch er wird nicht ewig leben, und seine Söhne gelten als gemäßigt und umsichtig. Aber es steht so gut wie fest, dass Frankreich Europa die nächsten Jahre dominieren wird, es sei denn, Albrecht fällt noch etwas ein.«

»Woran denkst du?«

»Nun, mein weiser und von Allah gesegneter Vetter hat ein symbolträchtiges Königreich zu vergeben. Zumindest sagt er das.«

»Jetzt habe ich es begriffen«, fiel Elsbeth ihm ins Wort. »Wenn Albrecht an-Nasir hilft, seinen Thron wieder zu besteigen, erhält er vielleicht zum Dank die Krone Jerusalems, und die Kirche könnte gar nicht anders, als sich ihm zuzuwenden und wieder von Frankreich abzurücken. Und das könnte Habsburg die Reichskrone erst einmal bis auf Weiteres sichern und Albrechts Familie an die Spitze des europäischen Adels stellen.«

Die Männer nickten, und Elsbeth schickte sich an, die Weinbecher nochmals zu füllen. Meynhard empfand es als modern, beim Trinken auf einen Mundschenk oder Diener zu verzichten, zumal, wenn es Politisches und Geschäftliches zu bereden galt. Franziska und Elsbeth entschuldigten sich nach einem letzten Becher. Marie hatte an der kleinen Gesellschaft ohnedies nicht teilgenommen.

»Und jetzt unter uns«, fragte Chalil den Grafen. »Was denkst du wirklich über die Reichspolitik?«

»Mit der Idee des Königreiches Jerusalem klammert Habsburg sich an einen Strohhalm, oder meinst du, an-Nasir gibt es ihm wirklich?«

»Wegen einer Handvoll Soldaten und ein paar Kisten Silber? Mein Vetter ist klug, vergiss das nicht. Er wird die Macht übernehmen, sich bei allen Helfern artig bedanken, sein Reich durch den Handel erblühen lassen und des Weiteren alle europäischen Könige schön lange hinhalten und wenn nötig gegeneinander ausspielen. Er weiß doch genau, dass nach den schlechten Erfahrungen aus den Kreuzzügen niemand mehr den Aufwand fahren würde, auch nur zu versuchen, ihm Palästina zu entreißen. Und warum sollte er es verschenken?«

»Nur Albrecht scheint das noch nicht zu durchschauen und sein schmollender Neffe ebenso wenig. Ich bleibe bei meiner Meinung: Falls der Reichskönig noch zehn Jahre herrscht, kann er die Krone für Habsburg retten, wenn nicht, kommen andere, und man wird sehen, mit wem die sich verbünden werden. Ich denke, das Reich ist mit Albrecht nicht schlecht gefahren, in der Vergangenheit gab es üblere Herrscher. Natürlich zehren die vielen kleinen Schlachten an der Substanz des Landes, doch hat er es geschafft, Deutschland aus größeren zwischenstaatlichen Konflikten herauszuhalten.«

Chalil nickte.

»Doch sprich, mein Freund«, ergriff Meynhard wieder das Wort. »Wie sind eure Pläne?«

Chalil schmunzelte. »Marie weiß es noch nicht. Es soll eine Überraschung werden. An-Nasir will, dass ich nach seiner Machtergreifung den Handel zwischen seinem Reich und den europäischen Landen koordiniere. Das heißt Lizenzen vergeben, Zölle festlegen, Beziehungen knüpfen ...«

»Also all das, was du am besten kannst. Die Gefahr der Verarmung besteht dabei wohl nicht, will mir scheinen.«

»Wir werden schon durchkommen. Wir müssen zum Glück auch nicht in Ägypten leben. Im Sommer ist es dort zu heiß. Wahrscheinlich werden wir auf Zypern wohnen. Venedig hat mir allerdings auch sehr gefallen, vor allem die Banken. Ich denke, ich werde die Frau Gemahlin dabei ein Wörtchen mitreden lassen, sonst kratzen mir Franziska und Elsbeth ohnehin die Augen aus.«

Meynhard lachte kurz auf und nahm noch einen tiefen Schluck aus seinem Kelch. »Und wie siehst du die Sache mit Ludwig? Und ... mit Franziska?«

Chalil seufzte kurz auf. »Marie meint, Franziska ist unverbesserlich. Sie liebt ihn noch immer genauso wie vor zehn Jahren, will es aber nicht zugeben. Wann immer die Sprache zufällig auf ihn kommt, muss sie ganz dringend ins Geschäft oder zu ihrer Tochter oder hat sonst irgendetwas Wichtiges zu tun. Ich weiß nicht, ob sie es ihm leicht machen wird, wenn er wieder auf ihrer Schwelle steht.«

»Wird er das denn?«

»Na, du stellst Fragen! Er sieht andere Frauen nicht einmal an. Er verzehrt sich geradezu nach ihr und seiner Tochter. Ich habe ihn auch so weit gebracht zu erwägen, nicht mehr mit dem Schwert in der Faust durch die Lande zu ziehen, sondern lieber mit mir gemeinsam der Diplomatie und dem Handel zu frönen.«

»Und sein Vater?«

»Der hat ihm gesagt, er soll seinem Herzen folgen. Alles andere sei wertloser Tand.«

KAIRO Winter 1307

Seit Louis die guten Nachrichten erhalten hatte, fühlte er sich stärker als je zuvor. Endlich war er wieder ein vollwertiger Edelmann und nicht mehr Flüchtling und Verstoßener. Mit noch größerem Eifer stürzte er sich in die ihm übertragenen Aufgaben. An-Nasir hatte ihn zu seinem alleinigen Heerführer ernannt, und seine Truppen waren im Verlauf des Jahres nicht nur angewachsen, sondern auch zu akribisch aufeinander eingespielten Verbänden disziplinierter Kämpfer geworden. Auf Anraten Henris hatte er ihnen ihre gewohnten Waffen wie gekrümmte Schwerter, Lanzen und Bogen belassen, sie aber auch im Umgang mit Armbrust, Morgenstern und Streitaxt geschult. Er befehligte eine blitzschnelle, mit kurzen Bogen bewaffnete Reiterei auf wendigen, kleinen Pferden sowie eine Kompanie Berittener nach europäischer Manier, der auch die angeworbenen Johanniter, Deutschordensritter und Templer angehörten. Sämtliche Reiter, einschließlich seiner selbst, hatten höchsten Ehrgeiz und große Freude entwickelt, gemeinsam zu trainieren und voneinander zu lernen. Im Lauf der Monate hatte sich eine verwegene Kameradschaft zwischen muslimischen und christlichen Kämpfern entwickelt.

Henri und Louis hatten darauf bestanden, den Schwerpunkt der Ausbildung und den Putsch in die Herbst- und Wintermonate zu legen, da Frühling und Sommer für die Europäer schlichtweg zu heiß waren. Die nun herrschenden Temperaturen entsprachen denen des europäischen Frühsommers und waren für vollständig gerüstete Ritter und deren Truppen somit ideal.

Auf Anraten Henris hielt an-Nasir sich so wenig wie möglich bei Louis und den Truppen auf, sondern verständigte sich lieber über ausgewählte Mittelsmänner mit ihnen. Trotzdem hatten die Emire rasch von der Aufrüstung Wind bekommen, doch setzte an-Nasir seine neue Kampfkraft zunächst nur ein, um lästige Angreifer an den asiatischen Grenzen seines Reiches abzuwehren oder Aufständische in die Schranken zu verweisen. Er teilte seine Truppen geschickt in kleinere Haufen auf, sodass die tatsächliche Schlagkraft seiner Privatarmee verborgen blieb.

In langen Nächten hatte an-Nasir mit Louis und Henri über die beste Methode der Machtergreifung debattiert, und schließlich hatten sie sich darauf geeinigt, Kairo in einem Handstreich von innen einzunehmen. Ein Teil seiner einheimischen Soldaten und einige wenige Ordensritter sollten als Zivilisten verkleidet in die Stadt gelangen und schließlich in einer Blitzaktion Palast und Festung einnehmen. Gleichzeitig sollten die übrigen Truppen, Reiterverbände wie Fußsoldaten, undurchdringliche Belagerungsringe um die außerhalb der Stadt stationierten Einheiten der Regierungstruppen legen. Im Idealfall würden sie überhaupt nicht gegen die Armee der Emire kämpfen müssen, sobald die Machtübernahme vollzogen war.

Was mit den Emiren geschehen sollte, war noch nicht entschieden und hing von ihrem Verhalten nach dem Putsch ab. Immerhin waren sie Edelleute und mit ihrer Bildung und Erfahrung die Elite Ägyptens. Keinesfalls würde an-Nasir sie im Siegesrausch töten lassen, sondern ihnen ein zurückgezogenes Leben auf ihren Gütern und vielleicht auch Zugang zu einzelnen Ämtern ermöglichen, solange sie nicht danach trachteten, ihm seinen Thronanspruch streitig zu machen.

Zwei Wochen nach Beginn des neuen Jahres setzten sie ihren Plan in die Tat um. Henri und einige andere Männer hatten sich als Diener verkleidet, die geschäftig durch den Regierungspalast eilten. Der Großteil der schwer bewaffneten Palastwache befand sich außerhalb des Gebäudes, um dieses vor Angriffen zu schützen. Henri und seine bereits im Inneren lauernden Männer hatten nur wenige Wachen zu überwältigen und konnten die vier anwesenden Emire mit Leichtigkeit gefangen nehmen, während eine Schar von scheinbar harmlosen Händlern sich vor den Palasttoren flugs in gerüstete Kämpfer verwandelte und den Hauptteil der diensthabenden Palastwache in Schach hielt, deren nahe gelegene Kaserne von Sultanstruppen gestürmt wurde. Dem Hauptmann der Wache wurde schon wenige Augenblicke später durch eine Nachricht der Emire die Kapitulation befohlen. Boten wurden entsandt, die den Heeresverbänden mitteilten, dass sie ab sofort dem Oberfehl des Sultans unterstanden und sich der Befehlsgewalt seines Generals Montardier zu unterwerfen hatten.

In kürzester Zeit, unter geringer militärischer Gegenwehr und mit wenig Blutzoll, hatte der rechtmäßige Sultan so seinen ererbten Regierungsanspruch nach all den Jahren der Unterdrückung endlich durchgesetzt. Mohammed an-Nasir, Nachkomme des großen Qalawun, war ab sofort Herrscher von Ägypten.

NÜRNBERG **Weihnachten 1307**

Katharina wurde unruhig. Schon längst hätte Maries Kind das Licht der Welt erblicken müssen. Schließlich war es so weit. Die resolute Ordensfrau erschien mit ihrer Helferin, einem stillen jungen Mädchen mit flinken Augen und geschickten Händen, in Franziskas Haus. Katharina fand es unerhört, dass sie aus dem Geburtszimmer gescheucht wurde.

Sie hörte Marie vor Schmerzen schreien. Immer wieder kam die Gehilfin der Hebamme, um frisches Wasser, das eine Magd laufend in der Küche erhitzte, saubere Tücher und dann noch einen Krug heißen Weins, der stark nach Kräutern roch, zu holen. Katharina verhielt sich still, um nicht am Ende auch noch aus der Stube verbannt zu werden. Chalil befand sich einstweilen bei Trudbert in der Werkstatt und lief unruhig auf und ab.

Irgendwann hörte Katharina die werdende Mutter nicht mehr. Sie schlich zur Tür, um genauer zu lauschen. Plötzlich hörte sie einen einzigen langen, lauten und hellen Schrei. Sie erschrak und sprang einen Schritt zurück, als sich die Tür erneut öffnete und die junge Ordensfrau wieder Richtung Küche marschierte. Vorsichtig spähte Katharina in das Zimmer. Viel konnte sie nicht sehen, nur, dass das blonde Haar Maries völlig durchnässt war, sie aber dennoch glücklich lächelte und ein in Leinentücher gewickeltes Bündel auf dem Bauch hielt. Die Hebamme machte sich noch irgendwie an den Beinen der jungen Mutter zu schaffen, doch das kümmerte Katharina nicht weiter. Das Bündel, das sich zu bewegen schien, war viel interessanter. Schließlich begegnete sie Maries Blick. Die Tante lächelte sie an und winkte sie zu sich. Vorsichtig trat sie näher.

*

Johann von Schwaben war ein wahrer Vertreter der Familie Habsburg. Nicht nur sein Äußeres mit der hohen Gestalt, dem hageren Gesicht und der scharfen Nase ähnelte dem seines Onkels Albrecht, auch die Geltungssucht und das Erfolgsstreben waren ihm mit in die Wiege gelegt worden. Seit er als ganz junger Mann die Zusammenhänge um das verringerte väterliche Erbe begriffen hatte, war es sein Ziel, mindestens ebenso bedeutend und reich wie die Söhne Albrechts zu werden. Hunger nach Macht und Unzufriedenheit mit dem, was er besaß, beseelten ihn, und so war er empfänglich für jeden Plan, der ihn aus seinem unbedeutenden Dasein als Landedelmann in das Zentrum von Politik und Einfluss heben würde. Bero erinnerte er in gewisser Weise an Rudolf, Albrechts Sohn. Auch Johann hatte bei weitem nicht die Stärke und die Weitsicht Albrechts, doch sah er sich einer

Königskrone würdig, am besten gleich der Reichskrone. Ebenso wie Rudolf hatte er eine mürrische und bisweilen abweisende Art, die kaum dazu dienlich war, Freundschaften aufzubauen. Die Skrupellosigkeit und Verschlagenheit, mit der sie ihre Ziele verfolgten, war den beiden Vettern gleichermaßen in die Wiege gelegt, doch bei allen Ähnlichkeiten gab es auch bedeutende Unterschiede zwischen ihnen: Im Gegensatz zum verstorbenen Rudolf war Johann flink und wach im Geist, von bisweilen aufwallender Heißblütigkeit und vor allem schlagkräftig und mutig.

Es hatte sich unter den unzufriedenen süddeutschen Rittern rasch herumgesprochen, dass Johann den Plan gefasst hatte, Albrecht herauszufordern. Einige hatten sich mit ihren Männern bereits um ihn geschart, ihm ihr Schwert angeboten und Treue geschworen. Allen versprach er bessere Lehen und hohe Ämter, falls es ihm gelänge, die Krone zu erlangen.

Bero hielt sich schon seit einigen Monaten in Johanns Nähe auf. Er hatte Restwangen verlassen, um nach finanzieller Unterstützung zu suchen, und Johann schien ihm der geeignete Mann. Johann brauchte jemanden wie Bero, der Albrecht kannte und an seinem Hof gelebt hatte. Bero überzeugte ihn rasch davon, dass es sinnlos war, gegen den König zu Felde zu ziehen. Albrecht hatte in letzter Zeit zwar die eine oder andere Schlacht verloren, aber in keinem dieser Konflikte war seine Herrschaft als solche in Gefahr gewesen. Einen alten Wolf wie Albrecht konnte man nicht in offenem Kampf besiegen. Nur eine List könnte Johann helfen, sich von seinem Onkel zu befreien.

VENEDIG April 1308

An-Nasir hatte darauf bestanden, dass Louis und Henri auf ihrer Reise nach Europa wenigstens die Ordensritter als Eskorte mitnahmen, und nach einigem Widerstand hatten Vater und Sohn nachgegeben und den Transport der Männer und ihres Gefolges nebst Waffen und Pferden organisiert. Lediglich die Mitglieder des Templerordens hatten ersucht, im Dienst des Sultans bleiben und neue Identitäten annehmen zu dürfen. Die schreckliche Kunde von der Verhaftung und Ermordung so gut wie aller ihrer Brüder durch den König von Frankreich im vergangenen Oktober hatte sich rasch bis Ägypten verbreitet.

Die Reisenden hatten Glück. Die Winterstürme waren in jenem Jahr nicht besonders stark, sodass die Überfahrt nach Italien ohne große Gefahren gelang. Henri hatte Louis empfohlen, dem König die Nachricht über die Thronübernahme an-Nasirs persönlich zu überbringen und die Gelegenheit zu nutzen, auch offiziell um die Aufhebung der Acht und die Wiedereinsetzung in alle seine Rechte zu bitten. Zwar verließen sich die Männer auf Chalils Nachricht, doch war eine königliche Geste bislang nicht erfolgt und ein entsprechendes Dokument noch nicht ausgefertigt.

Sie führten einen Kreditbrief des Sultans mit sich, der von einem venezianischen Bankier gegen Gold und Silber getauscht wurde. Sie erfuhren, dass Albrecht sich in der Gegend um Winterthur, ganz in der Nähe der Habsburger Stammburg, aufhielt und dort bis in den Mai zu bleiben gedachte. Louis freute sich darauf, abermals den Brenner zu überqueren, Hermann und Nele einen Besuch abzustatten und sein schönes Pferd Karla wieder in Besitz nehmen zu können. Ob sie wohl Nachricht von Franziska und seiner Tochter hatten?

Der Rosshändler und seine Frau fühlten sich über die Maßen geehrt, nicht nur Ludwig, sondern auch seinen Vater und die Ordensritter auf ihrem Hof begrüßen zu dürfen. Sie bestanden darauf, die Herren ausgiebig zu bewirten, und bewunderten höflich die kostbaren Pferde der Edelmänner.

»Frau Nele, wir können offen sprechen. Ich weiß, dass ich der Großvater Eurer Enkelin bin.« Henris Deutsch war überraschend gut. Die langen Jahre unter Kreuzrittern verschiedener Zungen hatten ihn mehrere Sprachen gelehrt, und das Deutsche hatte es ihm dabei besonders angetan. »Ich kenne die Geschichte um Eure Tochter, und seid versichert, dass ich die Tat meines Sohnes nicht gutheiße, doch freue ich mich, eine Enkeltochter zu haben, und wenn sie nach Euch und Eurer Tochter gerät, darf ich mich umso glücklicher schätzen.«

Nele wollte sich schon zum wiederholten Male vor ihm verneigen, doch ließ Henri das nicht zu.

»Wollen wir nicht gemeinsam darum Sorge tragen, dass das Kind in Zukunft Mutter und Vater hat?«

Nele lächelte ihn an. Sie empfand große Ehrfurcht vor dem feinen und vornehmen älteren Herrn, doch fühlte sie sich auch auf eigenartige Weise zu ihm hingezogen. Der Mann strahlte eine seltene seelische Wärme aus, die Nele fast körperlich spüren konnte. Gleichzeitig machte Henris Gegenwart sie unsicher, und sie war froh, als sie in die Küche entschwinden konnte, um gemeinsam mit dem Gesinde das Gastmahl zu bereiten und die hohen Herren der Obhut ihres Gemahls zu überlassen.

*

Chalil fragte Meynhard, ob er ihn nicht nach Winterthur begleiten wolle. Er hatte eine Nachricht von Louis aus Tirol erhalten und wollte unbedingt dabei sein, wenn Louis dem König gegenübertrat.

»Selbstverständlich reisen wir gemeinsam. Wann brechen wir auf?«

»In zwei Tagen, wenn es dir recht ist? Ich möchte meinen werten Schwager und Stiefbruder nicht zu lange allein lassen. Wer weiß, in welche Schlamassel er wieder gerät.«

»Bestens. Der Ritt wird mir guttun. Habe im Winter ein wenig Fett angesetzt, will mir scheinen.« Lachend hieb er sich auf den Bauch, der tatsächlich ziemlich stattlich geworden war.

»Ob mein Weib mich begleiten wird, ist allerdings eine andere Frage. Ich habe das Gefühl, dass es sie nicht mehr zu Hofe zieht. Außerdem ist sie ganz vernarrt in den schönen jungen Mann, um den sich seit Weihnachten alles dreht, und wird schon deshalb nicht verreisen wollen.« Chalil grinste. Sein kleiner Sohn war wirklich ein hübsches Kerlchen, und die Frauen und die kleine Katharina konnten nicht genug von ihm kriegen.

»Ganz ohne Damenbegleitung reisen wir aber trotzdem nicht.«

»Ach ja? Wer gibt uns denn die Ehre?«

»Franziska will bereits morgen in aller Frühe in Begleitung ihres Rossknechts in ihrer Kutsche aufbrechen. Sie will so bald wie möglich bei Louis sein.«

»Unverbesserlich. Nicht wahr?«

»Ganz recht. Unverbesserlich. Genau wie er.«

»Aber ich will unbedingt. Bitte!« Katharina sah sie mit großen Augen an, in denen Tränen standen. »Du hast gesagt, dass du mich nie allein lässt und jetzt willst du so viele Tage wegfahren. Bitte nimm mich mit!«

»Aber Kind, das wird eine lange Reise und dir wird schnell langweilig werden. Wir sitzen die ganze Zeit nur in der Kutsche. Und wenn es regnet, wirst du nass bis auf die Haut und frierst.«

»Ich hab doch einen Mantel!« Franziska musste lächeln. Es stimmte, die Garderobe der jungen Dame war für jedes Wetter und jeden Anlass mehr als ausreichend.

»Außerdem hast du erzählt, dass du als kleines Mädchen noch viel weiter gereist bist und das war so spannend!« Das stimmte allerdings, musste Franziska zugeben. Ihre Eltern waren mit ihr durch das halbe Reich gereist, bevor sie sich in Böhmen niederließen. Noch während Katharina auf sie einredete, überlegte sie schon im Stillen, was sie für die Kleine alles würde einpacken müssen. Sie wären bestimmt an die zehn Tage unterwegs, zusätzlich vielleicht noch einige Tage, die sie am Ziel ihrer Reise verbringen würden. »Also schön, aber beklage dich nicht, wenn es dir zu öde wird oder wenn mir die Geschichten ausgehen.«

»Dann frage ich Giso, ob er mir eine erzählt. Dem fällt immer etwas ein.«

Der Rossknecht gab zu bedenken, dass sie nicht die richtigen Fahrzeuge für diese aufwändige Reise besaßen, als Franziska ihm mitteilte, dass sie Katharina mitnehmen würde. Franziska verfügte zwar über zwei gute Wagen, doch waren diese für ihr Vorhaben beide nicht geeignet. Der eine war ihr Lieferwagen, mit dem der Rossknecht oder manchmal auch Trudbert oder sie selbst zwischen Schneiderei und Manufaktur pendelten, ein schweres und solides Fahrzeug, ausgelegt für große Lasten und von zwei Kaltblütern gezogen. Das Gefährt war viel zu schwerfällig und zu langsam. Der zweite war ein Einspänner, eine leichte Damenkutsche, die zwei Personen und ein wenig Gepäck Platz bot. Gern hätte Franziska die Strecke damit zurückgelegt, doch mit Katharina als drittem Passagier war das unmöglich.

Nachdem Meynhard von Franziskas Reiseplänen erfahren hatte, bestand er darauf, dass sie und Katharina seinen vornehmen Reisewagen benutzten. Erst vor ganz kurzer Zeit waren vergleichbare Modelle aufgekommen. Der Wagen konnte gänzlich geschlossen werden, um im Winter die Kälte auszusperren, oder durch Entfernen der Seitenwände als offene Kusche dienen, deren Dach jedoch vor Sonne und Regen schützte. Schwere wollene Vorhänge konnten darüber hinaus die Seitenwände ersetzen. Der wertvolle Wagen war zwei- oder vierspännig zu fahren, und Gisos Augen leuchteten, als der Graf ihm seine vier prachtvollen Kutschpferde anvertraute. Franziska musste versprechen, nie die großen Handelsstraßen zu verlassen und vor Sonnenuntergang eine Herberge aufzusuchen, ansonsten hätte er darauf bestanden, ihr mindestens noch zwei bewaffnete Begleiter mitzugeben.

Die Reise führte zunächst westwärts. Am dritten Tag wandten sie sich nach Süden, überquerten die Mittelgebirge und näherten sich schließlich den Alpen. Franziska und Katharina staunten. Bisher hatten sie nur bewaldete Hügel gekannt und noch nie die unwirklich erscheinende Bergwelt gesehen. So bedrohlich und gefährlich die schroffen Felsen, kahlen Gipfel und steilen Wände auch wirkten, übten sie doch eine eigenartige Faszination auf sie aus, ebenso wie die reißenden und schäumenden Bäche und Flüsse, die so anders als die Gewässer Böhmens aussahen, an die sie sich erinnerte.

Franziska erzählte ihrer Tochter während der Reise alles, was sie über die Montardiers wusste. Marie hatte ihr in den Jahren ihrer Freundschaft vieles über ihre Familie, deren Vergangenheit und Schicksal mitgeteilt. Katharina stellte Fragen über Fragen, die Franziska alle geduldig beantwortete. Zum Glück fragt sie mich nicht, warum ich ihr all das erzähle, dachte Franziska mehr als einmal.

Von all den Geschichten fand Katharina die über die gefährlichen Geschehnisse, die Chalil in die Familie gebracht hatten, am spannendsten, und wieder und wieder musste Franziska schildern, wie betrunkene Söldner durch Akkon gezogen waren und blindwütig unter der islamischen Bevölkerung gewütet hatten. Chalil und sein Freund Louis hatten Schutz im Haus von Chalils Mutter gesucht und waren dort Zeugen ihrer Ermordung geworden. Als einer der Söldner nach Louis schlug, sprang Chalil dazwischen und wurde schwer am Arm verwundet. Louis trug ihn zu sich nach Hause. Ein Feldscher konnte zwar das Leben, aber nicht die Hand des Jungen retten, der ab diesem Tag wie ein eigener Sohn in der Familie lebte.

Durch das gleichmäßige Schaukeln des Wagens war Katharina eingeschlummert, und ihr Köpfchen ruhte auf dem Schoß der Mutter.

Franziska selbst dachte fast ununterbrochen an Louis, an all das Schlimme, das ihm widerfahren war, und die Gefahren, in denen er in den letzten Jahren geschwebt hatte. Wie viel leichter war es ihr selbst dagegen ergangen! Mit Ausnahme ihres Herzeleids hatte sie doch fast immer Glück im Leben gehabt. Stets waren Freunde an ihrer Seite gewesen, die ihr geholfen und es ihr ermöglicht hatten, ihr Talent und ihr Geschick auszuleben und zu einer erfolgreichen, unabhängigen und wohlhabenden Frau zu werden. Am dankbarsten war sie ihrem Schicksal jedoch dafür, dass es ihr die Liebe zu ihrer Tochter und zu Louis geschenkt hatte und dass die Widerwärtigkeiten, die sie erlebt hatte, aus ihrem Herzen keine Mördergrube gemacht haben. Sie hatte einen Widersacher, der ihr, ihren Eltern und ihrem Geliebten unverzeihliches Leid angetan hatte, jedoch verzehrte sie sich nicht in Rache und Hass ihm gegenüber. Bero von Restwangen würde irgendwann seine verdiente Strafe bekommen, und wenn nicht in diesem Leben, so würde er wie jeder Mensch eines Tages vor seinem himmlischen Richter stehen.

Meynhard und Chalil erreichten die Gegend um die Stadt Winterthur mehr als einen Tag vor Franziskas geplanter Ankunft. Meynhard nutzte seinen Einfluss und mietete mehrere Räume eines großen Hauses in dem Örtchen Neftenbach, in denen sie die nächsten Tage gemeinsam mit Franziska und hoffentlich auch mit Ludwig und seinem Vater verbringen konnten. Der König wollte ganz in der Nähe, auf der Burg Wart, einen Tag Hof halten.

Fathma und das ebenso kostbare Pferd Meynhards brachten sie auf einer Koppel nahe dem Herrschaftssitz unter, auf der bereits andere Pferde von Edelleuten grasten. Einige Männer unter Waffen trieben sich in der Nähe der Tiere herum, doch maßen Meynhard und der Prinz ihnen keine Bedeutung bei und unterhielten sich ungehemmt weiter. Auch dass ein Mann die Truppe rasch verließ und sich eiligen Schrittes davonmachte, kümmerte sie nicht.

*

»Der Graf von Aarnkreutz und dieser Prinz, sagst du? Und es besteht kein Zweifel?« Gerfried, der letzte Bedienstete, dem Bero noch regelmäßigen Lohn zahlen konnte und der ihm in der Vergangenheit wertvolle Dienste erwiesen hatte, schüttelte den Kopf. »Die Holzhand ist unverwechselbar, und den Grafen kenne ich schließlich auch. Aber ich habe noch eine Nachricht: Sie sprachen davon, dass Franziska Schneyder morgen hier eintreffen wird.«

Es dauerte weniger als eine Stunde, bis Gerfried erneut in Beros Kammer geeilt kam. »Herr«, sprach er hastig, »Montardier kommt hierher. Er war mit einem Trupp Ordensritter auf der Stammburg Albrechts ganz in der Nähe und reitet in Kürze nach Neftenbach, wie mir berichtet wurde. Er soll morgen eine Audienz beim König haben.«

Bero ließ nur ein leises Knurren hören und winkte Gerfried zu, dass er entlassen sei. Er brauchte Ruhe und musste nachdenken.

NEFTENBACH bei Winterthur, April 1308

Schon bald sah Bero mit eigenen Augen, wie Franziska in ihrem eleganten Wagen in die Stadt einzog und fröhlich mit ihrer kleinen Tochter plauderte. Wie immer war Franziska elegant gewandet und auch ihr Kind trug kostbare Reisekleider. Der Graf nahm die Frau persönlich in Empfang, überließ dem Rossknecht die Sorge um Kutsche und Pferde und geleitete die Schneiderin mit ihrer Tochter in die von ihm besorgten Räumlichkeiten. Zum königlichen Bankett am heutigen Abend würden die beiden ja wohl nicht eingeladen sein, dachte Bero.

Johann von Schwaben brütete schweigend in seiner Unterkunft vor sich hin. Sechs Männer, allesamt Adelige und Grundherren, hatte er mitgebracht um einen entsprechend gewichtigen Auftritt zu gewährleisten, wenn er dem König seine Forderungen überbrachte. Jeder von ihnen hatte einen oder zwei Männer als Begleitung, aber dennoch hatten sie sich Mühe gegeben, hier vor Ort kein Aufsehen zu erregen und sich unauffällig zu verhalten.

Der Erbanspruch seines zu früh verschiedenen Vaters war im Testament des alten Rudolf genau beschrieben gewesen, und nach Auskunft der Advokaten und Kirchenjuristen auch nicht mit seinem frühen Tod erloschen. Ihm, Johann, stand als Sohn dieses Erbteil zu und nicht bloß die wenigen lächerlichen Ländereien, die er stattdessen erhalten hatte. Er würde heute abermals sein Recht einfordern, aber nicht wie früher, mittels Eingaben irgendwelcher Rechtsgelehrter, die sich anschließend in nicht enden wollenden schriftlichen Disputen mit den Juristen des Königs auseinandersetzten, sondern persönlich, von Mann zu Mann, und dann würde sich schon zeigen, ob der alte und schwache Albrecht noch die Kraft und den Willen besaß, sich weiterhin den Ansprüchen Johanns zu widersetzen. Wenn der König vernünftig wäre, würde er ihm seinen rechtmäßigen Besitz übertragen und ihn obendrein an seine Seite setzen, falls er Wert darauf legte, die Habsburger Herrschaft zu festigen und auszudehnen. Albrechts noch lebende Söhne waren kindsköpfige Schwächlinge, und Johann war sich sicher, dass auch der König dies wusste.

Bero saß unter den Gefolgsmännern Johanns und ließ sich den Becher mit Wein füllen.

»Der König erwartet einen seiner Ritter heute Nachmittag«, sagte er schließlich zu seinem Herrn.

»Na und? Was kümmert mich das?«, fragte dieser schlecht gelaunt.

»Es handelt sich um Montardier. Ihr kennt ihn aus seiner Zeit bei Hofe.«

»Montardier? Wie kann das sein? Über den Mann ist die Acht verhängt, er soll den armen Wenzel erschlagen haben.«

»Anscheinend hat er die Gunst des Königs wiedererlangt. Er scheint besonders gut mit Albrecht zurechtzukommen.«

Wieder umwölkte sich das Gesicht Johanns, als er sich daran erinnerte, wie der blutjunge Knappe unter die Fittiche des Königs genommen wurde, nachdem er angeblich in der Schlacht um die Reichskrone Albrechts Widersacher niedergestreckt hatte. Ihm fiel auch das reiche Lehen unter König Philipp ein, das Albrecht diesem Niemand hatte zukommen lassen, statt wenigstens in diesem Fall auf die Stimme des Blutes zu hören. Ein Habsburger hätte es sich auch nicht ungestraft wieder wegnehmen lassen und das Reich dadurch zum Gespött Europas gemacht.

»Ich denke, der König wird sich wieder mit ihm umgeben, ihm ein stattliches Lehen in Aussicht stellen und ihn zu großen Aufgaben bestimmen. Da Montardier der Stiefbruder dieses ägyptischen Sultansvetters ist, wird Albrecht ihm wahrscheinlich etwas Gutes tun wollen, um sich den Sultan gewogen zu machen. Man spricht davon, dass der Ägypter Albrecht zum König von Jerusalem einsetzen will.« Bero wusste genau, wie er es anfangen musste, um an sein Ziel zu gelangen. Diesen Niemand wieder an der Seite des Königs zu sehen würde dem Schwaben missfallen.

Johann nickte. Davon hatte er auch schon gehört. Jeder bei Hof kannte das Gerücht.

»Am Ende gibt Albrecht diesem Dahergelaufenen zum Dank noch Euren Erbbesitz und lässt Euch abermals leer ausgehen!«

Schon wollte Johann Bero zurechtweisen, dass er nicht solchen Unfug reden sollte, da schoss ihm plötzlich der Gedanke durch den Kopf, dass dies gar nicht so abwegig war. Dieser Montardier war nicht zu unterschätzen, und wenn Albrecht sich wieder für ihn erwärmte, wer weiß, was dem König einfiele. Albrecht konnte bei der Verteilung von Macht und Pfründen unberechenbar sein. Johann sah seinen Ritter scharf an. War der Mann in der Lage, dieses Problem für ihn zu lösen, oder wollte er sich nur wichtig machen? Bei seinen Gefolgsleuten musste man mindestens so vorsichtig sein wie bei seinen Feinden. Diese Lektion hatte er in den Jahren bei Hof gelernt.

»Was ratet ihr mir?«, fragte er nun geradeheraus. »Ihr

kennt den Burschen schließlich am besten. Hat nicht Euer Vater ihn ausgebildet?«

»Mein Großvater, genau genommen. Ihm hat er es zu verdanken, dass er überhaupt in der Lage ist, mit Albrecht und bei Hof zu verkehren. Aber so schlau und geschickt Montardier im Umgang mit dem König ist und seinen Kopf immer wieder aus der Schlinge zieht, er ist nicht unangreifbar. Er hat eine schwache Stelle.« Aufmerksam hörte Johann zu, wie Bero ihm schilderte, dass die berühmte Schneiderin aus Nürnberg, deren Kleider sogar die Königsfamilie trug, die ach so ehrenwerte Witwe eines kreuzbraven Handwerkers, in Wahrheit jahrelang Montardiers Metze gewesen war und ihm ein Kind geschenkt hat. Sogar seine vom König gestiftete Ehe hatte sie gebrochen und ihren Vollzug verhindert. Die Frau war auf dem Weg hierher, und da lag der Verdacht doch nahe, dass man wohl gemeinsam an die Güte des Herrschers appellieren und um seine Zustimmung zur Heirat ersuchen wollte. Außerdem trieb sich auch Graf Meynhard von Aarnkreutz schon wieder in des Königs Nähe herum. »Ihr wisst ja, der Mann hat diese königliche Mätresse geheiratet und damit Albrecht und dem Kanzler die Peinlichkeit erspart, sich der Frau anderweitig und deutlich kostspieliger zu entledigen. Der Mann hat in wenigen Jahren seine einfache Grafschaft zu einem reichen Herrensitz mit florierender Wirtschaft gewandelt. Möglicherweise holt der König sich Rat bei ihm, wie man aus anderen Lehen Süddeutschlands ebensolche Goldgruben machen könne. Mir will scheinen, man will Euren Erbanspruch geschickt unterlaufen und Euch um Euer Recht bringen. Oder warum denkt Ihr, kommen all diese Leute an diesem gottverlassenen Flecken zusammen und scharwenzeln hier um Albrecht herum?«

Restwangen hatte die Befürchtungen, die Johann selbst und seine engsten Freunde seit Tagen mit sich trugen, jedoch nur vage formulieren konnten, rasch und in klaren Worten zusammengefasst. Johann erkannte, dass der Mann mit seinen Schlussfolgerungen Recht haben könnte. Albrecht neigte dazu, Günstlingen überraschend unverständlich hohe Vergütungen für ihre Leistungen anzubieten. Dies tat er weniger aus überschäumender Dankbarkeit, sondern um andere Edle anzuspornen, sich ebenfalls um königliche Gunst verdient zu machen. Es war daher durchaus möglich, dass er diesen Montardier plötzlich wieder emporhob, ihn reich belehnte und Johann abermals mit geheuchelten Worten abspeiste.

»Was schlagt Ihr vor?«, fragte er den Ritter nochmals direkt.

»Montardier muss verschwinden. Wir müssen ihn vom König weglocken. Albrecht will mit seinen Mannen noch einige Tage in der Gegend verweilen. Heute nach dem Mahl wird er nach Winterthur reiten, um in den nächsten Tagen in der Burg zu Gericht zu sitzen und sich Regierungsgeschäften zu widmen. Erst in der kommenden Woche will Albrecht an den Hof zurückkehren. Ich kann Euch Montardier und seine Entourage ein paar Tage vom Leibe halten, er soll Eure Verhandlungen mit Albrecht nicht beeinflussen. Gebt mir zwei oder drei Bewaffnete, und ich erledige das für Euch. Ich ...« Johann hob die Hand. »Einzelheiten kümmern mich nicht. Tut, was nötig ist! Doch seid vorsichtig: Der Mann soll seine Audienz beim König ungestört wahrnehmen können, und Ihr müsst, wie alle meine Ritter, am frühen Abend als mein Gefolge beim Bankett erscheinen. Der Rest ist allein Eure Angelegenheit.«

*

Erst am Nachmittag erreichten Louis und Henri den kleinen Ort. Noch in Reisekleidern ließ Louis sich dem Monarch daher melden und wurde nach nur kurzer Wartezeit in der Neftenbacher Burg empfangen.

Die Audienz ging rasch vonstatten. Albrechts Sekretär fertigte das erforderliche Dokument der Aufhebung der Reichsacht aus, und Louis versicherte den König seiner Treue. Henri und er hatten einen Brief und einige Geschenke an-Nasirs mitgebracht, die den König sichtlich erfreuten. In dem Schreiben wurde erneut die Möglichkeit angesprochen, Jerusalem den Europäern zu übergeben. Albrecht, der sich erkenntlich zeigen wollte, lud Henri und Louis zu dem Gastmahl ein, das an diesem Abend gegeben werden sollte. Prinz Chalil würde ebenfalls anwesend sein.

»Wir müssen Euer weiteres Fortkommen besprechen, Montardier. Gewiss habt Ihr eigene Pläne für Eure Zukunft, doch gebt mir einen oder zwei Tage, um über neue Aufgaben für Euch zu befinden. Lasst uns diese in Ruhe erörtern. Heute ist die Zeit knapp bemessen, und zu viele Mitglieder meines Rats sind nicht anwesend. Morgen oder übermorgen finden wir sicher die nötige Muße. Willkommen zurück!«

Louis spürte, wie ihn eine heiße Woge der Freude durchströmte. Mit leuchtenden Augen beugte er das Haupt. Der König entließ ihn mit einer knappen Handbewegung.

Neue Aufgaben – durch dieses Angebot war Louis mehr als rehabilitiert. Das Reich war noch nicht gefestigt und gute Männer mit politischer Erfahrung konnten an Albrechts Seite Großes vollbringen. Doch war es Albrecht ernst damit gewesen, ihm zu neuen Würden und neuem Rang zu verhelfen? Im Gegensatz zu seiner Zeit bei Hof konnte Louis die

Gedanken des Königs heute nur schwer einschätzen, zu sehr hatte der Monarch sich seit ihrem letzten Treffen verändert. Das ehemals kräftige braune Haar war grau geworden und hing in schütteren Locken von seinem Schädel. Tiefe Furchen zogen sich durch das hager und fahl gewordene Gesicht und die ehemals so aufrechte und kraftvolle Haltung, die Ausdruck von Albrechts Autorität gewesen war, konnte er nur für kurze Zeit einnehmen. Bereits inmitten dieses kurzen Gesprächs war Albrecht zwei oder drei Mal sichtbar zusammengesunken. Zudem war er auffallend blass gewesen, hatte fahrig und unkonzentriert gewirkt und sich mehrmals versprochen. Der König war ein alter Mann geworden, und wer konnte vorhersagen, wie lange er das Reich noch lenken würde? Kurz sah Louis sich als Stütze des Monarchen, doch rasch schüttelte er diese Vorstellung wieder von sich ab. So groß die Verlockungen einer neuen Karriere bei Hof auch waren, er wusste, er würde ihnen nicht nachkommen, nicht den gleichen Fehler ein zweites Mal begehen.

*

Da die Räume der kleinen Burg Wart durch die königlichen Begleiter bereits überfüllt waren, hatte Rochus zwei Zimmer in einer Herberge besorgt, um Henri und Louis, sich selbst und zwei mitreisende Gehilfen Henris unterzubringen. Vater und Sohn eilten in ihre Unterkunft, um sich rasch für das Gastmahl zu säubern und umzukleiden.

Albrecht war mit kleinem Gefolge angereist, lediglich ein knappes Dutzend Bewaffneter hatte ihn auf seinem Ritt begleitet. Die Gegend war friedlich, und er hatte keinen Grund gesehen, für eine so kurze Reise einen ganzen Tross mit sich zu führen. Das heutige Gastmahl fand daher auch in kleinerem Rahmen statt. Die hufeisenförmige Tafel in der Burghalle bot Platz für etwa dreißig Gäste. Es waren kaum Damen geladen, und außer Albrechts Rittern, Meynhard und den Montardiers war nur noch eine kleine Gruppe süddeutscher und Schweizer Edelmänner anwesend. Louis und Henri erfuhren von ihren Sitznachbarn, mit wem sie es zu tun hatten.

»Der junge Mann nur wenige Plätze neben dem König ist sein Neffe Johann, Sohn seines verstorbenen Bruders. Es geht das Gerücht, der König hätte den ganzen Vormittag im Streit mit ihm verbracht. Es soll wohl um Johanns Erbe gegangen sein. Der König muss sehr aufgebracht gewesen sein. Seht ihn Euch an, er wirkt erschöpft und belastet.«

Der Mann sprach munter weiter. »Uns gegenüber sitzen einige Edelleute aus der Gegend hier, die mit dem König über Truppentribute und Steuern zu verhandeln haben. Ich kenne die meisten nicht mit Namen. Johanns Begleiter sitzen weiter hinten. Die letzten sind gerade erst eingetreten, seht selbst.« Eine Handvoll Männer hatte am Ende des einen Tafelflügels Platz genommen. Trotz der schlechten Beleuchtung und der Entfernung erkannte Henri den gedrungenen Mann mit der Narbe sofort wieder. Seine Nackenmuskeln verkrampften sich, und er sah aus dem Augenwinkel, wie Louis' Hand wie von selbst an seinen Gürtel fuhr, an dem zur Zierde ein eleganter Dolch baumelte.

»Lass das, Sohn. Unsere Stunde kommt noch«, flüsterte er Louis zu und legte ihm beschwichtigend die Hand auf den Arm.

Chalil und Meynhard saßen ihnen genau gegenüber, konnten Bero also nicht ausmachen. Meynhards Diener flüsterte seinem Herrn jedoch etwas zu, was dieser schweigend aufnahm. Chalil widmete seine ganze Aufmerksamkeit Johann, an dem ihm etwas zu missfallen schien. Bero, der vom hinteren Ende des Saales aus seinen Blick über die Anwesenden schweifen ließ, tat, als hätte er Louis und Henri nicht wahrgenommen.

Als die Speisen gereicht und die Pokale zum wiederholten Male gefüllt wurden, traten auf einen Wink eines königlichen Begleiters vier adrett herausgeputzte Pagen vor, die einen großen Korb trugen und in der Mitte des Saals abstellten. Ein zarter Duft nach frischen Blüten erfüllte den Raum, als die Knaben den Deckel des Korbes lüfteten.

»Möge das Reich erblühen wie diese Blumen hier«, sprach der König einen ungewöhnlichen Trinkspruch, während die Jungen jedem Gast einen üppigen Blütenkranz reichten.

»Mit Blumen wollt ihr mich abspeisen?«, brüllte Johann wütend und sprang auf. Mit zwei raschen Schritten stand er nur eine Armeslänge vor seinem Onkel. Zornesröte stand in seinem Gesicht, und die Adern an seinem Hals traten fingerdick hervor. »Hier, nehmt Eure Blumen«, rief er und schleuderte dem König den Kranz ins Gesicht. Seine Hand fuhr an die linke Hüfte, doch wie alle Gäste war er ungegürtet zu dem Mahl erschienen. Blitzschnell sprangen die Begleiter des Königs auf und umringten schützend ihren Herrn. Johann verharrte einen Moment lang stocksteif und starrte Albrecht hasserfüllt ins Angesicht. Der König schien unter dem Blick zusammenzuzucken wie unter einem Peitschenhieb. Schließlich stampfte Johann auf, machte auf dem Absatz kehrt und eilte aus dem Saal. Seine Gefolgsleute sahen einander erschreckt und fragend an, bis sie schließlich ebenfalls aufsprangen und Johann folgten, während der kreidebleiche Albrecht von seiner Leibwache durch eine Tür auf der anderen Seite des Saales in das Arbeitszimmer geführt wurde. Ein Murmeln erhob sich im Raum, das schließlich zu entsetztem Redegetöse anschwoll.

»Das ist wohl das Ende unseres Gastmahls«, sprach Chalil, erhob sich und ging mit Meynhard zu Henri und Louis. »Kommt, es gibt noch jemand anderen, mit dem wir heute feiern können. Ich glaube, man erwartet uns bereits.«

*

Franziska hatte Giso beauftragt, sich um Wagen und Pferde zu kümmern, und wartete mit Katharina in den Räumen, die Meynhard angemietet hatte. Die Kleine war noch ganz aufgeregt von der langen Reise und den vielen neuen Dingen, die sie gesehen hatte.

Heute hatte Franziska ihr noch mehr von Louis erzählt, der durch seinen Mut als junger Mann dem König zu seinem Thron verholfen hatte, von Marie, mit deren Hilfe sie die Schneiderei so erfolgreich aufgebaut hatte, und von den schlauen Ideen Chalils, der ein Vetter des Königs von Ägypten und somit eine sehr wichtige Persönlichkeit war.

Franziska hatte Katharina das hübsche Kleid angezogen, dass sie eigens für den heutigen Tag mitgenommen hatten, und ihr das blonde Haar geflochten. Wie sehr sie Louis ähnelt, dachte sie und unterdrückte ein Seufzen.

Die vergangenen Tage hatte sie ein wenig Angst vor dem Wiedersehen mit Louis gehabt, doch jetzt, wo die lange Reise hinter ihr lag und der Geliebte so nahe war, fühlte sie sich so unbeschwert und heiter wie schon lange nicht mehr. Fast war es so wie einst, als sie in der Schneiderwerkstatt in Budweis auf ihn wartete.

Sie hatte für diesen Tag ein neues Kleid angelegt. Ein Tageskleid in warmen Braun- und Bronzetönen, aus feinstem englischem Wollstoff, hochelegant und aufwändig mit den prächtigsten Knöpfen versehen. Die sichtbaren bestanden aus Bernstein und die verdeckten, auch die von Hemd und Untergewand, aus poliertem Perlmutt. Ob Louis sie heute wohl zu sehen bekommt? Sie erinnerte sich an das erste Mal, als der junge Ritter ihr aus einem anderen Kleid geholfen hatte, und mit welcher Leidenschaft sie einander geliebt hatten. Es war in einem Zimmer wie diesem hier gewesen. Ein Tisch, eine Bank, Stühle und ein Kamin. Das Feuer prasselte auch heute bereits ... Würde die Leidenschaft sofort wieder erwachen? Oder wären sie einander fremd geworden? Sie malte sich das Wiedersehen in allen möglichen Facetten aus und war besonders auf Louis' Gesicht neugierig, wenn er seine Tochter das erste Mal sah. Gerade wollte sie Katharina ermahnen, besonders artig zu sein, als sie hastige Männerschritte über den Flur kommen hörte und die Zimmertür ungestüm aufgerissen und mit einem lauten Schlag gegen die Wand geschmettert wurde.

Giso hatte wie befohlen den teuren Wagen in der Scheune des Gebäudes abgestellt und die Pferde versorgt. Nachdem er noch die Hufeisen überprüft und die Tiere auf die Koppel geführt hatte, kehrte er wieder zu dem Haus zurück, dessen Obergeschoss die Herrschaften bewohnten. Es war ihm unangenehm, die feinen Räume zu betreten, daher ließ er sich auf einer Bank neben der Haustür nieder und stützte sich auf seinen Knüppel, den er stets griffbereit an seiner Seite hatte.

Erstaunt hob er den Kopf, als er die Tritte vernahm. Vier Männer näherten sich. Den einen erkannte er, schließlich hatte der in der Vergangenheit schon seine Peitsche zu spüren bekommen. Sie liefen direkt auf die offen stehende Pforte zu. Giso sprang auf und verstellte ihnen den Weg. Drohend hob er den Eichenknüppel.

»Was wollt ...«

»Aus dem Weg, Tölpel«, herrschte der Hinkende ihn an. Offensichtlich erkannte er den Rossknecht nicht wieder. Statt einer Antwort hob Giso den Knüppel noch höher. Er war ein großer und vierschrötiger Mann, mit muskulösen Armen und einem energischen Kinn, das er den Bewaffneten nun entschlossen entgegenreckte. Gewöhnlich genügte diese drohende Haltung, um hitzige Angreifer einzuschüchtern. Diese Männer jedoch schienen sich nicht aufhalten zu lassen, sondern beschleunigten ihren Schritt, als wollten sie ihn niederrennen. Der Knecht sah sie finster an, verlagerte sein Gewicht fest auf beide Beine, holte zum Schlag aus und traf den ersten der Kerle hart am Kopf. Ein Schrei entfuhr dem Getroffenen, er taumelte und hob die Hand an das zerschmetterte Jochbein. Bevor Giso ein weiteres Mal ausholen konnte, packten zwei der Eindringlinge seinen Knüppel und drängten ihn damit rückwärts ins Haus. Er wehrte sich, so gut er konnte, trat um sich, stieß mit dem Kopf und versuchte, die Arme frei zu bekommen, während die Männer ihn hinter die Tür zwängten. Einer der Kerle drückte ihm die Hand auf den Mund, als der Anführer der Bande an den Schaft seines Stiefels fasste und einen Dolch zückte. Nicht einen Moment zögerte er, als er Giso die Klinge in den Leib stieß. Ein geübter Stoß, der zwischen die Rippen des Rossknechts drang und sein Herz durchbohrte. Gisos

Beine gaben nach, und seine Arme erschlafften. Die Eindringlinge stießen den wehrlosen Körper des Sterbenden die Kellertreppe neben dem Eingang hinab und stürmten in das Obergeschoss.

Franziska stand mit vor Schreck geweiteten Augen vor ihnen. Sie wollte schreien, doch schon traf eine Faust sie in den Magen. Der Schläger fing sie auf und stützte sie einen Moment, bevor er nochmals ausholte. Ein zweiter Hieb traf sie an der Schläfe und sie spürte, wie ihr die Sinne schwanden.

Katharina stand weinend mitten im Zimmer. Einer der Männer packte sie und knebelte sie mit einem schmutzigen Lappen. Ein weiterer Kerl zog ihr einen Sack über den Kopf, hob sie hoch und lief auf die offene Tür zu.

»Kommt es auf die paar Augenblicke an?«, fragte einer der Kerle, der die bewusstlose Franziska betrachtete, deren hochgerutschtes Kleid die hell bestrumpften Beine sehen ließ. Schon kniete er nieder, um sich über sie herzumachen.

»Dummköpfe! Kommt sofort!«, herrschte der Ritter sie an, und sein verletzter Mann, der das Kind trug, folgte ihm augenblicklich. »Du weißt, was zu tun ist«, zischte Bero Gerfried zu, der stumm nickte und mit dem Kind und den beiden anderen Männern in der Dämmerung verschwand.

Als Franziska erwachte, war es bereits dunkel. Sie wusste zunächst nicht, wo sie sich befand. Erst allmählich kehrte die Erinnerung an die Geschehnisse wieder. Ihr Kopf hämmerte und schmerzte und ihr war speiübel. Sie sah ihr hochgerutschtes Kleid und fürchtete, die Angreifer hätten sich an ihr vergangen, doch ein vorsichtiges Tasten an ihrem Unterleib offenbarte keine verdächtigen Spuren. Ihr Kopf tat so weh, dass sie keinen klaren Gedanken fassen konnte. Ob Katharina ihr wohl aufhelfen und ihr etwas Wasser bringen konnte? Erst jetzt bemerkte sie, wie still es in dem Raum geworden war. War sie allein? Panisch richtete sie sich auf und rief nach ihrer Tochter, so laut sie konnte. »Katharina! Wo bist du?«, rief sie wieder und wieder, während sie sich mit letzter Kraft aufraffte und aus der Tür stürzte. Sie riss die Türen der anderen Räume auf, die jetzt in der Dämmerung dunkel und verlassen waren. Vielleicht hatte die Kleine sich versteckt und wagte nicht hervorzukommen, schoss es ihr durch den Kopf. Sie öffnete alle Schränke und Kästen. Sie stürmte die Treppe hinunter. Die Räume im Erdgeschoss, ohnehin nicht zu Wohnzwecken gedacht, waren verschlossen. Sie erreichte die schmale Treppe, die in den Keller führte. Sie rannte die steinernen Stufen hinab. Plötzlich stieß ihr Fuß in etwas Weiches. »O mein Gott!«, entfuhr es ihr, und sie sah im Geiste ihre Tochter gemeuchelt auf dem Treppenabsatz liegen. Doch der Körper zu ihren Füßen war viel zu groß. Obwohl sie sich zu Tode fürchtete, bückte sie sich, um den Liegenden abzutasten. Als Erstes spürte sie den offen stehenden Rock aus dicker gewalkter Wolle und fühlte die großen polierten Zinnknöpfe an seiner Vorderseite. Ein trauriges Seufzen entrang sich ihrer Brust. Sie wusste, wessen Leichnam zu ihren Füßen lag. Sie hatte ihrem Bediensteten die gute Jacke selbst zu seinem letzten Namensfest geschenkt, als Dank für die Jahre treuer Dienste.

Giso war tot – doch wo bei allen Heiligen steckte ihr Kind? Wieder rief sie, machte kehrt und hastete die Kellertreppe hinauf. Ohne Licht und ohne Mantel rannte sie aus dem Haus und rief abermals, als sie die Männer sah, die ihr mit verwunderten Blicken entgegentraten. Zwei von ihnen trugen Fackeln.

»Katharina!«, rief Franziska entsetzt, »Katharina ist verschwunden! Sie ... ich ... wir sind überfallen worden. Der arme Giso ...« Sie fühlte, wie ihre Kräfte erneut schwanden. Zwei starke Arme fingen sie auf und stützten sie. Ihr Kopf sank gegen Louis' Brust, und für einen kurzen Moment schien ihre Lebenskraft zurückzukehren. In wenigen Worten erzählte sie, was geschehen war. Ihre Stimme bebte vor Wut, als sie schilderte, dass der Anführer der Männer Bero von Restwangen gewesen war. Nachdem sie geendet hatte, leuchtete Rochus mit seiner Fackel die Umgebung ab und entdeckte frische Blutspuren auf dem Boden.

Meynhard und Chalil rannten zur Scheune und zur Pferdekoppel, um sicherzugehen, dass die Kleine sich nicht dort versteckte, doch außer dem leeren Wagen und den Rössern war nichts zu finden.

»Aber Restwangen? Wie kann das sein?«, fragte Henri nun. »Wir haben ihn doch selbst erst beim königlichen Bankett gesehen, wie er seinem Herrn beistand.«

»Seinem Herrn?«, fragte Franziska, während Louis sie vorsichtig die Treppe emporführte.

»Er steht in den Diensten Johanns von Schwaben, dem Neffen des Königs. Albrecht hat das heutige Gastmahl abgebrochen, nachdem er von Johann beleidigt und beinahe tätlich angegriffen worden war.«

»Aber wieso Katharina?«, fragte Franziska, und wieder bahnten die Tränen sich ihren Weg, doch keiner der Männer vermochte ihr die rechte Antwort zu geben.

Die Männer hatten darauf bestanden, dass Franziska sich im Schlafraum etwas ausruhte. Durch die offen stehende Tür konnte sie die Unterhaltung der Männer im Kaminzimmer jedoch verfolgen.

»Ich gehe umgehend zu Johann und stelle ihn zur Rede. Ich werde auf Beros Inhaftierung bestehen und morgen beim König vorsprechen. Diesmal ist Restwangen endgültig zu weit gegangen. Kindesentführung wird mit dem Tod bestraft, da nützt ihm auch sein Ritterstand nichts«, vernahm sie Henris entschlossene Stimme und die Zustimmung des Grafen, der sich als Begleiter anbot und zu sofortigem Aufbruch riet. Sie hörte Mäntel rascheln und die Stiefel der Männer über den hölzernen Boden eilen.

»Aber wieso?«, fragte Louis nun. »Mit dem Kind kann er doch nichts anfangen. Und um Franziska oder mich erpressen zu können, hätte er unerkannt bleiben müssen. Er weiß doch, dass wir alles in Bewegung setzen werden, ihn und seine Spießgesellen zu fassen. Warum war er so töricht?«

Rochus sah ihn ratlos an, doch hinter Chalils Stirn schien es wie rasend zu arbeiten. Schließlich begann er zu sprechen: »Bero steckt offensichtlich in Geldnot und hat sich deshalb einen neuen Herrn gesucht, einen, der bald reich sein möchte, vielleicht sogar König. Und erinnere dich, Bero weiß, wie man einen Mann zum König macht. Vielleicht ahnt Albrecht, dass Johann sich die Krone aufsetzen möchte, und sieht sich gezwungen, sich so rasch er kann mächtige Verbündete zu sichern. Oder was glaubst du, weshalb er dir heute einen neuen Posten angeboten hat?«

»Du meinst, es war wegen an-Nasir?«

»Und wegen Jerusalem. Du bist der Mann, der ihm dazu

verhelfen kann, und darüber spricht vermutlich schon der ganze Hof.«

»Und Johann darf keine Zeit mehr verlieren. Als Erstes muss er mich loswerden, doch nachdem ich wieder des Königs Wohlwollen genieße, kann er das nicht offen tun. Er lässt also mein Kind entführen in dem Wissen, dass ich alles in Bewegung setzen werde, es wiederzufinden. Wahrscheinlich will man uns so auf eine falsche Fährte locken, um uns dann hinterrücks den Garaus zu machen.«

»Und in der Zwischenzeit kümmert er sich um Albrecht.«

»O mein Gott! Du meinst, er will den König ...«

»Nach den Ereignissen von heute steht das zu befürchten. Entweder wirft er sich eilends vor ihm in den Staub und bettelt um Verzeihung oder er greift zum Schwert. Für eines von beiden wird er sich entscheiden müssen.«

»Ich muss sofort zu Albrecht!«

»Nein, mein Lieber, das lässt du schön bleiben. Du bleibst hier und kümmerst dich um dein Mädchen. Ich werde reiten, und Rochus begleitet mich. Wir brechen sofort auf.« Er nickte dem Langen zu, der sich schon erhoben hatte und nach seinem Umhang griff. Stumm verabschiedeten die Brüder sich voneinander, hoffend, einander unversehrt wiederzusehen.

Unsicher betrat Louis das Nebenzimmer. Franziska hatte die Augen geschlossen und lag erschöpft auf dem Bett. Er setzte sich zu ihr und nahm ihre Hand.

»Alle Vögel waren ausgeflogen«, schilderte Meynhard in knappen Worten, was die beiden Männer in Johanns Quartier vorgefunden hatten. Der Wirt vermochte auch nicht zu sagen, wohin sie gegangen waren, weder die Aussicht auf ein Goldstück noch eine Drohung brachten ihn zum Sprechen. Er wusste nur, dass alle Mann sehr aufgebracht wirkten und Johann erhitzten Gemüts war, so als hätte er kurz zuvor die Beherrschung verloren. »Kurz nach ihrer Ankunft in der Herberge hatten die Männer ihre Pferde bestiegen und waren verschwanden. Bero war unter ihnen.«

»Wir vermuten, sie haben Katharina entführt, um mich in einen Hinterhalt zu locken und zu ermorden«, sagte Louis.

»Das steht zu befürchten. Einen anderen Grund für die Entführung scheint es nicht zu geben. Doch ich glaube, die Lage hat sich gewandelt«, antwortete sein Vater.

»Ihr meint, wegen des Königs?«, fragte Meynhard.

»Ganz recht«, antwortete Louis. »Johann darf jetzt keine Zeit mehr verlieren. Er hat den Kopf verloren und seinen Monarchen schwer beleidigt und bedroht. Er kann nicht mehr in Ruhe mit Albrecht um sein Erbe und seine Stellung im Reich feilschen. Wie Chalil wohl zu Recht vermutet, muss er den König entweder um Verzeihung bitten oder zum Kampf schreiten. Die Zeit, erst mich loszuwerden und sich dann in den Vordergrund zu drängeln, hat er nicht mehr. Falls er den König um Verzeihung bittet, wird er um Schadensbegrenzung bemüht sein und Katharina wird uns rasch und unversehrt wiedergebracht. Ich bete, dass es so sein möge.«

Längst war Franziska aus einem kurzen und unruhigen Schlaf erwacht, der zumindest ihre Schmerzen vertrieben hatte, und sie hörte das Gespräch der Männer mit. Sie glaubte nicht daran, dass Bero das Kind zurückbringen würde. Der Mann hasste sie, hasste Louis, Chalil und Meynhard, und gewiss wusste er, dass Henri seine ermordete Gattin rächen würde, sobald die Zeit dazu gekommen war. Bero hatte Katharinas Großvater schließlich heute Abend beim Bankett gesehen und ihn bestimmt wiedererkannt. Franziska schalt sich eine Närrin, Bero noch vor wenigen Tagen so unterschätzt zu haben. Solange er seine schmutzigen Finger mit im Spiel hatte, würde sie ihre Tochter nicht so ohne weiteres zurückerhalten. Im besten Fall würde er sie als Unterpfand für seine eigene Unversehrtheit einsetzen. Und sie hoffentlich am Leben lassen.

Sie konnte ihre Tränen nicht zurückhalten und betete, dass Gott einen seiner Engel zu Katharinas Schutz entsandte, die nun wahrscheinlich irgendwo gefesselt und geknebelt gefangen gehalten wurde.

Immer wieder kam Louis in das Zimmer, um nach ihr zu sehen. Er hielt sie im Arm, fasste ihre Hände und gab sich solche Mühe, ihr Kraft und Trost zu spenden. Sie spürte das starke Band, das sie beide verband, und war so froh, ihn an ihrer Seite zu haben, auch wenn sie sich das Wiedersehen anders ausgemalt hatte.

Henri bestand darauf, dass die Männer sich etwas ausruhten, da vor dem Morgengrauen ohnedies nicht viel geschehen würde. Etwa zwei Stunden vor Sonnenaufgang stolperte ein erschöpfter und übermüdeter Rochus in die Runde.

»Chalil ist noch am späten Abend bis zu Albrecht vorgedrungen. Sie haben sich unter vier Augen beraten und Albrecht hat sofort eine Entscheidung getroffen: Er wird nicht auf seinen schmählichen Neffen warten, sondern schon im ersten Morgengrauen aufbrechen. Den Vorschlag, erst abzuwarten und aus dem nahen Zürich oder woher sonst immer eine schlagkräftige Truppe als Leibwache zu besorgen, lehnte er rundweg ab. Auch auf die Hilfe der Ordensritter, die sich in seiner Burg ausruhten, wollte er verzichten. Seine

Leibgarde genüge ihm, teilte er mit. In kleiner Entourage könne er die Strecke zu seinem Hof viel schneller zurücklegen als in einer großen und auffälligen Karawane. Außerdem schickt er nach Louis, er möge zu ihm eilen und mit ihm kommen. Wegen der Entführung Katharinas wolle er den Burgvogt von Winterthur beauftragen, der neben seinen Schergen gegebenenfalls noch Männer der Reichsstadt Zürich zur Unterstützung bekommen sollte. Sie würden das Kind rasch finden und die Schuldigen fassen, die ab dem heutigen Tag als Gesuchte gelten sollen.« Einen Moment musste Rochus Atem holen, dann sprach er weiter.

»Chalil gefällt die Sache nicht. Er vermutet Verrat bei Hof und sogar einen möglichen Hinterhalt, hat sich aber vorgenommen, auf Louis zu warten und ihn zu begleiten, wenn er mit dem König geht. Ich habe Euch unsere zwei Bewaffneten mitgebracht, mehr war als Eskorte in der Eile nicht aufzutreiben. Am besten, wir brechen gleich auf.«

»Bleib du mit einem der Männer hier und behüte Franziska«, sprach Henri entschieden. Er hatte erkannt, dass Rochus viel zu erschöpft war, um in den nächsten Stunden von Nutzen sein zu können.

»Wir reiten zum König. So wie du die Lage schilderst und wie unsere Befürchtungen liegen, können sich gar nicht genug gute Männer um Albrecht scharen. Du erhältst Nachricht, wann und wo wir uns wiedertreffen.«

Rochus schien seine Rolle nicht zu gefallen, doch er nickte gehorsam zu Henris Worten. Louis trat in Franziskas Zimmer, während die anderen Männer ihre Mäntel überwarfen, die Schwertgurte umschnallten und nach einem kurzen Abschiedsgruß aus dem Haus gingen, um ihre Pferde zu satteln.

Franziska erhob sich von ihrem Bett und sah Louis lange

in die Augen. Schließlich trat sie auf ihn zu und umarmte ihn. Kurz drückte Louis sie an sich, bevor er sich sachte von ihr löste, ihr zunickte und dann ebenfalls das Haus verließ. An dem Stuhl, auf dem er gesessen hatte, baumelte noch ein verzierter Gürtel mit seinem schönen Dolch, den er nicht benötigte, wenn er seinen Schwertgurt mit einer langen und einer kurzen Waffe trug, der am Sattel seines Pferdes hing.

Sie setzte sich an den Tisch, nahm sich einen Becher Dünnbier und trank in kleinen Schlucken. Rochus lächelte sie unsicher an und versuchte auf seine stille und zurückhaltende Art, das Leid der jungen Frau zu lindern. Franziska wusste, sie konnte nichts anderes tun als abzuwarten.

*

Sie hatten den König knapp verpasst, wie Chalil ihnen mitteilte, der im Burghof auf sie wartete. Tatsächlich hatte Albrecht die Unterkunft in aller Frühe und beim ersten Tageslicht verlassen. Er wollte zügig reiten. Sie würden ihn bestimmt rasch einholen.

Nach einer guten Stunde sahen sie den königlichen Trupp erstmals von der Kuppe eines Hügels aus, doch war er in dem angrenzenden Waldstück ihren Blicken wieder entzogen, bis die Bäume sich lichteten und sie die nächste Kuppe überquerten. Der königliche Zug lag nun keine zweihundert Klafter von ihnen entfernt. Die Männer um Albrecht trugen nur leichte Reisekleider und keine Rüstungen, hatten aber ihre Schwerter an den Sätteln hängen. Ein Wagen mit dem Gepäck der kleinen Gruppe sollte erst im Lauf des Tages folgen.

Albrecht führte den Trupp selbst an. Von der Schwäche,

die Louis gestern an ihm ausgemacht hatte, war zumindest im Augenblick nichts zu bemerken. Stolz und kraftvoll wirkte der König, wie er in leichtem Trab vor seinen Männern einherritt.

Plötzlich zügelten Albrecht und seine Begleiter ihre Pferde und brachten sie zum Stillstand. Eine zweite Gruppe von Reitern kam ihnen entgegen. Johann von Schwaben führte den Haufen an, der einige Männer mehr zählte als die Reisegesellschaft Albrechts. Johann ritt ein Schlachtross, ein großes, kräftiges Tier, das sich nun artig im Schritt auf den königlichen Tross zubewegte. Als Zeichen seiner Demut war Johann barhäuptig und hielt sein fürstliches Haupt gesenkt, als er langsam auf seinen Onkel zuritt. Ein Bannerträger, der die königliche Fahne zuoberst auf seiner Stange und erst darunter die Standarte Johanns trug, folgte ihm in kurzem Abstand und vervollständigte das Bild des bußfertigen und unterwürfigen Bittstellers. Erleichtert atmeten die Männer um Louis auf. Ihre Ängste um den König schienen unbegründet gewesen zu sein. Der junge Habsburger musste über Nacht wieder zur Vernunft gekommen sein und schickte sich nun Gottlob an, den königlichen Onkel gnädig zu stimmen und um Verzeihung für sein ungestümes Benehmen zu bitten. Albrecht saß entspannt auf seinem Ross und hielt die Hände auf die Kruppe des Tieres gestützt. Wartend blickte er seinem jungen Verwandten entgegen.

»Da stimmt etwas nicht!«, entfuhr es Louis, als er bemerkte, wie der königliche Sekretär, ohnehin einer der letzten Reiter der Gruppe, still und heimlich sein Pferd aus der Reihe treten ließ und es in langsamem Schritt in den Schutz einer nahen Baumgruppe lenkte.

Nur noch wenige Schritte trennten Johann von Albrecht. Der Neffe zügelte sein Pferd und schickte sich an, aus dem Sattel zu steigen. Unbewegt saß Albrecht auf seinem Pferd und wartete auf seine Geste.

Johann richtete sich kerzengerade im Sattel auf und stand in den Bügeln. Doch statt ein Bein über den Pferderücken zu schwingen, stieß er das Tier plötzlich mit den Hacken in die Weichen, und während es einen Satz nach vorne tat, riss Johann blitzschnell sein Schwert aus der Scheide und holte aus. Verwundert sah Albrecht noch auf, als die schwere und scharfe Klinge schon erbarmungslos niederfuhr und seinen Schädel spaltete.

Johann riss die Waffe zurück und kraftlos sackte der Körper des Königs in sich zusammen, bevor er sich langsam zur Seite neigte und aus dem Sattel glitt. Johanns Begleiter hatten die Umhänge zurückgeschlagen und die vordersten von ihnen, ein halbes Dutzend Männer, hielten gespannte Armbrüste in den Händen. Die ersten Begleiter Albrechts stürzten von ihren Tieren, als sie von den tödlichen Bolzen getroffen wurden.

Bereits als Johann blankzog, hatte Louis seinem Tier die Sporen gegeben und war auf die beiden Gruppen zugesprengt. Die anderen Männer rissen nun ebenfalls die Schwerter aus den Scheiden und folgten ihm.

Drei von Albrechts Männern waren von den Pferden gefallen, ob tot oder verwundet, war auf den ersten Blick nicht zu erkennen. Louis nutzte die kurze Verwirrung, die entstand, als nicht auf den ersten Blick zu erkennen war, welcher Seite er angehörte. Zwei der Männer Johanns sanken wenige Augenblicke später leblos aus ihren Sätteln und gerade fuhr Louis' Klinge in den Nacken eines dritten. Meynhard und Henri stürmten herbei um seine Seiten zu decken, während Chalil einem verwundeten Mann zu Hilfe eilte, den eben ein Berittener niederstrecken wollte.

Eine Handvoll Männer, unter ihnen auch Johann, löste sich aus dem Knäuel der Kämpfenden und machte sich im gestreckten Galopp aus dem Staub, ungeachtet der Kameraden, die sie im Stich ließen. Louis wollte hinterhersetzen, doch stolperte sein Pferd und war mit einem Mal nicht mehr anzutreiben. Ein Blick über die Schulter der Falbstute zeigte den Armbrustbolzen, der tief in ihrer Vorderhand steckte. Chalil sah die Verletzung des Tiers ebenfalls und reagierte sofort. Er brachte sein Pferd neben dem Bruder zum Stehen und sprang aus dem Sattel. »Nimm Fathma, sie ist schneller als Johanns Ross!«, rief er, als Louis bereits in den Sattel sprang und seine Füße die für ihn etwas zu kurzen Steigbügel suchten. »Zügel in die Linke!« Kurz bäumte Fathma sich unter dem ungewohnten Reiter auf, doch als Chalil ihr mit der flachen Klinge aufs Hinterteil klatschte, schnellte sie voran wie von einer Bogensehne geschossen.

So schnell wie der Kampf begonnen hatte, war er zu Ende. Die wenigen verbliebenen Männer Johanns waren verwundet, und angesichts der Flucht ihres Herrn ergaben sie sich. Henri und Meynhard überließen die Geschlagenen Chalil und den verbliebenen Königsmännern und setzten Louis hinterher, der bereits in einem nahen Wäldchen verschwand.

Die Verfolgten hatten sich an der ersten Weggabelung geteilt. Louis sah einen einzelnen Mann querfeldein Richtung Neftenbach reiten, die anderen folgten zwei verschiedenen Wegen, die in fast entgegengesetzte Richtungen führten. Louis schlug den Weg ein, der auf den ersten Blick schlechter zu passieren zu sein schien. Genau diesen würde er selbst wählen, würde er vor Verfolgern fliehen, so wie man es als junger Knappe eingebläut bekam, da Verfolger mit dieser Strategie selten rechneten. Er hatte Glück. Bereits nach der ersten Wegbiegung war die Sicht auf ein langes Wiesenstück freigegeben. Er erkannte das mächtige Pferd Johanns sofort. Mit ihm ritt ein zweiter Mann, der große Mühe hatte, sich im Sattel zu halten. Er musste schwer verwundet sein, da der Rücken seines Rocks bereits blutgetränkt war und eine einzige rote Fläche bildete. Louis holte auf, während der schwerverletzte Mann zurückfiel. Er passierte ihn, doch vergeudete er keine Zeit damit, ihm den Todesstoß zu versetzen. Fathma schien über den griffigen Boden zu fliegen, und Louis konnte die Züge Johanns bereits genau ausmachen, als dieser sich mit gehetztem Blick umwandte.

Der Pfad führte in ein Waldstück. Johann trieb sein Ross bis zum Äußersten an und sah sich nach einem geeigneten Platz für einen Zweikampf um. Er würde dem schnellen Verfolger nicht entfliehen können. Louis erkannte angesichts des langsamer werdenden Schlachtrosses, dass Johann es in den nächsten Augenblicken auf den Kampf ankommen lassen musste.

Schon hinter der nächsten Biegung lichtete der Wald sich. Johann parierte sein kräftiges Tier durch und wendete es. Sein Pferd war deutlich größer und schwerer als der Silberschimmel des Verfolgers, und diesen Vorteil würde er nützen. Auch verließ er sich auf seine besonders lange Klinge, deren Knauf er noch immer umfasste.

Louis starrte auf die Spitze eines nur wenige Pferdelängen entfernten Schwerts, als Fathma um die Biegung galoppierte. Der Reiter trieb sein Ross direkt auf ihn zu. Louis riss den Zügel nach rechts, schlug dem Tier den Schenkel in die linke Weiche, und Fathma sprang zur Seite. Johann war Rechtshänder und sein Schwert nun auf der für ihn ungünstigen, äußeren Seite, als die Stute an ihm vorbeischoss. Beide Reiter wendeten eiligst ihre Tiere, um zum zweiten Angriff anzusetzen. Die zwei Männer waren etwa gleich alt und hatten in ihrer Jugend ähnliche Ausbildungen genossen. Den Vorteil, den Johann dank seines ausgebildeten Schlachtrosses hatte, musste Louis durch Wagemut und die größere Kampferfahrung wettmachen. Hätte er nur die klassische ritterliche Kampfkunst erlernt, würde sein Gegner sicher rasch kurzen Prozess mit ihm machen. Louis verfügte jedoch über Techniken, die Johann nicht kannte – schließlich hatte er lange Zeit mit orientalischen Reiterverbänden gekämpft.

Wieder sprengte das riesige Tier des Habsburgers auf ihn zu. Diesmal fiel Johann nicht auf Louis' Ausweichmanöver herein, sondern hielt sich dicht an den vordersten Bäumen des nahen Waldes, sodass er Louis in jedem Fall zu seiner Rechten hatte.

Louis hatte weder Rüstung, Helm noch Schild im Gegensatz zu seinem Gegner, der unter seinem Mantel ein Kettenhemd trug. Nur noch wenige Klafter war Johann von ihm entfernt, als Louis sich zu einer Beduinenfinte entschloss, die waghalsig war, aber einen ungleichen Kampf drehen konnte. Forsch trieb er das gehorsame Pferd seines Bruders direkt gegen das Schlachtross. Kurz bevor er Johann ereichte, lenkte er es nur mit Schenkeldruck nach links und ließ sich selbst zur rechten Seite fallen, sodass er mehr im Sattel hing als saß. Mit den Fersen klammerte er sich an den Pferdekörper und ließ Fathma unvermindert weit ausgreifen. So weit er konnte, duckte er sich unter der Klinge des verdutzten Habsburgers, die sein Gewand durchschnitt und die Haut an seiner Schulter ritzte. Noch tiefer beugte er sich und ließ seinen Schwertarm weit nach unten sinken. Er musste den Habsburger überraschen und beim ersten Versuch aus dem Sattel holen, um den Mörder Albrechts dann im Nahkampf zu besiegen.

Seine Faust klammerte sich um den Knauf seines Schwerts. Das Pferd Johanns trug keine Schabracke, und Louis sah die ungeschützte Stelle hinter dem Sattelgurt. Er riss seine Waffe empor und stieß dem Tier die Klinge tief in den Unterbauch, so zuwider ihm dies auch war. Rasend vor Schmerz bockte das Pferd, stürzte zur Seite und warf seinen überraschten Reiter ab. Louis sprang aus dem Sattel und ließ Fathma außer Reichweite laufen. Mit erhobener Klinge rannte er auf Johann zu. Der Habsburger stand bereits wieder auf den Beinen und sah verwundert auf seinen linken Arm, der seltsam verdreht an seiner Seite hing. Sein Schwert hatte er bei dem Sturz nicht fallen lassen, und schon einen Lidschlag später holte er mit der Rechten aus und stürmte Louis entgegen. Johann war ein nahezu vollendeter Schwertkämpfer, wie Louis sofort erkennen musste. Louis parierte die schnellen Schläge des geübten Fechters mit seiner Klinge. Hell klang Metall auf Metall, und Louis spürte das harte Aufeinanderprallen der Waffen bis in die Schulter. Trotz seiner Verletzung drängte Johann Louis geschickt in die Verteidigung und hieb wütend mit seiner schweren Klinge auf das Schwert seines Gegners. Louis kannte die Strategie, die Johann anwandte: Seine längere und schwerere Klinge bot nicht nur mehr Reichweite und in der Faust eines kräftigen Mannes mehr Schlagkraft, sie konnte das Metall leichterer und schwächer geschmiedeter Schwerter ermüden und schließlich brechen. Sollte Johann dies gelingen, wäre Louis' Tod gewiss. Doch Louis vertraute auf seine eigene Waffe: Das Schwert war ein Abschiedsgeschenk an-Nasirs gewesen, von den besten Handwerkern des Sultans geschmiedet, der persische Stahl ungewöhnlich hart und dennoch elastisch, mehrfach gefaltet und gehämmert, obendrein messerscharf und in Länge und Gewicht exakt an Louis' Körpermaße angepasst. So gut war die Gewichtsverteilung der Klinge, dass Louis die Waffe wesentlicher leichter vorkam, als ihr tatsächliches Gewicht erwarten ließ. Er hoffte, diese Tatsachen zu seinem Vorteil nutzen zu können. Johanns Arm würde ermüden, und er würde ihn durch Ausdauer und Schnelligkeit zu Fall bringen. Doch noch hieb Johann ungebrochen auf ihn ein, trieb ihn vor sich her und versuchte, ihn an den Rand des Waldes zu drängen, um seine Beweglichkeit einzuschränken. Louis spürte Äste an seinem Rücken und er wusste, wenn sie seine Arme und Beine behinderten oder er gar stolperte, würde Johann ihm im nächsten Moment das Lebenslicht ausblasen. Mit raschen Blicken sah Louis sich um. Auf der linken Seite sah er aus dem Augenwinkel Gestrüpp und magere Bäumchen, die im zarten Frühlingsgrün standen, doch zu seiner Rechten war der dicke Stamm einer alten Buche. Ihm schoss ein Trick durch den Kopf, den Siegfried von Restwangen ihm und dem kleinen Horwarth wieder und wieder eingebläut und auf dessen Training er über Jahre hinweg bestanden hatte. Louis wich zurück, bis er sich genau neben dem Baumstand befand. Plötzlich täuschte er ein Stolpern vor und ließ sich blitzschnell nach hinten fallen. Behände wie ein Raubtier rollte er über Rücken und Schulter und war bereits hinter dem Baum verschwunden, bis sein Gegner reagierte. Johann machte, wie Louis erwartet hatte, einen oder zwei Schritte zu viel, als er den stolpernden und am Boden liegenden Mann erschlagen wollte. Sein Schwert fuhr tief in den schweren feuchten Waldboden und Johann musste es herausreißen, sich drehen und ebenfalls um den Baum hasten, um Louis zu erhaschen. Doch mit der Geschwindigkeit einer Wildkatze hatte Louis den Stamm umrundet und sah für einen winzigen Augenblick den ungeschützten Nacken des Gegners. Ohne zu zaudern, hieb er zu. Seine messerscharfe Klinge durchtrennte den kräftigen Hals fast völlig. Louis' Hieb hatte Johanns Genick exakt zwischen zwei Wirbeln getroffen. Der große, kräftige Mann schien für einen Moment zur Statue zu erstarren, bevor sein Kopf schließlich nach vorne kippte. Ein grässliches Geräusch tönte aus der durchtrennten Luftröhre, bevor das Schwert aus seiner Hand glitt und der Habsburger fiel.

Keuchend lehnte Louis an dem Baumstamm, als er schnell näher kommenden Hufschlag hörte. Henri und Meynhard sahen zunächst das auf der Erde liegende, schwer verletzte Tier Johanns. Fathma lief unruhig am Rand der Lichtung auf und ab, erkannte aber das Pferd Meynhards und ließ ein kurzes Schnauben hören. Louis trat aus dem Wäldchen hervor, und ein erleichtertes Lächeln erhellte Henris Züge. Er sprang aus seinem Sattel und umarmte den siegreichen Sohn.

»Johanns Begleiter ist tot. Die anderen Männer sind uns entkommen. Vielleicht hätten wir sie einholen können, doch wollten wir uns nicht zu weit von dir entfernen. Chalil und unser bewaffneter Knecht bewachen die Gefangenen und kümmern sich um die Verwundeten. Einer von Albrechts Männern ist bereits zurück zur Burg geritten, um Hilfe zu holen. Wir werden einen Wagen brauchen, um Johann zurückzubringen.«

»Nein«, sagte Louis plötzlich, und sein Vater sah ihn verwundert an. »Johann geht nirgendwo mehr hin. Wir verscharren ihn. Jetzt sofort. Gleich hier. Soll in der Nacht Getier kommen, sich an ihm zu laben!«

»Ich verstehe deinen Zorn, aber wenigstens ein christliches Begräbnis ...«

»Darum geht es nicht. Ich will, dass er einfach vom Erdboden verschwindet, und niemand soll wissen, dass ich damit zu tun habe. Soll er auf ewig als flüchtig gelten, es braucht uns nicht zu kümmern. Aber ich will nicht nochmals Ruhm erheischen, weil ich meinem König blutig gedient habe. Die Sühne eines Königsmordes, noch dazu dem an einem so bedeutenden Herrscher würde meinen Namen wieder bei Hof und im ganzen Reich ins Gerede bringen. Ich würde Teil von Albrechts Legende werden und vielleicht sogar von Dichtern besungen. Auf jeden Fall fände ich mich rasch wieder in vorderster Linie in dem widerwärtigen Spiel um Macht und Einfluss. Ich habe aus diesem Kelch mehr gekostet, als ich vertrage, glaubt mir. Soll die Welt rätseln, was aus Johann geworden ist. Ich brauche den Ruhm nicht. Alles, was ich brauche, ist ... o mein Gott!« Der Gedanke an die Geliebte und das Kind schien Louis wie ein Blitz zu durchfahren. Erschreckt sah er den Vater an. Seine Augen waren weit aufgerissen und Henri las die Angst darin. »Bero ist noch auf freiem Fuß! Wenn er nun Franziska ... oder Katharina ...«

»Dann lasst uns schnell machen«, sprach Meynhard nun. Er lief in das Wäldchen und fand eine flache Mulde mit weicher Erde. Mit Schwertern und bloßen Händen hoben sie eine Grube aus, in die sie den Körper warfen. Sie deckten den Körper mit Erde zu und tarnten das Grab mit Laub und Reisig. Sie arbeiteten hastig. Der Mörder brauchte sein Versteck ohnedies nur für kurze Zeit. Der Wald und seine Bewohner würden rasch das Ihre zu seinem Verschwinden tun.

*

Bero dachte nicht daran, sich gemeinsam mit den anderen Männern Johanns verfolgen und töten zu lassen. Er hatte die erste Gelegenheit genutzt, die Gruppe der Flüchtigen zu verlassen. Die Männer, die ihm gefährlich werden konnten, waren entweder noch in den Kampf verwickelt oder verfolgten Johann und seine verbleibenden Verbündeten. Sein Tier war zwar nicht mehr frisch, doch war es ein gutes und ausdauerndes Reittier aus der Restwangen'schen Zucht. Die Galle stieg Bero hoch, wenn er daran dachte, wie die Familie der Schneiderin, die von den Leuten mittlerweile ehrfürchtig Knopfkönigin genannt wurde, und dieser Mistkerl Montardier ihm das Leben zur Hölle gemacht hatten, doch damit sollte es nun aus und vorbei sein. Er würde seine Genugtuung bekommen, und Franziskas Balg sollte dabei zusehen, bevor er es ersäufte.

Als Erstes musste er die Schneiderin holen. Dann würde er zu der einsam gelegenen Bauernkate reiten, die Gerfried ausgemacht hatte. Schade um den Mann, dachte er kurz an seinen Diener, der einer der Ersten gewesen war, die Louis' Schwert gefällt hatte.

Er erreichte Neftenbach und überlegte, wie viele Wachen die Schneiderin wohl beschützen. Viele konnten es nicht sein.

Er hatte Rochus nicht gesehen, als die kleine Truppe in den Kampf eingriff. Wahrscheinlich tröstete diese traurige Gestalt die arme Mutter in ihrem großen Leid. Jedoch war er sicher, dass Franziska die Räume, in denen sie gestern zu finden war, nicht verlassen hatte. Wie sonst sollte sie Kunde über das Schicksal ihrer Tochter erhalten?

Ungesehen gelangte er an die Rückseite des Hauses und stellte erfreut fest, dass die Pferde an Franziskas Wagen angeschirrt waren. Umsichtiger Rochus, dachte er.

Er sah den Schatten des einzelnen Waffenknechts schon lange, bevor er um die Ecke des Hauses schlich. Anhand seiner Silhouette konnte er die Sitzposition des Mannes genau abschätzen, und es waren nur ein Sprung und ein kurzer, gezielter Stoß nötig, um den Mann zusammensinken zu lassen. Bero zog ihn leise ins Innere des Gebäudes und ließ ihn achtlos neben der Haustür liegen. Lautlos schlich er die Treppe empor. Schon sah er die Tür zu Franziskas Zimmer vor sich, die zu seiner Freude sogar geöffnet war. Wahrscheinlich wollte man hören, ob sich am Eingang oder auf der Straße etwas tat, mutmaßte er.

Er blieb stehen. Auf einem Stuhl sitzend sah er tatsächlich den Oberkörper dieses Rochus, dieser Witzfigur, sah auch, dass der Mann den Schwertgurt nicht umgeschnallt hatte und auch keine Waffe in der Hand hielt. Von Franziska sah er nichts, auch nicht, ob sich sonst noch jemand in dem Raum befand. Da er nur zwei Reitpferde auf dem Gelände gesehen hatte, rechnete er jedoch nicht damit, dass noch ein weiterer Wächter Franziska beschützen würde.

Mit erhobener Klinge stürzte er in das Zimmer und hörte die Stimme der Frau angstvoll aufkreischen. Ihr Beschützer wollte nach dem Schwert greifen, das in seiner Reichweite an einem Stuhl lehnte, doch Bero war zu schnell für ihn. Der erste Hieb seiner Klinge schnitt tief in Rochus' Schulter, direkt neben dem Hals, und der Mann stürzte mitsamt seinem Stuhl zur Seite. Mit den Worten »Und jetzt stirb, Onkel!«, stieß der Mörder sein Schwert dann in Rochus' Herz.

»Nun zu dir, Weibsstück!«, wandte er sich der fassungslosen Franziska zu, die in eine Ecke des Zimmers zurückgewichen war. Hätte es Sinn, zur Tür zu springen und die Flucht zu wagen? Sie wusste, wenn es sein musste, konnte sie schnell laufen, bestimmt schneller als der Hinkende, doch vielleicht hatte er Verstärkung, die draußen auf ihn wartete? Und außerdem – wer außer Bero konnte sie zu Katharina bringen? Resigniert blieb sie stehen und starrte das Ungeheuer an.

»Du willst doch sicher zu deiner Tochter, nicht wahr?«, stieß Bero hervor.

»Katharina ... ist sie ...«

»Keine Angst, sie ist am Leben und unversehrt. Willst du zu ihr?«

Franziska wusste, dass ihr keine andere Möglichkeit blieb, als zu tun, was er wollte. Gehorsam nickte sie.

»Gut. Fahren wir zu ihr. Komm!«

Bero hatte sein Schwert in die Scheide geschoben und einen Dolch aus seinem Stiefel hervorgeholt, dessen Spitze er leicht in Franziskas Seite bohrte – so schob er sie vor sich her.

Sie bestiegen den auffälligen Wagen des Grafen, an den Bero sein Pferd gebunden hatte und fuhren aus dem Dorf. Franziska wusste nicht, ob sie sich beruhigen oder sorgen sollte, als ihr auffiel, dass Bero nicht einmal den Versuch unternahm, von anderen Leuten nicht gesehen oder erkannt zu werden, und auch den Riemen nicht verdeckte, mit dem er ihre Handgelenke gefesselt hatte.

Die Bäuerin von unbestimmbarem Alter, eine magere und abgearbeitete Frau, deren Mann im Winter gestorben war und die damit rechnen musste, dass man andere, jüngere Leibeigene auf ihre Scholle setzte und sie im Höchstfall als Magd oder im Ausgedinge den Rest ihres Lebens fristen durfte, war von dem Bewaffneten, der sie am Vortag erpresst hatte, völlig eingeschüchtert gewesen und hatte die zwei Silberstücke, die man ihr auf den wackeligen Tisch gelegt hatte, nicht einmal zur Kenntnis genommen. Sie wusste, dass sie an etwas Verbotenem mitwirkte, als man ihr das in einen Sack gewickelte Kind überreichte, das sie bewachen sollte. Die Männer wollten die Kleine zunächst im Stall verstecken, doch der war zu eng und zu wackelig, also hatte man ihr befohlen, das Mädchen mit in die Hütte zu nehmen und dort auf sie achtzugeben. Sie hatte den Sack entfernt und dafür gesorgt, dass die Kleine, die das Kind einer feinen Familie sein musste, wie sie an der kostbaren Kleidung und den guten Schuhen erkannte, keinen Schaden nahm. Den Knebel hatte sie ihr aus dem Mund gezogen, einen Teil der Fesseln gelöst und die übrigen nicht fester als unbedingt nötig gezurrt. Trotzdem hatte das Kind stundenlang geschluchzt und geheult, bis es schließlich entkräftet eingeschlafen war. Heute war die Kleine in tiefe Traurigkeit verfallen und hatte bisher noch keinen Laut von sich gegeben. Die Bäuerin war voller Angst vor Strafe und Sorge um das Mädchen, das für sie aussah wie ein kleiner Engel, doch noch mehr fürchtete sie sich vor diesen Männern, die sie als Mitwisserin bestimmt nicht ungeschoren davonkommen ließen. Unbeholfen betete sie zur Heiligen Jungfrau und flehte um Gnade.

Franziska und Bero erreichten den Hof. »Verschwinde, los!«, herrschte Bero die Bauersfrau an, als diese ängstlich aus der Türe trat.

»Mama!«, rief Katharina, als sie Franziska durch die offene Türe erspähte und diese ihr auch schon entgegeneilte. Doch als sie die Fesseln der Mutter sah, verstummte sie plötzlich.

Bero stieß Franziska in das Innere der Hütte und warf die klapprige Tür zu. Der Raum war dämmrig, nur durch ein kleines Fenster, die Dachluke und ein paar Ritzen in den Wänden drang etwas Licht.

»Los«, knurrte Bero, »zieh dich aus«, während er bereits an den Knöpfen seiner Hose nestelte, die Hand hineinschob und an seinem Gemächt rieb.

»Nicht vor dem Kind. Bitte!«, flehte Franziska, doch Bero grinste nur lüstern. »Ein wenig Unterricht wird ihr später nützen, findest du nicht auch. Bei dir habe ich das damals versäumt. Zu schade, denn von deiner Mutter konnte man wirklich einiges lernen!«

»Mit den gefesselten Armen kann ich mich nicht entkleiden«, sagte Franziska nun, und nach kurzem Überlegen nickte Bero, als sie ihm die Arme hinstreckte. »Aber denk an deine Tochter«, sagte er, während er den Knoten des mehrfach gewickelten Riemens löste.

Franziska nickte und begann, die Knöpfe an ihrem Oberteil zu öffnen, es mit geübten Bewegungen vom Rock zu trennen und es sich vom Leibe zu ziehen. Das enge Hemd aus der teuren Baumwolle ließ ihre festen, runden Brüste in all ihrer Pracht vor Bero erscheinen, und er spürte, wie das Blut nun heiß in seine Lenden strömte. Langsam öffnete sie die Knöpfe, die den langen Rock an der Seite und am Bund verschlossen, und ließ ihn fallen. Nur das weiße Unterkleid aus dem dünnen, fast durchsichtigen Stoff, das ihr bis über die Waden reichte, bedeckte die schamhaften Teile ihres Körpers noch, und würde sie dieses abstreifen, stünde sie fast gänzlich entblößt vor Bero, der bereits leise keuchte. Einem gänzlich nackten Weibe beizuwohnen war eine seltene Freude. Mägde und Huren rafften meist nur die Röcke und öffneten die Mieder genauso rasch, wie sie sie danach wieder schnürten. Seine Gattin hielt selbst im Bett ihr Nachtgewand bis zum Halse geschlossen, so dass er sie meist nur durch den Stoff zu fassen bekam, und bei den Frauen, die er sich ohne viel Federlesens einfach genommen hatte, war keine Zeit fürs Ausziehen gewesen. Doch Franziskas Körper würde er sich so gönnen, wie er geschaffen worden war, und er würde jeden Augenblick ihrer Vereinigung genießen. Zweimal hatten andere ihn schon um dieses Vergnügen gebracht, doch heute sollte sich niemand zwischen ihn und das prachtvolle Weib drängen. Prall drängte sein Glied gegen den Stoff seiner Hosen.

Langsam drehte Franziska sich seitwärts und bückte sich, um zunächst ihren rechten Schuh und den Strumpf auszuziehen. Bero hielt diese Kleinigkeit zwar für überflüssig, doch ließ er sich von diesem ungewohnten Schauspiel in weitere Wallung versetzen. Soll sie mich nur verrückt machen, dachte er, es wird ihre letzte lüsterne Tat sein.

Der dünne Stoff des Unterkleides spannte sich über Franziskas Gesäß, und Bero sah die Haut durch das Gewebe schimmern. Am besten von der Kehrseite, dachte er nun und sah sich schon hart von hinten in das Weib eindringen und ihre Brüste mit seinen Händen quetschen. Und dann würde er ihr mit einem Schlag das Genick brechen. Den Höhepunkt auch noch durch die Erfüllung seines Rachewunsches krönen. Gleich ist es so weit, dachte er, nur noch wenige Augenblicke, während der Anblick der endlich willigen Schönheit ihn vor Gier und Lust beinahe zerspringen ließ.

Franziska hatte sich von Schuh und Strumpf befreit und fuhr mit der gleichen bedächtigen Geschwindigkeit mit der Rechten ihren anderen Unterschenkel entlang, über das Knie bis an den Saum des zweiten Strumpfs, an genau die Stelle, an der nun der Griff von Louis' Dolch in ihre Hand glitt. Rochus hatte ihr geraten, das Messer unter den Kleidern zu verstecken, am besten am Bein, mit dem Griff nach unten und mit zwei Bändern festgeschnallt, um ein ungewolltes Herausgleiten der Klinge aus der Scheide zu verhindern. Lautlos ließ sich die Waffe aus ihrer ledernen Hülle ziehen. Die schmale spitze Klinge maß eineinhalb Spannen, war auf beiden Seiten geschliffen und scharf. Gerade als Bero sie zur Eile gemahnen wollte, schnellte sie mit der Waffe in der Hand empor und noch mit dem Schwung ihres Aufspringens stieß sie zu.

Sie spürte, wie die Klinge durch Stoff und Fleisch drang und warmes Blut ihr über die Hand strömte. Der erste Stich hatte Bero in den Unterleib getroffen, war in den Leib gedrungen und hatte möglicherweise die Hoden verletzt. Eine schmerzhafte Wunde, doch nicht tödlich, wie sie ahnte. Sie riss die Waffe aus dem Körper des Mannes, der brüllte, dass es ihr durch Mark und Bein drang. Abermals stieß sie zu, diesmal unterhalb des Brustbeins in den Bauch. Der Mann konnte sich nun nicht mehr auf den Beinen halten. Fast wie im Gebet kniete der Verletzte nun vor Franziska. Beros Hände versuchten, die Wunden zuzuhalten und das Blut zu stillen, das zwischen den Fingern hervortrat und bereits eine Lache auf dem Boden bildete. Nochmals drang das Messer in den Körper, diesmal in den Rücken. Bero fiel vornüber. Noch immer aber atmete er, und solange er lebte, fürchtete Franziska um sich und ihre Tochter. Mit aller Kraft trieb Franziska den Dolch zwischen die Rippen des Mannes und versenkte ihn bis zum Heft in seinen Leib. Ein hässliches Röcheln ertönte aus Beros Brust, und endlich hörte sein Körper auf, sich zu bewegen. Leblos und blutgebadet lag er vor ihr.

Obwohl sie am ganzen Leib zitterte und fürchtete, ihre Beine würden jeden Augenblick nachgeben, drehte sie sich zu Katharina um, trat ganz nahe an sie heran und drückte das Kind an sich, dessen Tränen den dünnen Stoff ihres Gewandes durchtränkten.

Sie hörten Hufschlag, als sie einige Zeit später in der Sonne sitzend dankbar aus einem Krug der Bäuerin tranken, und blickten auf. Noch aus dem Galopp sprang Louis aus dem Sattel, stürzte auf sie beide zu und schloss sie in seine Arme.

Epilog

ZYPERN Oktober 1316

Franziska konnte die Tränen nicht zurückhalten, als die schwere Platte über das Grab geschoben wurde, in dem Henri de Montardier, Kreuzritter, Diplomat und langjähriger Vertrauter des Sultans von Ägypten seine letzte Ruhestätte gefunden hatte. An der Seite seiner vor vielen Jahren verschiedenen Gemahlin, so wie er es sich gewünscht hatte, fand er nun seinen Frieden hier im Schatten des Doms.

Neunundsechzig Jahre hatte Henri gezählt, als der Herr ihn entschlafen ließ, und für keines davon hatte der Mann sich schämen müssen. Der Sultan, dem er auf den Thron verholfen hatte, war ein großer und bedeutender Herrscher geworden, und noch viele Jahre hatte Henri ihm als Berater zur Seite gestanden.

Sein Adoptivsohn Chalil hatte seine ehrgeizigen Pläne in die Tat umgesetzt, den Handel des Sultans mit den Ländern Europas organisiert und mit viel Geschick dafür gesorgt, dass alle eigenen Investitionen in die Machtübernahme seines Vetters mehrfach zurückgeflossen waren. Franziska sah aus dem Augenwinkel zu ihm und Marie hinüber, die sich auf ihren zehnjährigen Sohn Henri Qalawun stützte, der ein Ebenbild seines Vaters werden würde.

Ihre eigenen Kinder standen vor ihrem Mann und ihr, die noch ganz kleine Louise, die sich an Franziskas Hand festhielt, und der ernsthafte und kluge Rochus, der bereits anfing, Pläne zu schmieden, auf welche Weise er selbst eines Tages im Handelshaus und der Bank der Familie Geschäfte machen würde.

Rochus. Unweigerlich musste sie an den treuen Gefolgsmann denken, der sein Leben für sie und Katharina geopfert hatte. Wie sie später von Henri erfahren sollte, war er der zweitgeborene Sohn des alten Siegfried von Restwangen gewesen, hatte die ersten acht Lebensjahre auf dessen Burg verbracht und sollte dem Alten als Noterbe dienen, falls sein Erstgeborener vorzeitig sterben oder keine Söhne hinterlassen sollte. Nach Beros Geburt hatte Siegfrieds Schwiegertochter darauf bestanden, dass Rochus in ein Benediktinerkloster eintrat. Dort hatte er seine hohe Bildung bezogen, jedoch war er mit dreizehn Jahren ausgerissen. Ein Vagabund war er fortan gewesen, hatte verschiedenen Herren gedient, bis er schließlich in Akkon an Land gespült wurde und Henri, dem er viele Jahre später seine Herkunft anvertraute, seine Talente entdeckt und ihn in seine Dienste genommen hatte. Wie Bero von seiner Verwandtschaft zu Rochus erfahren hatte, war ein Geheimnis, das der Übeltäter mit ins Grab genommen hatte.

Katharina war nicht hier auf Zypern. Sie weilte in der Obhut von Gräfin Elsbeth in Nürnberg und zeigte große Begabung und Leidenschaft für die Schneiderei und die nach wie vor gewinnbringende Knopfproduktion, die ihr Stiefbruder Trudbert führte.

Knöpfe wurden mittlerweile in aller Herren Länder verwendet und hergestellt, und Franziska betrieb mit ihrer Familie noch weitere Manufakturen in Italien und Ägypten.

Eine Reise in ein neues Leben – auf den Wegen, die das Schicksal lenkt …

Cherbourg, 1912. Tess, ein einfaches Nähmädchen, träumt davon, ihre eigenen Kleider zu entwerfen, prachtvolle Roben zu schneidern und eines Tages selbst zur Welt der Haute Couture zu gehören. Als sie die berühmte Modedesignerin Lady Lucile Duff Gordon auf der Titanic nach New York begleiten darf, scheinen all ihre Träume in Erfüllung zu gehen – bis das Undenkbare passiert und Tess' Leben eine ungeahnte Wendung nimmt …
Ein Koffer voller Träume ist ein hinreißender Roman über die großen Gefühle einer jungen Liebe und die atemberaubende Welt der Mode im pulsierenden New York zu Beginn des 20. Jahrhunderts.

Kate Alcott, Ein Koffer voller Träume. Roman. Aus dem Amerikanischen von Gabriele Gockel und Barbara Steckhan. insel taschenbuch 4182. 393 Seiten

NF 155/1/8.12

NF 113/1/1.12

Ein Straßenjunge, der mit seiner Musik die Welt verzaubert …

Die Straßen von Hastinapur sind Kalus Zuhause. Der Junge arbeitet hart für ein paar Rupien und einen einfachen Schlafplatz. Denn er ist glücklich: Er hat Freunde – und er hat die Musik. Mit seinem Flötenspiel verzaubert er die Welt … Eines Tages bietet sich ihm die Chance seines Lebens. Doch dafür muss er Hastinapur und Malti, seine geliebte Freundin, verlassen. Er verspricht zurückzukommen … Werden sie sich wiedersehen?

Der Klang der Sehnsucht ist ein ergreifender Roman über die Macht der Musik und die alles überdauernde Kraft der Freundschaft.

Manisha Jolie Amin, Der Klang der Sehnsucht.
Roman. Aus dem Englischen von Ursula Gräfe.
insel taschenbuch 4121. 309 Seiten

NF 133/1/2.12

NF 139/1/3.12